Manfred Overmann

Das Leben eines gescheiterten Lehrers, der dann Professor werden wollte

Irrungen und Wirrungen

Im Mittelpunkt aller besonderen Arten der Tätigkeit nämlich steht der Mensch, der ohne alle, auf irgend etwas Einzelnes gerichtete Absicht, nur die Kräfte seiner Natur stärken und erhöhen, seinem Wesen Wert und Dauer verschaffen will.

Die letzte Aufgabe unseres Daseins: dem Begriff der Menschheit in unserer Person, sowohl während der Zeit unseres Lebens, als auch noch über dasselbe hinaus, durch die Spuren des lebendigen Wirkens, die wir zurücklassen, einen so großen Inhalt, als möglich, zu verschaffen, diese Aufgabe löst sich allein durch die Verknüpfung unsres Ichs mit der Welt zu der allgemeinsten, regesten und freiesten Wechselwirkung.

(Wilhelm von Humboldt, Theorie der Bildung des Menschen, 1793)

Manfred Overmann

DAS LEBEN EINES GESCHEITERTEN LEHRERS, DER DANN PROFESSOR WERDEN WOLLTE

Irrungen und Wirrungen

Stuttgart 2016

Edition Noëma

Bibliografische Information der Deutschen Nationalbibliothek
Die Deutsche Nationalbibliothek verzeichnet diese Publikation in der Deutschen Nationalbibliografie; detaillierte bibliografische Daten sind im Internet über http://dnb.d-nb.de abrufbar.

Bibliographic information published by the Deutsche Nationalbibliothek
Die Deutsche Nationalbibliothek lists this publication in the Deutsche Nationalbibliografie; detailed bibliographic data are available in the Internet at http://dnb.d-nb.de.

Coverabbildung: © DM7 / Fotolia

∞

Gedruckt auf alterungsbeständigem, säurefreien Papier
Printed on acid-free paper

ISBN-13: 978-3-8382-1076-6

Edition Noëma

Stuttgart 2016

Printed in the EU

Inhalt

Ein Furz löst einen Orkan aus

Jeder Mensch hat ein Recht auf Freiheit,
Unversehrtheit und ein Leben in Würde.
(Allgemeine Erklärung der Menschenrechte, 1948)

Man furzte und rülpste in meiner Klasse und parallel dazu schrieb ich gerade an meiner Doktorarbeit über den „Ursprung des französischen Materialismus: die Kontinuität materialistischen Denkens von der Antike bis zur Aufklärung". Ich ekelte mich vor diesem Schauspiel, welches die Schüler im Grundkurs Deutsch einer 8. Klasse gerade veranstalteten, zumal diese olfaktorischen Signale über meinen Geruchssinn nicht nur als unästhetisch gedeutet wurden, sondern geradezu als ekelerregend, widerwärtig oder sogar animalisch. Gleichzeitig und urplötzlich wurde mir aber darüber hinaus meine Hilflosigkeit als unerfahrener junger Lehrer bewusst, der Meuterei Herr zu werden.

Wie sollte ich der Gehorsamsverweigerung auf meine legale Aufforderung entgegnen, deren Wirkung doch der Beförderung des Allgemeinwohls dienen sollte? War es nicht geradezu ein ethischer Imperativ, sich so zu verhalten, dass man seinem Nächsten nicht schadete? Meine eindringlichen Bitten, ein Minimum an Anstand im Klassenverband zu bewahren, nicht zuletzt aus Respekt vor den Mitschülern, wurden ignoriert, der Versuch, mir durch das Anheben der Stimme und einer gemeineren Wortwahl aus dem Grundwortschatz für ausländische Touristen mehr Autorität zu verschaffen, führte nur zur Steigerung des Geräuschpegels in der Klasse und verhallte wie das Echo im Walde.

Mein letzter hoffnungsversprechender Joker, mit pädagogischen Sanktionen zu drohen, wurde vermutlich bewusst überhört und mit einem höhnischen Gelächter quittiert. Während sich in meiner Wahrnehmung mittlerweile so manches Schülergesicht zur karnevalesken

Fratze verzerrte, gerieten die mich verhöhnenden Meuterer erst so richtig in Fahrt und schienen sich an meiner Demütigung zu laben. Je mehr Anstalten ich machte, die wilde Bande wieder ans Ruder zu bringen, um zumindest einen wie auch immer gearteten Schein von Unterricht zu inszenieren, desto loser und widerspenstiger wurden die Gebärden der Revoltierenden.

Das olfaktorische Konzert wurde daraufhin fortgesetzt, wobei noch weitere Instrumente hinzukamen, welche die skurrilen Geräusche und Laute hervorbrachten, die in einer so exaltierten und geradezu grotesken Kakophonie gipfelten, dass ich mich fragte, ob meine mir anvertrauten Zöglinge nicht besser in einem Zoo als in einer Lehranstalt aufgehoben seien. Was hatte meine Tätigkeit noch mit Lehren zu tun, wenn sogar das Recht auf körperliche Unversehrtheit übertreten wurde, ohne geahndet zu werden.

Als ich mir dann noch vorstellte, wie die Gär- und Faulgase der Schüler durch das rektale Entweichen aus den Mägen und Därmen das Klassenzimmer in eine stinkende Kloake verwandelte, begriff ich, was der antike Materiebegriff bedeutete: Kleinste Atome entwichen aus den aufgeblähten Unterleibern der tobenden Schüler in meine Klasse, um sich als Leibwind einen Weg durch die Öffnungen meiner Nasenhöhlen bis ins Gehirn zu bahnen. Durch das Anhalten der Luft versuchte ich, den mir aufgezwungenen Reiz des *nervus olfactorius* zu unterbrechen. Ein schneller Blick auf die Uhr zeigte mir aber, dass die Stunde noch 25 Minuten andauern würde und daher nur ein verfrühter und freiwilliger Tod durch Ersticken mich vor dieser Schmach hätte bewahren können. *Mors certa, hora incerta*: Der Tod ist sicher, die Stunde unsicher.

Ich wünschte allen Aufrührern eine urplötzlich hervorgerufene Obstipation, d.h. einen absoluten Darmverschluss, der von einem *Deus ex Machina* veranlasst worden wäre, um die intestinalen Abwinde der gärenden Verdauungsapparate unter Kontrolle zu bringen und um die über 30 Millionen Rezeptoren der Riechzellen vor der Marter eines langsamen Todes zu bewahren. Aber sei es aus Mangel an Bildung oder an Kenntnis der griechischen Kultur, eine solche Lösung war in einer 8. Klasse nicht vorstellbar. Wie sollte das überraschende Eingreifen einer Gottheit konzipiert werden, um meinen sicheren Tod vor dem Unterrichtsschluss abzuwenden, wenn man weder wusste wie Tod (Tot, Tohd, tod) noch wie Gottheit (Gothait, Ghotheid, goteid) überhaupt geschrieben wurden.

Wahrscheinlicher als ein *Deus ex Machina* wäre offenbar noch die Vorstellung gewesen, wie in Jurassic Park am Ende von einem in letzter Sekunde auftauchenden Tyrannosaurus vor den Velociraptoren gerettet zu werden, aber vor 80 Millionen Jahren hätte ich in der Kreidezeit wahrscheinlich andere Probleme gehabt. Überdies wollen wir eine Schule nicht mit einem Tierpark vergleichen, zumal *Velociraptor* im Unterschied zu meinen Artgenossen mit seinen zwei Metern Länge noch etwas größer und durch seine Sichelkralle noch furchterregender gewesen sein muss. Außerdem waren nicht alle meine Schüler Fleischfresser, so dass ein solcher Vergleich politisch nicht ganz korrekt wäre und ein fleischfressendes Tier kränken könnte, wenn es bemerkte, dass man es zu Unrecht mit einem vegetarischen Schüler vergliche.

In dieser prekären Situation, in welcher ich mich zweifelsohne befand, musste ich darüber nachdenken, ob ich tatsächlich dafür bezahlt wurde, solche menschenverachtenden Demütigungen, wie sie in den unterschiedlichsten Variationsformen immer wieder und mit geradezu erschreckender Regelmäßigkeit auftraten, hinnehmen zu müssen? Lieber hätte ich noch auf einen Teil meines Gehalts verzichtet, den ich später eventualiter als Schmerzensgeld erneut hätte einklagen können, als diese Aporie, d.h. Aussichtslosigkeit einer Lösungsfindung, zu ertragen.

Bis zum Schellen zeigte meine Uhr noch zehn Minuten an, und der Kapitän war noch nicht tot. Aber war die Klimax bereits überschritten oder noch gar nicht erreicht? Auf der einen Seite loderte das olfaktorische Feuerwerk durch explodierende Stinkbomben, mit denen man wie mit Felsblöcken nach mir warf, auf der anderen Seite verzweifelte ein sich windender Verstand, der trotz der Mobilisation seiner neuronalen Krieger keinen Sieg generieren konnte.

War das sich ausbreitende Universum eine Form von Flatulenz, die sich als unendliche Blähung durch galaktische Winde manifestierte, die sich in meinem Klassenzimmer wie in einem Schwarzen Loch verdichteten? Und wie war ihr Einfluss auf die Zeit? Wurde diese durch ihr Schwerefeld nicht verzerrt? Gingen die Uhren nicht umso langsamer, je mehr man sich ihnen näherte? Und ich war so nah in ihrem Umkreis, dass die Zeit stehen zu bleiben drohte, wo ich mir nichts sehnlicher herbeiwünschte als einen Zeitbeschleuniger.

Die Handlungsohnmacht eines von der Schulwirklichkeit eingeholten Lehrers entwickelte in mir das tragische Gefühl der absoluten Hilflosigkeit und Ratlosigkeit. Wie in einer griechischen Tragödie wurde ich zum Beobachter des eigenen Schicksals und Leidenswegs, ohne dem Fatum eine Alternative abringen zu können. Ich hatte diesem mächtigeren Gegner nichts entgegenzusetzen und musste den geradezu körperlich gewordenen Schmerz wie eine Vergewaltigung meiner Persönlichkeit ertragen, die noch vor einigen Wochen an einer *Grande École* in Frankreich gelehrt hatte.

Während diese Utopie aber der Vergangenheit angehörte, war die Gegenwart keine Science-Fiction. Diese Schulklasse war so real, physisch vorhanden und materiell erfahrbar, dass man sie selbst unter der Hypothese der Leugnung der Existenz der Außenwelt nicht hätte wegdenken können. Oder hätte mir ein wie auch immer gearteter *Deus malignus* einen solchen Albtraum aufgezwungen, um mich mit einem dauerhaften Trugschluss von der Wahrheit zu entfernen? Nein, selbst ein Augenzwinkern ließ die erhoffte Schimäre unverändert: die Wahrheit saß mir gegenüber, und sie war nicht schön. Sie war absonderlich, durchgeknallt, abgedreht, hysterisch und grotesk, so mein erstes Urteil. Zum damaligen Zeitpunkt wusste ich beileibe noch nicht, dass es noch schlimmer kommen würde.

Leider zog gleichermaßen der Zweifel in mir auf, selber für dieses anarchische Desaster verantwortlich zu sein. Hatte mich das kritische Denken doch gelehrt, die Fehler für menschliches Missverhalten nicht nur in meinem Gegenüber zu suchen, sondern auch in mir selbst. Hatte ich nicht Kollegen, die sich nie beschwerten und dieselben Schüler sogar wegen ihrer Intuitionskraft, Spontaneität und Hilfsbereitschaft lobten? Wie konnte ihnen ein solcher Dressurakt gelingen? Welche Highlights hatten sie in ihrer pädagogischen Trickkiste? Mit welchen kulinarischen Leckereien und Köstlichkeiten verzauberten sie die Lerner, die ihnen dann wie Jünger ihrem Meister folgten.

Dass es noch andere Methoden geben sollte, die nicht auf der Macht der Sprache basierten, war für mich zum gegebenen Zeitpunkt nicht vorstellbar. Wie hätte ich ahnen können, dass ich selber eines Tages über emotionales Lernen forschen sollte, um zu diagnostizieren, dass nicht das gesamte Schulkonzept falsch und die Schüler *animales non rationales* waren, sondern der Lehrer am falschen Ort gelandet war, auf dem falschen Planeten. „Am Anfang schuf Gott Himmel und Erde. Und die Erde war wüst und leer", heißt es im Ersten Buch Moses. Nein, an diesem Ort war ich tatsächlich nicht, und der liebe Gott hatte zudem vergessen, das Licht von der Finsternis zu trennen, und ich sah, *dass es* nicht *gut war*. Und auch das *Gras und Kraut*, das er hatte aufgehen lassen, spross in meiner Klasse nur als Unkraut.

Führte der Weg zur Menschwerdung nicht durch die Erziehung, so fragte ich mich? War die Schule nicht neben dem Elternhaus gleichermaßen für Erziehung verantwortlich? Bei der Annahme des Primats der animalischen Natur im Menschen, welche mir ins Gesicht furzte, begann mein hehres, durch den deutschen Humanismus geprägtes Menschenbild zu schwanken, und es *schillerte* mir, dass in unserem Erziehungs- und Gesellschaftssystem zweifelsohne einiges falsch gelaufen war. Gerne hätte ich mir wie in Aldous Huxleys *Brave New Word* herbeigewünscht, dass die mir gegenüber sitzenden ausgewachsenen Embryonen bereits mittels gentechnischer Manipulationen zumindest unterrichtstüchtig gemacht worden wären, da die anschließende mentale Indoktrinierung ebenfalls versagt zu haben schien. In welcher Kaste sollten diese Primaten eines Tages ihre gesellschaftliche Aufgabe verrichten?

Wollte ich nicht Lehrer werden, um bei dem Aufbau einer friedlicheren und besseren Welt mit zu helfen? Wollte ich ursprünglich nicht sogar Sozialarbeiter werden? Oder waren diese ersten zaghaften Berufsvorstellungen darauf zurückzuführen gewesen, dass ich als Schüler selber sozialer Abfall oder Psychopath geworden war, der sich von seinem eigenen Drogenkonsum und der erlittenen katholisch-bourgeoisen Ideologie des aufsteigenden Kleinbürgertums zu befreien versuchte?

Ziemlich *uncool* geworden war dieser Lehrer. Er verstand die Schüler nicht, und wie hätten sie ihn demzufolge verstehen sollen? Die soziale Komponente der Erziehung war durch ein rein wissenschaftliches Studium und ein Elternhaus, in dem das Geld die Erfolgsstaffel der Karriere und sogar den Grat des Menschentums bestimmte, verloren gegangen. Der beruflich Erfolgreiche maßte sich an, in gleichem Maße auf anderen sozialen Gebieten moralisierend zu intervenieren und als Gut-Mensch Andersdenkende sardonisch zu diffamieren, weil er sich selber unkritisch für das Maß aller Dinge hielt.

Wollte Paul Krieger jedoch, wenn wir dem Ich-Erzähler einen Namen geben sollen, selber jemals genauso gebieterisch werden wie *sein Alter*? Hatte er nicht selber gegen seinen autoritären Vater angefurzt, bevor er nicht Jahre später zum ersten Mal von der aufklärerischen Zielsetzung moralischer und geistiger Menschheitserziehung gehört hatte, von der er sich jetzt in seiner Klasse um Lichtjahre entfernte?

Bei allem Verständnis: Paul wollte statt deftigen Linsen- oder Erbseneintopf *Nouvelle Cuisine* servieren, und das nur, weil er mal zwei Jahre an der Sorbonne studiert hatte? War es ihm denn nicht aufgefallen, dass er nicht an einer erzbischöflichen Privatschule, sondern an einer Städtischen Gesamtschule im sozialen Brennpunkt angestellt worden war?

Es scheint uns kein Zufall zu sein, lieber Leser, dass Paul Ihnen gegenüber, bewusst oder unbewusst, bislang verschwiegen hat, dass er an einer Gesamtschule zwar nicht Mensch, aber Lehrer geworden war. Galt es in seiner Familie doch nicht als *koscher*, sich um die sozial Schwächeren kümmern zu wollen, die im Allgemeinen als niveaulos, dumm und asozial galten.

Wer aus dem Begriff koscher aber ableiten wollte, dass Paul einer jüdischen Familie entstammte, unterläge in diesem Zusammenhang einem fatalen Irrtum, denn seine Familie war stolz darauf, erzkatholisch zu sein, und zwar im Sinne vom griechischen *archē*, welche das Erste, Oberste, den Anfang oder die Führung signifizierte. Ein anderer Glauben war daher nicht denkbar, ein Sakrileg, und Unglauben etwas Ungeheuerliches für fleißige Kirchgänger, die sonntags während des Hochamts ihre Pelzmäntel zur Schau trugen.

Aber möglicherweise berichtet Paul Ihnen später noch selber über diese marode Baustelle in seinem Leben, sofern er das erzkatholische Milieu und die kleinbürgerliche Werteordnung seiner Eltern nicht bis in den hintersten Winkel seines Hippocampus verdrängt hat, um nicht mehr an die Beobachtungsphobie durch einen allgegenwärtigen strafenden Gott erinnert zu werden, der ihn beim frühkindlichen Masturbieren zugeschaut haben musste.

Wenn der Kirchenkritiker und suspendierte Pfarrer Eugen Drewermann in seinem Buch *Kleriker* versucht hat zu erklären, aus welchen psycho-sozialen Zwängen heraus jemand Pfarrer wird, so wäre es sicherlich ebenso interessant, eine solche Studie einmal für derzeitige oder noch werdende Lehrer zu unternehmen. Welches Psychogramm würde Paul dabei abgeben, der gerade noch behauptet hatte, dass er Sozialarbeiter hätte werden wollen?

Nun hatte er doch die Chance sich zu bewähren und es besser zu machen als sein Vater, der ihn selber immer als *abnormal* und *gehirnverbrannt* bezeichnet hatte, und zwar nur weil Paul, wie so viele junge Menschen in der Adoleszenz, die Welt hatte verbessern wollen. Sollte Paul sich so weit von seinem ursprünglichen Ideal entfernt haben, dass er sich jetzt selber auf die Spuren seines Vaters begeben hatte, um *etwas Besseres zu werden*, wie es in seiner Familie so schön hieß?

Doch kehren wir zu unserem selbsternannten Protagonisten zurück, der gerade dringendere und existenziellere Probleme zu lösen hat, als sich von der Psychose eines allgegenwärtigen Gottes oder eines tyrannischen Vaters zu befreien. Die Uhr zeigt noch zehn Minuten Unterricht an. Wie sollte Paul diese längsten Minuten seines Lebens überstehen? Er empfand seine Verzweiflung wie jemand, der gegen den unabdingbaren Harndrang einer völlig überfüllten Blase ankämpfte und wusste, dass sein Vortrag vor den Notabeln einer illustren Öffentlichkeit noch lange nicht beendet war, während die ersten Urintropfen bereits aus seinem zusammengepressten Schließmuskel entwichen. Und selbst wenn seine Rede im selben Augenblick beendet gewesen wäre, hätte er sich keinen Meter mehr vom Pult entfernen können, um die viel zu weit entfernten Toiletten noch unter Wahrung des Anstandes zu erreichen. Jeder kennt dieses furchtbare Gefühl, und niemand möchte in diesem Moment mit Paul tauschen, selbst nicht mit einer leeren Blase.

Die Nerven lagen blank. Das Adrenalin signalisierte Flucht oder Angriff, und ich verwandelte mich zu einem tobenden Monster, welches mir selber so fremd vorkam, dass ich meine nächsten Handlungen wie aus der Filmperspektive betrachtete: Jemand zerrte Miriam mit aller Kraft von ihrem Stuhl und zog sie, die sich mit Fauchen und Zerren widersetzte, an der Hand durch die Klasse, um sie vor die Tür zu setzen. Michael schreckte zurück, weil jemand ihn so anschrie, dass er fast vom Stuhl fiel. Ernst und David setzen sich schnell hin und beteuerten ihre Unschuld, als diese furiose Person brüllend auf sie losstürzte. Natascha wollte noch etwas sagen, aber erstarrte als sie das feuerspeiende Gesicht des wildgewordenen Pädagogen erblickte. Und drei Schüler nahmen kurz vor Stundenende sogar noch zaghaft ihr Heft heraus, ohne zu wissen, was sie damit anfangen sollten. Entweder musste der Lehrer in jedem Moment wie eine überblähte Kröte explodieren, welches zu einer heftigen Detonation geführt hätte, oder er würde alles niederschmettern und zu Boden werfen. „Respekt Herr Krieger", meinte der übergroße und adipöse Peter. „Sie sind auf unserem Niveau angekommen." Dann schellte es, und ich konnte taumelnd und der Ohnmacht nahe mein Gefängnis verlassen. Einen solchen Auftritt konnte ich mir kein zweites Mal leisten.

Wie sehnte ich mich zurück in die heile Welt der Elitehochschule in Frankreich, an der ich vor sechs Wochen noch als Lektor für die deutsche Sprache und Kultur gelehrt hatte, wo ich jetzt nur noch dumpfe Leere empfand und wenig geneigt war, über den Zusammenhang von Lehre und Leere zu reflektieren. Die Beschäftigung mit solchen metaphysischen Spekulationen konnte ich mir vorerst fürwahr *abschminken.*

Wir hoffen, lieber Leser, dass Sie sich in Ihrem Lieblingslesesessel bis zum jetzigen Zeitpunkt noch wohl fühlen, das Gläschen Wein oder der Softdrink mundet, Ihre Blase Sie nicht belästigt oder zudringlich reizt, und der Gestank des Lehrstalls nicht bis zu Ihnen gedrungen ist. Anderenfalls empfehlen wir eine Stoßlüftung oder den Gang zur Toilette.

Wie mich die drohende Arbeitslosigkeit an eine Elitehochschule katapultierte

Gerne träumte ich von meiner Zeit an der *Ecole des Mines* in Nancy, dieser französischen *Grande Ecole*, die zu den Elitehochschulen Frankreichs gehörte und Ingenieure ausbildete, an der ich vier Jahre lang als Lektor unterrichtet hatte. In meiner jetzigen Situation als Gesamtschullehrer erschien mir diese Zeit wie das Goldene Zeitalter, in welches ich mich zurücksehnte wie Rousseau zur Natur: ein Idealzustand der Menschheit vor der Entstehung der Zivilisation, d.h. ohne Laster, ohne Kriege, ohne Gesamtschule und ohne renitente, aufmüpfige, aufsässige und respektlose Schüler. Und um das Schlimmste zu verhindern, hätte man denjenigen, der nach Rousseau einen Zaun um sein Grundstück zog und damit das Eigentum generierte, welches zu Korruption und Zwist unter den Menschen führte, in Analogie also die Gesamtschule gründete, auf der Stelle ermorden müssen, um die zukünftige Degeneration der Gesellschaft zu verhindern.

Vor meiner Gefangenschaft an einer Städtischen Gesamtschule hatte ich vier Jahre im *Garten Eden* der zukünftigen französischen Elite ein lustvolles Leben führen dürfen. Die *Ecole des Mines* in Nancy war mein Kanaan, in dem Milch und Honig flossen, und Frankreich war mein *Gelobtes Land* – wohlgemerkt vor dem Urknall. Ich war frei von Kummer, Plagen und Jammer, und mein geliebtes Weib schenkte mir ein zweites Kind, einen Sohn, der uns als ewiger Sonnenschein begleiten sollte. Die Tochter wurde bald drei Jahre alt und hörte nach dem Umzug aus Köln endlich auf nachts zu schreien. Gegebenenfalls fehlten ihr auch nur die französischen Laute.

Warum war ich jedoch in Nancy gelandet, wo mich ursprünglich nichts dazu prädestiniert hatte, nach Frankreich zu emigrieren? Nachdem ich mein Zweites Staatsexamen für das Lehramt der Sekundarstufe I und II in Französisch, Deutsch und Erziehungswissenschaften im Anschluss an ein zweijähriges Referendariat an dem bilingualen Gymnasium Kreuzgasse in Köln erfolgreich absolviert hatte, drohte unserem ganzen Jahrgang 1986 die Entlassung in die Arbeitslosigkeit. Die Einstellungskurve für Lehrer sank auf ihren Tiefpunkt, und Stellen waren nicht am Horizont. Dadurch, dass von den Referendaren im letzten Jahr bedarfsdeckender, selbständiger Unterricht im Umfang von acht bis zwölf Stunden verlangt worden war, hatten wir sozusagen selber zu einem Stellenabbau beigetragen, deren Opfer wir anschließend wurden.

Der Hauptseminarleiter, Herr Beutler, welcher mich sehr schätzte, setzte in der Zwischenzeit alle Hebel in Bewegung, um zumindest für zwei oder drei Referendare eine Einstellungsmöglichkeit zu finden, zugegebenermaßen auch, um seiner eigenen Tätigkeit einen Sinn zu geben. Denn wer bildete schon gerne zukünftige Arbeitslose aus? Wir waren noch nicht im Jahre 2015 angekommen, als die Massenarbeitslosigkeit, insbesondere unter Jugendlichen und jungen Akademikern aus dem südeuropäischen Raum, zu einer neuen Migrationswelle führen sollte. Während wir in den Nachkriegsjahren auf die Entwicklungsländer in Asien oder Lateinamerika geschaut hatten, überlegten heute viele diplomierte Spanier nach Südamerika auszuwandern, und mein eigener Sohn emigrierte nach Hong Kong, wo er für eine achtunddreißig Quadratmeter Wohnung 2840 Euro zahlen musste. Trotz eines überaus großzügigen Gehaltes, von dem so mancher Lehrer hätte träumen wollen, war am Ende des Monats bei diesen Mietpreisen und den exorbitanten Lebenshaltungskosten immer Ebbe in der Kasse, und das bei einer Wochenarbeitszeit von über 60 Stunden.

Für mich gestaltete sich die Lage im Mai 1986 ziemlich fatal, denn welche Alternativen hätte es für einen angehenden Deutsch- und Französischlehrer in der Industrie geben können? Außer dass ich Worte bewegen konnte wie andere den Hammer, war mein Profil für den Raubtierkapitalismus mit hoher Wahrscheinlichkeit unattraktiv.

Jemanden einzustellen, der sich nur auf die Finger schlug und mindestens zwei linke Hände hatte, überforderte den guten Willen eines jeden altruistischen Arbeitgebers.

Schließlich sollte es für mich eine Lösung außerhalb der Landesgrenzen geben, wobei ich nicht missverstanden werden möchte. Es handelte sich um die Landesgrenze zu Rheinland-Pfalz, wenn ich nach dem Reaktorunglück von Tschernobyl, welches sich am 26. April 1986, d.h. keine zwei Wochen nach meinem Zweiten Staatsexamen ereignete, auch lieber auf einen anderen Kontinent geflohen wäre. Auf den Kölner Kinderspielplätzen hatten kritische und verantwortliche Eltern Schilder aufgestellt: *Der Sand kann verseucht sein, lassen Sie Ihre Kinder hier nicht spielen!*

Viele unserer Freunde mit kleinen Kindern wagten es nicht mehr, ihre Wohnungen ohne Atemschutz oder unter Begleitung ihrer Kleinen zu verlassen. Und ich flüchtete mit meiner Frau, Tochter und Freundin, wohlgemerkt die französische Freundin meiner Frau, nach Montpellier, wo letztere eine Wohnung am Strand besaß. Dort spielten wir im Sand, bis bekannt wurde, dass die radioaktive Wolke aus Tschernobyl, geladen mit den Isotopen Iod-131 und Cäsium-137, weder am Rhein noch in den Vogesen vor den Staatsgrenzen der *Grande Nation* halt gemacht hatte, um die Gallier zu verschonen.

Die offiziellen Stellungnahmen der Regierung, dass Frankreich auf Grund seiner Entfernung von Tschernobyl sowie wegen der gegenläufigen Winde vom radioaktiven *Fallout* völlig verschont geblieben wäre, erwiesen sich schon bald als eine Mär, aber die Franzosen weigerten sich dennoch ihre Ernährungs- und Freizeitgewohnheiten umzustellen. Sie gingen weiterhin auf den Markt, um dort frisch kontaminiertes Gemüse einzukaufen, weil die Werte in einigen Regionen bis zum 1000-fachen unterschätzt wurden, während die deutschen Bürger teilweise apokalyptische Reaktionen an den Tag legten. Nicht unerheblich für die französische Staatslüge und die Vertuschungsaktion gegenüber den *Sansculotten* war sicherlich die Tatsache, dass Frankreich seine Stromversorgung zu über 80% aus der Kernenergie bezieht und bis auf den heutigen Tag über 58 Reaktoren in Kernkraftwerken verfügt, direkt hinter den USA mit 99 und zehn Plätze auf der Weltrangliste vor Deutschland mit acht potentiellen Super-Gauen.

Bei meiner Rückkehr nach Köln ereilte mich die Nachricht, dass ein Gymnasium in Montabaur, dem Sitz der Kreisverwaltung des Westerwald-Kreises in Rheinland-Pfalz mit einem gleichnamigen barokken Schloss nach einem Französischlehrer mit beliebigem Beifach suchte. Wenn es sich im Vergleich zur Millionenstadt Köln nur um eine Kleinstadt mit circa 12.000 Einwohnern handelte, so gab es erfreulicherweise dennoch einen ICE-Bahnhof und damit eine Anbindung an die große Welt.

Ich stellte mich innerhalb von drei Tagen persönlich vor, und nachdem die Französischkollegen auf die Bitte des Direktors hin befunden hatten, dass ich ins Team passte und trotz des auffällig guten Examens sowohl der französischen Sprache mächtig als auch ein amüsanter Zeitgenosse war, schien meiner beginnenden Studienratskarriere nichts mehr im Weg zu stehen, außer, dass es noch neun Jahre dauern würde, bis ich lebenslänglich erhielt - als Beamter.

Eine Woche später erhielt ich schon einen offiziellen Bescheid, und zwar schriftlich und in ordnungsgemäßer Form. Vater Staat wusste, wie man im Beamtendeutsch eine Absage formulierte. Nach den einleitenden bedauernden Bekundungen erklärte man mir, dass eine Einstellung nur im Rahmen eines Ländertausches möglich wäre, da bei der Aufnahme eines NRW-Asylanten durch die Landesregierung in Reinland-Pfalz das Bundesland Nordrhein-Westfalen sich dadurch erkenntlich zeigen müsste, dass es im Tausch ebenfalls einen Bewerber aufnahm. Da aber derzeitig kein Kollege nach NRW wechseln wollte, könnte die Stelle mit meiner Person leider nicht besetzt werden.

So einfach gestalteten sich die Dinge in einem föderalistischen Staat, in dem über Jahrhunderte die Länder nicht nur ihre Kulturhoheit bewahrt hatten. Als Folge dessen hieß es: auswandern! Meine Frau war Französin und die Vorstellung, mich in den Dienst der Trikolore zu stellen, bot durchaus einen gewissen Anreiz. Und ein Land zu verlassen, dessentwegen ich bei einem Griechenlandurlaub in den siebziger Jahren als Hitler beschimpft worden war, durfte nicht als

Vaterlandsverrat gelten. Über vierzig Jahre später wurde Angela Merkel in dem gleichen Land, welches kurz vor dem Staatsbankrott stand, als Hitler karikiert, weil ihre Politik der Austerität den Griechen eine umstrittene staatliche Sparpolitik verordnete, welche viele Bürger in die Armut abgleiten ließ.

Ich bewarb mich daher unmittelbar nach meinem Examen beim Deutschen Akademischen Austauschdienst, eine glorreiche Idee, auf welche mich ein Freund gebracht hatte, der ebenfalls mit einer Französin liiert war, aber sich schon vor dem Referendariat gegen das Beamtentum entschieden und selbständig gemacht hatte. Er verkaufte Hochräder auf die Arabische Halbinsel, bis dieser ökonomische Hochseilakt ihn aufs Neue in die Büroräume des Kölner Arbeitsamtes zwang.

Der DAAD, wie das Akronym in Fachkreisen gehandelt wurde, vermittelte einigen hundert Lektorinnen und Lektoren Anstellungen an Hochschulen in über 100 Ländern. Und jedes Jahr wurden circa 100 dieser attraktiven Stellen für Nachwuchswissenschaftler ausgeschrieben, die vorrangig ein Studium der Germanistik mit Schwerpunkt Deutsch als Fremdsprache absolviert hatten, ein exzellentes Examen vorlegen konnten und promoviert waren oder zumindest eine Promotion anstrebten. Letztere hatte ich schon vor zwei Jahren begonnen, als ich auf mein Referendariat wartete und meinte, in der Zwischenzeit etwas Sinnvolles unternehmen zu müssen.

Bei dem *Concours* oder Auswahlverfahren, zu welchem ich im Juni eingeladen wurde, schlotterten mir zwar die Knie, aber mein zweijähriges Studium an der Sorbonne kam mir bei einer mehrsprachigen Jury sehr zugute, welche von einem Germanistikprofessor genau dieser ehrwürdigen Institution präsidiert wurde. Tatsächlich konnte ich ihm gegenüber durch die angemessenen Antworten auf einige gezielte Fragen bestätigen, dass ich in diesen heiligen Säulen des Wissens nicht nur die französische Sprache gelernt hatte, sondern in meiner Menschwerdung fernerhin vom Stadium der Agrikultur in jenes der Kultur übergetreten war.

Als mir andere Bewerber nach meiner Vorstellung von den komplexen Fragenkatalogen und den schwierigen Gesprächsthemen berichteten, mit denen sie konfrontiert worden waren, insbesondere aus den Bereichen der Wirtschaft, der Politik und der deutschen Geschichte, konnte ich mich als Glücklicher wähnen, der diese Erlesenenprüfung erfolgreich überstanden hatte. Dieses Ergebnis implizierte jedoch noch nicht, dass damit alsbald eine Stelle verbunden war, wie man mir Ende Juni mitteilte. Die Entscheidungsfindung könnte sich über ein erstes und zweites Nachrückverfahren noch bis Oktober hinziehen. Die Zitterpartie ging demzufolge weiter.

In der Zwischenzeit musste aber Geld für die Familie eingetrieben werden. Meine Tochter hatte Hunger. Meine Frau, die sich in einem glücklichen Erziehungsurlaub befand und nur sechshundert Deutsche Mark Erziehungsgeld erhielt - bei den Problemen, die wir mit unserem kleinen Teufel hatten, wäre eine höhere Summe moralisch durchaus angebracht, aber rechtlich nicht durchsetzbar gewesen - war Gott sei Dank damals etwas pummeliger als heute, und die Miete durfte gleichfalls bezahlt werden.

Infolgedessen bewarb ich mich um einen Job in einer privaten Sprachenschule, *Linguarama*, welche europaweit Sprachkurse für Firmenkunden und Berufstätige anbot, und war erfolgreich. Ich durfte zehn Stunden Deutsch unterrichten, meistens in Einzelunterricht, wobei das Highlight darin bestand, von Zeit zu Zeit eine kleine Firmengruppe beim Mittagsessen zu begleiten, damit die Konversation sogar über den Mittagstisch fortgesetzt werden konnte. Cool! Beim Essen reden und dafür noch bezahlt werden.

Damals verdiente ich nur 10 DM pro Stunde, während die Sprachenschule circa 50 DM einstrich, aber ich musste das Essen davon nicht selber bezahlen. Gott sei Dank! Ich kam immer satt nach Hause. Und auf diese Weise erfährt man schon früh, was Ausbeutung und *Mehrwert* bedeuten, nämlich der Wert, den meine Arbeitskraft im Verhältnis zu meinem Verdienst zusätzlich einbrachte und vom Arbeitgeber kassiert wurde, welcher schließlich alle Risiken trug. Sozialversicherung und Krankenversicherung zahlte man mir natürlich nicht.

Aber welchen Anlass hätte ein junger Mann haben können, krank zu werden, zumal ein Job immer nur eine vorübergehende Tätigkeit ist.

Parallel arbeitete ich noch in einem Übersetzungsinstitut. An diesem Ort verhielt sich das kapitalistische System ähnlich: Ich bekam 20 Pfennig pro Zeile, die dem Auftraggeber vom Institut mit 80 Pfennig fakturiert wurde. Schnell begriff ich, dass ich nur bei der Ablieferung schlechter Übersetzungen vom Französischen ins Deutsche und *res versa* gut verdienen konnte, und da mich der Inhalt im Regelfall nicht nur nicht interessierte, sondern ich ihn mitunter, insbesondere bei technischen Übersetzungen, gar nicht verstand, begannen meine moralischen Zweifel zu schwinden, nämlich keine gute Übersetzung abzugeben. Dennoch drängte sich meinem Gewissen bisweilen die Frage auf, ob ich einen Übersetzungsauftrag nicht besser ablehnen sollte, weil er zu wissenschaftlich, wirtschaftlich oder technisch war, allerdings wäre dann meine Kompetenz in Frage gestellt worden, und es bestand die Gefahr, keinen Anschlussauftrag mehr zu erhalten. Nach zwei Monaten verlor ich meinen Job, weil wahrscheinlich irgendeine Brücke zusammengebrochen oder eine Maschine explodiert war. Den genauen Grund habe ich nie erfahren, allerdings habe ich seitdem höchsten Respekt vor *guten* Übersetzern.

Ein dritter Job wurde mir schließlich im *Institut Français* in Köln angeboten, wo ich als Hilfe der Chefsekretärin dreimal pro Woche von 16- 20 Uhr Unterlagen ordnen, Briefe schreiben und Telefondienste leisten sollte. Diese Tätigkeit wurde nicht nur sehr gut bezahlt, sondern war darüber hinaus anspruchsvoll und mit einiger Aufregung verbunden. Insbesondere, wenn ich abends zwischen 19 und 20 Uhr alleine im Büro war, weil die Chefsekretärin schon nach Hause gehen durfte und dann der Botschafter aus einem frankophonen Land anrief, welches ich vereinzelt geografisch gar nicht situieren konnte, beziehungsweise dessen Akzent ich kaum verstand, wurde ich häufig von Adrenalinschüben geplagt.

Ich durfte keinen Fehler machen, musste die zahlreichen Höflichkeitsformeln der französischen Hochsprache brav aufsagen, die Verbindungen durchstellen, soweit der Direktor oder der Generalsekretär noch auf ihren Arbeitsplätzen verweilten. Des Weiteren wurde ich ab und an zum Diktat gerufen, wobei man wenig Rücksicht darauf nahm, dass ich der Stenographie nicht mächtig und zudem kein Vollblut-Franzose war. Allerdings konnte ich sehr schnell schreiben, an einigen Tagen sogar so schnell, dass ich mein Gekritzel beim Tippen nicht mehr richtig entziffern konnte und peinlicherweise demzufolge Rücksprache halten musste. Aber es war insgesamt ein sehr gesitteter Umgang, und alle Vorgesetzten beachteten eine geradezu höfische Etikette.

Nur gelegentlich stürzte die Sekretärin selbst in Tränen aus dem Direktionszimmer, weil sie kurz vor Dienstende etwa angewiesen wurde, einen Brief noch einmal sauber abzutippen, einige Ergänzungen vorzunehmen oder die Interpunktion zu korrigieren. Leider genügte es vor dreißig Jahren nicht, den Text zu korrigieren und erneut auszudrucken. Das Tipp-Ex war zwar eine enorme Hilfe bei kleinen Fehlern, allerdings konnte ein ganzer Satz nur dadurch korrigiert werden, dass die Seite ein weiteres Mal vollständig neu getippt wurde, wodurch sich bei längeren Texten zusätzlich die Folgeseiten änderten: *Quelle catastrophe*!

Ich genoss meine Tätigkeit nicht mit geringem Stolz und war mit meiner relativen Kompetenz und geringen Verantwortung gut angesehen, bis mir ein tragischer Fehler unterlief. Es handelte sich darum, das jährliche Kulturprogramm neu zu gestalten, welches darin bestand, Künstler vorzustellen, Film- und Theateraufführungen zu kommentieren, Lesungen aufzuführen oder Gesprächsrunden einzuleiten.

Als einer der wenigen Deutschen im Institut Français erkor man mich als Spezialisten aus, um das französische Programm ins Deutsche zu übersetzen, weil es zweisprachig erschien: eine anspruchsvolle, aber sehr interessante Aufgabe. Und da es sich in dieser Situation nicht darum handelte, einen Zeitmarathon zu gewinnen, weil die Zeile per Stückpreis honoriert würde, wie in einem Übersetzungsinstitut, konnte ich mir alle Zeit der Welt nehmen, um eine qualifizierte Leistung zu erbringen. Gleichermaßen stand meine Ehre auf dem Spiel, wollte ich den Vorgesetzen gegenüber doch nachweisen, dass ich die Kompetenzen besaß, um eine gute Übersetzung anzufertigen.

Ich benötige zwar sehr viel mehr Zeit, als ich gedacht hätte, war aber mit dem Ergebnis hochzufrieden. Der erbrachte Aufwand war jedoch so hoch, dass ich nicht hätte Übersetzer werden wollen. Insofern nochmals meine Hochachtung für diesen Beruf! Da das Programmheft schnell in den Druck musste, warf der Generalsekretär nur noch einen kurzen Blick über meine Übersetzung, lobte mich - und eine Woche später gab es einen lauten Disput im Büro des Direktors mit dem Generalsekretär.

Noch ahnungslos bezüglich der Ursache des Zornausbruchs, saß ich bequem mit der Chefsekretärin im Vorzimmer, und wir fragten uns mit erstaunten Blicken, was in diesem Fall wohl der Anlass für eine so außergewöhnliche Gefühlsäußerung war. Der Direktor, Monsieur Magnon, war immerhin ein hochangesehener gebildeter Mann, welcher sich glücklich wähnen durfte, erfolgreich aus dem Formatierungsprogramm der berühmtesten Eliteschule Frankreichs hervorgegangen zu sein, der *École Nationale d'Administration*, die von den Kürzel liebenden Franzosen nur ENA genannt wurde.

Diese am 9. Oktober 1945 von Charles de Gaulle gegründete *Nationale Hochschule für Verwaltung* sollte nach der Vichy-Vergangenheit als Kaderschmiede *par excellence* die häufig aus der *Résistance* stammenden ersten höchsten Beamten des Staates ausbilden und eine politisch unbelastete Verwaltung für den Wiederaufbau Frankreichs liefern. Ihre Absolventen werden bis heute als Enarchen bezeichnet, welche der unbesonnene Leser nicht mit den Eunuchen verwechseln möge. Während letztere nach ihrer Kastration, sofern sie diese überlebten, häufig als *Palasteunuchen* an den Höfen in Byzanz, China oder im osmanischen Reich beispielsweise als Minister, Berater oder Haremswächter dienten, besetzen erstere bis heute die Top-Positionen in allen Behörden und Ministerien Frankreichs.

Am erwähnten Ort werden bekanntlich die französischen Präsidenten produziert und wie es der Soziologe Pierre Bourdieu ausdrückte, reproduziert die Elite sich und ihre dominante Weltsicht immer wieder selbst. Der zweimalige konservative Präsident Jacques Chirac sowie François Hollande, der in den barocken Sälen die bedeutsamste Bekanntschaft seines Lebens machte, indem er Ségolène

Royal, die Mutter seiner vier Kinder und Präsidentschaftskandidatin der Sozialisten 2007, kennenlernte, studierten an diesem Ort, ebenso wie die Ministerpräsidenten Dominique de Villepin, Michel Sapin oder die Spitzenpolitiker Alain Juppé, Lionel Jospin oder Edouard Balladour.

Der gegen François Hollandes Lebenspartnerin angetretene Präsidentschaftskandidat und französische Präsident Nicolas Sarkozy studierte hingegen an der Elitehochschule *Science Po*, dem Pariser Institut für politische Studien, das gleichermaßen Georges Pompidou zum Präsidenten kürte. Der *Petit Nicolas* hat allerdings nie sein Abschlussexamen absolviert, weil er, so heißt es in bestimmten Medienberichten, an seinen mangelhaften englischen Sprachkenntnissen scheiterte. Dass er trotzdem Präsident wurde, war sicherlich ein hinreichender Trost. Wie klein die französische Elite ist, zeigt allerdings, dass nach dem Scheitern der Präsidentschaftskandidatur von Ségolène Royal fünf Jahre später *le Président normal*, ihr Lebensabschnittgefährte, das Rennen machte, um die Familie zu ernähren.

Als Mitglied aus diesem exklusiven Club der ENA hätte man von Monsieur Magnon selbstverständlich erwartet, dass er sich in Krisenfällen als Stoiker im allgemeingebräuchlichen Sinne des Wortes verhalten hätte, der seine Emotionen und Affekte immer im Griff behielt und nicht unter Hormonschwanken litt. Letzteres galt in der Tat vielmehr für meine Kollegin im Sekretariat, die bisweilen urplötzlich wie von einer Tarantel gebissen aufspringen konnte, rot anlief und ihren Unmut durch lautes Fluchen in französischer Sprache kundtat. Die Stärke der Artikulation der Laute signalisierte mir, der nicht jedes Schimpfwort verstand, den Schwellengrad ihrer Verwünschungen, die sie ausspie, oder sogar den Grad der Verzweiflung, in welcher sie sich gerade befand.

Nachdem im Büro von Monsieur Magnon erneut eine sinnvolle Weltordnung eingetreten war, weil man sich der Maximen Zenons, Senecas, Epiktets oder Mark Aurelius' aufs Neue erinnert hatte, oder weil einem nach dem tobenden Wutanfall der Sauerstoff ausgegangen war, verließ der Generalsekretär, Monsieur Blâme, sozusagen mit eingezogenem Schwanz, das Territorium und zitierte mich seinerseits mit einem zornigen Blick in sein Büro. Dieser ließ keinen Zweifel an der Ernsthaftigkeit der Situation und war sicherlich kein Vorbote einer guten Nachricht. Marion, die Sekretärin, konnte mir gerade noch viel Glück wünschen, und dann brach ich auf, um den Richterspruch entgegenzunehmen, mit dem festen Willen allerdings mein Los in aller Gelassenheit zu akzeptieren.

„Lieber Herr Krieger", so hob der Generalsekretär mit pathetischer Stimme an, „es ist ein großes Malheur passiert, dessen Ursache Sie sind, aber dessen Verantwortung mir obliegt. Wie übersetzten Sie das in unserem Programm im Zusammenhang mit dem New Yorker Künstler erwähnte Verb ‚disparaître' in dem Satz *l'artiste a disparu le 10 juin à 18.30 heures*?" Mir wurde unmittelbar bewusst, dass ich dieses Verb natürlich falsch kontextualisiert und mit „verschwinden" daher falsch übersetzt hatte. Ich entgegnete daher demütig, dass ich nur eine Bedeutung des Verbs kennte, nämlich „verschwinden", dass die Übersetzung *Der Künstler verschwand am 10. Juni um 18.30 Uhr* aber offensichtlich falsch sei.

„Die Kenntnis der Ursache, Herr Krieger", fuhr Monsieur Blâme fort, „verhindert leider nicht mehr die unliebsamen Folgen, die mit der Tatsache verbunden sind, dass der New Yorker Künstler am 10. Juni keineswegs spurlos verschwunden, sondern verstorben ist. Es handelt sich daher um einen nicht unerheblichen Übersetzungsfehler, der dem Künstler zwar nicht das Leben zurückgibt, uns aber momentan das Leben zur Hölle macht, weil das Programm in der Zwischenzeit 6.000 mal gedruckt und an alle wichtigen Persönlichkeiten und Institutionen verschickt worden ist." „Der Künstler, lieber Herr Krieger, um es noch einmal ganz deutlich und unmissverständlich zu formulieren, ist weder verschwunden noch abhandengekommen, noch weggegangen, sondern gestorben, aus dem Leben gegangen - und nicht fortgegangen oder von der Bildfläche verschwunden, nein, er ist von uns gegangen."

„Der völlig skandalisierte französische Botschafter", so setzte Monsieur Blâme seine Schilderung fort, „hat heute Morgen bereits Monsieur Magnon zur Rechenschaft gezogen und mir gerade, wie sagt man noch im Deutschen, ja, die Leviten gelesen, wie Sie es sicherlich durch das Haus haben schallen hören, weil ich diesen fundamentalen Übersetzungsfehler bei einer Kontrolllektüre natürlich hätte aufdecken und verbessern müssen. Der Sündenbock bin demgemäß ich, aber Monsieur Magnon fühlt sich selbstverständlich in gleichem Maße der Lächerlichkeit preisgegeben. Das Telefon steht seit heute Morgen nicht mehr still, und selbst die Presse möchte diese furchtbare Anekdote allem Anschein nach der Öffentlichkeit nicht vorenthalten."

„Werde ich jetzt fristlos entlassen?", stotterte ich mit zittriger Stimme. „Das wird doch sicherlich sehr unangenehme Konsequenzen haben." „Wenn jemand gefeuert würde", Herr Krieger, „dann sicherlich ich, aber das ist in unserer Institution nach so vielen Dienstjahren unwahrscheinlich, zumal ich in einem Jahr ohnehin in Pension gehen werde. Aber mit der Schmach müssen wir voraussichtlich noch eine Weile leben, und Sie werden diesen Fehler mitnichten jemals in Ihrem Leben vergessen. Nun dürfen Sie wieder an Ihre Arbeit zurückkehren – *disparaîssez* ! – gehen Sie mir zumindest für heute aus den Augen, weil es genügend andere Anlässe geben wird, welche mir diesen Irrtum immer wieder vor Augen führen werden. *Bonne journée et au revoir*!"

Ins Büro zurückgekehrt, wartete Marion schon ungeduldig auf die Erklärung, die ich ihr unmittelbar enthüllen würde. Nachher lachten wir ein wenig forciert darüber, *on riait jaune,* wie man im Französischen sagt. Noch beherrschte ich die Sprache nicht in allen ihren Feinheiten, und selbst dreißig Jahre später verbarg mir diese sicherlich wunderbare Sprache noch so manches Geheimnis, während meine Frau mir vorrechnete, dass sie mittlerweile mehr Jahre in Deutschland als in Frankreich gelebt und in der Zwischenzeit in beiden Sprachen Probleme hätte.

Während ich weiterhin in der Sprachenschule einige Sprachkurse gab und dreimal in der Woche nachmittags am Institut Français arbeitete, fragte mich Monsieur Blâme eines Nachmittags, ob ich unter Umständen Interesse hätte, im WDR Schulfunk in der Funktion eines didaktischen Beraters tätig zu werden, da ich doch Französischlehrer sei. Wenn dem so sei, würde er für mich einen Termin mit dem Direktor des Schulfunks festlegen, damit ich mich persönlich vorstellen könne. „Wissen Sie“, Herr Krieger, „trotz Ihres Fehlers, der uns einige Sturmwinde zugezogen hat, sprechen Sie doch ein sehr gutes Französisch und scheinen mir ein halbwegs intelligenter Mensch zu sein. Möglicherweise ergibt sich hier für Sie ja mit ein bisschen Glück mittelfristig eine interessante Arbeitsperspektive.“

Mein Herz hüpfte vor Freude, meine Frau zeigte sich über diese unerwartete Wendung überschwänglich glücklich und das Gespräch, welches ich eine Woche später mit Herrn Meßler führte, hatte meine unmittelbare Mitarbeit an einem Französischlehrwerk zur Folge, welches *L'hôtel des quatre vents* (Das Hotel der vier Winde) hieß. Ohne längere Schulerfahrung, außer meiner zweijährigen Tätigkeit als Referendar, wurde ich anfänglich mit circa 10 Stunden pro Woche als didaktischer Berater eingestellt, der den bereits fertiggestellten ersten Band mit einem Sonderstundenkontingent aufmerksamst lesen, kommentieren und nach Möglichkeit verbessern sollte. Dieser Tätigkeit konnte ich sogar im Home-Office nachkommen.

Dann hatten wir das erste Treffen des Teams, welches mit der Erstellung des WDR-Lehrwerks betreut war. Tatsächlich handelte sich um die Ausarbeitung eines französischen Hörfunk-Sprachkurses von Radio France und dem WDR Köln in Koproduktion mit den Rundfunkanstalten der ARD, und ich sollte daran mitarbeiten. Das Team bestand mit mir aus sechs Mitarbeitern, die sich einmal im Monat unter der Leitung von Herrn Meßler trafen, um über die neu konzipierten Lehr- und Lerneinheiten zu befinden.

Zwei Personen fielen mir sofort auf, als wir in dem hoch modernen Konferenzraum des WDR Platz nahmen: an erster Stelle der Leiter des Schulhörfunks selbst. Seine groß gewachsene Gestalt von aristokratischer Autorität erweckte den Eindruck, dass er seit seiner Kindheit nicht aufgehört hatte zu wachsen, wobei ich selber bei einem Meter siebzig schon meine maximale Höhe erreicht hatte und keineswegs von mir behaupten konnte *klein aber fein* zu sein. Bei Herrn Meßler hingegen war alles Eleganz, Gefälligkeit, Großzügigkeit, und sein harmonisches Gebärdenspiel verriet das würdevolle Benehmen einer edlen Seele.

Herr Meßler war um die 50 Jahre alt. Alles an ihm war nobel, generös, jovial, höflich und taktvoll, aber nichts konventionell oder steif. Im Gegenteil, er sprühte vor Witz und Bonmots. Seine wortgewandte Sprache wurde durch die Verwendung des Französischen nicht gemindert. Sie klang in meinen Ohren wie swingender Jazz mit Verve und Esprit.

Die zweite Hauptfigur in unserer Runde stellte ein bereits äußerlich auffälliger neumodisch gekleideter französischer Journalist, der nicht nur schlank, sondern fast schon dünn war und sich bewegte, als hätte er nach einer im klassischen Ballett verbrachten Kindheit seit einigen Jahren zum *Modern Dance* gewechselt. Dazu passte nicht nur sein leichtfüßiger, fast schwebender Gang, sondern auch seine blondlockige Schönheit, die ihn aus Paris wie in einer Choreographie begleitete. Beide beherrschten die deutsche Sprache allerdings nur rudimentär, weswegen wir überwiegend Französisch parlierten. Aber die *Grande Nation* ist unterdies häufig nicht so polyglott.

David, der kleine Franzose in den Maßen von Nicolas Sarkozy, aber etwas affektiert oder manieriert, verkörperte für mich den typischen Dandy und evozierte in mir Bilder von Charles Baudelaire, Lord Byron oder Oskar Wilde. Äußerst elegant mit einem körpernah geschnittenen Maßanzug gekleidet, kultiviert, wie sich herausstellte, und mit den formvollendeten Manieren eines Gentlemans, der die Sprache, wohlgemerkt die französische, als Kunstwerk praktizierte. Darüber hinaus erweckte er durch ein gewisses narzisstisches Selbst, das es zu inszenieren galt, den Eindruck, dass er vermutlich ein ungezwungenes Verhältnis zum Geld hatte und der Journalismus nur eine intelligente Beschäftigungsform oder einen Zeitvertreib darstellte, der mit den Niederungen anstrengender Erwerbstätigkeit nichts gemein hatte. In welcher Funktion die Blondine ihre Existenzberechtigung in unserer Runde hatte, konnte ich nicht feststellen, aber selbst wenn sie nur ästhetisches Beiwerk gewesen wäre, hätte sicherlich niemand auf diese entzückende Augenweide in der vollen Pracht ihrer Formen verzichten wollen, selbst wenn sie nur eine anmutige Dekoration sein sollte.

Herr Meßler zeigte in jeder Situation die Meisterhaftigkeit seiner Gesprächsführung und seine edle Gesinnung, die immer auf Harmonie gerichtet und Wohlwollen basiert war, selbst wenn verschiedentlich völlig entgegengesetzte Positionen vertreten wurden. Er gehörte zweifelsohne zu Ciceros *civitas optimatium*, d.h. den besten Bürgern zur Organisation einer Demokratie. Er war immer überaus freundlich und zuvorkommend. Niemand von uns hatte jemals den Eindruck, dass er nicht ernst genommen würde, etwas Falsches oder sogar Unsinniges gesagt hätte. Alle Äußerungen und Beiträge wurden gewürdigt und gemeinsam optimiert. Die Arbeitsatmosphäre war daher überaus angenehm und nicht weniger effizient. Im Gegenteil, Herr Meßler achtete akribisch darauf, dass die gut durchorganisierten Tagesordnungspunkte nach genauem Zeitplan abgearbeitet wurden, weil insbesondere die Anwesenheitszeit der externen Mitarbeiter des Projektes sehr eingeschränkt und genau festgelegt war. Aber selbst bei seinen Anweisungen behielt Herr Meßler immer ein Lächeln und breit hochgezogene Wangen.

Unser Gast aus Paris, der durch seine Mimik und Gestik als Gaukler oder Taschenspieler hätte auftreten können, war von Herrn Meßler unter Vertrag genommen worden, weil er durch seinen Inspirationsgeist und seine journalistische Wortakrobatik das Handlungsgerüst des Lehrbuchs aufbauen sollte, und heute standen die nächsten vier Lektionen zur Verhandlung, die dialogisch angeordnet waren. Schnell waren wir von seinen Ideen zur Fortsetzung der Geschichte begeistert, allein nicht nur bei mir, sondern ebenfalls bei Herrn Meßler und den anderen Lehrwerksautoren traten erhebliche Zweifel bezüglich des verwendeten Sprachniveaus auf.

Wie sollte eine solche Wortchoreographie für Schüler im Anfängerunterricht verständlich gestaltet werden? Die von David verwendeten Vergangenheitsformen würden erst in den nachfolgenden Lektionen eingeführt werden. Des Weiteren waren einige hypertaktische Sätze durch die Häufung von Konjunktionen, Subjunktionen oder die Verwendung noch unbekannter Konjunktionaladverbien für unser *deutsches Ausländerpublikum,* welches Französisch meistens als zweite oder dritte Fremdsprache lernte, zu komplex. Hinzu kam eine Ansammlung von Adverbien oder Adjektiven, die zwar das Geschehen spannend, aufregend oder lustig und humorvoll gestalteten, jedoch nur für diejenigen, welche das, was es zu lernen galt, schon beherrschten.

Selbst dem begabtesten Schüler konnte an diesem Punkt keine positive Sinnkonstruktion gelingen. Die Demotivation war damit vorprogrammiert, selbst wenn wir eingangs unseren Spaß hatten. In dieser prekären Situation möge jemand versuchen, einen Text mit sechs verschiedenen Meinungsträgern, die wir waren, gemeinsam umzuschreiben, noch leichter wäre es gewesen einem Bären das Tanzen beizubringen. Mithin trug man dem Didaktiker auf, die notwendigen Reduzierungen vorzunehmen, ohne allerdings die Dynamik oder Spannung zurückzufahren - eine Quadratur des Kreises.

Die nächste Sitzung fand in einem Monat statt. Da die meisten in der Zwischenzeit durch die unterschiedlichsten Tätigkeitsfelder galoppiert waren und durch den aufgewirbelten Staub des Alltags den originären und authentischen Text von David wohl vergessen hatten, provozierte mein neuer Basistext, der so spannend war wie eine amerikanische Tupperwarendose, keinen Aufruhr. Die didaktische Reduktion hatte sowohl den Wortschatz als auch die grammatikalische Progression an den Handlungsverlauf angepasst, und der Text hätte jetzt sogar von einem Gesamtschüler verstanden werden können - sofern seine Eltern Franzosen waren.

Man dankte mir für meine Arbeit, aber jeder war darauf gespannt, welche Fortsetzungsgeschichte David wieder präsentieren würde. Das Spektakel eines Wortezauberers war in diesem Fall verlockender als die Kontemplation von Lehrbuchsätzen, die wie Krokodile in eine hypnotische Starre gefallen waren. In diesem Fall könnte nur noch über das spätere Drehen am Lautsprecherregler des Radios der völlig heruntergedimmte Geist der Zuhörer wieder auf neuronalen Standard hochgefahren werden. Nein, wir haben tatsächlich alle eine sehr gute Arbeit geleistet, und das Lehrbuch wurde ein großer Erfolg - damals.

In einer der letzten Sitzungen geschah dann noch etwas völlig Unerwartetes, Außergewöhnliches, Spektakuläres. Nach einer zehnminütigen Pause standen plötzlich zwei Champagner-Flaschen auf dem Konferenztisch, und zwar der prickelnden Luxus-Marke Dom Pérignon aus dem Hause Moët & Chandon. Es gäbe ein besonderes Ereignis zu zelebrieren und einen netten Mitarbeiter zu honorieren, so kündigte Herr Meßler mit feierlicher Stimme an. Dann gratulierte er mir für meine Lektorenstelle, von der er gerade durch einen freudigen Telefonanruf meiner Frau erfahren hatte, die mir an der *Université de Nancy II* und der *Ecole des Mines* (Ingenieurhochschule) durch ein Schreiben des Deutschen Akademischen Austauschdienstes offeriert worden war. Zwar bedauere er, zukünftig auf meine Mitarbeit an dem Lehrwerk *Hôtel des quatre vents* verzichten zu müssen, aber aus Frankreich wehte nun ein anderer Wind, dessen Tragweite ich nicht verpassen dürfe. Die Stelle sollte bereits in zwei Wochen angetreten werden, da es sich schon um das zweite Nachrückverfahren handelte, und meine unmittelbare Zusage sei unabdingbar. Im Taumel der Freude fand ich kaum mehr die richtigen Worte, weder im Deutschen noch im Französischen, um mich bei allen zu bedanken, und sehnte mich nur noch danach, den Brief endlich in meinen Händen zu halten. Es war der 10. Oktober 1986, und die Studienseminare sollten am 24. Oktober beginnen.

Adieu Germany *und* Bonjour la France

Nach einer kurzen Bahnfahrt kam ich bei uns zu Hause in der Nikolaus-Groß-Straße in Köln an, wo meine Frau und ich uns in die Arme fielen. Sie war die beste Frau aller möglichen Welten, und das nicht nur, weil sie mir diese frohe, herzerfrischende Botschaft überbracht hatte, welche unser Leben für die nächsten vier Jahre völlig verwandeln sollte. Wir würden uns nicht nur unbeschwert, denn frei von finanziellen Sorgen, einrichten können, sondern unser Sohn - meine Frau war im fünften Monat schwanger - würde darüber hinaus ein richtiger Franzose werden und unsere zweieinhalbjährige Tochter, welche ihre ersten Redekünste bereits in beiden Sprachen begonnen hatte, ein hoffentlich warmes Sprachbad nehmen. Natürlich freute ich mich selber wie ein kleines Kind, wieder in den Zaubertrank der französischen Sprache und Kultur eintauchen zu können, um mich wie Obelix durch eine magische Kraft zu verwandeln.

Bislang hatte ich nur zwischen 1976 und 1978 zwei Jahre als Student an der Sorbonne verbracht und ein wenig vom Baum der Erkenntnis genascht, welches viel zu wenig war, um mich den philosophischen Wahrheiten zu nähern oder den französischen Wein und die französische Lebensart in meinen Adern zu empfinden. Nun aber sollte der an der Sorbonne entsprungene Strom in Eden sich aufteilen und einen der vier Paradiesflüsse nach Lothringen leiten, um meinen Garten in Nancy zu bewässern, wo ich zwar keine Viehherden hüten würde, aber zwei wunderbare Gotteskinder.

Bei einem genauen Kalkül mag dem Leser auffallen, dass Paul 1976 sein Studium aufnahm und im Mai 1986 mit dem Referendariat abschloss, so dass zwischen 1976 und 1986 genau 10 Jahre lagen. So lange hatte er studiert, und dann trotzdem in Deutschland kein Stellenangebot erhalten. Aber wie so manche kluge Idee aus einem Irrtum entstand, wollte Paul sich gerne dieser positiven Vorsehung fügen, die ihn an die Hand nahm, um ihn zum zweiten Mal in das Gelobte Land zu begleiten.

Paul glaubte zwar weder an das Fatum noch an die Prädestination, weder an das buddhistische oder hinduistische Karma noch an das Kismet im Islam, jedoch schien es ihm evident, dass es ein Prinzip von Ursache und Wirkung geben musste, welches wir allzu oft als Zufall verkennen, weil wir die Komplexität der multiplen Ursachen mit unserem beschränkten Verstand nicht zu durchschauen mögen.

Dabei war aber doch alles ganz leicht zu verstehen: Paul hatte sein Zweites Staatsexamen als Lehrer bestanden. Darauf folgte eine Anstellung als Lehrer oder keine Anstellung als Lehrer. Im zweiten Fall, d.h. nach der nicht erzielten Wirkung der Lehramtseinstellung, suchte das gescheiterte Subjekt gezwungenermaßen nach einer oder mehreren alternativen Lösungsmöglichkeiten, d.h. in Pauls Fall etwa die Bewerbung um eine Lektorenstelle beim DAAD, die Arbeit in einem Übersetzungsbüro oder im Institut Français. Da der Generalsekretär, Monsieur Blâme, den Direktor des Schulfunks beim WDR, Herrn Meßler, kannte, der auf der Suche nach einem didaktischen Mitarbeiter für seinen Hörfunk-Sprachkurs war, und gleichzeitig mit einem arbeitslosen Lehrer in Verbindung stand, der ein wenig Französisch konnte, weil er eine Französin geheiratet und zwei Jahre an der Sorbonne studiert hatte, wurde Monsieur Blâme die Ursache für Pauls Tätigkeit beim WDR – und damit für den Champagner, der zwei Monate später an das Hörfunk-Team ausgeschenkt wurde.

Die genaue Ursachenforschung für Pauls Lektorenstelle in Nancy im zweiten Nachrückverfahren hingegen ist in ihrer Analyse so komplex, dass wir lieber wieder vom alten Zufall sprechen möchten, selbst wenn dieser nur unser Unvermögen bekundet, die Handlungskomplexität unseres Lebens nach dem Ursache-Wirkungs-Prinzip zu erfassen. Und würden wir jetzt darüber hinaus die weder von Paul noch von uns verstandene Quantenphysik mit reflektieren, welche die Gesetze der klassischen Newtonschen Mechanik aufgelöst hat, wäre uns der Zufall wieder ein lieber Freund, um unsere Handlungsfreiheit beizubehalten, wenn wir sie auch nur postulieren und nicht beweisen können.

Zugegebenermaßen hat desgleichen die Hypothese bestand, dass Paul nicht wirklich eine Stelle in Deutschland suchte, denn er liebte seine Heimat, soviel wir wissen, nicht mit Leib und Seele. Hätte man Pauls Mutter nach ihrer Meinung gefragt, so hätte sie eine ganz einfache Erklärung für alles gehabt: Die eigentliche Ursache und allein Schuldige für die Entführung ihres Sohnes war diese aus einem einfachen Arbeitermilieu stammende Französin, die es vorzog, in ihrer Heimat zu leben. Es gibt wahrscheinlich mehr falsche als richtige Urteile über die Zusammenhänge, welche Paul ins Asyl schickten, jedoch möchten wir nun beobachten, was die beiden jungen Eltern aus dieser Situation gemacht haben: „Und Gott sprach: Es werde Licht! und es ward Licht. Und Gott sah, dass das Licht gut war."

Vierzehn Tage, um den Mietvertrag, alle Daueraufträge oder Einzugsermächtigungen für Strom, Gas, Telefon und Versicherungen zu kündigen, meine Firmensprachkunden beim Mittagessen zu verabschieden, im Institut Français Adieu zu sagen, sich von guten Freunden zu trennen, die Wohnung aufzulösen, vorher noch eine Abschiedsfeier zu organisieren und am Tag des Auszugs dann nicht die Kinder zu vergessen.

Dass meine Frau schwanger war, sollte sich allerdings schon bald wie 3 Richtige, nein sogar wie 4 oder 5 Richtige im Lotto auszahlen. Während sich unser zukünftiger Sohn noch im Fruchtwasser der Gebärmutter tummelte, welches schon bald einen französischen Beigeschmack von *pain beurre confiture* erhielt, weil meine Frau aus der Bretagne stammte und nichts lieber mochte als frische Baguette mit gesalzener Butter und *la confiture Bonne Maman*, ergriff meine Frau das Verlangen nach diesem körperlichen und moralischen Aufputschmittel nicht nur regelmäßig zum Frühstück, sondern manchmal gleichermaßen am späten Abend oder sogar nachts, wenn sie plötzlich wach wurde und ich sie zum Kühlschrank schleichen hörte. Verglichen mit ihrer ersten Schwangerschaft war dieses Szenario jedoch unbedeutend, denn damals weckte sie mich morgens um 3 Uhr, wenn sie Heißhunger auf *carottes rapées*, geraspelte Möhren verspürte.

Als ich in einem Telefongespräch mit der Sachverständigen für finanzielle Leistungen des DAAD sprach und sie von mir erfuhr, dass meine Frau *in guter Hoffnung sei*, wie meine Mutter immer formulierte, um die Schwangerschaft nicht zu thematisieren, die unter Umständen etwas mit Sexualität zu tun haben könnte und allein schon wegen der Nachbarn tabuisiert werden musste - „Bei mir hat man nie etwas davon bemerkt, dass ich ein Kind erwartete!", so intervenierte sie immer empört, wenn wir den obszönen Begriff *Schwangerschaft* in den Mund nahmen, ohne uns danach sofort die Zähne zu putzen - meinte die Sachverständige sofort, dass sie in diesem besonderen Fall einer Schwangerschaft eine Sonderregelung geltend machen könne. Worin diese bestand, sollte ich unmittelbar erfahren.

„Herr Krieger", so die sanfte, liebenswürdige Stimme einer Frau mit großem Wohlwollen, die ihrer Warmherzigkeit und Güte unbedingt eine gute Tat folgen lassen wollte, „wenn Ihre Frau schon im fünften Monat hochschwanger ist, so müssen wir bei Ihrem Umzug selbstverständlich jegliche Aufregung, Stress und vor allem Anstrengung vermeiden. Ich schlage daher vor, dass Sie einen Umzugsunternehmer wählen, der eine maximale Leistung anbietet, um Sie und insbesondere natürlich Ihre Frau zu entlasten. Achten Sie daher darauf, ein Angebot einzuholen, in welchem selbstverständlich nicht nur die Möbel abgeholt, sondern auch alle Objekte, wie Wäsche und Geschirr oder andere Gegenstände vom Unternehmen verpackt und in Frankreich dann wieder aufgestellt und ausgepackt werden. Sie brauchen gar nichts zu machen. Fassen Sie beide nichts an. Dafür gibt es Spezialisten und, wie gesagt, in Ihrem Falle besteht darüber hinaus ein gerechtfertigter Begründungszusammenhang. Und da die Angelegenheit auf Grund der Zeitnot besonders eilig ist, wollen wir auf die im Allgemeinen angeforderte Auswahl von drei Kostenvoranschlägen ebenfalls verzichten. Nehmen Sie einfach den Besten. Und in Frankreich motivieren Sie die Möbelpacker dann durch ein sehr gutes französisches Mittagessen, welches Sie ihnen spendieren und für welches wir natürlich aufkommen."

Ich bedankte mich in aller Förmlichkeit für das Entgegenkommen und fühlte mich beweihräuchert wie vom Papst persönlich, nur etwas weniger gläubig, denn ich erinnerte mich vage, vor drei Jahren eine Promotion über den französischen Materialismus begonnen zu haben, und auf diesem Gebiet gab es zwar viele nette Leute, aber keinen lieben Gott.

Die Vertragsbedingungen erwiesen sich für mich als Berufsanfänger als sehr zufriedenstellend. Als Lektor erhielt ich von der Gasthochschule, d.h. von der Universität in Nancy in Kooperation mit der *Ecole Nationale Supérieure des Mines* einen Dienstvertrag, der mich gemäß der Landesregeln wie ein einheimisches Mitglied des Lehrkörpers entlohnte. Der Deutsche Akademische Austauschdienst, der seinerseits hauptsächlich vom Auswärtigen Amt finanziert wird, gewährte mir zusätzlich eine monatliche Ausgleichszulage, die sich in etwa noch einmal auf die gleiche Höhe belief wie das französische Gehalt, und darüber hinaus Zuschüsse zur Altersversorgung und zur Gesundheitsvorsorge, insgesamt folglich ein Rundum-sorglos-Paket für mich und die kleine Familie. Die Förderungsdauer sollte zunächst zwei akademische Jahre betragen, konnte im Einvernehmen mit der Gasthochschule aber auf insgesamt vier oder fünf Jahre verlängert werden. Aber hierüber denkt man kaum nach, wenn man am Anfang des Abenteuers steht.

Mein Vorstellungstermin war bereits auf den Freitag der kommenden Woche festgelegt, und für samstags organisierte ich telefonisch unmittelbar Termine mit zwei Maklern. Die Kosten würde ebenfalls der DAAD übernehmen. Diese erste Reise trat ich alleine an und sie verlief zu meiner vollen Zufriedenheit. Was mich ursprünglich verwunderte, war die Tatsache meiner Teilabordnung von der Universität Nancy II an die *Ecole des Mines*. Wie sich später aber sehr schnell herausstellte, war dieses für mich ein enormer Gewinn, weil die *Eleven* an der Elitehochschule, obzwar sie einen technischen Beruf anstrebten, sehr viel besser Deutsch sprachen als diejenigen vom Fachbereich

Deutsch an der klassischen Universität. Ich sollte aber sehr bald erfahren, was eine *Grande Ecole* in der Praxis bedeutete.

Am Freitag machte ich nachmittags an erster Stelle die Bekanntschaft des Direktors der *Ecole des Mines*, Monsieur Lafond, der in einem Büro präsidierte, dessen *Interieur* so manchen König hätte eifersüchtig machen können, und dieses nicht nur wegen des relativen Prunks im Stil des Second Empire, sondern auch wegen seiner Geistes- und Urteilskraft. Äußerlich ganz Aristokrat und in seinem Diskurs immer darauf bedacht, Handlungsentscheidungen nach genauer Prüfung der jeweiligen Situation oder des Sachverhalts möglichst *vernünftig* zu beurteilen. Erstaunlicherweise schien er mehr an meinem Promotionsthema interessiert zu sein als an meiner vermeintlichen pädagogischen Begabung. Der Maschinenmensch von La Mettrie und Descartes, über welchen ich dissertierte, passte natürlich genau in sein wissenschaftliches und mechanizistisches Weltbild als Ingenieur, und er fand ein gewisses Interesse an dem deutschen *Homunkulus*, über den er spottete, dass er nach dem Abschluss seiner Promotion vielleicht noch Ingenieur werden könnte, um einen vernünftigen Beruf zu ergreifen. Gleichwohl hätte er selbstverständlich Hochachtung vor Goethe, Schiller, und... weitere Namen fielen ihm dann doch nicht ein.

Wenn der Literaturkritiker Sainte-Beuve von Flaubert behauptete, dass dieser die Feder des Schreibens genauso gut beherrschte wie sein Bruder das Skalpell, so merkte ich sofort, dass mir kein Professor Unrat gegenübersaß, ohne uns auf den Roman von Heinrich Mann beziehen zu wollen, sondern ein scharfer Denker, welcher die Ideen mit einer Präzision zusammensetzte wie ein Uhrmacher das Räderwerk in einer mechanischen Uhr. Bei Monsieur Lafond wusste man immer sofort, welche Stunde es geschlagen hatte. Nach einem kurzen und offenkundig mehr informativen als persönlichen Gespräch, welches aber bereits einen Großteil meiner Energiereserven und Wissensressourcen absorbiert hatte, begleitete er mich persönlich ins Büro des Leiters des Sprachenzentrums und verabschiedete sich ebenso förmlich wie er sich vorgestellt hatte.

Das Büro des Sprachabteilungsleiters gestaltete sich im Vergleich zu dem Audienzsaal der direktorialen Magnifizenz des Elitetempels vergleichsweise wie eine *Chambre de bonne*, das im Unterschied zu den traditionellen Dachkammern, in denen sich früher Dienstmägde im hintersten Winkel einer Pariser Stadtwohnung unter einer Dachschräge zusammenfalten mussten, um für den bourgeoisen Lebensstil der gehobenen Oberschicht zu sorgen, jedoch auf der zweiten Etage situiert war und nicht über eine steile Wendeltreppe oder eine Leiter, sondern über einen Aufzug oder eine herrschaftliche Treppe zu erreichen war. Außerdem war sein Büro beheizt, so dass er nicht wie die Dienstmädchen im 19. Jahrhundert im Winter an einem Schnupfen zu krepieren drohte. Trotzdem erweckte die etwas versteckte Lage und Architektur seines Büros den Eindruck, dass der berühmte Baron Haussmann höchstpersönlich aus zwei Abstellkammern mit einer Fläche von jeweils neun Quadratmetern, die heutigen Tags für arme Studenten für eine durchschnittliche Miete von 600 Euro offiziell als Wohnraum deklariert werden dürfen, ein Domizil für gehobene Dienstboten geschaffen hätte.

Es drängte sich mir unweigerlich die Frage auf, ob dieser materielle niedere Anschein proportional zum Stellenwert der Sprachvermittlung stand. Immerhin weilte ich in den Gemächern einer technischen Hochschule, und ich wusste nur zu genau, dass die beiden Sprachareale eines Ingenieurs anders tickten als bei einem Sprachwissenschaftler. Waren sie in Bezug auf die Wernicke-Region, welche für die sensorische Aufnahme und das Verstehen von Sprache verantwortlich ist, manchmal schon etwas gehandikapt, so wissen wir alle, dass Naturwissenschaftler in der Regel keine Sprachvirtuosen sind. Sollte das Broca-Zentrum im Gehirn für diese Teil-Aphasie, d.h. relative Sprachlosigkeit verantwortlich sein, während die Zellen in diesem Sprachproduktionszentrum bei Frauen nicht nur in Einzelfällen häufig unkontrolliert wuchern und ein etwa 20% größeres kortikales Volumen ausmachen? Möglichenfalls ist der chronische Sprachfluss bei manchen Frauen daher biologisch als Mutation der Art zu erklären, weil sie sich von Zeit zu Zeit um den Verstand reden.

Die äußere Erscheinung von Monsieur Deloche, dem Leiter des Sprachenzentrums an der *Ecole des Mines*, bestätigte möglicherweise die Idee des armen Poeten auf dem Gemälde von Spitzweg. Zwar befand sich in seiner offensichtlich kargen Stube statt der schmutzigen Matratze ein ordentliches Canapé, auf dem Goethe in Form des *West-östlichen-Divans* auch einmal ein Nickerchen hätte machen können, um einzugestehen, dass *Orient und Okzident nicht mehr zu trennen sind,* und statt des Kachelofens feuerten zwei stattliche Heizkörper die Wärme in die gute Kammer, so dass ich annehmen konnte, dass die auf dem Schreibtisch liegenden englischsprachigen Zeitungen nicht als Brennmaterial, sondern der Lektüre dienten, aber würdig schien mir diese gute Stube eines Sprachabteilungsleiters nicht. Auch an den Wänden befanden sich keine Versschema des Hexameters, sondern eine blumige Tapete, die leichten Schwindel hervorrufen konnte, an der Decke hing kein Regenschirm, der vor tropfender Feuchtigkeit schützen sollte, und statt einer schummrigen Funzel stand eine ordentliche Schreibtischlampe auf einem imposanten Echtholzschreibtisch, der mit Sicherheit bereits einige Generationen überlebt haben musste. Dasselbe galt für die abgesessenen, leicht staubigen Sessel, die in ungereinigter Form den Weg hierher gegebenenfalls direkt von einem Trödelmarkt gefunden haben konnten.

Zahlreiche beängstigend überladene Bücherregale drohten in jedem Moment zu kollabieren, verrieten aber, dass dieser Mann lesen konnte und wahrscheinlich sogar eine Fremdsprache beherrschte. Die Kaffeemaschine auf einem befleckten Beistelltisch enthüllte, dass Herr Deloche entweder keine Befehlsgewalt über eine Sekretärin ausübte oder Coffeinomane war, das heißt in chronischer Weise auf die regelmäßige Zufuhr von Coffein angewiesen war, um während der Seminare nicht einzuschlafen. Als Stimmungsaufheller befanden sich zudem ein Radio und ein Kassettenrekorder in einem der Regale.

Monsieur Deloche war mit seinen circa ein Meter fünfundsiebzig eher groß für einen Franzosen, aber insgesamt von gedrungenem Körperbau mit Neigung zum Fettansatz, so dass auch sein Brustkorb unten breiter als oben war und der Kopf auf einem zu kurzen Hals saß.

Seine biedere Kleidung sowie sein Gesichtsausdruck strahlten die gutgelaunte Bonhomie eines Landpfarrers aus, der durch seine Gutmütigkeit, Einfalt und Biederkeit von seiner Gemeinde geliebt wurde. Von dieser Gestalt sollten wir nichts zu befürchten haben, welches sehr beruhigend anzunehmen war, nachdem der energiegeladene und scharfsinnige Direktor bei mir bereits alle Neuronenbahnen in helle Aufruhr versetzt hatte.

„Cher Monsieur Krieger“, so hob Herr Deloche mit leicht pathetischer Stimme an, dessen französische Endsilbenbetonung meinen Namen etwas in die Länge zog, „wir freuen uns, dass Sie sozusagen noch in letzter Minute vor Beginn des Semesters in Absprache mit der Universität von Nancy II die Stelle als DAAD-Lektor besetzen können. Ich weiß nicht, was wir ohne Sie gemacht hätten. Wir haben zwar noch einen österreichischen Lektor mit einer halben Stelle, aber unser Direktor, Monsieur Lafond, hat zum gegebenen Zeitpunkt bereits unmissverständlich zu verstehen gegeben, dass er mit dieser Situation gar nicht zufrieden ist. Nicht dass der österreichische junge Mann nicht adrett gekleidet, unanständig oder unkultiviert wäre“, so bemerkte Monsieur Deloche mit einem ironischen Schmunzeln auf seinen breiten Lippen, „aber man verlangt doch auch von keinem Amerikaner, dass er bestes Oxford-Englisch unterrichtet, das sogenannte *Queen's English* oder *King's English.* Wissen Sie, wir haben den *Eleven* unserer Schule und noch mehr ihren Eltern gegenüber gewisse Ansprüche zu vertreten. Tatsächlich weiß ich nicht, ob Sie genau wissen, was eine *Grande Ecole* ist, jedoch bezweifle ich, dass man in Deutschland im Französischunterricht einen frankophonen Afrikaner mit seiner für unsere Ohren doch etwas absonderlichen Aussprache als Französischlehrer anstellen würde. Und stellen Sie sich vor, Monsieur Krieger, dass ein an unserer Schule diplomierter Ingenieur in einem Gespräch mit deutschen Industriepartnern durch einen österreichischen Akzent auffällig wird. Sagen Sie einmal ehrlich, würde unsere Schule dadurch nicht gebrandmarkt oder sogar der Lächerlichkeit preisgegeben?“

Natürlich hatte ich in meinen jungen Jahren über eine solche Fragestellung noch nie nachgedacht, mit der ich erst wieder konfrontiert werden sollte, als ich viele Jahre später als Vertretungsprofessor an der Universität Bremen viele Schwarz-Afrikaner in meinen Didaktik-Seminaren vorfand und ihre muttersprachliche Sprachkompetenz sowie rege Beteiligung als eine große Bereicherung empfand. Noch interessanter wurde es in meinen Seminaren zur Frankophonie, weil die authentischen Sprecher aus dem Senegal, aus Togo und der Elfenbeinküste in ganz besonderer Weise ihre lebendige Kultur vertraten, die ich mir nur anlesen konnte. Zugegeben, ihre Aussprache war gelegentlich etwas schwer verständlich, aber die deutschen Kommilitonen mit ihrer deutlich geringeren Sprachkompetenz konnten häufig gar keine klaren Gedanken formulieren, und was die Aussprache der Nasale anbelangte, so wurden diese nicht immer bedeutungsdifferenzierend artikuliert.

Zwangsläufig musste ich in diesem Moment an meinen eigenen Akzent im Französischen denken, den jeder ordentliche Deutsche im Allgemeinen, wenn auch in unterschiedlicher Stärke, sein Leben lang beibehält, um seine Individualität hervorzuheben, und ich fühlte mich plötzlich durch den mir gegenüber sitzenden Sprachlehrmeister irritiert. Wie würde sein Urteil über mein Französisch ausfallen? Hatte er womöglich schon Fehler entdeckt? Sein gutmütiger Blick beruhigte jedoch jegliche tiefenpsychologischen Ängste, welche den Pulsschlag hätte beschleunigen können. Und so erwiderte ich in opportunistischem Tonfall, dass er gewiss Recht habe.

„Wissen Sie überhaupt", Monsieur Krieger, so fuhr Monsieur Deloche in einer Weise fort, die offen legte, dass es ihm nicht um einen Dialog, sondern um ein Unterweisungsgespräch ging, „was es bedeutet, an einer Grande Ecole zu lehren und welche Bedingungen man erfüllen muss, um bei uns aufgenommen zu werden?" Bevor ich Zeit gefunden hätte zu antworten, stellte ich fest, dass es sich um eine rein rhetorische Frage gehandelt hatte, die Monsieur Deloche wiederum die Gelegenheit bot, über die Elitehochschule, an der er mit nicht geringem Stolz als *Maitre de conférence*, wenn auch noch ohne Professorenstuhl und an seiner Habilitationsschrift arbeitend, seit vielen Jahren mit großer Begeisterung lehrte, eine Lobeshymne abzuhalten, die mir sehr viel Geduld abverlangte und sich wie ein mit der Französischen Revolution beginnender historischer Exkurs gestaltete, der wegen seiner epischen Länge über Napoleon und das 19. Jahrhundert drohte, niemals in der Gegenwart anzukommen.

„Heute", und wiederum holte Monsieur Deloche tief Luft und blähte seine Lungen auf wie ein Apnoetaucher vor dem minutenlangen Abtauchen, um sich in einem monumentalen Satzgefüge zu ergießen, bei dem der Zuhörer den Eindruck erhielt, dass der Sprecher bald mangels Sauerstoffzufuhr seine Seele aushauchen würde, sofern er nicht unmittelbar aus den tiefen seines Gedankenflusses wieder auftauchte, um nach Luft zu schnappen, „auch heute noch rekrutieren wir unsere *Eleven*, wie wir unsere Zöglinge nennen, als zukünftige Führungselite für die höchsten Staats-, Militär- und Wirtschaftsfunktionen nach dem Prinzip einer strengen Auslese, welche sie nach einem zweijährigen Vorbereitungskurs, der *Classes préparatoires*, im Anschluss an ihr Abitur an einem der prestigiösesten Gymnasien in Form eines *Concours*, einer Aufnahmeprüfung, bestehen müssen, um anschließend bei uns ein dreijähriges Studium aufzunehmen, sofern sie auf den obersten Plätzen der Ranglisten erscheinen, und unter höchstem Arbeitsaufwand und nicht geringen Entbehrungen im Allgemeinen erfolgreich abzuschließen. Wer die Aufnahmeprüfungen nicht schafft, kann dann immer noch das Studium an einer Universität, und zwar direkt im dritten Studienjahr, aufnehmen, ohne unbedingt als Versager zu gelten. Indessen immatrikuliert sich wohlgemerkt keiner unserer *Eleven* freiwillig an einer Universität, die von vielen Studierenden häufig bereits nach ein oder zwei Jahren wieder erfolglos verlassen wird und oftmals direkt in die Arbeitslosigkeit mündet. Was will man, bei allem was recht ist, mit einem so allgemeinen Diplom überhaupt anfangen?"

Nachdem der Apnoetaucher endlich wieder den Kopf aus dem Algendickicht seiner Sätze über die spiegelnde Wasseroberfläche gehoben hatte, sollte er sich meiner Wenigkeit und Präsenz erinnern, um zur Sache zu kommen. „Was nun Ihre Aufgabe anbelangt, lieber Monsieur Krieger, so dürften sie noch nicht wissen, dass Ihr Lehrdeputat bis auf zwei Stunden bei uns an der Ingenieurhochschule zu erbringen ist, welches insgesamt zehn Stunden ausmacht, zusätzlich der zwei an der Universität zu leistenden Stunden."

Mein Verstand begann bereits im harmonischen Einklang mit dem emotionalen Nervenzentrum der Amygdala des limbischen Systems auf Grund der Freude über ein so geringes Deputat ein Tanzfest zu veranstalten, als Monsieur Deloche fortfuhr: „Mir ist zwar bewusst, dass mit dieser hohen Stundenzahl eine ansehnliche und anspruchsvolle Arbeitsleistung auf Sie zukommt, zumal ich erfahren habe, dass Sie noch an Ihrer Dissertation arbeiten und verheiratet sind, aber Sie werden sich schnell eingewöhnen, und manche Kurse sind im Übrigen nicht sehr arbeits- oder korrekturintensiv. Unsere *Eleven* sprechen im Allgemeinen schon ein recht gutes Deutsch, und Sie werden feststellen, dass ihr Niveau wahrscheinlich besser ist als das der Studenten an der Universität. Sie mag das zunächst verwundern, aber ich gebe zu bedenken, dass diejenigen Schüler, welche in den Naturwissenschaften auf Grund ihrer Begabung bereits an der Schule nur Bestleistungen erbracht haben, meistens später die schwierige deutsche Sprache als Erste Fremdsprache wählen. Deutsch ist in Frankreich bereits eine erste Bestenauslese, und darum finden Sie diese Eleven paradoxerweise bei uns wieder, an einer Ingenieurhochschule."

„Des Weiteren wird Sie der hohe Stellenwert wundern, den wir an unserer Hochschule den Fremdsprachen beimessen. In einer vor kurzem stattgefunden schulinternen Sitzung hat der Direktor, Monsieur Lafond, durchsetzen können, dass alle *Eleven* während ihres dreijährigen Studiums mindestens zwei Fremdsprachen wählen und mit einem offiziellen externen Sprachzertifikat abschließen müssen, dessen Aussagekraft weit genauer und überzeugender ist als die arbiträre Note irgendeiner Schule. Was soll ein zukünftiger Arbeitgeber mit einer Note anfangen, wenn diese keinen objektiven Referenzwert anzeigt? Bei den standardisierten internationalen Tests gilt für Englisch als Mindestanforderung das *Cambridge Certificate* sowie das *Certificate in Advanced English,* besser aber noch der *TOEFL-Test,* d.h. der *Test of English as a Foreign Language,* welcher Studierende sogar zur Aufnahme eines Studiums in den USA berechtigt. Für Ihr Fach Deutsch gilt als Mindestanforderung das *Zertifikat Deutsch als Fremdsprache,* als

Akronym auch ZDaF genannt, beziehungsweise die *Mittelstufenprüfung* des Goethe-Instituts, deren erfolgreiches Bestehen zur Aufnahme eines Studiums in Deutschland berechtigt."

Als ich bemerkte, mit welcher Konzentration eines Seiltänzers Monsieur Deloche versuchte, die vier Worte *Zertifikat Deutsch als Fremdsprache* auszusprechen, konnte ich nur hoffen, dass die *Eleven* seiner Institution mehr Begabung zeigen würden, und um meinen eigenen bescheidenen Akzent brauchte ich mir nicht mehr den Kopf zu zerbrechen. Würde Monsieur Deloche ihn trotz seiner großen Ohren überhaupt wahrnehmen? Dann lieber noch *österreichisch* oder sogar Schweizer Hochdeutsch, schmunzelte ich vor mich hin.

„Bezüglich des *Diplomas de Español como Lengua Extranjera* führen wir gerade Gespräche mit dem *Instituto Cervantes* und für Italienisch mit der *Accademia Italiana di Lingua* in Florenz". Die bei den beiden romanischen Sprachen formulierten Worte in phonetisch korrektem Originalwortlaut erklärten, warum die meisten Franzosen als zweite Fremdsprache tendenziell lieber Spanisch als Deutsch wählten. „Zudem haben wir noch Lehrkräfte für Arabisch, Japanisch und Chinesisch angestellt, um die Internationalisierung unserer Hochschule voranzutreiben. Wenn Sie noch Zeit finden, können Sie gerne an einem dieser angebotenen Sprachkurse teilnehmen. Darüber hinaus gehen wir davon aus, dass Sie in Kooperation mit dem Goethe-Institut die externen Deutschprüfungen durchführen, auf welche Sie unsere Eleven vorbereiten werden. Neben den Übungen in *Reading comprehension, Listening comprehension, Speaking and Written expression* – spätestens an dieser Stelle erkannte man, dass Monsieur Deloche Englisch lehrte, aber sicherlich eine Zeitlang in Amerika verbracht hatte, welches sein *American English-Akzent* andeutete – sollten Sie es aber nicht versäumen, insbesondere in den höheren Sprachkursen, ebenso berufsfachspezifische Texte zu behandeln, wobei wir bei Ihnen natürlich keine ingenieurwissenschaftlichen Kompetenzen voraussetzen. Wenn Sie dann noch ihre Seminare mit ein wenig ästhetischer, literatur- oder kulturgeschichtlicher Bildung würzen wollen, ist dieses selbstverständlich nicht verboten, wenn auch nicht erforderlich. Es liegt auf der Hand, dass Sie gewisse Freiheiten in der Gestaltung Ihrer

Kurse bewahren, sofern die Schüler ihre obligatorischen Sprachzertifikate reüssieren", so fügte Monsieur Deloche ein wenig ironisierend hinzu.

„Es versteht sich von selbst, dass Fotokopien und andere administrative Aufgaben von der Sprachabteilungssekretärin erledigt werden, die ich Ihnen dann Montag in zehn Tagen vorstellen werde. Und füllen Sie immer die Anwesenheitslisten brav aus, welche ebenfalls von der Sekretärin regelmäßig überprüft und von Monsieur Lafond unter Umständen sanktioniert werden. Bei dreimaligem unentschuldigtem Fehlen kann es äußerstenfalls auch schon einmal vorkommen, dass jemand von der Schule fliegt. Hier herrscht verständlicherweise nicht der gleiche Laxismus wie an manchen Universitäten, sondern vielmehr noch *la politique de la carotte et du bâton*", welches so viel wie *die Politik von Zuckerbrot und Peitsche* bedeutete. Sofern dieses nicht in gleicher Weise für die Dozenten gelten sollte, konnte mir ein wenig Disziplin als junger Lehrer nur recht sein. Mit diesen Worten verabschiedete sich Monsieur Deloche von mir, begleitete mich noch bis auf den Flur und tauchte dann wieder in seinem Büro unter.

Diesen ersten Teil der Examinierung hatte ich passabel bestanden und war bester Dinge, als ich am Samstag mit zwei Maklern in Folge, die telefonisch bereits informiert waren und eine Vorauswahl getroffen hatten, nach einem jeweils kurzen Gespräch die ersten Wohnungen besichtigen konnte. Dabei realisierte ich allerdings schnell, dass im Gegensatz zur französischen Lebensart des Genießens, dem *savoir vivre,* und der Gastronomie mit Weltrang, die zu dem geflügelten Sprichwort *leben wie Gott in Frankreich* geführt haben, das es erstaunlicherweise nur in Deutschland gibt, die französische Wohnarchitektur der Vorstädte vergleichsweise medioker, dürftig, bescheiden war, wenn man Vokabeln wie abscheulich, grässlich oder abominabel vermeiden mochte.

Bereits die Fahrt aus der Innenstadt durch ein zwar zu klein geratenes Triumphtor in Richtung der Vororte glich der Verabschiedung aus der Zivilisation, deren Pracht sich im Stadtzentrum zwischen königlicher Architektur und Jugendstil entfaltete. Nancy, einst Hauptstadt der Herzöge von Lothringen, dann Herrschaftsteil des französischen Königs Ludwig XV. im Tauschhandel gegen die Toskana und schließlich durch die Schwiegervaterschaft mit dem französischen Königshaus Herrschaftsgebiet des polnischen Königs Stanislas Leszczynski, glänzte im Zentrum durch den heute so genannten *Place Stanislas* (ehemals Place Royale), der 1983, d.h. drei Jahre vor meiner Ankunft als architektonisches Vermächtnis von der UNESCO in die Liste des Weltkulturerbes aufgenommen worden war.

Persönlich besuchte ich später gerne die magische *Brasserie Excelsior* mit ihrer wunderbaren Jugendstil-Architektur, die aus der *Ecole de Nancy* als dem Zusammenschluss führender Vertreter des *Art Nouveau*, von Künstlern, Industriellen und Kaufleuten, hervorgegangen war und Nancy am Ende des 19. Jahrhunderts zur Hauptstadt des Jugendstils gemacht hatte. Das Interieur des Excelsior verwöhnte den Gast nicht nur mit zahlreichen aus dem Kunsthandwerk hervorgegangenen Dekorationsgegenständen und stuckartigen Verzierungen, sondern auch mit seiner gut bürgerlichen Küche und seinem im Allgemeinen freundlichen Service, die immer wieder Horden von Touristen anlockten, derentwegen es zu bestimmten Zeiten vielmehr galt, die Brasserie zu meiden, um nicht ständig vom Blitzlicht der Fotoapparate geblendet oder von kreischenden Begeisterungsausbrüchen betäubt zu werden.

Nach einigen Kilometern verschwanden schnell die schicken Jugendstilvillen, Cafés, Bistros, Boutiquen und Restaurants, um die ersten Häuserblocks in der Peripherie heranwachsen zu lassen. Zum gegebenen Zeitpunkt verstand ich gar nicht, warum wir überhaupt in diese Randgebiete fuhren, aber auch die Ästhetik des Hässlichen mag ihre Reize haben, und ich betrachtete unsern Ausflug daher unter dem Aspekt der Stadterkundung.

Nach der Besichtigung einiger standardisierter Wohnzellen, deren Aufteilung nur in ihrer Banalität rivalisierte, weil alle Grundmuster ziemlich ähnlich ausfielen und in der Geometrie nicht variierten, sollte eine Wohnung meine Aufmerksamkeit anlocken, weil sie einen großen Balkon vorzeigen konnte. Allerdings befand sich dieser im

Norden und gegenüber einem derartig hässlichen Koloss von Wohnblock, dass man die nicht vorhandenen Rollladen gar nicht hätte öffnen wollen. Zwar mochte dieses Gebäudeensemble im Vergleich mit den Plattenbauten aus der Ex-DDR mit Eimern auf den Köpfen oder Trichter-Hütchen als Kamine oder den bedrückenden vierzigstöckigen Wohnsilos in Hongkong, die hochkant gestellten Zigarrenkisten gleichen und geschminkt sind wie Clowns, noch possierlich erscheinen, aber die Vorstellung, durch unendliche Korridore wandern zu müssen, bevor man dann unter Umständen die richtige Haustüre gefunden hatte, um in eine zweifelhafte Atombunker-Gemütlichkeit einzutauchen, beflügelte mich nicht mit Enthusiasmus, sondern ließ in mir vielmehr kafkaeske Ahnungen entstehen. In den Häuserschluchten dieses sozialen Wohnungsbaus witterte man geradezu schon das Pulver der mafiösen Jugendbanden und Randalierer, welche Präsident Sarkozy später karscherisieren, d.h. mit dem Hochdruckreiniger entfernen wollte.

Wie kam ich aber zu der Ehre, diese heroischen Beispiele einer fehlgeschlagenen Urbanisierungspolitik aus den 1950er und 1960er Jahren, die unter Fabrikbedingungen vorgefertigte Bauplatten aneinanderreihte und dabei gleichfalls die Seelen zubetonierte, besichtigen zu sollen? Nein, in dieser Wohnung hätte mein Sohn wahrscheinlich gar nicht das Licht der Welt erblicken und meine Tochter morgens nicht mehr aufstehen wollen. Ganz zu schweigen von meiner Frau, die mit Sicherheit unmittelbar einen Asylantrag in Deutschland gestellt hätte, um wieder auszuwandern.

In der Tat musste in diesem Fall ein Missverständnis vorliegen, und meine Frage an den Makler, warum er mir diese *horreurs*, d.h. Schreckensgespinste, überhaupt zeigte, sollte nicht mehr lange ein Geheimnis bleiben. Dem Makler, dem man nicht nur seine völlige Bestürztheit ansah, sondern auch die ersten Symptome eines sich anbahnenden Wutanfalls, den er nur mit äußerster Mühe meisterte, räusperte sich mehrmals ungläubig als hätte er Schluckprobleme und äußerte dann mit schneidendem Ton: „Cher Monsieur, très cher Monsieur, Sie sind Deutscher und machen einen netten Eindruck, und ich versuche ruhig Blut zu bewahren, um entgegen meiner üblichen

Courtoisie, die uns Franzosen doch auszeichnet, nicht unhöflich zu werden. Cher Monsieur, Sie haben meiner Sekretärin in einem Telefongespräch wissen lassen, dass Sie eine Wohnung für zwei Personen und zwei kleine Kinder suchten und in Nancy eine Stelle als „*lecteur*" anträten, worunter sich bei uns niemand etwas vorstellen konnte.

Des Weiteren haben Sie uns darüber informiert, dass Sie circa 2000 Francs verdienen würden, was nicht einmal dem französischen Mindestlohn entspricht, und dass Sie keine Zeit hätten zu warten, weil Sie am liebsten bereits in vierzehn Tagen einziehen wollten. Wir unsererseits haben uns in der Agentur auf diese Suchanfrage nur eingelassen, weil die Sekretärin gleichzeitig beteuerte, dass eine deutsche Organisation, der DAAD, unter welcher wir uns gleicherweise nichts vorstellen konnten, die Maklergebühren übernähme. Erachten Sie es also als überaus glückliche Fügung des Schicksals, dass wir überhaupt einen so wenig lukrativen Fall angenommen haben, um Sie nicht gerade durch die edelsten Viertel unserer Vorstadt herumzukutschieren. Hätte ich nicht schon einige Beulen in meinem Fahrzeug und gerade sehr viel Zeit, hätte ich unser Rendezvous gerne vermieden."

Ich entgegnete, dass sich in diesem beschriebenen Fall wahrscheinlich mehrere unliebsame Missverständnisse angehäuft hätten: „Erstens, Monsieur, verdiene ich nicht 2000 Francs, sondern 2000 Deutsche Mark, welches ungefähr das Dreifache sein dürfte; zweitens bezieht sich dieses Gehalt nur auf meinen französischen Arbeitsvertrag mit der *Académie de Nancy* und wird in meinem Fall noch einmal um die gleiche Summe ergänzt, die ich in Form von steuerfreien Aufwendungen aus Deutschland beziehe. Ein *lecteur*, genauer gesagt, ein *lecteur d'allemand*, ist des Weiteren kein professioneller Buch- oder Zeitungsleser, sondern ein Hochschullehrer, der an der Universität eines anderen Gastlandes seine eigene Muttersprache unterrichtet und damit sogar Geld verdient. Und als letztes, und hier sollten Sie Ihre Maklerohren spitzen, erhalte ich noch über das Auswärtige Amt in Deutschland nach dem Muster von Diplomaten oder Gesandten eine Mietentschädigung, deren Höhe ich noch nicht kenne."

Nun stand es an mir, meiner Entrüstung darüber Ausdruck zu verleihen, dass ich meine Zeit verloren hatte, mir diese Sozialwohnungen angesehen zu haben, und ich fügte mit leicht exaltierter Stimme hinzu, welche das Gespräch beenden sollte: „Wenn Ihre Sekretärin diese präzisen Angaben missverstanden oder nicht notiert hat, so ist es sicherlich nicht lohnenswert, sie noch einmal zu wiederholen. Ich bitte Sie daher, mich freundlicherweise wieder an der Brasserie Excelsior abzusetzen, weil ich dort nach dem Mittagessen einen weiteren Maklertermin habe, und zwar mit jemandem, so hoffe ich, der gerne bereit ist, eine doppelte Monatsmiete für einen gehobenen Wohnstandard entgegenzunehmen." Auf die nachfolgenden Entschuldigungen sowie den Versuch des perplexen Maklers, einen zweiten Termin zu vereinbaren, konnte ich mich alleine schon aus Zeitgründen nicht einlassen, wollte ich doch am Abend desselbigen Tages noch nach Köln zurückfahren.

Ein exzellentes Menu im Excelsior konnte meine irritierten Nerven über die Gaumenfreuden wieder ins Lot bringen, und die halbe Flasche fruchtiger Medoc aus dem Bordelais ließ bereits die ersten Bilder einer traumhaft schönen Wohnung, wenn auch noch in etwas nebulösen Konturen, entstehen.

14.30 Uhr. Die Zeit blieb nicht stehen, aber im nächsten Augenblick hielt bereits ein metallicfarbener roter Peugeot 504 mit Stufenheck, aus dem ein Kopf mit Baskenmütze und Schnurrbart wie ein Klischee herausschaute und fragte „Monsieur Krieger, c'est vous"? Auf der Stelle ging der Besichtigungsmarathon weiter, aber dieses Mal durch schönere Gefilde in den Süden – leider nur von Nancy. In der Neubausiedlung von *Ludres* besichtigte ich zunächst zwei Reihenhäuser, aber auch ein freistehendes größeres Haus. Während erstere nahezu identisch waren und circa 90-100 qm^2 Wohnfläche auf zwei Ebenen darboten sowie einen Garten in der Größe einer Terrasse, war das dritte Häuschen, an welches sich sogar eine kleine Rasenfläche anschloss, geräumiger und nicht mit diesen furchtbaren Blumenmustern tapeziert. Aber es war mir schier unmöglich, eine Entscheidung zu treffen, obgleich ich keine negative Reaktion meiner Frau zu antizipieren vermochte.

Wohlgemerkt ist das Bessere immer des Guten Feind. Als der Makler merkte, dass ich unter Umständen die Miete nicht für überhöht hielt, holte er noch einen Joker aus der Tasche. „Monsieur Krieger, wie ich sehe, sind Sie nicht abgeneigt dieses Häuschen für sich und Ihre Familie zu mieten. Die Miete in Höhe von 2400 Francs scheint mir fair, und Sie übernehmen das Haus in renoviertem Zustand. Auch liegt die Entfernung zu Ihrem Arbeitsplatz unter 10 Kilometern, und Sie haben an diesem ruhigen Ort alle Geschäfte und Einrichtungen, die Ihre kleine Familie zum Überleben braucht. Allerdings hätte ich im alten Dorfkern noch ein zwanzig Jahre altes Haus, das für nur 600 Francs mehr in einem Monat frei wird, weil der jetzige Eigentümer, übrigens selber Lehrer, ich glaube Biologielehrer, in Rente geht und Lothringen in Richtung Bordeaux verlässt, wo er seinen Alterswohnsitz beziehen möchte. Dieses Haus ist ein wahres Meisterwerk und mit all diesen Siedlungsbauten in keiner Weise vergleichbar. Der Eigentümer hat es sogar selber konzipiert und über Jahre immer wieder verbessert. Sie werden sehen, es wird Ihnen gefallen. Wir fahren einfach mal vorbei, und wenn wir Glück haben, sind *Messieurs dames* sogar zu Hause und können die Hausführung selber übernehmen."

Ob ich von einem Biologielehrer architektonische Künste zu erwarten hätte, mochte ich zu gegebenem Zeitpunkt noch bezweifeln, aber die anschließende Hausbesichtigung sollte jegliche Verunsicherung und Skepsis zerschlagen: Das Haus war der Hammer, spitze, *le pied*!

Auf der Ebene des *rez-de-chaussée* befanden sich nicht nur eine Doppelgarage, ein großzügiger *Entrée* mit einem riesigen Einbauschrank, zwei kleinere Kellerräume sowie ein riesiger Partyraum, sondern nach hinten heraus ergänzte ein geräumiges Treibhaus von ca. 45 qm^2 über den gesamten Südrand des Hauses dieses Erdgeschoss, welches für Kinder im Winter zu einem Spielparadies werden konnte. Daran anschließend erblühte ein Garten mit Wiese, Blumen, Barbecue, Gemüseanteil und unverstellbarem Blick auf eine Gemeindewiese mit Obstbäumen. Auf der ersten Etage, die man vom Garten aus über eine breite Steintreppe erreichte, die auf eine ebenso große Terrasse mündete wie das Treibhaus und jeweils durch breite Glastüren sowohl in die mittige Küche als auch in den Salon und das Arbeits- oder Kinderzimmer mündeten, befanden sich auf der Nordseite, die vom Entrée aus über eine breite Holztreppe, die zu einem geräumigen Flur führte, zusätzlich zu den drei bereits erwähnten Zimmern noch ein zweites Kinder- sowie das Elternschlafzimmer, die Gästetoilette und das Badezimmer. Über der Garage gastierte das Esszimmer mit seinem breiten Schiebefenster, welches mit dem Salon kommunizierte, in dem ein offener Kamin wohlige Wärme verbreitete.

Der Vertrag wurde bei einem Gläschen Champagner sofort aufgesetzt und unterzeichnet, und meine Frau hörte vier Wochen später gar nicht mehr auf zu tanzen und zu pfeifen, weil sie ihr Glück gar nicht begreifen konnte – zumindest nicht bis der erste Winter heranzog, der Schnee durch alle Außentüren in Küche, Kinderzimmer und in den Salon eindrang, wo der glühende, aber einzige Heizkörper die Temperaturen gerade einmal auf schlappe 14 Grad ansteigen ließ. Auf unsere nachfolgende Beschwerde hin durften wir dann jeden Tag den offenen Kamin anwerfen, der aber eher den Schnee auf der Terrasse zum Schmelzen als die Temperaturen im Esszimmer in die Höhe brachte. Wir feierten Weihnachten bei 18 Grad und klagten dennoch auf hohem Niveau, während die Kinder oftmals erkältet waren und sich im Schlafzimmer hinter der neuen Tapete erste Schimmelflecken zeigten. Aber bekanntermaßen folgten auf den Winter ein sonnigerer Frühling und in diesem Jahr ein ungewöhnlich heißer Sommer, der uns in dem schlecht isolierten Haus die Schweißperlen auf die Stirn jagte und den Kindern und ihren Eltern schlaflose Nächte bescherte.

Unser kleiner Sonnenschein hatte am dreizehnten März das Licht der französischen Welt erblickt und die Tochter davon befreit, ein Einzelkind zu sein. Meine Frau musste, wie bei der ersten Geburt, zwar nach ihrer Heimkehr aus dem Krankenhaus wieder mit einem Blutsturz ins Krankenhaus eingeliefert werden, aber die französische Polizei verzichtete auf ein Protokoll, welches sie mir ausstellen wollte, weil ich dem Krankenwagen mit 90 Stundenkilometern im Stadtbereich gefolgt war: französische Courtoisie!

In dieser besten aller möglichen Welten sollte in den nächsten vier Jahren nahezu nichts schief gehen, derartig sollte ich und meine ganze Familie vom Leben verwöhnt werden. Die Arbeit an der *Grande Ecole* war überaus angenehm, problemlos, und wenn ich auch gerne einige nette Studentinnen mehr gehabt hätte, so teilte ich dieses Los mit allen männlichen Lehrenden an einer Ingenieurhochschule. Die weiblichen Kolleginnen hingegen waren zu beneiden, denn die Jungs waren nicht nur intelligent und zuvorkommend, sondern ebenfalls häufig noch hübsch, welches ich selbst als Mann eingestehen musste. Ich lebte an diesem Ort augenscheinlich in der Welt der Schönen, Hübschen und Erfolgreichen, von denen ich vorher nur in Büchern gelesen oder aus der Boulevardpresse erfahren hatte, wenn in der High Society wieder ein Skandal offengelegt worden war.

Dass die schöne Welt nicht notwendigerweise Langeweile nach sich zog, mögen einige Anekdoten und Vorkommnisse verdeutlichen, die wir bald erleben sollten. Was den Spruch *My home is my castle* anbelangte, fühlten wir uns in diesem wunderbaren Haus zumeist sehr wohl, aber das Bewohnen eines *castle* zieht im Gegensatz zur kleineren Studentenbude oder Stadtwohnung auch erhebliche Arbeitsleistungen und Betriebskosten nach sich, insbesondere wenn diese mangels Dienstpersonals von einem selber erbracht werden müssen und zudem nicht über die Firma abgerechnet werden können.

Das vor einigen Wochen für meine Kinder noch als Spielparadies betrachtete Treibhaus transformierte sich beim Auftreten des ersten Frostes wegen der nur einfachen Verglasung, die laienhaft durch etwas Mörtel behelfsmäßig zusammengehalten wurde, in einen Eisschrank, den niemand mehr betreten wollte, und im Sommer in ein Tropenhaus, in dem die Temperaturen durch nur zwei kleine zu öffnende Fensterscheiben kaum heruntergefahren werden konnten. Die Nutzung beschränkte sich daher auf die Jahreszeiten Herbst und Frühling.

Hinzu kam, dass der Mörtel im Januar an zahlreichen Stellen aufbrach und sich dicke Eiszapfen bildeten, die auf die gestampfte Erde tropften, Pfützen bildeten, die wiederum vereisten und zu Glatteis führten. Als im März einige Scheiben durch starke Hagelkörner in die Brüche gingen und der Eigentümer am Telefon meinte, ich bräuchte sie nur auszutauschen, und die einfachen Scheiben könne man sich in einer Glaserei zurechtschneiden lassen, wenn man das nicht selber könnte, wurde mir bewusst, dass ein solches Haus womöglich besser von einem Handwerkermeister als von einem Hochschullehrer hätte bewohnt werden sollen. Als der Schnee im März auf der Terrasse zu schmelzen begann, wurde auch noch offenbar, dass an einigen Stellen Wasser in die Kellerräume lief, die Drainage zum Partyraum unzureichend funktionierte und die im Winter angesammelte Feuchtigkeit einige unliebsame Schimmelstellen an die Wände zeichnete. Wir lösten das Problem anfänglich dadurch, dass sich niemand mehr in den Keller wagte und wir sehnlichst die ersten Frühlingsboten erwarteten.

Da sich darüber hinaus unser viel zu kleiner Öltank, der nur 1500 Liter fasste, im Treibhaus befand und es dort im Winter fror, mussten wir nicht nur viermal im Jahr Öl bestellen, sondern außerdem noch einen Frostmittelzusatz finanzieren, der sich als sehr teuer erwies. Die Füllung des Tanks durfte nicht unter 300 Liter fallen, weil der Tankboden völlig verschmutzt war und die Filter dann zu verstopfen drohten, was im Februar auch zu einem Totalausfall der Heizungsanlage führte, weil der Messstab der Ölzisterne defekt war und wir trotz regelmäßiger Kontrollen keinen Tropfen Öl mehr hatten. Für die Reinigungskosten und Notfallgebühren wegen des Wochenendeinsatzes mussten wir selber aufkommen und nicht der Eigentümer.

In nicht geringes Erstaunen war ich bereits Ende Oktober geraten als wir zum ersten Mal Öl bestellten. Nachdem der Fahrer den Tank in Rekordzeit gefüllt hatte, bedankte ich mich bei ihm und wünschte ihm einen schönen Tag, woraufhin er leicht zu grinsen begann, durch verblüffte Blicke sein Unverständnis bekundete und von mir das Geld für die Tankfüllung verlangte. Als ich entgegnete, dieses in den nächsten vier Wochen überweisen zu wollen, wie es in Deutschland üblich sei, wollte er nicht meine Aussage in Zweifel ziehen, wohl aber meine Handlungsabsicht. „Cher Monsieur, in Deutschland scheint man in die Zahlungswilligkeit der Kunden offenbar noch ein großes Vertrauen zu setzen, in Frankreich ist mir aber immer noch Bargeld lieber." Nachdem die Beteuerungserklärungen meiner Aufrichtigkeit keinerlei Wirkung zeigten und ich zu meiner Schande eingestehen musste, nicht so viel Bargeld im Hause zu führen, fragte mich der in der Zwischenzeit völlig bestürzte Öllieferant, der nicht von der Stelle wich, ob ich denn nicht zumindest einen Scheck besäße, der in diesem extremen Ausnahmefall akzeptiert werden könnte. Um die angespannte Situation zu dedramatisieren entgegnete ich mit einem etwas sardonischen Lächeln: „Bevor Sie bei uns einziehen, weil ich die paar Liter Öl nicht sofort bezahlt habe, stelle ich Ihnen natürlich einen Scheck aus, und zwar sogar einen französischen." „So verstehen wir uns schon besser", erwiderte er mit seiner dumpfen Bassstimme, „und Sie können den Scheck gerne direkt auf mich persönlich ausstellen, ich werde dem Chef dann berichten, dass Sie das Geld baldigst überweisen werden." Zumindest hatte er Humor!

Als permanente Baustelle erwiesen sich auf der ersten Etage, auf die wir uns ohne Absprache notwendigerweise überwiegend zurückzogen, auch die superben Fensterfronten mit ihrer magnifiken Aussicht auf die gegenüberliegende Obstbaumwiese. Nach einigen Wochen waren diese ursprünglich transparenten Scheiben durch den lothringischen Wind und schlechtes Wetter so verschmutzt, dass ihre Opazität keinen einzigen Lichtstrahl mehr in die Küche oder den Salon durchließen und wir uns wunderten, warum wir tagsüber bereits das Licht einschalten mussten.

Im Frühling staunten wir darüber, dass nicht nur der Rasen sehr schnell und üppig wuchs, sondern insbesondere an allen Stellen, wo kein Rasen war, sich merkwürdigste Pflanzen ausbreiteten, die ich niemals gesät hatte, wohingegen die Blumenpracht des ursprünglichen Eigentümers anscheinend die Flucht in den Garten des Nachbarn angetreten hatte. Das sich in der Garage seit dem Herbst angesammelte Laub, mit dem meine Tochter anfänglich so gerne spielte, begann zu stinken, und die in der Zwischenzeit verstopften Dachrinnen führten zu einem Duschregen auf unserer Terrasse, welcher uns im Sommer gegebenenfalls hätte erfrischen können, aber einstweilen nur schleimigen Dreck brachte, der sich obendrein an den Fenstertüren festsetzte, an denen bereits einige Ackerschnecken hinaufschlichen, mit denen meine Tochter nur allzu gerne spielen wollte.

Bei strahlendem Sonnenschein wollte ich im Sommer meiner Frau zur Freude die Küche neu tapezieren und die Decke streichen. Eingeplant hatte ich zwei Tage Arbeit, welche ich aber bereits für das Entfernen der alten Tapeten benötigte. Nachdem das übertriebene Befeuchten der Tapeten, um ihre Löslichkeit von der Wand zu beschleunigen, bereits die Küche halb unter Wasser gesetzt hatte, kaufte ich ein chemisches Lösungsmittel, das zwar sehr wirksam war, mir aber fast die Hände verätzte und die Atmung in der Küche nahezu unmöglich machte. Glücklicherweise könnten bei dem lichterfüllten Sommerwetter und der Hitze die Türen auch nachts offen stehen bleiben, so dachten wir, bis sich am nächsten Morgen herausstellte, dass sich über Nacht offensichtlich eine Horde von Katzen oder Ratten bei uns zu einem Festmahl eingefunden hatten, indem sie sich über den Inhalt von zwei noch nicht entsorgten Mülleimerbeuteln in der Küche hergemacht hatten. Durch die ungewohnte Anstrengung der körperlichen Leistung am Vortag war ich in einen komaähnlichen Schlaf verfallen, und meine Frau schien eher von Elfen und Feen geträumt zu haben als von den animalischen Besuchern in unserer Küche.

Wenn das Tapezieren auf einem kleinen Esstisch schon für den Fachmann eine Herausforderung sein mochte, so wurde es für den ungeübten Zwei-Linkshänder erst recht zu einer wahren Tortur. Die fachmännisch zusammengefalteten Tapeten verklebten sofort und ließen sich an der Wand nicht mehr entrollen. Wurden sie nicht gefaltet, trocknete der Kleister zu schnell, und die Bahnen fielen wieder von der Wand. Was eine gerade Bahn sein sollte, hätte ich im äußersten Falle noch geometrisch beschreiben können, aber die praktische Umsetzung wurde zum Kreuzgang. Nach einem weiteren erfolglosen Arbeitstag, einer chronischen schlechten Laune und einem heftigen Ehestreit mit meiner Frau, die den ganzen Tag nur von ihrem praktisch begabten Cousin und Alleskönner schwärmte, entschloss ich mich, den Rettungsanker zu werfen, indem ich einen der merklich besser begabten Nachbarn bat, mir aus dieser Notsituation des zu erleidenden Schiffsbruchs herauszuhelfen, welches sich bereits für den nächsten Abend ergeben sollte.

In der Zwischenzeit hörte ich Musik und in Unterbrechungen immer wieder die empörenden Schimpfreden meiner Frau und strich zur Schadensbegrenzung vorrangig die Decke. Nachdem der Nachbar am folgenden Tag die kleine Küche wie in einem zu schnell laufenden

Film in drei Stunden tapeziert hatte, begann sich die Deckenfarbe an einigen Stellen bereits brüchig zu zeigen. Wie sich herausstellte durfte man eine Latexdecke nicht mit normaler Wasserfarbe überstreichen, welches ich in keinem meiner zahlreichen Studienjahre gelernt hatte.

Diese Erfahrungen sollten für die Zukunft nur einen Vorteil offenbaren: Meine Frau verlangte von mir niemals mehr, dass ich tapezierte, anstrich oder auch nur eine Birne in eine Fassung drehte, aber dafür sehr viel mehr Geld. Und unser Nachbar befand, dass die deutschen Intellektuellen ebensolche Versager in praktischen Dingen seien wie die meisten Franzosen. Mit diesem gerechtfertigten Urteil konnte ich leben, zumal der begabtere Nachbar von meiner Frau noch etliche Male gebeten wurde, für eine Kleinigkeit auszuhelfen: tropfende Wasserhähne oder Thermostatventile, klemmende Fenster, zersprungene Fliesen, poröse Dichtungen, nicht anspringen wollende Autos, herausgesprungene Sicherungen und vieles andere mehr. Dass der um Hilfe bittende einleitende Satz meiner Frau in den meisten Situationen mit „Sie wissen ja, mein ungeschickter Mann ..." begann und in den nächsten Jahren in allen Tonarten und Fugenthemen erfolgreich variiert wurde, konnte mir nur recht sein, gemäß dem Sprichwort *Wer den Schaden hat, braucht für den Spott nicht zu sorgen,* sofern man mich mit diesen Teufelsarbeiten in Ruhe ließ, damit ich zwischen zwei Baustellen kurz an meinen Schreibtisch eilen und in meiner Promotionsarbeit zwei Absätze hinzuzufügen konnte – natürlich ohne die Hilfe des Nachbarn.

Dem intellektuelleren Leser möchten wir an dieser Stelle weitere Eulenspiegeleien ersparen, zumal er von Krieger mit relativer Sicherheit kein Rezept zur Reparatur eines welchen Gegenstandes auch immer erwarten wird. Schauen wir jedoch dermaleinst nach, wem die Tochter und der Vater unter den Rock schauen.

Mit noch nicht drei Jahren meldeten wir unsere Tochter unmittelbar nach unserer Ankunft in Ludres in der *Ecole maternelle,* der französischen Vorschule an, welches mich als Deutschen auf mehrfache Art und Weise zuallererst befremdete. Da in Frankreich alle Kleinkinder, sobald sie keine Windeln mehr trugen, weil sie behaupteten, sauber zu sein, eine solche Einrichtung der frühkindlichen Erziehung besuchten, bestand für uns nicht die Möglichkeit, auf privater Ebene Treffen mit Müttern und Kind oder sogar zwischen Vätern und Kind, wie in Deutschland, zu organisieren, wenn es auch in seltenen Fällen *Rendezvous* zwischen Vätern und Müttern ohne Kind gegeben haben mochte. Aber dieses wäre eine andere Geschichte, welche der interessierte Leser zwar mit unserem Einverständnis, aber an seinem eigenen kreativen Faden verfolgen müsste.

Fernerhin arbeiteten in Frankreich fast immer beide Ehe- oder sogenannte *gepaxte* Nicht-Ehe-Partner oder Lebensabschnittsgefährten oder erst recht Alleinerziehende, um einen möglichst guten Lebensstandard zu erzielen, wenn dieser sich auch des Öfteren auf eine kleine Wohnung und kulinarische Genüsse beschränken mochte. Jedenfalls wurde der Tagesrhythmus der französischen *Citoyens,* d.h. Bürger, noch stärker als in Deutschland, durch die Trias *métro, boulot, dodo* bestimmt, d.h. den häufig langen Weg zur Arbeit am Morgen, insbesondere in den Großstädten, den Arbeitstag selbst und die abschließende Rückkehr in die eigenen vier Wände, wo man nur noch Zeit fand, schnell etwas zu essen und dann das Bett aufzusuchen.

Während meine Frau in Köln als Französin nach dem Erziehungsurlaub unmittelbar wieder arbeitete, ohne vor Gewissensbissen ständige Albträume zu haben und deswegen von manchen professionell stillenden Müttern als Rabenmutter bezeichnet wurde, die ihr Kind geradezu verstieß, weil sie es so früh in fremde Hände gegeben hätte, galt sie in Frankreich als die bourgeoise Deutsche, die es nicht nötig hatte, nach der Geburt ihres zweiten Kindes direkt wieder arbeiten zu müssen.

Als ich während meines Studiums an der Sorbonne zehn Jahre früher und noch kinderlos französische Freunde hatte, die ihr Kind zwei Monate nach der Entbindung schon einer *Crêche* (Krippe) und dann einer *Ecole maternelle* anvertrauten, war ich in der Tat der Meinung, dass es keinen Sinn ergäbe, Kinder in die Welt zu setzen, die man in der Krippe absetzte und erst zum Abitur wieder abholte. Die in Deutschland teilweise anarchischen Tyrannen ohne jegliche Sozialisierung im Frühkindesalter belehrten mich dann eines Besseren. Außerdem waren nicht alle Franzosen, die in einer Krippe aufgewachsen waren, psychologisch sichtbar gestörter als ihre deutschen Cousins. Bestand nicht die Gründungsabsicht der *Ecoles maternelles* zu Beginn des 19. Jahrhunderts gerade darin, das Prinzip der Gleichheit unter den Bürgern durch eine frühe staatliche und laizistische Erziehung anzustreben und insbesondere den Kindern aus ärmeren Herkunftsschichten die Sozialisation und die Integration in die Gesellschaft zu ermöglichen?

Im Prinzip ist gegen eine solche Absicht weder ethisch noch politisch etwas einzuwenden, sofern die Erziehungsziele nicht wie im Nationalsozialismus und in anderen Diktaturen ideologisch verbrämt und missbraucht werden. Aber auch mir widerstrebte alleine schon der Begriff *Ecole*, d.h. der Schule, im Gegensatz zu unserem Kindergarten, welches wir genauer erläutern mussten, als wir mit meiner Frau und einigen anderen Pädagogen und Nicht-Pädagogen zwei Jahre später in Nancy einen *Jardin d'enfants*, d.h. einen Kindergarten nach deutschem Muster gründen sollten.

Aber zunächst zurück zu meiner Tochter und dem kurzen Rock – von wem? In der Zwischenzeit wurde bereits darüber geredet, und zwar vor allem von Frauen. Eine der Lehrerinnen der *Ecole maternelle*, und so mancher Vater wird gedacht haben, leider nur eine, hob sich unter den anderen grauen Mäusen nicht nur durch ihre auffallende Kleidung hervor, sondern auch durch die Formen, die sich darunter verbargen. Nicht, dass sie teure Marken getragen hätte, durch welche sich oftmals mit Minderwertigkeitskomplexen geplagte Menschen aufzuwerten versuchen – das hatte dieser von der Natur begnadete Körperbau nicht nötig, nein im Gegenteil, es war gerade ihre legere Art, sich kurz vor dem Verlassen der Wohnung noch in einen zu engen Pullover, ein T-Shirt oder eine immer weit aufgeknüpfte Bluse zu drängen, in die kein BH mehr gepasst hätte, um die relative Transparenz des Stoffes zu verschleiern, und dann bereits bei geöffneter Tür noch einen Fetzen Stoff um ihre smarte Taille zu binden, als hätte sie es in der Eile vergessen können, sich überhaupt anzuziehen, die ihren natürlichen Anreiz ausmachte.

Auch ihre sich in ständiger Bewegung befindenden natürlichen schwarzen Locken, die nur durch einen Seitenscheitel mit angedeutetem Pony und durch leichte Stufen etwas Struktur erhielten, fielen auf eine Art und Weise über ihre Schulter, als wolle der Wind persönlich durch sein permanentes Streicheln mit dieser Naturschönheit kokettieren. Es war aber nicht nur die Haarpracht, welche die Blicke der Betrachter anlockte und manchen Vater vergessen ließ, warum er überhaupt um 17.00 Uhr in die Schule gekommen war, doch eigentlich, um sein Kind abzuholen.

Wenn man Glück hatte, saß dieses rassige Weibsbild zeitweise mit einem weinenden Kind auf dem Arm etwas breitbeinig auf einem Stuhl, wobei der ohnehin allzu kurze Rock fast hinter die Pobacke gerutscht war oder, noch besser, krabbelte mit den Kleinsten spielend über den Boden, und man konnte sich nicht immer sicher sein, ob sie in der morgendlichen Eile überhaupt die Zeit gefunden hatte, ein Höschen unter dem Rock anzuziehen. Und genau wenn der Schluckmechanismus des Staunens gerade versagte, richtete sie sich auf, um ihren prallen Busen, der in jedem Moment den Stoff zum Platzen bringen konnte, sowie das Kind einem kurzatmigen Vater entgegenzubringen.

Während dieses von einigen als moralisch anrüchige Verhalten bereits Dorfgespräch war und die Frauen darüber debattierten, ob es Arglosigkeit, Naivität, ihre geradezu kindlich unbewusste Natürlichkeit oder bewusste Provokation war, begannen die Männer sich in dieser Klasse besonders eifrig bei allen außerschulischen Veranstaltungen anzumelden und zeigten sich in jeder Hinsicht immer vorbildlich in ihrer väterlichen Sorge, man könnte die Kinder zu spät von der Schule abholen. Gleichzeitig erfuhr ich aber eines Tages durch Zufall, dass manche zu diesem Zeitpunkt bereits Wetten darüber abgeschlossen hatten, ob ihnen heute wieder der Blick auf das *Höschen* gewährt würde oder wieviel Knöpfe an der Bluse wieder aufgeplatzt waren. Natürlich wurde beiläufig darüber spekuliert, mit wem dieses Teufelsweib unter Umständen schon den Hexensabbat getanzt hatte. Gott sei Dank war Frankreich seit 1905 laizistisch! Und nicht erwähnen möchte ich meine Verwunderung, als genau diese Lehrerin zwei Jahre später abends in meinem Deutschkurs erschien, den ich im Rahmen des Städteaustauschs mit Furth im Wald anbot – leider war Winter!

Bei dieser allgemeinen Exaltation und Aufregung im Dorfe, und gegebenenfalls auch zwischen den beiden Buchdeckeln, können wir es Paul nicht verübeln, dass er seinen Blick mehr auf die *Maitresse* als auf die Schule gelegt hat und darüber vergessen haben mag, über sein eigenes Projekt, der Gründung eines deutsch-französischen Kindergartens, zu berichten. Damit beim Leser aber keine falschen Verdächtigungen geweckt werden, wenn Pauls Blicke auf die Maitresse gelenkt wurden, müssen wir zunächst klarstellen, dass die Vor- und Grundschullehrer und -lehrerinnen in Frankreich bis auf den heutigen Tag noch *als maître / maîtresse* beziehungsweise *instituteur* und *institutrice* bezeichnet werden, wenn im Rahmen des *Political correctness* auch zwischenzeitlich eine begriffliche Aufwertung der Berufsbezeichnung stattfand, indem heutzutage offiziell von *professeur des écoles* gesprochen wird. Seitdem unterrichten in Frankreich nur noch Professoren, welches ebenfalls befremden mag und einer weiteren Erklärung bedarf.

Tatsächlich bezeichnet *Maître* im Französischen zuallererst eine Person, welche ein Handwerk beherrscht, und zwar unabhängig davon, ob es sich um ein Kunsthandwerk, die Malerei, Musik oder sogar die martialischen Künste handelt, und dieses gleichzeitig in Form von Unterricht zu vermitteln mag, weswegen Grundschullehrer landläufig auch als *Maître* und in Analogie als *maîtresse* betitelt werden. Gleichzeitig beschreibt der Begriff bestimmte Honoratioren in der Jurisprudenz, an der Hochschule einen *Maître de conférence* oder in der Antike den Sklavenhalter. Am Hofe wird die *Maîtresse* zur Geliebten und in der Hundezüchtung sowie im Sadomasochismus zur Herrin beziehungsweise Domina. Der Fantasie des Begriffs sind insbesondere bei unsachlichem Gebrauch daher keine Grenzen gesetzt und ist immer wieder Anlass zu Wortspielen oder ironischen Bemerkungen.

Der deutsche Professor wiederum ist in Frankreich nichts Besonderes, nämlich genau dann, wenn er nicht als Titel für einen Lehrstuhl und die Forschung an einer Universität angewandt wird, sondern als einfache Bezeichnung oder Synonym für Lehrer. Demnach gibt es in

Frankreich überall „Professoren“, nämlich unter der Bezeichnung *professeur de lycée* an Gymnasien, *professeur de collègue* an Realschulen und seit einigen Jahren auch *professeur des écoles* an Vor- und Grundschulen, den *écoles maternelles* und *écoles primaires*. In Deutschland genießt daher jeder falsch verstandene Grundschullehrer aus Frankreich ein hohes Ansehen, während wir in Deutschland mittlerweile Professoren *en masse* produziert haben, die weder promoviert noch habilitiert sind, wenn sie auch in der Regel lesen und schreiben können.

Tatsächlich ist der Erhalt eines Lehrstuhls und damit verbunden eines Professorentitels nur daran gebunden, dass eine Kommission darüber befindet, jemandem eine Expertise, d.h. fachlich hohe Kompetenz in seinem Handwerk zuzusprechen. Wir dürfen daher weder von den Franzosen annehmen, dass sie ein besonders gebildetes professorales Volk wären, wenn sie auch meistens besser Französisch sprechen als die Deutschen, noch von den deutschen Professoren, dass sie alle studiert hätten.

Im Gegensatz zu den Franzosen konnte Joschka Fischer bei uns sogar Außenminister und Stellvertreter des Bundeskanzlers werden, wenngleich er noch *grün hinter den Ohren* war, niemals ein Abitur ablegte, geschweige denn einer *Grande Ecole* entstammte. Ob dieses wiederum einen Vor- oder Nachteil darstellte, möge der politisch aufgeklärte Bürger selber entscheiden. Grundsätzlich möchten wir allerdings anmerken, dass allein die Anhäufung von enzyklopädischem Wissen nicht zwangsweise zu Intelligenz führt, wohingegen der Ungebildete im klassischen Sinne des Wortes häufig richtige Urteile fällt und Entscheidungen trifft, während der Herr Professor bereits verhungert oder eingeschlafen ist, bevor die Welt sich weiter dreht. Und darüber hinaus kann er weder anstreichen noch tapezieren und lässt sich von so manchem Busen in seinen Seminaren um den Verstand bringen. Daher wollen wir Paul aus seiner Augenstarre herausreißen, damit er seine Erzählung fortsetzt, von der wir trotz unserer langen und intimen Freundschaft nicht jede Einzelheit kennen.

Ausgangspunkt unseres Kindergartenprojektes war der Wunsch meiner Frau und einer deutschen Erzieherin, die sich in einen sympathischen französischen Geometer heillos verliebt und deswegen vor einigen Jahren ihren Lebensschwerpunkt nach Nancy verlegt hatte. Wir waren infolgedessen mit mir zwei Deutsche und mit meiner Frau zwei Franzosen, die versuchen wollten, in die relative Rigidität der nicht nur frühkindlichen Erziehung in Frankreich eine Bresche zu schlagen, um ein ganzheitlicheres Erziehungsvorhaben, zumindest an einem Ort der Welt, zu verwirklichen. Gleichzeitig sollte es sich um eine bilinguale und bikulturelle Erziehungseinrichtung handeln, die jedoch nicht nur Kindern aus gemischtem deutsch-französischen Kulturhintergrund, sondern allen Nationalitäten offen stehen sollte. Die in diesem *Jardin d'enfants* (Kindergarten) arbeitenden Erzieher sollten sich daher ebenfalls aus einem deutsch-französischen Umfeld rekrutieren, beginnend mit meiner Frau Sophie und ihrer Freundin Rita, die ebenfalls schon einige Jahre Erfahrung gesammelt hatte.

Nach unseren ersten Treffen im September 1987, bei denen unsere Idealvorstellungen jeweils bei einem guten Essen und durch den Geist des Weins beflügelt entworfen wurden, handelte es sich darum, einen rechtlichen Rahmen, Räumlichkeiten sowie Mitstreiter zu finden, um das Projekt gestützt durch einen größeren Personenkreis einfacher umsetzen zu können. Wir hatten das Glück durch private Bekanntschaften noch einen germanophilen Notar, *Maître* Picard, der für seine beiden kleinen Kinder unbedingt einen Kindergarten nach deutschem Vorbild mitbegründen wollte, rekrutieren zu können sowie noch einige andere motivierte Eltern, die sich für ihre Kinder ein alternatives Erziehungsmodell wünschten.

Wir gründeten daher als Erstes einen Verein nach dem Vereinsrecht von 1905, dem gleichen Jahr, in dem der französische Staat durch die Trennung von der Kirche laizistisch wurde, erhielten von der Stadt subventionierte Räumlichkeiten und von verschiedenen sozialen Einrichtungen degressive Zuschüsse, die sich nach dem Gehalt der Eltern richten sollten. Insgesamt arbeiteten wir dennoch drei Jahre, d.h. bis 1990 zur Eröffnungsfeier an diesem Projekt, und seither tummeln sich circa 50 Kinder im Alter von achtzehn Monaten bis sechs Jahren in zweisprachiger Atmosphäre im nördlichen Teil der Stadt Nancy, genannt Maxéville, im *Pumuckl-Kindergarten,* der für die Stadt und die Region ein Vorzeigemodell geworden ist.

Leider konnte meine Frau niemals in ihrem Kindergarten arbeiten, weil wir unmittelbar vor der Eröffnungsfeier wieder nach Deutschland zogen, wo sie dann als Französischdozentin in der Erwachsenenbildung tätig werden sollte. Möglicherweise wurde sie dadurch selber schneller erwachsen, welches nicht unbedingt ein Vorteil sein muss, ganz im Gegenteil, denn ist das Kindliche im Menschen mit seinem Spieltrieb nicht das Edelste und Menschlichste, das letzte Überbleibsel einer schönen Seele, welche durch die immer spezialisiertere Gesellschaft verloren geht? Gerade deswegen habe ich meine Frau immer geliebt, weil sie integer, ganz, unkorrumpiert, ehrlich, authentisch, verlässlich und vor allem lustig war. Es verging selten ein Tag, an dem wir nicht gemeinsam gelacht hätten. Bestenfalls hätten wir uns sogar als Lachtherapeuten selbständig machen sollen, selbst auf die Gefahr hin, dass man uns nur ausgelacht hätte.

Diese Ganzheitlichkeit einer schillernden Seele erblicke ich jetzt wieder in meinem eineinhalbjährigen Enkel, dessen unbefleckte Unschuld breit über sein Gesicht strahlt und emotional erfahren lässt, was das Gute ist, ohne dass man darüber reflektieren müsste. Leider wird das nicht so bleiben, denn, wenn wir dem französischen Pädagogen Paul Ariès Vertrauen schenken wollen, dann beginnt die Einsperrung und Versklavung des Menschen mit der Einschulung. *Bonjour les pédagogues, à vous de jouer maintenant!*

Natürlich wurde unser Modell von den Reformpädagogen geprägt, etwa von der Idee der Schulgemeinschaft als Lern-, Lebens- und Erfahrungsraum im Sinne von Peter Petersen. Daraus resultierte das Prinzip der vertikalen Integration, nach welchem die Kinder in gemischten Altersgruppen zusammen leben und spielen, das Spiel verstanden als die freie Arbeit des Kindes in Lernwerkstätten wie bei Celestin Freinet oder das selbständige Experimentieren und entdekkende Lernen mit Materialien nach Maria Montessori. Die noch größeren philosophischen Vorbilder fanden wir in der deutschen Klassik und nicht zuletzt bei Rousseau oder Leibniz, der schon als Siebzehnjähriger in seiner Schrift *De individuo* ausgerufen hatte, dass sich jedes Individuum in seiner ganzen Entität individuieren solle (*totum individuum sua tota entitate individuatur*). Auch bei Rousseau handelte es sich darum, dass sich der Mensch, der von Natur aus gut ist, auf natürliche Art entwickelt, um seine positiven Anlagen in aller Vielfalt hervorzubringen und dadurch einen einmaligen Beitrag zur Menschheit zu leisten.

Aber wir wollen an dieser Stelle keine Vorlesung halten, sondern nur unsere Begeisterung für ein Projekt aufzeigen, welches tatsächlich Gestalt fand und sich unter den administrativen, strukturellen und gesellschaftlichen Bedingungen vor Ort während der nachfolgenden Jahre ständig veränderte. Noch heute kann jeder Leser die Projektbeschreibung im Internet verifizieren, weil Pumuckl ein lebender Geist ist, der sich weiterhin in der Welt manifestiert und entfaltet, und zwar nach dem Modell eines englischen Gartens, in dem sich im bewussten Gegensatz zum französischen Barockgarten mit seiner mathematisch geometrischen Strenge die Landschaft in ihrer gewachsenen Natürlichkeit widerspiegelt und entfaltet. Hecken werden nicht mehr beschnitten wie in den französischen Vorschulen und Kinder nicht mehr in die Konturen von angelegten Beeten eingepasst, in deren Enge sie sich nicht gemäß ihrer natürlichen Kompetenzen und Anlagen entwickeln können. Der Begriff der *Ecole*, d.h. der Schule, wurde in unserem Projekt zum Antihelden, der als konditionierte Marionette auf die Erfüllung einer spezifischen Funktion in der Gesellschaft vorbereitet wurde: *Schöne neue Welt*!

Aber wie verhielt es sich mit meinen *Eleven* an der Elitehochschule? Stand ihre Schulwirklichkeit nicht ebenfalls in einem diametralen Gegensatz zur Entwicklung der Anlagen im Menschen aus Freiheit? Und warum sollte mich Jahre später ein *Furz im Winde* an der Gesamtschule wie ein Keulenschlag treffen, obwohl auf ihren Fahnen ebenfalls reformpädagogische Parolen wehten?

Meine ersten Seminarwochen verliefen wie ein Fluss im Paradies und plätscherten in der trauten Harmonie eines friedlichen Idealzustandes noch vor dem Sündenfall dahin. Wenn Gott den *Eleven* bereits den Lebensatem, *spiraculum vitae*, eingehaucht hatte und ihre Lehmgestalt sowie das Feigenblatt durch schicke Bekleidung bedeckt wurde, bedurfte es nur noch meiner Wenigkeit, um ihnen die Lebensenergie der deutschen Sprache zu vermitteln und ein wenig den Odem des kulturellen Geistes.

Eine Gruppe von 15 Studierenden saß in einer in Hufeisenform angeordneten Sitzordnung in einem hellen Seminarraum unbeweglich wie in einem Gemälde, als ich zum ersten Mal die Türschwelle des Lehrtempels überschritt und mein Herz sicherlich ebenso schnell schlug wie das der Wartenden, die genauso wenig wussten, was sie von diesem jungen deutschen Lektoren zu erwarten hatten. Entgegen meiner Gewohnheit, die mir gemeiniglich eine eher lässige Erscheinungsform attestierte, hatte ich mich, wie bei meiner Ersten Kommunion, sogar mit einem Anzug angefreundet, der mir zwar nicht gefiel, aber das Selbstvertrauen stärken sollte. Während ich außer meines Referendariats noch keinerlei Lehrerfahrung sammeln konnte und mich nicht gerade für gebildet hielt, verdächtigte ich auf Grund von einigen stereotypen Schilderungen die *Eleven,* alle schlechtweg Intelligenzbestien zu sein und fühlte mich so, als ob ich Einstein persönlich begegnete. Um nicht allzu aufgeregt zu erscheinen und einen seriösen Ausdruck zu bewahren, machte ich mir immer wieder bewusst, dass ich einen Joker in der Tasche hatte, der darin bestand, Muttersprachler zu sein.

Die jungen Leute, die mir gegenüber saßen, trugen teilweise Jeans und Sweatshirts oder leichte Pullover und die drei Mädels einfallslose Stoffhosen, in denen farbige Blusen steckten. Der sogenannte feine Unterschied dieser mir als Elite angekündigten Studenten musste mit hoher Wahrscheinlichkeit demgemäß eher in den Köpfen zu finden sein als in der äußeren Erscheinungsform, die mir nicht im Entferntesten vor Augen führte, dass ich im Land der *Haute Couture* unterrichtete. Die *Eleven* schienen fast erschreckend normal. Keine Spur von Glorie, Coco Chanel, Yves Saint Laurent oder Christian Dior. Der einzige, der auffiel, war der junge Deutsche, und zwar wirkte er in seinem weiten und viel zu groß geratenen Anzug auf eine Art und Weise, welche seine Betrachter als altbacken bis vorsintflutlich, uncool oder, wie man heute sagen würde, ungeil beurteilt haben müssen. Wahrscheinlich ein erster *Fauxpas.*

Jeder Studierende wurde jetzt aufgefordert, einen seiner Kommilitonen vorzustellen, weil ich mir davon versprach, etwas mehr von jedem einzelnen zu erfahren, als wenn er sich selber hätte vorstellen sollen. Und auf der Stelle wusste ich, wer eine Freundin, große Reisen, gerne Partys, hochbegabt und faul, Streber, einer illustren Familie, Stipendiat oder dem Alkohol und Tabak zugeneigt war. „Wer viel studiert, muss auch feiern können", äußerte einer der Studenten, woraufhin ich mich nach dem Wochenstundenplan erkundigte, der zwischen 30 und 40 Unterrichtsstunden vorsah, zusätzlich der Arbeitsstunden für Recherchen, Referate, Vor- und Nachbereiten der Seminare, Übungen und Hausaufgaben. Ariès schien bei der Versklavung des Menschen die Elitehochschulen nicht vergessen zu haben.

Die Sprachkompetenz erwies sich im ersten Kurs als sehr hoch, so dass ich unmittelbar beschloss, neben der reinen Spracharbeit zur Vorbereitung auf die Goethe Institut Prüfungen auch landeskundliche und geschichtliche Themen anzubieten sowie mit dem Gedanken zu spielen begann, darüber hinaus noch eine literarische Lektüre anzubieten. Bei einer 50-Stunden-Woche sollte doch unbedingt noch Zeit zum Lesen gefunden werden, gemäß dem Wahlspruch: *Der Tag hat 24 Stunden, und wenn diese nicht ausreichen, können Sie noch die Nacht hinzunehmen!*

Nachdem mein Anzug daraufhin ausgedient und ich diesen gegen eine abgetragene Jeans und ein cooles Kapuzensweatshirt eingetauscht hatte, welches mir meine Frau vor einem Jahr als Freizeitsweater zum Geburtstag geschenkt hatte, konnte die entspannte Arbeitsatmosphäre fortgesetzt werden. Gerne wollte ich als Lektor der Chronist Deutschlands sein, aber doch nicht im Kostüm eines Anachronisten.

Da ich zu Hause gegenüber meiner Frau diesen ersten Kurs immer hoch lobte, schlug sie vor, die sympathische Lerngruppe an einem Abend zum *Aperitif* zu uns nach Hause einzuladen, welches sich drei Wochen später realisieren ließ. Die einzige Bedingung, die ich mit der Einladung verband, war, dass den ganzen Abend über nur Deutsch gesprochen würde, welches, wie sich zeigte, mit zunehmendem Alkoholkonsum immer besser gelang. Selbst David, der stumme Fisch unter den ansonsten heiteren Gesellen und den drei Mädels, die erstaunlicherweise sogar auf Deutsch in ihrer Verve kaum zu stoppen waren, begann immer fließender zu sprechen, wenn man auch kaum etwas von dem Gesagten verstand. Ein insgesamt nicht nur sprachlich gelungener Abend, an welchem die deutschen Witze den Grad der Sprachkompetenz verdeutlichen konnten. - Und dann die Enttäuschung.

Am nächsten Morgen mussten alle früh aufstehen, weil wir mittwochs immer um 8.00 Uhr Veranstaltung hatten. Um 8.15 Uhr trafen die ersten müden Geister ein, und um 8.30 Uhr war die Gruppe noch lange nicht vollständig, welches in diesem Fall bedeutete, dass neben den sechs Studenten, die langsam eingetrudelt waren, niemand mehr erschien. Einige der Anwesenden meinten, dass ich doch heute keine Anwesenheitsliste führen sollte, nachdem sie mich vorher mit noch tiefer und verrauchter Stimme mit „Guten Morgen Paul, wir haben gar nicht damit gerechnet, dass du heute kommst!" willkommen geheißen hatten. Ich war leicht verdutzt, dass man mich duzte, wusste aber aus eigener Erfahrung als Student an der Sorbonne, dass dort zehn Jahre früher eine Lektorin gelehrt hatte, die uns nicht nur das *Du* angeboten hatte, sondern auch einen Blick auf ihre zierlichen Brüste durch ihre transparente Bluse. An den Inhalt des Brecht-Seminars konnte ich mich weniger genau erinnern. Und diese Anwesenheitslisten waren mir ohnehin einer akademischen Lehranstalt nicht würdig, so dass ich bei allen auf der Liste ein Kreuz setzte.

Nun sollte ich aber Probleme bekommen! Nicht nur, dass die Sekretärin bei der Kontrolle der Anwesenheitslisten direkt nach meinem Seminar festgestellt hatte, dass fünf offiziell krank gemeldete Studenten merkwürdigerweise an meinem Seminar teilgenommen hätten und mich bat, die Listen demnächst mit größerer Sorgfalt auszufüllen, nein ich wurde kurz vor zwölf Uhr sogar noch zum Direktor, Monsieur Lafond, beordert. Das konnte ja lustig werden, dachte ich. Die Studenten hatte ich in Schutz nehmen wollen, und nun musste ich zum „lieben Gott", der fünfe nicht mal grade sein lassen wollte.

Nach meiner Begrüßung, während welcher Monsieur Lafond in gut französischer Manier einen ganzen Band von Höflichkeitsformeln und leeren *Politessen* über mich ergoss und sich sogar nach meiner Frau und den beiden Kindern erkundigte, als wolle er sich *ab ovo*, d.h. vom Ei an in aller Ausführlichkeit auf ein tieferes Gespräch einlassen, ging er dann doch wie immer *in medias res*, denn Zeit zu verlieren hatte dieser Mann mit Sicherheit nicht, welches alleine schon die drei Telefone auf seinem Büro anzeigten.

„Monsieur Krieger, der tatsächliche Anlass für unser kurzes Rendezvous ist Ihre lockere Art, mit den Studierenden umzugehen. Tatsächlich mögen wir Franzosen hin und wieder etwas förmlich und rigide wirken, aber wir verfehlen dabei unsere Wirkung nicht. Was hingegen Ihre Autorität als Lehrender an unserer Schule anbelangt, so ist mir zu Ohren gekommen, dass Studierende vereinzelt während Ihre Veranstaltungen Privatgespräche führen, welches wir auf keinen Fall dulden können, und dass Sie zweitweise keine Hausaufgaben aufgeben beziehungsweise vergäßen, die selbigen zu kontrollieren. Ich dachte, dass der Begriff der *Disziplin* in Deutschland hoch gehalten würde, und ich brauche Sie außerdem darüber sicherlich nicht zu belehren, dass nur Übung den Meister macht. In den naturwissenschaftlichen und mathematischen Fächern sind die Studenten es gewohnt, dass sie umfangreiche Aufgaben außerhalb des Lehrbetriebs in ihrer Freizeit, am Wochenende oder sogar während der Ferien absolvieren müssen.

Im Deutschunterricht sollte das nicht anders sein. Deshalb vergessen Sie nicht, die Studenten die Grammatiken auswendig lernen zu lassen und sie durch Übungsbatterien auf die externen Prüfungen vorzubereiten. Und deutsche Literatur sollten sie selbstverständlich lesen; vermutlich nicht an jedem Wochenende gleich ein Buch von Schiller oder Goethe, aber auch ein Ingenieur darf kein Fachidiot werden und bedarf der Bildung.

Übrigens wird es demnächst zwei bedeutende Veränderungen geben, welche Sie als Sprachenlehrer im Besonderen betreffen. Erstens möchte ich, dass bei den nächsten Aufnahmeprüfungen einige Studierende von Ihnen im Fach Deutsch auf Herz und Nieren geprüft werden. Wissen Sie, Mathe kann hier fast jeder, darum sollen die Fremdsprachen an der *Ecole des Mines* in Nancy den kleinen Unterschied zu anderen *Grandes Ecoles* ausmachen. Dieses wertet unser Schulprofil auf. Und zweitens habe ich entschieden, dass kein Student bei uns mehr ein Ingenieurdiplom erhalten wird, wenn er nicht mindestens zwei externe Fremdsprachenprüfungen erfolgreich abgelegt hat.

Seien Sie sich mithin Ihrer Verantwortung bewusst und immer auf der Höhe der Besten. Ich warte bereits seit einiger Zeit darauf, einem Studenten das Ingenieurdiplom zu verweigern, weil er etwa bei der *Goethe Institut Prüfung* durchgefallen ist. Die anderen Schulen werden neidisch darauf sein, dass unsere Ingenieure nicht nur denken, kalkulieren und konstruieren können, sondern auch Fremdsprachenkompetenz besitzen, um in Führungspositionen nicht mehr auf Dolmetscher angewiesen zu sein.

Und *last but not least*, Monsieur Krieger, füllen Sie bitte die Anwesenheitslisten mit mehr Ernsthaftigkeit aus. Wie soll ich den Eltern gegenüber so manches Versagen ihrer kleinen Prinzen begründen, wenn sie nachweislich immer am Unterricht teilgenommen und wir nur gute Lehrer haben. Wer bei uns die Aufnahmeprüfung besteht, hat sozusagen ein Anrecht auf sein Diplom, wohlgemerkt, wenn er allen unseren Aufforderungen und Anforderungen nachkommt. Daher unsere genaue Buchführung und die Rubrik *persönliche Anmerkungen*, die regelmäßig von der Sekretärin überprüft wird, so dass wir bei der geringsten Unregelmäßigkeit oder Auffälligkeit sofort intervenieren können - selbstverständlich im Interesse der Studierenden."

War ich folglich in einer *Big Brother is watching you* - Kolonie angekommen, so fragte ich mich? Wenn der *Große Bruder* allgegenwärtig war, konnte auch ich überprüft werden. Was hatte man bereits über mich erzählt, berichtet? Was hatten die Studierenden dem Direktor gegenüber unter Umständen über mich ausgeplaudert? Wer hatte ihn über meinen Seminarstil informiert? War es verboten, Studierende privat einzuladen? An welcher Stelle wurde die Grenze zum Persönlichen überschritten? Tausend Fragen überstürzten mich plötzlich und versetzten mich in Zweifel sowie in einen permanenten Zustand der Unsicherheit.

Befremden empfand ich immer wieder in Diskussionen, die eine freie Meinungsäußerung verlangten, denn hinter dem Exzellenscluster der intelligenten Köpfe schien wenig Originalität zu stecken. Insbesondere bei politisch-weltanschaulich orientierten Gesprächen hatte ich immer das Gefühl sehr viel mehr mit den Eltern der Studierenden als mit den jungen Leuten selber zu diskutieren. Strenge Disziplin und fleißiges Arbeiten konnte zwar zur Wissensanhäufung nützlich sein und darüber hinaus die Fähigkeit der korrekten Anwendung von Formeln befördern oder Habitualisierungsprozesse beschleunigen, jedoch zu welchem Preis?

Erforderte das Reüssieren an einer Eliteschule gleichzeitig das Anlegen von Scheuklappen, so dass der Blick und das Denken nur in eine Richtung weisen durften, um sich nicht in der Breite und Tiefe einer unerwünschten oder zu kreativen Reflexion zu verlieren und dadurch die vorprogrammierte Karriere zu behindern? Wurden die *Eleven* der Ingenieurhochschule nicht zu Mechanisten gedrillt und zu Maschinenmenschen erzogen, die in opportunistischem Gehorsam das Weltbild eben dieser Elite immer wieder reproduzierten? Welchen Stellenwert hatte die Individualität und Kreativität des Menschen noch, wenn er nie straucheln, ins Stottern geraten, abschweifen, den Faden verlieren oder sich gar irren durfte? Wollte man *notabene* eigenständiges Denken als revoltierenden Akt verhindern? Schüttete man damit aber nicht das Kind mit dem Bade aus? Brauchte der zukünftige Ingenieur nicht auch Innovationsgeist, der nur aus freiem Denken entstehen konnte?

Es sollte mich nicht wenig überraschen, als Thierry nach der Sommerpause nicht mehr in meinem Seminar erschien. Nachgerade dieser junge Mann war mir von Anfang an in besonderem Maße aufgefallen, weil er anders war, anders als alle anderen. In seiner äußeren Erscheinung war er von großgewachsener Gestalt, sicherlich 1,90 Meter groß, schlankgliedrig, fast hager und beinahe knochig, an der Grenze zur Magersucht, immer nachlässig, schluderig gekleidet, welches von seinen schulterlangen, ungepflegten Haaren noch hervorgehoben wurde. Auch die lässige, schlaksige Gangart dieses Leptosomen kündigte *summa summarum* bereits auf den ersten Blick eine empfindliche Psyche an, die in einem Elitelager gezwungenermaßen eine zerbrechliche, fragile und marginale Figur darstellte. Sein chronisches *Zu-Spät-Kommen*, sein unsorgfältiger Umgang mit Büchern und Heften bestätigten ebenfalls, dass in seinem Wesen vieles Flickarbeit und verpfuscht war.

Thierry war der Einzige im Seminar, der ein deviantes Verhalten zeigte, der eine andere Meinung äußerte oder sogar Widerspruch einlegte. Er war der ewig Andere, ein wenig frech und vorlaut, aber immer innovativ und voller Ideenvielfalt. Thierry war ein Querdenker, und allein aus diesem Grunde war er mir bereits sympathisch gewesen, welches, so denke ich, auf Gegenseitigkeit beruhte. Allzu häufig schmunzelte er im Seminar, wenn seine Kommilitonen wieder die Meinung ihrer Eltern hochhielten oder sich dreimal dafür entschuldigten, dass sie ihre Hausaufgaben nicht vollständig gemacht beziehungsweise sogar vergessen hätten, welches einer Todsünde gleichzukommen schien. Thierry zeigte durch seine teilweise sehr expressive Mimik und seine akrobatische Gestik, die wahrscheinlich mit seinen langen Gliedern zusammenhing, die nicht so richtig unter die Schulbank passten, immer wieder, dass er Witz und *Esprit* besaß. Im Grunde hielt ich Thierry viel besser für eine Karriere als Komiker oder Philosoph geeignet, wobei letzterer in unserer heutigen Gesellschaft beinahe auf derselben Ebene eingestuft wird. Allein wäre eine Gesellschaft ohne Philosophie nicht wie ein Mensch ohne Kopf – eine Maschine *dressed to consume*?

„Ist Thierry heute wieder zu spät?" fragte ich schmunzelnd und sichtlich amüsiert, aber ohne Häme in meiner Stimme in die merklich kleiner gewordene Runde. Mit offensichtlicher Ironie und einem unverbrämten Lächeln erwiderte einer der braun gebrannten Schönlinge: „Auf den werden Sie voraussichtlich ein Jahr verzichten müssen. Er ist nämlich in der Strafkolonie gelandet."

Entsetzt über die ausgelöste Vorstellung des Begriffs, den jeder Deutsche, der einmal eine gymnasiale Oberstufe besucht oder seine vermeintliche Bildung anderswo angelesen hat, mit der Strafkolonie

Kafkas und jeder halbwegs gebildete Franzose mit Französisch-Guyana und dem *Archipel der Verdammten* assoziiert, einer Inselgruppe, auf welcher die Franzosen seit der Februarrevolution 1848 und bis zum Jahre 1951 über 70.000 Strafgefangene und politische Gegner inhaftierten, eines Begriffs, den sogar jeder Nicht-Russe und ohne Solschenizyn gelesen zu haben mit den zaristischen Zwangsarbeitslagern in Sibirien und dem stalinistischen Gulag als Besserungsarbeitslager verbindet sowie bei jedem Nicht-Chinesen die Umerziehungslager zur Zeit Mao Zedongs und seiner *Großen Proletarischen Kulturrevolution* evoziert - fragte ich mich unweigerlich, weswegen man Thierry verurteilt und ob es überhaupt eine offizielle Anklage sowie die Möglichkeit zur Verteidigung gegeben hätte oder ob er selber vielmehr ein kafkaesker Fall war.

Welchen Schriftzug sollten die Spitzen der Egge, welche wie eine höllische Maschine arbeitete, um das Gebot, welches der Delinquent überschritten hatte, in Thierrys mageren Leib ritzen, etwa auch *Ehre deinen Vorgesetzten*? Wer steuerte die Egge? Wollte man die Freidenker an der Schule liquidieren oder vaporisieren, sie zur Unperson erklären und ihre Geschichte dann neu erfinden, als hätten sie nie anders existiert?

Offenbar merkten die Studierenden mir meine Verworrenheit wie einem psychisch Gestörten an, denn als ich mit leisem Ton und verwirrtem Blick nachfragte „Was meinen Sie mit *er ist in der Strafkolonie* gelandet?", fiel die Auskunft viel verhaltener, geradezu zögerlich oder sogar unsicher aus. Die Ironie oder der Sarkasmus war einer rein formalen Definition gewichen: „Als Strafkolonie bezeichnen wir die Ingenieurhochschule in Saint-Etienne. Wissen Sie, wenn bei uns jemand nicht die moralischen oder inhaltlichen Anforderungen erfüllt, kann er für ein Jahr in eine Schule mit minderem Ansehen versetzt werden, sozusagen als *Umerziehungsmaßnahme durch Arbeit*. Und wenn er sich dort während seines Wiederholungsjahres bewährt, kann er unter Umständen zu uns zurückkehren. Man kann diese Verurteilung somit auch als eine letzte Chance auffassen, eine Art Gnade des Direktors, der niemanden von seinen ihm anvertrauten Jüngern definitiv verstoßen möchte."

„Inhaltlich", so setzte ich fort, „möchte ich mir bezüglich der ingenieurwissenschaftlichen Leistung kein Urteil erlauben, aber erklären Sie mir bitte, welcher moralischen Anforderung er nicht entsprochen hat. In dieser Frage dürfte es doch keine objektiven Verhaltenstests geben, oder doch?" Die Antwort ließ auf sich warten, und man bemerkte eine gewisse *Malaise* unter den Studierenden, die zu schlucken und sich zu räuspern begannen, während sie unruhig auf ihren Stühlen umherrutschten, welches ihr Unbehagen nach außen trug.

War Thierry möglicherweise Jude, und sollte er wie Alfred Dreyfus zu Unrecht auf die gleiche Teufelsinsel verbannt worden sein, gleichwohl er sein Land gar nicht an den deutschen Lektor verraten hatte? Und wie war die Menschenrechtslage in Saint-Etienne? Nicht ausgeschlossen, dass die Amerikaner ihn dreißig Jahre später ebenfalls ohne Verhandlung, ohne Zeugen und ohne Rechtsanspruch nach Guantanamo geschickt hätten. Aber konnte ein lustig gestikulierender Andersdenkender ein potentieller Terrorist sein?

Mit „Nun, Monsieur Krieger" unterbrach eine Studentin mit verhaltener Stimme meinen nach innen gewandten Diskurs, „Thierry hat sich bestimmte Dinge herausgenommen, die an unserer Schule sozusagen als *unanständig* gelten. Seine unflätige Art hat bei vielen Dozenten Anstoß erregt, denn sie empfanden das Auftreten von Thierry sowohl in seiner äußeren etwas vergammelten Erscheinung als auch in seiner teilweise sehr provozierenden Redensart als respektlos und Affront gegenüber dem Habitus, der an einer *Grande Ecole* im Allgemeinen herrscht." Ein zweiter Student führte diese für einen aufgeklärten Staat sehr zweifelhafte Anklage fort: „Ja, Monsieur Krieger, dies ist natürlich noch nicht alles. Die Liste seiner Fehlverhalten ist wirklich sehr lang, und man hat auch sehr viel Geduld gezeigt, bevor..." - und ein dritter Student fiel seinem Vorredner ins Wort, um den Satz fortzuführen - „man Thierry zu Recht für ein Jahr von der Schule verwiesen hat."

„Wenn es ihm bei uns nicht gefällt, kann er doch freiwillig an eine Universität wechseln; er wird dann sehen, ob das seiner Karriere dient", ertönte es aus dem Munde eines der wenigen Anzugsträger.

„Wenn man der zukünftigen Elite angehören will, müssen eben bestimmte Spielregeln berücksichtigt werden", bemerkte ein graues Mäuschen, von der ich gar nicht wusste, dass sie sprechen konnte. Da das Gespräch ins Französische abgerutscht war, meldeten sich unvermuteter Weise auch andere Kursteilnehmer. „Thierry war zwar nicht dumm, aber doch zu dumm, um zu verstehen, dass man sein Verhalten auf Dauer nicht tolerieren würde. Immer in der Opposition, rechthaberisch war er. Und seine ganzen Gedanken hatten im Allgemeinen mit den Inhalten des Studiums gar nichts zu tun, und seine privaten Ideen interessieren hier doch niemanden." „Ja, er war von Anfang an ein Außenseiter, und zwar in jeder Beziehung!"

Zwar versuchte ich noch zur Ehrenrettung Thierrys auf falsche Zusammenhänge und noch falschere Schlussfolgerungen hinzuweisen, die gegen ihn vorgebracht worden waren, aber in den Argumenten der Studenten hörte ich nicht nur die vorurteilsvollen mahnenden Stimmen der Eltern, sondern sogar der Großeltern und ganzer Ahnentafeln. Mein Aufklärungsversuch war wie die *Stimme des Rufers in der Wüste*, und ich wusste, dass ich zur Befreiung des Verurteilten kein *J'accuse* verfassen brauchte, so tief waren die Vorurteile bei einigen Weichenstellern der Schule verankert.

Als Thierry nach einem Jahr wieder auftauchte, trug er ordentliche Kleidung und kurzes Haar. Hatte der klassische Faconschnitt nun einen Herren aus ihm gemacht und gleichzeitig sein Denken in Form gebracht? Wir tauschten nur noch einige Nichtigkeiten auf dem Flur aus, denn Thierry war nicht mehr in meinem Deutschkurs.

Ein Jahr nach diesem für mich bestürzenden und kryptischen Ereignis wurde dem ersten Studenten das Ingenieurdiplom verweigert, weil er die Prüfung in der zweiten Fremdsprache nicht bestanden hatte: ein voller Erfolg für den Direktor, weil alle *Grandes Ecoles* darüber sprachen und die Schule an Ansehen gewann. Es war aber nicht Thierry, dem das Diplom verweigert worden war, denn er hatte sich, wie ich durch Zufall erfuhr, an einer Universität im Fachbereich der Geisteswissenschaften immatrikuliert und studierte Philosophie. Drei und drei waren eben nicht immer sechs und die Weltvernunft nicht in einem Atom einzuschließen oder mathematisch zu berechnen, wie einige Eleven mir gegenüber immer wieder behaupteten, um mich als Geisteswissenschaftler zu provozieren.

Lagen nicht der Zauber der Welt, ihre Magie und ihr Liebreiz offensichtlich in ihrem natürlichen oder sogar göttlichen Schleier, in ihrer Vielfalt, Widersprüchlichkeit und unendlichen Metamorphose? Kein geringerer als Goethe hatte den Gestaltenwandel der lebendigen Natur in ihrer Ganzheit gegen das mechanische Weltbild Newtons ins Feld geführt und die Maschinenwelt seiner Zeitgenossen gegeißelt. In seiner Pflanzenlehre suchte er über die äußere Gestalt hinaus nach der inneren Prägung, der Hyle, welche der amorphen Masse nicht nur die Form verlieh, sondern auch ihre unverwechselbare Identität, Anschaulichkeit und Schönheit. Das Ganze war mehr als die Summe seiner Teile.

Sollte die Zurückführung der gesamten physikalischen Welt auf einfachste Grundsätze durch die Relativitätstheorie und die Quantenmechanik tatsächlich die Erfüllung eines Menschheitstraums darstellen, so sinnierte ich in einer ruhigen Minute des Zweifelns. Warum gab es dann noch zwei Theorien, um die Natur aus ihrem Ursprung nicht nur für die massereiche Makrowelt des großen Universums, sondern auch für die Mikrowelt zu erklären?

Musste sich die *Weltformel*, so meinte ich in meinem natürlichen Bedürfnis nach Ästhetik, nicht durch Einheitlichkeit vor dem Richterstuhl der Weltvernunft ausweisen? Beide Theorien konnten in ihren philosophischen Grundzügen jedoch nicht verschiedener sein und mussten bei dem Versuch ihrer Vereinigung zum Crash führen. Waren schwarze Löcher nicht gigantische Massen mit zugleich winziger Größe, deren Gravitationskraft sie unter ihrem eigenen Gewicht bis zum Kollaps zusammenpresste? Wenn die Massen nach der Relativitätstheorie den Raum krümmten, dann durfte es ohne Masse keine Krümmung geben. Das, was die innere Welt im kleinsten Teil zusammenhielt, konnte ohne die Anwesenheit von Masse keine Wölbungen oder Verzerrungen aufweisen. Das Gegenteil war aber der Fall, denn im Mikrokosmos war alles ständig in Bewegung, dehnte und drehte sich und war von Rissen durchzogen, auch ohne eine entsprechende massereiche Umgebung. In diesen kleinsten Teilchen versagte folglich die allgemeine Relativitätstheorie, ohne allerdings sichtbare und damit relevante Auswirkungen im Großen hervorzubringen, so dass die Relativitätstheorie in diesem Bereich weiterhin ohne Einschränkungen Gültigkeit besaß.

Auf der anderen Seite bestätigte das Standartmodell der Quantentheorie in gewissem Sinne meine Forschungen über den Ursprung des materialistischen Denkens, denn die Ideen der alten griechischen Atomisten schienen wahr geworden zu sein. Es gab nur den leeren Raum und die sich in ihm befindenden Atome, und alle Eigenschaften der Materie, wie zum Beispiel Konsistenz, Farbe oder Wärme ergaben sich aus der Konstellation und Bewegung eben dieser im heutigen Sinne modernen Elementarteilchen, deren Zusammenspiel nach den Gesetzen der Quantenphysik festgelegt ist.

Die Objekte unserer Umwelt bestehen allesamt aus Quarks und Elektronen sowie Gluonen und Photonen, die zwischen den reellen Teilchen interagieren und eine Kraft übertragen. In der Relativitätstheorie gab es aber meiner Kenntnis nach keine Kraft übertragenden Wechselwirkungsteilchen, sondern nur eine geradlinige Bewegung der Materie durch Raum und Zeit. Allerdings muss ich eingestehen, dass ich von Physik eigentlich gar keine Ahnung habe, im Gegenteil, in der 9. Klasse hätte ich fast wegen einer Fünf in Physik eine Ehrenrunde drehen dürfen.

Andererseits hatte ich in der Zwischenzeit einiges über Quantenphysik gelesen, denn ich wollte den Eleven gegenüber zumindest den Eindruck erwecken, einige Begriffe, wenn auch nicht verstanden, so jedoch zumindest schon einmal gehört oder sogar verwendet zu haben, wie es viele Ignoranten tun, in der Hoffnung, dass der Gesprächspartner ebenfalls aus Unwissenheit zustimmte. Die Heisenbergsche Unschärferelation, soviel meinte ich verstanden zu haben, hatte im Gegensatz zur klassischen Mechanik die Idee der Freiheit wieder neu entdeckt, welche in dem rein deterministischen Newtonschen Universum abhandengekommen war und auch im heutigen neurobiologischen Determinismus nicht zu finden war. Machte uns die Quantenphysik demgemäß wieder frei, indem sie im Mikrokosmos der Natur sozusagen außerhalb der mechanischen Gesetze einen Zufallsgenerator entdeckt hätte, der den logischen Gegensatz zur kausalen Gesetzmäßigkeit auflöste, weil das Kausalitätsprinzip im atomaren Bereich experimentell nicht überprüft werden konnte und damit seine Allgemeingültigkeit einbüßen musste?

War nicht gleicherweise Kant der Meinung, dass alles Geschehen Ursachen voraussetzte, denen es dann als Regel folgte? Gleichzeitig konstruierte Kant zur Rettung der menschlichen Freiheit aber einen unaufhebbaren Dualismus zwischen physikalischer Wirklichkeit und der des Denkens, indem er das noumenale Subjekt aus dem Fluss der Zeit herauslöste und in die Sphäre des rein Intelligiblen versetzte, in dem die Naturgesetze des Phänomenal-Sinnlichen nicht galten. Dadurch stand die Gültigkeit des Kausalitätsprinzips nicht mehr im Widerspruch zur subjektiven Realität unserer Willensfreiheit, ein Wunsch, dem man sich nur anschließen mochte, wenn seine Einlösung auch nicht frei von Widersprüchen war. Heisenberg und Kant stimmten jedenfalls darin überein, dass es für eine freie Entscheidung keine empirische Ursache geben konnte und dass die Selbstbestimmung des Menschen im Gegensatz zur Fremdbestimmung ein Element des Zufalls als einzige Alternative zur Determination enthalten musste. Und wenn auch vieles dagegen sprach, wollten wir die Idee der Freiheit hochhalten.

Leider muss sich der Leser mit diesen Aporien selber weiter auseinandersetzen, da Paul zwar viele Fragen aufzuwerfen vermag, aber keine Antworten geben kann, die wie von einem Laplaceschen Dämon in Form einer universellen Intelligenz zu einem gegebenen Zeitpunkt durch die Kenntnis aller Kräfte für Ursachen und Wirkungen kalkuliert werden könnten, um sowohl für die Vergangenheit als auch für die Zukunft die Bewegung der Himmelskörper und der kleinsten Atome zu bestimmen. Unter Umständen ist es tatsächlich besser so, dass bis heute niemand die Zustände eines Menschen und seiner Umwelt bis ins Detail festlegen kann, damit die Zukunft offen bleibt und der Mensch weiter hoffen darf.

Ob unser Leben durch eine wie auch immer zu verstehende Weltformel in allen Komponenten völlig determiniert ist? Paul weiß es nicht. Ob die Freiheit nur eine Illusion des Denkens und das Ergebnis des Zusammenspiels rein neuronaler Prozesse ist, wie es uns manche Neurobiologen glauben lassen möchten? Paul weiß es nicht. Ob das *Ich-Bewusstsein* die Möglichkeit besitzt, durch Konzentration eine Entscheidung selbstursächlich herbeizuführen? Paul weiß es nicht. – Und Sie, lieber Leser, liebe Leserin? Wissen Sie es?

Der Leser möchte an dieser Stelle geltend machen, dass er zurecht das Gefühl von individueller Freiheit besitzt und darüber entscheiden mag, ob er die nächsten Zeilen in Folge weiterließt oder aus freier Entscheidung die schwarzen Buchstabengestalten wieder zwischen zwei Buchdeckeln einschließt, um sie den Mächten der Finsternis zu überlassen. Gut, dann legen Sie das Buch weg. Es ist unter Umständen in der Tat seinen Preis nicht wert. Sie brauchen *es* nicht zu lesen. Niemand zwingt Sie dazu. Es zwingt Sie aber auch niemand dazu, mit der Lektüre aufzuhören. Sie sind in beiden Entscheidungen frei und brauchen sich uns gegenüber keineswegs zu rechtfertigen.

Bevor Sie jedoch das Buch unter Umständen weglegen, würde der auktoriale Erzähler allerdings gerne Ihre Meinung darüber einholen, wer überhaupt das Licht und den Sinn in das Buch bringt – Ich, d.h. Er, der Erzähler oder derjenige Erzähler, der mehr oder alles zu wissen scheint, oder der Autor selbst oder Sie, der Leser? Können Sie es überhaupt moralisch verantworten, dass wir Rechenschaft darüber ablegen sollen, dass Sie die Quantenphysik nicht verstehen, dass Ihr neuronales Netzwerk streikt oder Ihnen mittlerweile schwindelig wird? Nein, wenn Sie die eherne Freiheit einfordern, dann müssen Sie natürlich ebenso die Verantwortung tragen und mit den Folgen leben, mit Dämon oder ohne!

Bevor ich als Marionettenspieler, Demiurg oder Weber noch den roten Faden – oder grünen? – verliere, den der Zufalls-Generator der potentiellen Freiheit durchtrennt haben könnte und dadurch unsere Geschichte unterbräche oder sogar beendete, möchte ich den Schicksalsfaden meines Lebens lieber einmal mehr selber in die Hand nehmen, um in der Retrospektive nicht nur seine Länge, sondern auch die Inhalte zu bestimmen, die ich Ihnen gegenüber zu enthüllen mir vorgenommen habe.

Auch Ihr Leben als Leser soll nicht weiter an einem seidenen Faden hängen und möglicherweise kompromittiert werden, haben Sie doch als Erwerber dieses Büchleins gewissermaßen einen Anspruch darauf, dass zwischen der ersten und letzten Seite auch tatsächlich etwas passiert. Und wenn Sie zu einer kooperativen Sinnproduktion bereit sind, möchte ich Sie jetzt nicht mehr warten lassen. Rekapitulieren wir im Folgenden, was uns beinahe um den physikalischen Verstand gebracht hätte, damit ich Ihnen, lieber Leser, am Ariadnefaden der Erzählung wie Theseus den Weg durch das Labyrinth des Minotauros weisen kann.

Thierry hatte nach seinen Konflikten an der Ingenieurhochschule auf Grund seiner unkonventionellen und freien Denkungsart ein Jahr in einem Umerziehungslager verbracht, d.h. an einer anderen Hochschule von geringerem Status, damit er nicht nur die versäumten Inhalte nachholte, sondern auch den Gürtel des freien Denkens enger schnallte. Da seine widerspenstige Persönlichkeit sich aber keine Scheuklappen anlegen ließ, verabschiedete er sich aus der Ersten Bundesliga der Elite-Pyramide, um fortan an einer Universität in der Regionalliga zu spielen. Das Studienfach, welches er wählte, hatte in der Gesellschaft im Gegensatz zu den Ingenieurwissenschaften nur ein geringes Ansehen, da man mit der Philosophie als Weltgebäude keine materiellen Güter würde erwirtschaften können. Allerdings gewann Thierry die Freiheit der Selbstbestimmung, um das werden zu können, was er von Natur aus war - ein integrer und authentischer Mensch.

Während die Eleven in dem mechanizistischen Gebäude der Ingenieurproduktionsstätte nach den Erfahrungen Thierrys eher dazu gedrillt wurden wie an Fäden aufgezogene Marionetten zu funktionieren, die ihr Leben nur spielten beziehungsweise simulierten, zog Thierry es vor, zwar an eine Massenbildungsanstalt zu wechseln, aber mit dem Ziele, seine Individualität als höchstes Gut weiter in aller Vielfalt zu bilden. Ob die Eleven tatsächlich durch die elitäre Maschinerie des Systems gesellschaftlich völlig determiniert waren und die offeneren Strukturen der Universität den Studenten mehr Freiheiten zur Ausprägung ihrer Persönlichkeiten boten, mag man mir nicht abverlangen wollen definitiv zu beurteilen, weil das Wechselspiel der Kräfte und die Vielfalt der Situationen es unmöglich machen, eine Menschengestalt in ihrer Kausalität oder Freiheit genau zu bestimmen.

Mein Leben in Nancy sollte bis zur letzten Minute meines Aufenthalts nicht langweilig werden, weder beruflich noch privat. Um meine Geschichte aus freier Entscheidung fortzusetzen, bestünde eine Möglichkeit darin, im Folgenden über meine Schwiegereltern zu berichten, die mehrmals im Jahr aus der Bretagne zu Besuch kamen, zumal die permanenten Konflikte zwischen dem Schwiegervater, der eine gute Seele und darüber hinaus noch ein guter Handwerker war und seiner seit dreißig Jahren keifenden Frau für den Außenstehenden manche amüsante Anekdote darstellen könnten. Von meiner dreijährigen Tochter zu reportieren, welche mit allen Jungen der Nachbarschaft kokettierte und bei Wutausbrüchen den einen oder anderen sogar brutalisierte, indem sie die Festigkeit seiner Haarwurzeln überprüfte, wäre ein andere Möglichkeit. Des Weiteren könnte ich über meine verehrte Frau berichten, eine Perspektive, die für den Leser mangels Ehebruchs, Treulosigkeit oder Seitensprüngen aber keine starken Gefühle der Freude, Schadensfreude oder Enttäuschung aufkommen lassen würden, es sei denn, dass der Betrug auf Seiten meiner Frau stattgefunden hätte, worüber ich aus Unkenntnis der kaschierten Tatsachen jedoch nicht erzählen könnte. Was ist aus unserer jungen Lehrerin in ihrem allzu engen Pullover und ihrem allzu kurzen Rock geworden? An dieser Stelle muss ich den Leser zu seinem Bedauern leider enttäuschen, denn darüber kann ich in der Tat nicht berichten. Warum nicht, werden Sie sich fragen? Weil meine Frau das Buch genauso wie Sie lesen könnte.

Kehren wir vielmehr zurück zu meinen Eleven: Sie arbeiteten wie in einem Hamsterrad, welches sich so schnell drehte, dass sogar der verschlagene Sisyphus seinen Felsblock nicht mit ihnen hätte tauschen und sich lieber mit Camus als glücklichen Menschen hätte wähnen wollen. Jedoch nahmen auch sie ihr Schicksal an, hatten sie schließlich gelernt, keine Fragen mehr zu stellen und auf ihrem vorgezeichneten Weg voranzuschreiten; hatten sie doch gelernt, über unlogische Aufforderungen nicht mehr nachzudenken und oberste Befehle schlechthin zu exekutieren; hatten sie doch verstanden, dass dem Hamsterrad niemand entkommen konnte und grundlegende Veränderungen weder möglich noch erstrebenswert waren, dass man Träume nicht in Handlungen umsetzen musste oder dass die Eltern und Chefs alles zu verantworten hatten.

Und diese Eleven hatten neben den mehr als 30-stündigen naturwissenschaftlichen Fächern zusätzlich noch sechs Stunden Fremdsprachenunterricht. Wem sollte so viel Arbeit nicht die Sprache verschlagen? Die meisten Schüler erwiesen sich in der Tat als exzellent; nur bei der mündlichen Kommunikation verhielten sie sich minimalistisch bezeihungsweise verharrten stumm wie ein Stockfisch, und zwar unabhängig von ihrem sozialen oder biologischen Ursprung, ob Dorsch, Seelachs oder Schellfisch.

Haben Sie schon einmal versucht, sich mit einem Fisch zu unterhalten? Ein schwieriges Unterfangen, selbst für einen Fremdsprachenlehrer – und ohne Angel. Entweder befördern Sie den Fisch an Land, wobei er, ohne seine Gefühle lautstark zu äußern, einen Todestanz choreografiert, oder Sie springen ins Wasser, welches die Kommunikation in gleicher Weise in eine Schieflage versetzt.

Oder haben Sie schon einmal mit einem aufgeblasenen Frosch gesprochen, der einen Stock verschluckt hat? Nur seine Glucksaugen lassen in diesem Fall noch erahnen, dass er kommunikationsbereit ist, während das Quaken im grünen Halse erstickt. So ähnlich verhält es sich mit der mündlichen Performanz eines französischen Fremdsprachenlerners, während er sich in seiner Muttersprache in cartesischer Tradition *clare et distincte* artikuliert, als gäbe es zwischen gesprochenem und geschriebenem Sprachcode keinen signifikanten Unterschied.

Daher war ich nicht wenig erstaunt, als ich die ersten schriftlichen Hausarbeiten korrigierte, die trotz des damals noch fehlenden Rechtschreib- und Grammatikprogramms auf dem Computer nahezu frei von Fehlern waren. Zugegebenermaßen waren die meisten Sätze sehr viel kürzer als diejenigen, die ich Ihnen an den Kopf zu werfen wage. Aber einem intelligenten Leser darf der Erzähler so einiges zumuten, bis auf seine eigenen Unzulänglichkeiten.

Wie sollten jedoch diese stummen Grammatikfische außerhalb des französischen Aquariums überleben, etwa auf einer deutschen Speisekarte? Eine innere Stimme riet mir: den Stock aus dem Hals nehmen, den Fisch ins kalte Wasser werfen, die Grammatiksoftware ausschalten und sich ohne Descartes den Passionen der gesprochenen Sprache hingeben, die sich wie eine erquickende Quelle aus dem Felsvorsprung des Mundes ergießt, um die Gedanken Welt werden zu lassen und mit den anderen zu teilen. Einzigartig erleuchtet ihre Seele in göttlichem Gewand und verwandelt die Keule in ein Wort, das Zwietracht schlichten und Frieden stiften kann.

Hieß es *wegen dem* Frieden oder *wegen des* Friedens? „Monsieur Krieger", so meldete sich ein überschwänglicher Student, den merklich ein unvorhergesehenes Ereignis aus der Fassung gebracht hatte, „Sie haben nach der Präposition *wegen* gerade den Genitiv verwendet, und ich glaube, dass dieser Gebrauch falsch ist." Eine dererlei absonderliche Bemerkung verdutzte mich nicht wenig, ohne allerdings Verärgerung hervorzurufen, war ich mir als Deutscher der fehlerfreien Grammatikalität meiner Sprache, die mir in gewisser Weise in universeller Form mit den Genen vererbt worden war, ziemlich sicher. Ich bewegte daher einige Sprachbeispiele in meinem Kopf, wie es nur der Muttersprachler vermag, um sich der Richtigkeit seiner Äußerungen zu vergewissern, und verspürte fast wie einen Kopfschmerz, wenn ich versuchte, nach *wegen* einen Dativartikel zu verwenden. Es war jedes Mal wie ein Fehltritt, der jemanden zum Straucheln brachte oder sogar zu Fall.

„Nein, lieber Eric", erwiderte ich mit etwas übertriebener Höflichkeit und einem verschmitzten Lächeln, welches die Ironie meiner Aussage noch hervorhob, „nach der Präposition *wegen* steht im Deutschen seit Jahrhunderten der Genitiv. Als Eric auf der Richtigkeit seiner Aussage insistierte, fuhr ich fort, dass ich nicht glaubte, dass es Aufgabe der Franzosen sei, die deutsche Sprache reformieren zu wollen. Das sich anbahnende Duell wurde daraufhin auf den nächsten

Deutschkurs vertagt, und es war für mich ein Leichtes zu Hause nach dem Wächter der deutschen Sprache, dem Grammatikduden, zu greifen, der mir Recht geben sollte. Dass die Bayern es net so mit dem Wes-Fall hielten und sie den Dativ wie das Weißbier und die Blasmusik liebten, wusste ich, aber ich wusste ebenfalls, dass die Seilkünstler der französischen Grammatik so konservativ waren wie eine Konservendose aus dem Jahre 1635. Umso erstaunter war ich zwei Tage später, als Eric mir sein *Deutschlehrwerk* vorlegte, in dem ich als 30-jähriger Dozent folgende Regel las: „Nach der Präposition *wegen* steht der Dativ; eine antiquierte Form ist der Genitiv, welcher gelegentlich noch von einer deutschsprachigen Elite verwendet wird." Da sah ich wirklich sehr alt aus!

Zwölf Stunden Sprachunterricht, selbst an einer Eliteschule, konnten einen jungen deutschen Dozenten auf Dauer nicht auslasten, selbst wenn er nebenbei noch die Erwartungen von zwei Kindern zufriedenstellen, die Bedürfnisse einer Frau befriedigen, den Hunger der Familie stillen, das Öl im Tank überprüfen, das Unkraut im Garten beim Wachsen beobachten und wöchentlich noch einige Seiten an seiner Doktorarbeit schreiben musste. Während die anderen unverheirateten Lektorenkollegen einer größeren Muße frönten und sich wie Götter in der *Fainéance* bildend labten oder an Lustquellen erfrischten, laborierte ich noch an anderen Hochschulen, ohne dass mir damals der schwäbische Spruch *schaffe, schaffe, Häusle baue* bekannt gewesen wäre. Aber wer über den *Materialismus* promoviert, darf auch die Hegelsche Dialektik wieder *vom Kopf auf die Füße stellen*, um sich ein wenig Materie aus der wie auch immer geschaffenen Wirklichkeit einzuverleiben.

Ich leistete daher teilweise bis zu weiteren zwölf Überstunden am Goethe-Institut, den Hochschulen für Agrarwissenschaften, für Technik oder Journalistik sowie der Industrie- und Handelskammer. Wenn es auch nicht immer einfach war, den verschiedenen Gästen das jeweils richtige Menü zu servieren, so waren die Ingredienzien doch immer die gleichen, nämlich die Wörter der deutschen Sprache, und nur die Gewürze und Kräuter der Zubereitung variierten. Um die Libido für die Sprache zu stärken, benutzte ich häufig wohlduftende

Wörter von aphrodisischer Wirkung, die ich aus authentischen Texten bezog und die jenseits der Lehrbuchtexte das Aroma von *Mandragora officinalis, Rumex acetosa, Crocus sativus* oder *Erynigium maritimum* verbreiteten. Alle Kräutermischungen wurden sehr gut entlohnt, übertraf der Stundenlohn im Allgemeinen doch das Sechsfache von dem, was ich vorher an einer deutschen Sprachschule verdient hatte, und die Studierenden erfreuten sich immer des deutschen Sprachbades, wenn es für sie auch bisweilen eine kalte Dusche gewesen sein mag.

Und um während des zweimonatigen Sommerurlaubs keine Langeweile aufkommen und meine Kinder ebenfalls authentisches Deutsch lernen zu lassen, fuhr ich mit meiner Familie nach Schwäbisch-Hall oder nach Murnau, wo ich auf Anfrage in den jeweiligen Goethe-Instituten Sommerkurse anbot. Da meine Lektorenzeit auf vier Jahre beschränkt war, wollte ich ein paar Groschen beiseitelegen, um entweder einer potentiellen Arbeitslosigkeit finanziell vorzubeugen oder anderenfalls einmal mit meinen 1,70 Meter auf etwas größerem Fuße leben zu können.

Bevor ich, lieber Leser, wieder in die stinkende Kloake der städtischen Gesamtschule zurückkehre, von der ich eingangs schon berichtet habe und Ihnen darüber rapportiere, wie es zu diesem taumelnden Abstieg in den Tartaros kam, möchte ich Ihnen noch ein paar Appetithäppchen aus der französischen Gourmet-Küche servieren, die Sie vor Ihrer nachfolgenden Odyssee an dieser Stelle weder mit der sechsköpfigen, menschenverschlingenden Skylla teilen, noch sich aus Angst vor Charybdis eine Schwimmweste anziehen müssen. Klammern Sie sich an den Feigenbaum, bevor Charybdis Sie wieder ausspeit und Sie auf den Trümmern mit den Händen davonrudern. Noch können Sie mir gefahrlos folgen und den Sirenen lauschen, ohne sich und Ihren Gefährten die Ohren mit Wachs zustopfen zu müssen.

Spätestens als wir Lektoren im Frühsommer des Jahres 1989, d.h. einige Monate vor dem Mauerfall in Berlin, der von den Franzosen und ihrem damaligen Staatspräsidenten François Mitterand zwar vor der Presse mit gute Miene begrüßt, hinter den Kulissen aber mit Argwohn und Misstrauen beobachtet wurde, vom deutschen Konsulat in Nancy zu einem Aperitif-Empfang mit den Honoratioren der Stadt und den Notabeln der deutsch-französischen Beziehungen eingeladen wurden, merkten wir Deutschen, dass es neben Blut- und Leberwurst noch andere *Amuse-Gueules* gab, welche die Gesamtzahl der Geschmacksnerven wie einen Verstärker in lustvolle Verzückung versetzten. Ich hatte zwar bereits einige Gaumenfreuden persönlich kennengelernt und mich mit vielen angefreundet, aber heute fand ein Feuerwerk der Gourmets statt, welches mich bereits beim Anblick in größte Exaltation versetzte und zu einem überschwänglichen Tanz aufforderte wie die Insekten beim Licht.

Wie die Pawlowschen Hunde paradierten wir Lektoren mit stolzgeschwellter Brust im Gleichschritt auf das Büffet zu und hielten die Nase so hoch, als hätte der französische König uns persönlich eingeladen. Gleichzeitig waren wir durch den unbedingten Speichelfluss so vermessen, dass wir nicht bemerkten, dass die Schlacht am kalten Büffet noch nicht eröffnet war und einige Hofdamen der *Noblesse de robe* bereits empörte Blicke auf uns kleine Leute warfen, welche die französische *Etiquette* nicht beachteten und mit Sicherheit den Knigge-Test der Manieren nicht bestanden hatten. Hochmut kommt bekanntlich vor dem Fall.

Als mein Kollege - oder war ich es selber, vielleicht habe ich es vergessen oder verdrängt - mit der rechten Hand etwas linkisch nach der ersten Geschmacksknospe griff und diese unvorsichtigerweise zu Boden fallen ließ, wurden wir alle vier, die Anstalten machten, sich an dem aufbereiteten Kunstwerk zu vergreifen, nicht von Madame de Pompadour selbst, aber von ihrem Dienstpersonal mit strenger Stimme zurechtgewiesen, dass das Büffet offiziell erst nach der Eingangsrede eröffnet würde. Der ungehobelte, respektlose Rüpel germanischer Herkunft, der Frankfurter-Würstchen kauende, Sauerkraut und Eisbein verschlingende Küchendilettant stand im Rampenlicht eines Gourmettempels und fühlte sich wie ein Barbar im königlichen Saal.

Fragte mich heute jemand nach dem Anlass der Einladung oder sogar dem Inhalt der Rede, könnte mein faktisches Gedächtnis nicht mehr Rede und Antwort stehen, während sich die emotionale Erinnerung an die öffentliche Blamage tief in das limbische System eingegraben hat. Erst nach unserer öffentlichen Diffamation fiel mir auf, von welch eleganten Abend- und aufregenden Cocktailkleidern ich umgeben war, die auf schwindelerregenden Absätzen in akrobatischer Manier zur Schau getragen wurden. Die Körper, die sich in dieser Designerkleidung aufhielten, auf denen üppig geschminkte Gesichter thronten, konnten allerdings nicht mit den natürlichen Schönheiten konkurrieren, die vereinzelt in ihrer juvenilen Blüte an der Hochschule promenierten. Hier wurde der Liebreiz besonders dann freigesetzt, wenn die Beine länger als die Kleider waren und die Blusen nachlässig offen getragen wurden, wobei die Phantasie sicherlich so manch falsche Illusion aufkommen ließ.

Die klassisch-eleganten schwarzen und grauen Männeranzüge mit Bügelfalte, aber ohne Extravaganzen, präsentierten die wie aus dem Ei gepellten Promis mit ihren Querbindern oder Krawatten wie uniformierte Tonsoldaten ohne eigene Identität. Nur wenige wagten eine neue Trendfarbe; einige trugen Einstecktücher aus edelster Seide. Viele dieser Gestalten erweckten den Eindruck, bereits mit dem *Nœud papillon* oder sogar mit dem Anzug auf die Welt gekommen zu sein, insbesondere wenn die Hosen viel zu kurz waren und grässliche Strümpfe offenlegten, die in zu langen Schuhen steckten, die beim Voranschreiten vorne einknickten und eine hässliche Falte hinterließen.

Verbargen sich hinter den an diesem Ort vereinten Persönlichkeiten die ehemaligen Eleven der französischen Elitehochschulen, so fragte ich mich? Die deutschen Gastgeber standen den Franzosen in ihrer vestimentären Assimilation in nichts nach, und hätte sie nicht ihr deutlich hörbarer Akzent verraten, so wären die Kimbern und Teutonen sogar Tacitus nur durch ihren etwas höheren Wuchs, ihre hellere Haut oder die häufig blauen Augen aufgefallen, die wegen ihrer Schärfe – acies oculorum – schon in Caesars Gallischem Krieg gefürchtet waren.

Wir Lektoren waren ganz besonders auffällig gekleidet, und zwar durch unsere Unangepasstheit, so wie sie junge Menschen oftmals auszeichnet, die gerne bereits in der höheren Gesellschaft mitreden möchten, ohne jedoch den gesellschaftlichen Transformationsprozess der Anpassung bereits vollständig durchlaufen zu haben und natürlich das Vermögen für den entsprechenden Lebensstil noch nicht auf dem Konto haben. Mein Student Thierry wäre an diesem Ort wie ein außerirdischer Primat zu Studienzwecken beäugt worden.

Auch wenn Sie gerade selber in diesem Büchlein lesen, sei es mir oder uns gestattet, Ihnen wie zu einer Lesung im Café sozusagen als Gruß aus der Küche des Schreibens einige kleine *Amuse-Gueules* zu offerieren, an denen wir uns beim Empfang in Nancy ebenfalls delektierten, allerdings ohne Ihnen diese nach der Lektüre extra zu berechnen. Sie wurden im Kaufpreis des Buches bereits budgetiert, und es handelt sich nicht um ehemalige Armenessen, die sich wie Pasta mit geriebenem Käse, Leinöl oder Bruschetta inzwischen zur Delikatesse aufgeschwungen haben oder um zwei Sorten Baguette mit Butter, Aioli und Salz. Nein, kosten Sie unsere raffinierten Kleinigkeiten mit einem speziell dafür vorgesehenen Probierlöffel, *cuillère de dégustation*, den wir Ihnen als *mise en bouche* in den Mund legen: grüner Apfel Tartar mit Avocados, Schalotten, Olivenöl und Limettensaft; geräucherter Lachs mit Meerrettichcreme, Frischkäse, Forellenkaviar, Seehasenrogen und Holunderbeergelee; Mandelaprikosen im Baconmantel; auf einer Scheibe Brioche zubereitete Jakobsmuscheln, Serranoschinken und Wachtelei; Ziegenfrischkäse mit Honig und Serranoschinken auf frischer Feige; *Foie Gras* oder Leberterrine auf Belugalinsen und Portweingelee; Mini-Tartes mit Kürbiscreme; Champignons mit Anchovis auf Toast; Jakobsmuscheln an Bärlauchpesto mit Trüffel und Parmesan; Gebackene Austern mit Knoblauch und Safran; Forellenpaste, Thunfischmousse und weitere Köstlichkeiten.

Bei diesem Anblick musste ich an die Faustszene in Auerbachs Keller denken *Uns ist ganz kannibalisch wohl,/ Als wie fünf hundert Säuen!* (Faust, Vers 2293–2294), gleichzeitig drängte sich mir aber in diesem Moment mit einem geistigen Schmunzeln die Erinnerung an eine andere Einladung zu einem *Nouvelle Cuisine* Menu auf, welches mir vom *Regionalen Fernsehsender FR 3* in Nancy einige Monate vorher für die unbedeutende Synchronisierung einer Werbesendung offeriert worden war, weil ich nach dem zweistündigen Essen nahezu verhungert nach Hause eilte und den Kühlschrank aufriss, um mir ein Baguette-Sandwich mit Butter und gekochtem Schinken zuzubereiten. Allerdings war heute die Menge der *Amuse-Bouches* so beeindruckend wie das Heer zahlreicher römischer Legionen.

Und Sie haben, lieber Leser, noch keinen Blick auf die Desserts, die sogenannten *Petits Fours* geworfen, diese klassischen glasierten oder unglasierten Kleingebäcke aus der französischen Konfiserie-Kunst. Sie können aus Biskuitteig ausgestochene und mit Creme, Marzipan oder Schokolade gefüllte Kreationen sein, aber ebenso gefüllte Makronen- oder Blätterteichkompositionen. Französische Desserts sind, wie jeder weiß, unwiderstehlich. Allein die Namen lassen uns bereits das Wasser im Munde zusammenlaufen. Dass Schokolade glücklich macht, weiß jeder, aber eine echte *Mousse au chocolat* oder die *Eclairs au chocolat ou au café*, d.h. mit Creme oder Schlagsahne gefüllten und mit Schokoladen- oder Caféglasur überzogenen Brandteigstangen, brachten mich immer um den Verstand, ebenso wie die mit Orangen-Marzipan Buttercreme gefüllten *Pistazien-Macarons*, alle *Tartes aux fruits* mit Erdbeeren, Pfirsich, Rhabarber, Apfel oder Zwetschgen und ganz zu schweigen von der *Tarte Tatin* oder der *Crême Brûlée.*

Von den über 400 Käsesorten und den unzähligen Markenweinen aus den französischen Weinbaugebieten Bordeaux, Burgund, Loire, Provence oder Rhône, von denen wir während unserer einmal im Jahr stattfindenden Lektorentreffen in Frankreich einige hundert Flaschen in *cadavres* verwandelt haben, wollen wir an dieser Stelle nicht berichten: *Nun zieht die Pfropfen und genießt!/ O schöner Brunnen, der uns fließt!* (Faust, Vers 2290–2291)

Als ich mich nach dem Ende des Konsulatsempfangs gegen 24.00 Uhr auf den Nachhauseweg begab, wusste ich gar nicht mehr, ob ich in Deutschland oder in Frankreich lebte, denn die bedeutenden und unbedeutenden Gespräche des Abends vernebelten meinen Verstand, in dem die einzelnen Laute sich nicht mehr distinktiv koordinieren ließen. Dieses wäre sich dem Bette nahe wähnend und bald vom Schlaf erlöst nicht schlimm gewesen, wenn ich nicht anfänglich noch wahrgenommen hätte, was in meinem Magen vorging. Wachteleier, Austern, Kürbiscreme, der Forellenkaviar, gewürzt mit Knoblauch,

Safran und mindestens ein Dutzend von mir konsumierte *Petits Fours* vermischten sich in meinem Magen durch die nicht unerhebliche Zugabe von Weinen unterschiedlicher *Couleur* in eine breiige Masse, die sich ins Freie Bahn brechen wollte. Gerne hätte ich mich für einige Tage der Regeneration wie eine Jakobsmuschel in meine Schale zurückgezogen, um mich von dem lärmenden Getöse der Außenwelt zu erholen, aber leider wurde mir diese Gunst des Schicksals nicht gewährt. Die folgenden Einzelheiten möchte ich Ihnen allerdings ersparen.

Am folgenden Morgen rissen mich meine Frau und die zu mir ins Bett gekrabbelten Kinder gegen 10 Uhr aus einem Tiefschlaf, der nicht schöner als der Tod hätte sein können, wohingegen die ersten Wiederbelebungsmaßnahmen durch die zwei kleinen Raufbolde eher wie ein Albtraum wirkten. „Papa, tu as un message important sur ton répondeur", meinte meine Tochter, während sie mich zu kitzeln versuchte. „Vite, lève-toi!" Französisch?, dachte ich. Welcher kleine Zwerg sprach da mit mir? Verstand ich die Sprache überhaupt? Es hatten mich nur einige Assoziationen von Bedeutung erreicht: „Anrufbeantworter" und „wichtig". „Was ist wichtig?" formulierte ich mit größter Anstrengung auf Deutsch oder auf Französisch während die noch schweren Augenlider wieder zufielen. „Du hast eine Stelle in Deutschland, Papa!" Wollte ich denn überhaupt nach Deutschland? Wer hatte das jemals behauptet? War meine Frau nicht Französin und würde bald in unserem deutsch-französischen Kindergarten ihre Tätigkeit als Leiterin aufnehmen? Ging es uns vieren nicht bestens? Viele Gedanken, die ich erst noch ordnen musste, schossen mir gleichzeitig durch den Kopf.

Vor einem halben Jahr hatte ich mich zum vierten Mal um eine Lehrereinstellung in Nordrhein-Westfalen beworben, weil mein Lektorat in Nancy sich dem Ende zuneigte und ich bislang noch keine attraktive Stellenalternative gefunden hatte. Zwar wollte mich der Direktor der Ecole des Mines gerne weiter anstellen, allerdings zu einem Gehalt, welches ohne die Zulagen des DAAD zwangsläufig zu einem sozialen Abstieg geführt hätte. Andererseits würde meine Frau die selbst geschaffene neue Arbeitsstelle antreten, und ich könnte weiterhin durch gut bezahlte Überstunden noch hinzuverdienen. Gerne oder freiwillig wollten wir diesen Platz im Paradies nicht verlassen.

Andererseits war es auf Dauer keine spannende Tätigkeit, den Franzosen das Sprechen beibringen zu wollen, zumal auf Deutsch. Und warum hatte ich so viele Jahre studiert, um dann meine Lieblingsfächer, Deutsch, Französisch und Philosophie, nicht an einem guten Gymnasium unterrichten zu können. Der Umgang mit jungen Menschen und in gleichem Maße der soziale Auftrag zur Erziehung hatte mich immer fasziniert. Außerdem würde ich ein regelmäßiges Gehalt beziehen und meine Familie ernähren können. Wir würden uns ein hübsches Häuschen suchen, später möglicherweise sogar kaufen - und als Spießer enden.

Ich stürzte schließlich aus dem Bett, welches bei meinem dicken Kopf wohl eher einer Vorstellung als der Realität entsprach, küsste noch schnell meine Frau, die entsetzt zurückwich, weil ich aus dem Mund stank, und bewegte mich mühsam ins Wohnzimmer, wo das Telefon auf einem alten Leuchtertisch aus der Normandie stand. Die Spannung wuchs. Welche Nachricht verbarg sich in diesem Gerät? Ein Stellenangebot? Wo? An welchem Ort? Wir waren Ende Juni, und in Nordrhein-Westfalen begann die Schule in diesem Jahr bereits am 1.August, wie ich wusste. Schöne Ferien. Wieder Umzug. Wohnungssuche. Meine Tochter war sechs und mein Sohn drei. Passte also bezüglich der Einschulung. Im Übrigen sollten beide doch zweisprachig aufwachsen. Die deutsche Sprache hatten wir in Nancy bislang kläglich vernachlässigt, welches die deutschen Großeltern bei jedem Besuch mit Empörung feststellten. Tausendmal lieber sprach ich Französisch und war stolz darauf, es selbst mit so manchem Franzosen aufnehmen zu können; allerdings nur mit denen, die weniger gut sprachen, so muss ich eingestehen.

Auf dem Anrufbeantworter hörte ich folgende Nachricht: „Hallo, ehm, ja, guten Tag, eh, ich weiß nicht genau, was ich sagen soll, ich weiß ja nicht mal, ob du mich, ehm, ob Sie mich verstehen, ich bin wohl in Frankreich gelandet, also, ich bin Reinhard Schreiber, Stellvertretender Schulleiter von der Städtischen Gesamtschule, ehm, ja,

Ihre Frau ist ja Französin, aber Sie können ja gewiss Deutsch, ehm, natürlich. Irgendwie hatten Sie sich ja beim Regierungspräsidenten in Arnsberg beworben, und nun hat man Sie als Französischlehrer vorgeschlagen, ehm, ja, bei uns an der Schule; so, ja, wir hätten großes Interesse, ehm, ja, und melden Sie sich doch bitte schnellstmöglich zurück, ehm, damit wir unsere Planungen für den Schulbeginn in sechs Wochen abschließen können. Ja, ehm, Sie wissen gegebenenfalls, dass das Schuljahr am 1. August beginnt. Im Großen und Ganzen wissen Sie jetzt alles. Beeilen Sie sich also! Und, ehm, ja, Tschüss!"

In diesem Moment wusste ich Bescheid. Eine richtige Stelle, vorgeschlagen allerdings von jemandem, der nicht besser Deutsch zu sprechen schien als meine ausländischen Studenten: ehm, ja, oder so! Alles Flick- oder Blähwörter, wenn jemand nicht weiß, wie er seine Gedanken fortsetzen soll oder seine Worte nicht findet. An der *Ecole des Mines* hätten wir ihn nach einem Sprachtest nicht einmal in die Mittelstufe eingestuft, wenn er auch ziemlich akzentfrei sprach. Man hatte den Eindruck, dass jemand nicht wirklich gesprochen hatte, um etwas zu sagen, sondern nur, um einen Kontakt herzustellen. Aber dieses war tatsächlich gelungen.

Nach einem guten Frühstück, während dessen ich große Mengen gesalzener Butter aus der Bretagne mit nicht weniger *confiture Bonne Maman* auf einen halben Meter knuspriger Baguette auftrug und verzehrte sowie mindestens einen halben Liter Kaffee in mich hineinkippte, um die noch schläfrigen Neuronenbahnen wieder auf Normalbetrieb hochzufahren, musste eine entschlossene Handlung folgen. War ich bereit, das französische Abenteuer einer unsicheren Karriere als Vermittler der deutschen Sprache und Kultur, wohlgemerkt an einer Elitehochschule, gegen eine sichere Beamtenstelle als Französischlehrer an einem Gymnasium einzutauschen?

Genau in diesem Augenblick würden die Weichen für mein zukünftiges Leben neu gestellt werden, ohne dass ich den Fahrplan einsehen könnte. Wie ein Blinder nach einer Operation, der Angst vor dem Einfangen des ersten Lichtstrahls empfindet, wählte ich mit dem Zeigefinger der rechten Hand zögerlich die Nummern 00, dann 49 für

Deutschland und dann die Nummer der Schule, der großen Unbekannten, die als Schönheit erblühen oder stechend wie eine Distel in mein Schicksal eingreifen würde. Die Leitung war frei. Ich wartete. Das Uhrwerk lief weiter und spann am Rad meines Lebens. Welche Gaben würde das Füllhorn der Göttin Fortuna, der Herrin der Welt, über mich ausschütten? War es ein gutes oder ein böses Los, welches mich erwartete? Zog ich das kürzere oder das längere Holzstückchen? Wer warf den Jeton auf den Lebenstisch, die Kugel ins Roulette? Und wie sollte ich das Orakel ohne die Hilfe der Priester deuten? Fügung, Zufall, Bestimmung, Prädestination, Karma, Kismet - die Welt war in ständiger Bewegung, mit oder auch ohne Gott. Und nur wer die Komplexität aller Ursachen und Wirkungen überschauen, bestimmen oder initiieren konnte, hätte in diesem Moment ein weiser Ratgeber sein können, während der reine Zufall der materiellen Naturgesetze in der Unkenntnis ihrer Zusammenhänge mich im Dunklen und Ungewissen verweilen ließ.

Ich hörte nur tut, tut, tut... und dann geschah es: „Schreiber, *Städtische Gesamtschule*, guten Morgen", ertönte es mit lauter, selbstbewusster Stimme, so dass ich erschrak als stände, ich direkt neben der sprechenden Person, ohne sie bemerkt zu haben. „Krieger am Apparat", brachte ich mit leiser, zaudernder Stimme hervor, die jegliches Selbstbewusstsein verloren zu haben schien. „Guten Morgen Herr Schreiber, ich rufe Sie aus Frankreich wegen des Stellenangebots an, um einige zusätzliche Informationen zu erhalten." „Wunderbar", erwiderte Herr Schreiber, „wir haben mit Spannung auf Ihren Rückruf gewartet, weil Sie die letzte Unbekannte in unserem Stundenplan sind. Wir brauchen Sie unbedingt als Französischlehrer! Und da Sie sozusagen direkt aus Frankreich eingeflogen werden, gehe ich davon aus, dass Sie diese schwierige Sprache unter Umständen sogar beherrschen!" „*Ca va*", antwortete ich zurückhaltend. "Oh, solch fremde Laute in meinen Ohren haben sicherlich etwas mit Französisch zu tun, oder? An meiner Schule konnte ich das früher gar nicht lernen. Wäre aber auch nichts für mich gewesen. Ich halte mich lieber an Zahlen, ich bin nämlich Mathelehrer und in sprachlichen Angelegenheiten etwas unterbegabt. Darum spreche ich diese wunderbare Sprache auch nicht, aber dafür *kann isch Sijerländisch. Wat könste denn sonsnoch so, Schuldigung, wat kön Se denn sonsnoch so?"*

Ich kann heute noch, während ich diese Zeilen schreibe, meine Konsternation nachempfinden, welche diese Worte auslösten. Jemand, der noch nie in seinem Leben „ça va" gehört hatte, war für mich entweder beim Urknall in der Hintergrundstrahlung hängen geblieben oder hatte sein Abitur auf einem anderen, holprigen Wege erlangt. Noch befremdender und absonderlicher schien mir jedoch noch die Tatsache, dass der Stellvertretende Schulleiter mich geduzt hatte und dann das Gespräch in einer Sprache fortsetzte, die ich noch in keinem Land gehört und an keiner Hochschule im Fremdsprachangebot wahrgenommen hätte: Siegerländisch.

Meine geografischen Kenntnisse waren zu gegebenem Zeitpunkt ebenfalls überfordert. Mir war nur bewusst, dass ich höchstwahrscheinlich mit einem Deutschen, äußerstenfalls sogar einem Urgermanen sprach und das Siegerland sich irgendwo in Nordrhein-Westfalen befinden musste, weil ich mich in diesem Bundesland beworben hatte. Dass es eine Stadt *Siegen* gab, von der später manche behaupteten, dass es nur ein schlimmeres Ereignis geben könnte, nämlich *Verlieren*, ignorierte ich leider gänzlich. Im 21. Band meines *Meyers Enzyklopädisches Lexikon* würde ich kurz nach dem Telefongespräch Siegen vor *Sierre Leone* und der altnordischen Heldengestalt *Siegfried* lesen: „Kreisstadt in NRW an der oberen Sieg, 240-280m ü. d. M., 58.000 Einwohner (...) Siegerland, Bergland an der oberen Sieg, das als Becken von W her in das Rothaargebirge östl. von Siegen eingreift, in Rheinland-Pfalz und Nordrhein-Westfalen. (...) Bis in jüngste Zeit waren Niederwald- und Haubergwirtschaft verbreitet." Nachdem ich mir dann noch die Klimatabelle angesehen hatte, wusste ich, dass ich mich nicht in Richtung Süden bewegen würde. Die Jahresmitteltemperatur zeigte 8,6 °C an, wobei der wärmste Monat Juli sich mit durchschnittlichen 17,1 °C hervorhob. Das konnte einem mit Sicherheit die Sprache verschlagen.

Neben unserem rein kommunikativen Problem gab es alldieweil noch eine viel größere Ungereimtheit: Warum fragte mich Herr

Schreiber danach, was ich sonst noch könnte? Meine Fächerkombination Französisch und Deutsch sowie meine kleine Facultas in Philosophie konnte man meinen Bewerbungsunterlagen entnehmen. Ergo, so schlussfolgerte ich, erkundigte er sich nicht nach weiteren durch das Zweite Staatsexamen nachgewiesenen Fächern, sondern nach anderen Fähigkeiten, die ein Mensch während seines Lebens erworben haben könnte. Aber welche Absicht verfolgte er mit einer solchen Frage? Wollte er wissen, was ich privat für Interessen und Hobbys hätte? Warum sollte ihn das während dieses ersten Gesprächs interessieren, wo wir uns noch gar nicht kannten und es meines Erachtens vielmehr um meine zukünftige Lehrerfunktion gehen sollte als darum, ob ich gut schwimmen oder womöglich ein Instrument spielen könnte.

Ich entgegnete daher zögerlich: „Entschuldigen Sie bitte, Herr Schreiber, aber ich verstehe die Absicht Ihrer Frage nicht genau. Welche Fächer ich unterrichte, ist doch sicherlich in meinen Bewerbungsunterlagen vermerkt." „Natürlich, Herr Krieger", ertönte eine leicht lachende Stimme, die ein schmunzelndes oder sogar witziges Gesicht am anderen Ende des Telefonhörers vermuten ließ, „aber ich wüsste zum Beispiel gerne, ob Sie musikalisch oder sportlich sind." „Nun", erwiderte ich nach kurzem Zögern, weil mir der Verlauf des Gesprächs immer noch nicht klar war, „ich spiele Klavier und Saxophon, und sportlich war ich zumindest früher, als ich noch selber Schüler war."

„Sehr gut", Herr Krieger, „und waren Sie während Ihrer Jugendzeit oder als Student einmal in einem Sport- oder Leichtathletik Verein?" „Ja, aber…" „Dann können Sie sich bestimmt noch an viele Turnübungen erinnern." „Ja, aber…" „Wunderbar, und wenn Sie jetzt noch meine letzte Frage positiv beantworten, machen Sie mich zumindest für heute zum glücklichsten Stundenplanmacher unserer Schule." „Gerne, aber ich verstehe nicht…" „Herr Krieger", erklang es jetzt in pathetischem Tonfall als wollte mich jemand genau in diesem Moment durch das Jawort in der Kirche feierlich vor Gott trauen, „sind Sie bereit an unserer Schule neben Ihren Hauptfächern Französisch und Deutsch ebenfalls Sport und Musik zu unterrichten?" Jetzt war die Katze aus dem Sack!

Stille, Sprachlosigkeit, Perplexität, Sackgasse des Denkens, Aporie… „Ehm, mh, öh, ehm…" „Sie brauchen weder ein Mozart noch ein Hochleistungssportler zu sein", fuhr die jetzt gutmütige und wohlgelaunte Stimme fort, die langsam in Karnevalsstimmung umschlug, „um den Schülern einige Flötentöne beizubringen und sie ein wenig durch die Turnhalle hüpfen zu lassen." „Sicherlich, aber ich gebe zu bedenken, dass ich beide Fächer nicht studiert habe und es zwischen Klavier spielen und der Fähigkeit Musik zu unterrichten" „keinen großen Unterschied gibt", fiel mir Herr Schreiber ins Wort, „und da wir momentan nur eine Musiklehrerin an unserer Schule haben, würden Sie uns wirklich sehr entgegenkommen. Und was Sie dann im Einzelnen so genau machen, ist in der Tat nicht so wichtig, solange die Schüler Ihnen nicht weglaufen, und das werden sie bestimmt nicht, denn sonst fangen Sie sie im Sportunterricht wieder ein. Also einverstanden, Herr Krieger?" „Ja, aber…" „Und nach einem Schuljahr können Sie die Fächer ja wieder abgeben, sofern wir die beantragten Fachlehrer bis dahin eingestellt haben. Aber selbstverständlich können Sie das Angebot ablehnen, wir zwingen niemanden, nur mitunter bitten wir etwas eindringlich."

Ein wenig Musik und sportliche Betätigung würden mir sicherlich gut tun, dachte ich leichtsinnigerweise und in völliger Unkenntnis dessen, was mich erwarten würde. Bedauerlicherweise entstand vor meinem geistigen Auge in diesem Augenblick äußerster Angespanntheit kein Bild meines eigenen als Schüler erlebten Sportunterrichts, wenn wir manchmal wie eine Horde wilder Germanen durch die Halle stürmten, ein Ereignis, das Julius Caesar im *Gallischem Krieg* nicht übertriebener hätte ausmalen können. Und was den erfahrenen Musikunterricht anbelangte, so machten wir während dieses Unterrichts so ziemlich alles, was gerade für uns als wichtig anstand : den Nachbarn piesacken und kujonieren oder bei guter Laune Spiele zu zweit, wir führten wichtige Privatgespräche, die keinen Aufschub mehr duldeten, vereinbarten Termine für eine Party oder andere private Treffen, erstatteten unseren Freunde Berichte über Pflegeleien des Vortags, oder wir arbeiteten ruhig an den Hausaufgaben für andere Fächer, in denen die Lehrer autoritärer waren. Wenn es zu laut wurde, stellte der Musiklehrer die Musik nicht selten noch etwas lauter oder bat uns höflichst, etwas aufmerksamer zuzuhören, während er in seinem Unterrichtskonzept unbeirrt fortschritt, ungeachtet der Tatsache, ob ihm jemand zuhörte oder nicht.

Bevor ich mir die Sache noch hätte anderes überlegen können, stellte Herr Schreiber mir noch eine letzte Frage: „Und darf ich Sie noch fragen, Herr Krieger, welche Abiturnote Sie im Fach Englisch hatten?" Ich entgegnete stolz „eine Eins!", wollte ich doch ursprünglich Englischlehrer werden, bevor ich nach dem Abitur eine Französin kennenlernte und in Paris landete, wo es wenig sinnvoll erschien Englisch zu studieren. „Grund- oder Leistungskurs?" - „Leistungskurs." - „Perfekt, denn ich stelle mir vor, dass ein Sprachgenie wie Sie die französischen Wörter doch einfach durch englische ersetzen kann. Und wenn Sie den Schülern dann immer zwei oder drei Lektionen voraus sind, wird niemand etwas merken, und Sie selber frischen noch einmal Ihre Kenntnisse auf. Man weiß ja nie, wozu das einmal nützlich sein kann. Sind Sie also einverstanden mit dem Gesamtpaket?"

Herr Schreiber erhielt mein Jawort. Zu gegebenem Zeitpunkt wusste ich bedauerlicherweise noch nicht, dass der Scheidungsprozess viel Porzellan zerschlagen und einige Jahre dauern würde. Des Weiteren wusste ich nicht, dass zu den fachfremden Fächern Sport, Musik und Englisch noch Gesellschaftslehre und ein *Unfach,* Religion für Abmelder, hinzukommen sollten, ein Fach, bei dem niemand etwas lernen durfte, um die Atheisten oder Andersgläubigen gegenüber den Christen nicht zu übervorteilen. Wie es sich mit Oberstufenunterricht verhalten würde, hatte ich zu fragen vergessen, aber viel schlimmer war noch, dass ich weder wusste noch ahnte, was eine Gesamtschule überhaupt war und inwiefern diese sich von einem ordentlichen Gymnasium unterschied. *Alea iacta est,* die Würfel waren gefallen.

Es ist nicht ausgeschlossen, dass Paul an dieser Stelle seines Lebens die falsche Entscheidung getroffen hatte. Niemand von uns weiß, wie ein Brief, ein Wort, ein Telefonat, eine bloße Stimmung oder Empfindung dem Leben bisweilen eine ganz andere Richtung geben kann. Genauso wenig wissen wir mit Sicherheit, wie ein Tag verläuft, wenn wir morgens aufstehen, selbst wenn große Teile genau durchgeplant sind. Ein Auto, das nicht anspringt, ein Bus, der sich verspätet hat, eine Tasse Kaffee zu viel, eine Quarkspeise zu wenig, ein Blick in die falsche Richtung, ein falscher Tonfall, ein Stolpern auf dem Weg oder mit Worten - und schon verläuft alles anders. Aber vielleicht verläuft auch immer alles anders, denn wie hätte es sonst verlaufen sollen? Ist das Andere nicht das ursprüngliche, originäre, wenn man das Richtige gar nicht kennt und tatsächlich niemals kennenlernen wird, weil es das Richtige gar nicht gibt? *Wie es auch sei, das Leben, es ist gut*, so meinte Goethe, und *Greift nur hinein ins volle Menschenleben! Ein jeder lebt's, nicht vielen ist's bekannt, und wo Ihr's packt, da ist's interessant.* - Eine andere Alternative, so denken wir, hatte Paul nicht. Und das ewig Andere als Anderes oder auch Einziges war sein Leben und damit sein individueller Beitrag zur Welt. *Nihil fit sine causa*: Nichts geschieht ohne Grund.

Die Vertreibung aus dem Paradies *und* die Ankunft in der Gesamtschulwirklichkeit

Sapere aude! – Wage es, deinen Verstand zu gebrauchen!

Um meinen Beitrag zur Welt leisten zu können, mussten wir das Siegerland erst einmal finden – auf einer Deutschlandkarte, denn im Juni 1990 besaß ich weder Handy noch *Google Map*, um die grüne Hölle des Dschungelcamps zu verorten, welches ich mir am äußersten Rand des Universums vorstellte, wo der *homo erectus* trotz seiner dickeren Beinknochen Schwierigkeiten hatte, sich aufrecht zu halten und jeder Neandertaler als ausgestorbener Seitenzweig der menschlichen Evolution bereits als moderner *homo sapiens* mit Anzug und Krawatte aufgetreten wäre, der im Internet surfte und per *WhatsApp Messenger* mit seinen Artgenossen kommunizierte.

Hätte ich gewusst, was mich erwartete, hätte ich diese evolutionäre Sackgasse mit ihren fremdstämmigen Zeitgenossen gemieden wie der Teufel das Weihwasser, aber die Vorsehung hatte für mich genau diesen Lebensweg beschieden und vergönnte mir keine alternative Mutation: In der Evolutionsgeschichte sollte ich durch meine Anstellung an der Gesamtschule zur Kapazitätserweiterung des Gehirnvolumens meiner mir anvertrauten Hominidenkinder beitragen.

Bis zum Abschluss der zehnten Klasse sollten mindestens 1230 Kubikzentimeter erreicht sein, um bei dem internationalen Pisa-Testmarathon mindestens einen Durchschnittswert zu erzielen und den Schimpansen sowie Orang-Utan um das Dreifache zu übertreffen. Dazu sollten die Schüler ihre Nasenöffnung intellektuell zwar immer nach vorne richten, um den Nektar des Wissens geradezu biologisch zu inhalieren, physiologisch aber eine typisch menschliche Nasenöffnung ausprägen, die nicht mehr nach oben, sondern nach unten zeigte, um sich ebenfalls von den flachnasigen Menschenaffen zu unterscheiden. Außerdem mussten sich der kräftig hervorragende Kiefer sowie die Kauapparatur unter dem breiten Hirnschädel im Verlaufe der Zeit weiter zurückbilden, weil sich vielmehr das Hirnvolumen als die Beiß- und Abreißkraft entwickeln sollten, welches die dolchähnlichen Eckzähne obsolet werden ließ.

Schließlich konnten im Siegerland ebenso die Hände, welche die bipede Fortbewegungsart nicht mehr unterstützten mussten, für die Benutzung von Werkzeugen herangezogen werden, um *per exemplum* mit Kreide seinen Namen auf eine Schiefertafel zu schreiben und damit seinen Höhlenausgang zu kennzeichnen. Zwar führte die Anschaffung von tausenden von Schiefertafeln zu zahlreichen vandalistischen Straftaten, weil die Schiefern häufig von den Fassaden der Häuser abgerissen wurden, allein die Gilde der Dachdecker erhielt daraufhin zahlreiche Reparaturaufträge und das Pinkeln vor die Haustüre zur Markierung seines Territoriums wurde nahezu schlagartig eingestellt, so dass sich ein gewisses sittliches, zivilisationsähnliches Verhalten ausprägte.

An einem späten Freitagnachmittag Anfang Juni 1990 traf ich, begleitet von meinem französischen Weib, welches in dieser ländlichen Gegend wie eine Pariser Hofdame, eine *Françoise-Athénais de Montespan* oder *Marquise de Maintenon* gekleidet schien, nur etwas sportlicher und moderner, in meiner Golf-Droschke in Siegen ein, um mich montags um 12.00 Uhr mitten während der Schulferien mit dem Schulleiter zu treffen. Noch vor der Ankunft in unserer Ferienherberge in Netphen verspürte ich den inneren Drang, zumindest an dem Schulgebäude vorbeizufahren, in welchem ich schon in vier Wochen *lehren* sollte. Nachdem wir bei mehreren ortskundigen Ureinwohnern den richtigen Pfad erfragt hatten, gelangten wir voller Verwunderung zu einer alten Dorfschule, welche nicht mehr als sechs Klassen aufnehmen konnte und sich in einem baulichen Zustand befand, den ich mehr mit Afrika assoziierte, wogegen allerdings die 17 Grad und der kalte Regen sprachen. Wahrscheinlich hatte man bereits die Abrissbirne bestellt und auf dem übergroßen Schulhof und Sportfeld sollte eine neue Schule entstehen - meine Gesamtschule.

Solange die Tatsachen nicht geklärt sind, versucht der Verstand immer im freien Spiel der Kräfte dem Wirklichkeitsverlauf eine möglichst positive Perspektive zu bieten. Nein, dieser verblasste rote Ziegelbau konnte nur eine Fabrik sein, nicht aber eine Lehranstalt. Der Blick durch ein völlig verschmutztes Fenster sollte Aufklärung bringen: Sechzehn hölzerne Schülerpulte bestückten als Zweisitzer einen engen Raum, in dem wahrscheinlich bis zu 32 Schüler unterrichtet wurden. Während man bereits im Agrarministerium darüber debattierte, wie lange man Legehennen zukünftig noch in Käfigen halten dürfe und jeder Hundezwinger nach der Tierschutzverordnung mindestens sechs Quadratmeter Bodenfläche ausmachen musste, wurde ich bezüglich der Einrichtungsgegenstände sowie der Flächenmaße der Lehrfabrik von einigen nicht geringen Zweifeln befallen. In einem so engen und menschenunfreundlichen Raum, in dem der Kalk von den Wänden bröckelte und die Feuchtigkeitsflecken die einzigen schmückenden Kunstwerke waren, konnte keine arttypische Verhaltenskonditionierung stattfinden, waren das Sandbaden, Scharren oder Picken geistiger Nahrung doch geradezu unmöglich.

Da die Eingangstüre offen stand, wagte ich mich hindurch und fand auf einem Schild am Ende des Flurs der Legehennenhalle die Aufschrift *Sekretariat.* Dass um diese Uhrzeit tatsächlich noch jemand arbeitete, war zwar nicht zu erwarten, aber andererseits standen in diesem Gebäude denjenigen alle Türen offen, die sich freiwillig hineinbegeben wollten. Ich klopfte an, horchte - Stille. Ich klopfte ein zweites Mal an, etwas energischer, horchte - Stille. Dann lauschte ich mit höchster Aufmerksamkeit um zu erkunden, ob ein wie auch immer geartetes Geräusch auf ein Lebenszeichen hinweisen könnte. Nichts. Doch dann ertönte der Klingelton eines Telefons und ein wiederholtes Klingeln, welches anscheinend vergeblich versuchte, die Aufmerksamkeit einer geduldigen Hand auf sich zu ziehen, um es von seiner Anstrengung zu befreien.

Ich wollte gerade wieder das einsturzgefährdete Gebäude verlassen, als ich die krächzende Stimme einer Frau hörte, die entweder als Kettenraucherin bald ersticken würde oder von Heiserkeit so stark geplagt wurde, dass für sie das Schlucken eine Folter sein musste. Aus Höflichkeit wartete ich das Ende des Gesprächs ab, welches sich sehr schnell einstellte. Oder es war die Heiserkeit, die zur vollständigen Funkstille in diesem Raum beigetragen hatte.

Ich klopfte also wieder an, horchte - Stille. Ich klopfte wieder etwas energischer an, horchte - Stille. Ich fuhr meine Lauscher nun so weit aus, dass man schon Verdacht schöpfen konnte, ich sei in eine Abhör-Affäre verwickelt, jedoch herrschte hinter der Türe weiterhin beängstigende Stille. Sollte die offensichtlich an den Stimmbändern erkrankte Sekretärin zusätzlich von Taubheit geschlagen sein? Für eine Schulsekretärin, selbst im Siegerland, eine wahrlich unwahrscheinliche Hypothese. Ohne unhöflich werden zu wollen, drückte ich die Türklinke leise herunter und stieß die Türe leicht auf in der Hoffnung, dass mir jemand „Kommen Sie herein!“ entgegenrufen würde. Weiterhin Funkstille. Sollte die Sekretärin mich beim weiteren unaufgeforderten Eindringen in ihre Privatsphäre wirklich nicht bemerken, würde sie sich furchtbar erschrecken, wenn ich plötzlich unbemerkterweise vor ihr stünde. Das wäre mir natürlich sehr peinlich gewesen, zumal wir uns damals nicht kannten.

Ich räusperte mich, trat zwei Schritte voran und befand mich unmittelbar vor einem riesigen Schreibtisch, der unter dem Gewicht der Stapel von Unterlagen, Aktenordnern, geöffneter und halb geöffneter Post, beschrifteten und unbeschrifteten Umschlägen aller Größenordnungen sowie ungeordnet umherliegender Berge von Notizzetteln krächzte - wie vorher die heisere Sekretärin, welche ich erst auf den zweiten Blick auf ihrem Bürostuhl sitzend entdeckte und die wie eine wilde Germania auf die Tastatur einer Schreibmaschine einhämmerte als wolle sie den Frust einer ganzen Arbeitswoche an dieser armen und wehrlosen mechanischen Apparatur auslassen. Sie schaute jedoch weiterhin nicht zu mir auf, weil sie mich offensichtlich nicht bemerkt hatte. Also war sie nicht nur taub und stumm, sondern darüber hinaus auch blind. Wozu trug sie jedoch diese stylische, extravagante Brille mit buntem Muster?

Erst jetzt bemerkte ich, dass sie graue Audio-Stöpsel im Ohr trug, die mit einem Kabel an einen neben ihr stehenden Rekorder angeschlossen waren, der ihr den Takt für diesen frenetischen Rhythmus vorgab. Sie konnte mein Anklopfen daher nicht gehört haben. Ich beugte mich nun langsam nach vorne, so dass wir fast auf einer Augenhöhe waren, klopfte auf ihren Schreibtisch und rief gleichzeitig, und zwar dieses Mal ziemlich laut, „Guten Taaaag!"

Mochten ihre Stimmbänder in ihrer Beweglichkeit unter Umständen eingeschränkt sein, so galt dasselbe Urteil nicht für den Bewegungsapparat dieser zeitungsdünnen Frau, die wie von einer Tarantel gestochen blitzschnell aufsprang und sich dabei fast in der Luft überschlug, wobei ein Ohrstöpsel glücklicherweise herausviel, während der andere über das Kabel den Kassettenrekorder vom Schreibtisch hievte und der Sekretärin das halbe Ohr abzureißen schien, woraufhin sie, geschlagen durch ihre Heiserkeit, eine Art dumpfes Brüllen aus ihrer Kehle hervorstieß, welches in keiner Weise einer menschlichen Artikulation ähnelte. Nachdem diese Akrobatiknummer beendet war und die unkoordinierten Zuckungen ihres Körpers durch einen inneren Befehl erstarrten, staunten mich zwei große, giftgrüne Augen an, als sei ich ein Wesen von einem anderen Stern beziehungsweise als könnte ich gar nicht existieren.

Meine Frau war in der Zwischenzeit neben mich getreten und war sicherlich etwas extravagant gekleidet, ich selber trug ein T-Shirt und eine helle Sommerhose, deren Beine in Tennisschuhen steckten, aber beide ähnelten wir weder einem Roboter noch den Hofnarren auf einem mittelalterlichen Schloss. Und wenn sich Gänsehaut auf unseren Armen zeigte, so war dieses weder ein Ausdruck von Furcht oder Schrecken, sondern schlichtweg die Folge von der Siegerländer Kälte in einem Monat Juli, in welchem man die Heizturbinen hätte anwerfen wollen, um zumindest innerhalb eines Gebäudes die Illusion eines Sommers zu erwecken.

Peinlich erregt trieb dieses extravagante Spektakel der Sekretärin, die sich schon in kürzester Zeit als sehr freundlich und zuvorkommend erweisen sollte, nachdem sie ihre Sprache wiedergefunden hätte, die Schamröte ins Gesicht, und ihre temperamentvollen grünen Augen hoben zu einer leidenschaftlichen Begrüßung an - aber ihre Stimme versagte. Auch der zweite Versuch produzierte neben der gestisch-mimischen Inszenierung eines wie auch immer gearteten Willkommensgrußes keinen Laut, den man hätte verstehen können, wobei das Ärgernis über ihren Stimmverlust die Sekretärin fast zu Tränen rührte. Sie händigte mir schließlich ein Dossier aus und zeigte mir in ihrem Kalender, dass der Name Krieger für Montag zu einem Gespräch um 12 Uhr mit dem Schulleiter vorgemerkt war. Dann schrieb sie eine Kurznachricht auf einen Notizblock: „Wir haben Sie heute noch nicht erwartet, Herr Krieger, und ich habe mich so erschrocken, weil ich meinte, die Eingangstüre abgeschlossen zu haben. Ich habe Sie aber sofort erkannt, weil ich erst gestern Ihr Passfoto auf eine Akte geklebt habe. Willkommen an unserer Gesamtschule und schönes Wochenende in der neuen Heimat."

Wie sich später herausstellte hieß die Sekretärin Heidi und war die Mätresse des stellvertretenden Schulleiters, der ein Hüne von einem Mann war und zudem stark übergewichtig. Hätte sich sein Fett in Muskulatur verwandelt, hätte man sich Karl den Großen vorstellen können. Kein Wunder also, dass Heidi so dünn war wie ein Handtuch und platt wie eine Schallplatte. Dieser Zweimetermann mit Beinen wie Baumstämme und einem Bauch wie ein Fass durfte nicht zufällig auf jemanden drauffallen, ohne dass dieses fatale Folgen gehabt hätte.

Heidi war immer gut gelaunt, für jeden Scherz empfänglich und hatte darüber hinaus einen Habitus entwickelt, der jedem Supplikanten oder Bittsteller, der an ihre Türe klopfte, zuvorkommend und hilfsbereit entgegentrat. Ihre ganze Haltung war natürlich und jeder Griesgrämige, der ihr Büro betrat, verließ es anschließend heiterer und beschwingter.

Schreiber war vielmehr die Gegenseite: unwirsch, übellaunig, grantig und immer missgestimmt. Der große Kerl hatte immer ein Wehwehchen und an anderen ständig etwas auszusetzen. Darüber hinaus geriet er von Zeit zu Zeit in einen cholerischen Zorn. In diesen Momenten war es besser, ihn zu meiden, bevor sein schwefeliger Atem Feuer und Asche spuckte und der Koloss mit Lavasteinen um sich warf, insbesondere wenn ihm die Argumente ausgegangen waren. An solchen Tagen war im Umkreis seines Büros niemand anzutreffen, vielleicht auch weil die Krater zu tief waren und die Lava zu heiß. In jenen Tagen ahnte ich nicht, welche Felsblöcke er mir schon bald hinterherwerfen würde, weil der Seismograph noch keine Erschütterungen aufzeichnete.

Nicht verschweigen möchte ich allerdings, dass der hitzköpfige Schreiber durchaus eine Art Verstand besaß. Als Mathematiklehrer konnte er durchaus drei und vier zusammenzählen und durfte bis Klasse 10 unterrichten. Sein mathematisches Talent prädestinierte ihn zudem dazu als Organisationsleiter den Stundenplan für die Lehrer zu entwerfen, welches ihm eine gewisse Autorität qua Amt verlieh und de facto in eine Machtposition versetzte, in welcher das Schmieden von Intrigen und die Manipulation der Kollegen Alltag waren.

Die Gesamtschulideologie musste funktionieren, und zu ihrer Durchsetzung bedurfte es Überzeugungstäter, die herrisch, egozentrisch, stolz, dickköpfig, intolerant und taktlos ein Heer von zumeist jungen Pädagogen antrieben, die entweder aus Überzeugung oder aus Karrieredurst an diese neue Schulform drängten, mit deren Weltbild sie sich zu identifizieren versuchten. Für andere hingegen war die Ankunft in einer Gesamtschule eher ein Unfall, ein elektrischer Schlag oder sogar eine nukleare Katastrophe.

Während die Gründungsväter vorwiegend von Volksschulen oder Hauptschulen stammten, deren Existenz als immer bedrohter erschien und deren Karriereleiter nicht bei A 13 oder A14, sondern bei A 16 endete, waren die gymnasialen Kollegen, die freiwillig eine Anstellung an einer Gesamtschule ersuchten, in der absoluten Minderheit, wie ich bereits montags erfahren sollte. In der Zwischenzeit verblieb mir aber ein ganzes Wochenende, um die Umgebung zu erkunden, in welcher ich mich mit meiner Familie niederlassen würde.

Der erste Eindruck war: grün, grüner, Siegerland. Wald soweit das Auge reichte, über 80.000 Hektar. Der Südosten Nordrhein-Westfalens war einer der waldreichsten Gebiete Deutschlands und damit ein Refugium für zahlreiche Lebewesen, darunter den Menschen und den Gesamtschülern, die hier Erholung und Erlebnis suchten. Und Regen, Regen, Regen. Zwei ganze Talsperren voller Regen: die Obernautalsperre und die Breitenbachtalsperre. Aber in gleichem Maße ein Tal voller Tränen!

Angekommen in der Pension Herrmann in Niedernetphen wurden wir von einer robusten Bäuerin empfangen, welche unsere Sekretärin Heidi an Volumen sicherlich dreimal übertraf und deren Parfüm stärker wirkte als eine Megaflakonmischung von Gucci, Armani und Boss. Wahrscheinlich entstammte der Duft einer falschen Dosierung von *Dior Sauvage*, wo neben der Verarbeitung von Schweinefett, Gülle, d.h. Urin und Kot, ebenfalls Tierkadaver destilliert worden waren statt Jungfrauen wie bei dem Geruchsgenie Jean-Baptiste Grenouille in Patrick Süßkinds Roman *Das Parfum*.

Zu unserer Freude waren die Zimmer nicht zur Stallseite ausgerichtet, sondern mit einem Panoramablick über ein bewaldetes Tal, mit welchem Mutter Natur uns willkommen hieß. Den Temperaturen nach zu urteilen waren wir allerdings nicht in dem Land angekommen, *wo die Zitronen blühen, im dunklen Laub die Goldorangen glühn*, war doch *Mignon* eine Bäuerin, die gewöhnlich keine Lieder vortrug und Lichtjahre von *Wilhelm Meisters Lehrjahren* entfernt war. Sehnsucht nach einem mediterraneren Klima und sanftem Wind als abkühlende Brise stieg in uns auf während der stürmische Regen und kühle Wind an unsere Fenster klopfte. Ein Blick auf das Thermostatventil zeigte, dass dieses auf Maximum stand, wobei die Heizung im Sommer natürlich nicht in Betrieb war.

Der dicke Teppichboden im Schlafzimmer forderte zwar zum Barfußlaufen auf, der Gedanke jedoch, dass bereits hunderte von Schweißfüßen tausende von Teppichkäfern zertreten haben mochten, hielt uns davon ab. Wir beschlossen daher uns durch sportliche Ertüchtigung in den riesigen Zwei-Meter-Doppelbetten aufzuwärmen, die uns durch kräftiges Ächzen und Krachen signalisierten, dass sie eigentlich nur als Schlaf- oder ruhige Beischlafstätte gedacht waren.

Vor dem Einschlafen stellte sich leider der Gedanke ein, dass die dicken alten und mollig warmen Federbetten wahrscheinlich von einem Milbenheer bewohnt wurden, welches sich an den abgestoßenen Hautschuppen fremder Gäste labte und dann vor Freude umherkrabbelte. Statt einen Notdienst für Schädlingsbekämpfung anzurufen, verfiel ich in einen tiefen Schlaf und Albtraum, an den ich mich Gott sei Dank nicht mehr erinnere, der aber die Kreativität eines ideenreichen Lesers anregen dürfte.

Der Erzähler kann zu guter Letzt nicht immer Alleinunterhalter sein und ist deswegen auf die Vorstellungskraft des fleißigen Lesers angewiesen. Also machen Sie was daraus. In jedem Menschen schlummert ein Funke Einfallsreichtum und insbesondere in Viellesern, Leseratten und Bücherwürmern, zu denen Sie unter Umständen gehören. Wenn Sie sich außerdem gerade vor dem Einschlafen befinden, weil Sie gewohnheitsmäßig abends im Bett lesen, dürfen Sie selbstredend Ihren eigenen Albtraum entfalten und mir morgen darüber berichten. Unter Umständen bin ich dann ebenfalls bereit, meinen Beitrag zur Albtraum-Chronik des Jahres vorzutragen, beginnend mit dem Schrecken, dass Sie sich von mir als Leser beleidigt fühlten und das Buch aus der Hand gelegt haben. Aber immerhin haben Sie es bereits gekauft, und ich gebe zu bedenken, dass sich ein Buch nur auf Grund seiner intensiven Lektüre rentabilisiert.

Wollen Sie tatsächlich auf diesem Schuldenberg unzähliger ungelesener Seiten sitzen bleiben? Wie sieht es alsdann mit Ihrer Kreditwürdigkeit aus? Nur im extremsten Zweifelsfalle kann ich Ihnen dazu raten, das Buch wiederholt in Geschenkpapier einzupacken und auf die nächste Geburtstagsfeier zu warten. Und geben Sie unbesorgt zu, dass Sie hin und wieder auf genau diese Weise mit Pralinen verfahren. Aber wenn in diesem Fall auch Ihre Pralinen, die man Ihnen mit Liebe offeriert hat, bereits ein Geschenk waren, das ein Geschenk war, schmecken sie dann überhaupt noch? Kosten Sie also die Pralinen und das Buch, bevor Sie etwas weiter verschenken, für dessen inhaltliche Qualität Sie keine Garantie übernehmen können, und eine zusätzliche

Rückgabeversicherung für ein Buch kann man bislang nicht abschließen. Also verrichten Sie Ihre Arbeit vorschriftsgemäß, während ich vor dem Einschlafen meinen Stift aus der Hand lege, um noch ein wenig zu lesen. *Nox consilium dabit:* Die Nacht bringt uns gegebenenfalls beiden Rat, und ich kann morgen meine Geschichte fortsetzen, während Sie die Pralinen selber essen und das Buch verschenken.

Am Samstag und Sonntag zeigte sich der Sommer trotz und allem von seiner positiven Seite, indem der Regen verschwand, die Wolken aufbrachen und die Sonne anfangs zaghaft und unentschlossen zwar, aber dann zielstrebig die grüne Welt auf 20 Grad erwärmte und die dunstige morgige Nebellandschaft vertrieb. Wir brauchten also, wie ursprünglich befürchtet, keine Mützen, keinen Schal oder Handschule, keinen Regenmantel, keine Gummistiefel und keine Schirme zu kaufen. Dieses Überlebensset sollten wir erst ab September benötigen – und für die Kinder weiterhin eine Taucherbrille und einen Neoprenanzug.

Wir beschlossen kurzum eine längere Wanderung zu unternehmen, denn der Wald war im Siegerland von jedem zentralen Wohngebiet aus maximal in zehn Minuten zu erreichen. Deswegen konnte man sich auch in der kleinen Stadt Siegen leicht verfahren. Sobald man an einer Ampel ein wenig zu stark auf das Gaspedal trat oder zu schnell über den Zebrasteifen hastete, stand man am Waldrand. Allerdings brauchte man dann nur zu wenden oder sich umzudrehen und war unmittelbar wieder im Zentrum. Nach unserer Wanderung wollten wir nachmittags dann die City erkunden.

Tatsächlich verlief der Tag in der Folge ein bisschen anders als geplant. Bei der um 12.00 Uhr gestarteten Wanderung über Waldkuppen und Täler verzweifelten wir binnen kurzer Zeit an den zahlreichen Weggabelungen ohne Beschilderungen, denn die themenspezifischen Wanderwege des zukünftigen Rothaarsteigs waren zum damaligen Zeitpunkt für Franzosen nicht erkennbar, die überdies lieber feinste Leder- oder bei Damen hohe Stöckelschuhe trugen als flache Wanderschuhe, die in der Männerwelt wenig anregend oder erotisch wirken. Ein kurzer Rock mit High Heels hätte zugegebenermaßen sogar die Beine einer Neandertalerin länger und schlanker erscheinen lassen und ihre Hüften mehr in Schwung versetzt als die Siegerländer Waldlatschen.

Die hochgewaschenen Tannenwälder in ihrer schlanken Gestalt auf dem 154 km langen Rothaarsteg wurden für uns zum Labyrinth, und wir begegneten keinem Neandertaler oder *homo habilis*, der uns eine ortskundige Auskunft hätte geben können oder der eine genetische Wanderkarte auf dem Radar gehabt hätte. Auch dem *kleinen Rothaar*, ein Kobold und Maskottchen des Rothaarstegs begegneten wir nicht, der uns durch seine Geschichten über den Quellenzauber von Sieg und Eder und die Geheimnisse des Waldes abgelenkt hätte.

In der Zwischenzeit beobachteten wir das von Waldkäfern zersetzte Unterholz, atmeten den Geruch von Mulm und Moder ohne Atemmasken ein und horchten dem bunten Konzert der Vögel statt der Siegener Philharmonie, welches durch das hämmernde Klopfen der Spechte beim Durchlöchern der Baumstämme eine leichte Disharmonie erhielt. Das melancholische Flöten der Waldamseln verstärkte bloß unsere Sehnsucht nach Zivilisation. Glücklicherweise wurde im Sommer kein Hauberg betrieben, denn das Aufschreien der keifenden Sägen hätte uns sicherlich in eine Steven King artige Panik versetzt.

Letztendlich hatten wir jegliche Orientierung verloren und meine werte Frau wurde von dem Bangigkeitstrauma Schneewittchens befallen, welches sich mutterseelenallein im tiefen dunklen Wald wähnte. Vermutlich hätte ich ihr vorher, um unsere Wanderung etwas abenteuerlicher zu gestalten, nicht davon erzählen sollen, dass es in diesen Wäldern bis auf den heutigen Tag Fanggruben für Wölfe sowie Wildschweinherden und Unholde gäbe, die schon den einen oder anderen Wanderer in die Flucht gejagt hatten. Eine andere Gefahr, nämlich in die Treibjagd eines der Ottonischen Linie entstammenden Grafen des Hauses Nassau-Siegen zu geraten, war zum gegebenen Zeitpunkt gottlob eher unwahrscheinlich, wenn wir auch auf Fährten stießen, deren merkwürdige Abdrücke wir nicht zu deuten wussten. Und so schritten wir eine lange Weile durchs Dickicht und die Büsche, ohne dass die wilden Tiere uns etwas zu leide taten, wobei wir die harten und spitzen Steine unter den Stadtschuhen fühlten und so mancher Dorn das Kleid meiner holden Frau zerriss.

Leicht erschöpft und ein wenig verzweifelt lenkte uns Fortuna schließlich hinter den sieben Bergen gegen 15.00 Uhr auf eine geteerte Straße, die uns bis 16.00 zu unserem Auto führte. Als wir endlich gegen 16.30 Uhr in der Großstadt eintrafen - erst 2013 verlor Siegen den Großmachtstatus wieder, weil seine Einwohnerzahl wegen mangelnder Verrichtung sinnlicher Liebe in Relation zum sterblichen Abgesang unter die 100.000 Marke sank –, waren zu unserer allgemeinen Überraschung längst alle Geschäfte geschlossen, selbst die großen beziehungsweise die weniger kleinen. Bonjour Deutschland! Schlösse man in Frankreich samstagsnachmittags alle Geschäfte, hätte dieses entweder den Sturz der Regierung zur Folge oder Streit auf allen privaten Ebenen, denn speziell an Samstagen konnten die französischen Männer durch einen *freiwilligen* Großeinkauf mit überdimensionierten Einkaufswagen in überdimensionierten Supermärkten den haushaltlichen Dienstleistungsproduktionsmangel, den sie während der Woche durch Verweigerung von Koch-, Wasch- oder Putzleistungen angesammelt hatten, zumindest teilweise kompensieren, ohne dass die Frauen in einen Beischlafstreik getreten wären.

Es stellte sich am Spätnachmittag also die Frage, welchen sinnlich-kulinarischen oder geistig-kulturellen Vergnügungen man frönen konnte, wobei der cinephile Franzose im Zweifelsfalle ins Kino geht, von denen uns glücklicherweise mehrere zur Auswahl standen. Allein waren alle Filmangeobte so amerikanisch-unattraktiv oder altbacken wie zwanzig Jahre später im Cinestar-Multiplex-Kino, und das nächste Programmkino im ca. 20 Kilometer entfernten Dahlbruch kannten wir damals nicht. Auch wollten wir nicht auf die Eröffnung des Medien- und Kulturhauses *Lÿz* im Jahre 1992 warten, ein zukünftiger Spielort für Kleinkunst, Kabarett, Musik und Theater, oder den Umbau des Apollo-Kinocenters zum Apollo-Theater zum 1. September 2007 abwarten. Die Siegerlandhalle erschien mit ihren 2300 Plätzen im Prospekt eher ein geeigneter Ort für Boxkämpfe oder Massenunterhaltung in Form einer Arena für Brot und Spiele nach römischem Vorbild. Und wir waren weder dazu geneigt blutigen Kämpfen mit wilden Tieren beizuwohnen, noch als Zuschauer unser Recht wahrzunehmen, nach einem Zweikampf über Tod oder Leben mit zu entscheiden, wo wir gerade unsere Wanderung überstanden hatten.

Infolgedessen luden wir uns ins Restaurant ein und aßen ein Siegerländer Krüstchen, welches uns als kulinarische Spezialität empfohlen wurde und nicht nur einen Siegerländer, sondern sogar einen kanadischen Holzfäller hätte sättigen können. Tatsächlich präsentierte man uns jeweils ein riesiges goldbraun paniertes Schnitzel, das auf einer Scheibe krossem Toastbrot gebettet lag und von zwei Spiegeleiern so üppig bedeckt wurde, als sollten sie die unanständige Nacktheit eines massiven Körpers schamhaft bedecken, während sich Schulklassen von knusprigen Pommes Frites gefährlich bis an den Tellerrand der flachen Erde ausbreiteten, von dem sie ins unendliche Nichts abzustürzen drohten.

Wenn schon ein Krüstchen für uns beide zu viel gewesen wäre, so durften wir uns gar nicht vorstellen, welches Magenvolumen jemand besitzen musste, um sich eine solche Menge von Fleisch und Kartoffeln einzuverleiben. Meiner Frau war bereits schlecht, bevor sie noch zu essen begonnen hatte. Zunächst entfernte sie das verlaufende Ei, kratze das Mehl ab und untersuchte, welches Fleisch sich unter dieser Verpackung befinden könnte. Schon bald würde sie lernen, dass die Deutschen Schweinefresser waren – Kalbfleisch, so erführe sie beim Metzger, gäbe es nur an Festtagen, Lammfleisch nur beim Türken und Filetsteaks wolle sich niemand leisten. *Au revoir la France, bonjour l'Allemagne*!

Gebührend gesättigt wie ein Python, der gerade ein Wildschwein verschlungen hat, konnten wir nach dem Krüstchen zwar nicht über Wochen, aber bis Montag ohne Nahrungsaufnahme verweilen. Auf der anderen Seite sei die Überlegung gestattet, dass ein Holzfäller in einem französischen Gourmet-Restaurant wahrscheinlich nicht nur verhungert, sondern auch arm geworden wäre.

Am Montag um 12 Uhr wurde das erste Geheimnis der Zwergschule gelüftet, die sich wie der Urknall ins Unendliche aufblähen sollte. Sie war der Anfang für Raum und Zeit; vorher existierte nichts.

Sie war die Geburtsstunde von Sternen und Galaxien. Diese Kröte eines aufgeblasenen Frosches sollte ich schlucken: „Guten Tag, Herr Krieger, seien Sie gegrüßt", so empfing mich der amtierende Schulleiter, Herr Zugar, mit einem herzlichen Händedruck, nachdem er vorher seine dicke Zigarre in einem Aschenbecher abgelegt hatte. „Sie sind also der Franzose, den wir frisch aus Frankreich für unseren Französischunterricht importiert haben. Ich meine in den Unterlagen gelesen zu haben, dass Sie mit einer Französin verheiratet sind. Das ist ja wunderbar! Die anderen Schulen werden neidisch auf uns sein. Haben Sie schon Ihren Umzug geplant beziehungsweise eine Wohnung oder ein Häuschen gefunden"?

„Nein", entgegnete ich, „die Auflösung unseres Haushalts in Nancy ist zwar geplant und ein Umzugsunternehmen bereits kontaktiert, allerdings haben wir in Siegen bis zum gegenwärtigen Zeitpunkt keine Bleibe gefunden und erst heute Nachmittag einen ersten Maklertermin. Bis zum ersten August wird die Zeit sehr knapp, und ich hoffe, dass uns der Makler einige Angebote unterbreiten wird. Ich denke..." „Das Geld können Sie sich sicherlich sparen", fiel Herr Zugar mir ins Wort, „setzen Sie doch vielmehr eine Anzeige in die Zeitung, den Siegener Stadt-Anzeiger: *Lehrer sucht Haus oder Wohnung* – das ist immer vertrauenserweckend. Leider ist der Wohnungsmarkt derzeit ziemlich leergefegt, weil mit der Öffnung der Grenzen seit dem Mauerfall im letzten Jahr hunderte von Übersiedlern auch in Siegen eine neue Heimat gefunden haben. Aber seien Sie optimistisch, rufen mal die Stadtverwaltung an und erzählen denen, dass Sie für die neue Gesamtschule arbeiten. Schließlich arbeiten Sie sozusagen von dieser Stunde an im Dienste des Staates. Die Sekretärin, Heidi, übrigens duzen wir uns hier alle" – Herr Zugar stand auf, reichte mir kumpelhaft die Hand – „ich heiße Richard und du, so glaube ich Paul, nicht wahr" – und setzte sich wieder hin. „Also Heidi hat mir schon von eurer besonderen Begegnung erzählt. Weißt du bereits über deinen Einsatzplan Bescheid, d.h. über den vom Organisationsleiter, Reinhard übrigens, ausgearbeiteten Stundenplan? Er hat sich übrigens Mühe gegeben, dir als Neuling einige Freiheiten einzubauen, damit du den Sturz ins kalte Wasser überlebst. Und weißt du überhaupt, was eine Gesamtschule ist? Kennst du unsere Zielvorstellungen, unser Leitbild, unsere pädagogischen Konzepte und Wertevorstellungen, unser Weltbild? Ich weiß nicht, ob du dich mit unserem Erziehungsauftrag bereits auseinandergesetzt hast? Erzähle daher zunächst einmal über deine Erfahrungen im Lehrbetrieb, sofern du überhaupt jemals außerhalb einer Hochschule unterrichtet hast?"

Auf eine solche Philosophie der Komplexität war ich nicht vorbereitet: Leitziele, pädagogische Konzepte, Menschheitsentwürfe, und ich dachte nachgerade nichts weiter als Französisch und Deutsch unterrichten zu sollen. Meine Antworten fielen demgemäß sehr einfach aus: „Also meine Unterrichtserfahrung beschränkt sich schlicht und einfach auf ein zweijähriges Referendariat an einem bilingualen Gymnasium an der Kölner Kreuzgasse. Danach war ich nur an der Uni in Frankreich tätig, weil ich 1986 nach meinem Zweiten Staatsexamen keine Anstellung im Schuldienst bekommen habe. Wie Sie sicherlich – „*du*" unterbrach mich der Schulleiter – wie du sicherlich weißt, wurden die meisten Referendare in die Arbeitslosigkeit entlassen, haben sich umschulen lassen, fuhren Taxi oder einige wenige sind, wie ich, ausgewandert."

„Wir können alle arbeitslosen Lehrer an unseren Gesamtschulen im Aufbau zum jetzigen Zeitpunkt wieder gut gebrauchen", so setzte Herr Zugar, nein Reinhard, an, „zumindest die guten! Wenn ich dich jedoch richtig verstehe, warst du bislang vor allem für die Elite der Gesellschaft zuständig, wohingegen wir es mit einer breiteren Schülerschaft zu tun haben. Aber das dürfte für einen intelligenten jungen Mann ja kein Problem sein. Teile deine Erwartungen an die Schüler einfach durch den Faktor Drei oder Vier und dann liegst du sehr bald richtig."

Ich konnte es leider nicht vermeiden, dass mir die Röte ein wenig ins Gesicht stieg, zumal ich bemerkt zu haben glaubte, dass Herr Zugar, nein Reinhard, ein gewisses verschmitztes oder schalkhaftes Lächeln auf seinen Lippen zeigte. Außerdem schien die mit der dehnenden Aussprache des Wortes *E-li-te* hervorgehobene Betonung, die ich bemerkt zu haben glaubte, ein gewisses Maß an Ironie in Erscheinung treten zu lassen, so dass ich verunsichert war. „Meinen Stundenplan hat mir die Sekretärin" - „Heidi", unterbrach mich der Schulleiter, hob seinen Zeigefinger und fuhr fort, „das mit dem Duzen wirst du schnell lernen müssen, denn sonst erhältst du bei uns keine Autorität" - „also Heidi noch nicht ausgehändigt. Wieviel Stunden Französisch und Deutsch werde ich denn unterrichten? Und vor allem in welchen Klassenstufen soll ich eingesetzt werden?"

Bevor ich Ihnen, lieber Leser, oder darf ich Du sagen, denn wir kennen uns in der Zwischenzeit bereits etwas besser, da Du das Buch wieder aufgeschlagen und bislang nicht verschenkt hast, bevor ich Dir also die Antwort des Schulleiters überbringe, die für mich die erste Hiobsbotschaft und der Anfang eines Kreuzgangs werden sollte, weil ich nicht das gläubigste und anständigste Schäfchen der Gesamtschule sein würde, muss ich hervorheben, dass ich mit der Umsetzung des Duz-Gebotes die größten Schwierigkeiten hatte. Nur durch seine Respektierung konnte man Autorität erlangen, so ging es mir durch den Kopf. Der Umkehrschluss stigmatisierte demzufolge das Siezen als Verlust von Autorität.

Verstehen Sie das? Verstehst Du das? So war ich nicht erzogen worden. Man duzte sich in der Familie, unter Freunden und ferner mit einigen Nachbarn oder guten Bekannten, aber außerhalb dieses intimen Kreises, den man selber ausgewählt hatte, und insbesondere auf der Arbeitswelt, war das Siezen die konventionelle Umgangsart, sozusagen die Zustimmung zum Gesellschaftsvertrag, die mit der Einhaltung bestimmter Regeln und Muster verbunden war. Es war für mich eine Form der Anerkennung und Beachtung des Anderen in seiner Besonderheit, der es mir nicht anstand zu nahe zu treten. Ich war nicht autorisiert, diese Grenze des anderen Selbst zu überschreiten, und zwar um niemanden durch die Missachtung des Privaten zu verletzen.

Dass der Schulleiter mich duzte, konnte durch das Privileg der amtlichen Hierarchie unter Umständen nachvollzogen werden, jedoch nicht unmittelbar bei der ersten Begegnung. Dass der Neuling gleich aufgefordert wird, seinen Chef zu duzen, war für mich eine nicht nachvollziehbare Mutation der gesellschaftlichen Ordnung.

An der *Ecole des Mines* in Frankreich hätten mich bei dem Versuch, den Direktor, Monsieur Lafond, zu duzen, mindestens sechs Musketiere davon abgehalten, als plante ich ein moralisches Attentat auf den König, und mein Herz hätte gleichzeitig schon bei dem bloßen Gedanken die Spitze des tödlichen Degens verspürt. Nein, diese Form der Majestätsbeleidigung lag mir so fern wie dem Blindgeborenen die visuelle Realität. Und was hätte meine Mutter von mir denken sollen, die sich über Jahre bemüht hatte, mir das Verhaltensregelwerk und die Benimmregeln einer kleinbürgerlichen Welt einzutrichtern, und zwar so, dass keine einzige Nervenzelle davon abweichen konnte.

Paul war damals nicht in der Lage, diese Aporie aufzulösen. Sein Weltbild stand plötzlich wie auf dem Kopf, und er war nicht in der Lage wie Marx die hegelsche Dialektik wieder vom Kopf auf die Füße zu stellen, welches für die Gesamtschule das diametrale Gegenteil bedeutete, weil ihr Überkopf bereits durch die Guillotine vom Rumpf getrennt worden war und den Gesamtschulgenossen zu Füßen lag, die berauscht mit ihm Fußball spielten.

Das materielle *du* der füßigen Materialität, so meinte Paul in seiner elitären Verblendung, müsste wieder zu dem geistigen Sie des Verstandes als Herrschaftselement des Körpers und des Staates zurückgeführt werden, welches zwar nicht gezwungenermaßen zur Wiederherstellung einer Monarchie, selbst einer philosophisch begründeten, führen musste, jedoch zu einem respektvollen Umgang, der Grenzen zog zwischen Paul in seiner Privatsphäre und in seinem staatlichen Auftrag als Lehrer.

Paul wollte sich nicht in der Öffentlichkeit ausziehen, entblößen, er wollte sich nicht in seiner Intimität exhibitionieren. Herrn Zugar ging Pauls *du* nichts an, er sollte nicht daran teilhaben, er gehörte nicht zu Pauls Freunden, er sollte nicht ohne Einladung an seinem Tischlein sitzen, von seinem Tellerchen essen, von seinem Gemüschen lecken, von seinem Brötchen brechen, mit seinem Messerchen schneiden, seinem Gäbelchen stechen oder in Pauls Bettchen schlafen. Sollte Zeus ihm doch seine Hütte lassen, seinen Herd und seine Glut.

Paul assoziierte das weniger förmliche *Du* mit der anarchischen Herrschaft des Pöbels, welcher jede Form von Unterwerfung ablehnte. Sollte der Lehrer andererseits gar keine Spielregeln mehr vorgeben oder Autorität ausüben dürfen? Doch, durchaus, aber durch überzeugende Argumentationen vor dem Richterstand der Vernunft ausgewiesen und nicht durch willkürliche und imperative Aufforderungen. Dennoch stellte sich die Frage, ob ein Schüler in jedem Fall in der Lage war, eine vernunftbegründete Handlungsargumentation zu verstehen. Verneinten wir diese Frage, wäre die geforderte Maxime obsolet, und der Lehrer würde zum Popanz einer Schülerschaft, die unter Ausnutzung der generellen Prämisse der Vernunftausgewiesenheit jegliche Aufforderung, die sie verstanden oder auch nicht verstanden hatte, zurückweisen konnte. Darüber hinaus schien es im praktischen Sinne weder wünschenswert noch realisierbar, dass ein Lehrer seine Unterrichtsanweisungen jeweils als schriftliche Bitte oder Gesuch in die klassenlose Gesamtschulgesellschaft einreichte.

Paul war konsterniert und wollte sich seinerseits keinem schulischen Imperativ unterwerfen, den er selber nicht verstand, zumal es sich nicht um einen universellen moralischen Imperativ handelte wie beim kantischen Sittengesetz, sondern um eine gesamtschulinterne Regelung, die ihm aufoktroyiert wurde - schöne neue Welt.

Nach diesen ersten emotionalen Wirrungen und logischen Purzelbäumen kehren wir wieder zu der Frage zurück, wieviel Stunden Französisch und Deutsch Paul unterrichten und in welchen Klassenstufen er eingesetzt werden sollte?

Herr Zugar, nein Richard, beantwortete nicht nur meine dringendsten praktischen Fragen, weil ich nervös und kribbelig wie ein Sextaner nach den Großen Ferien auf meinen Stundenplan wartete, den ich wie Moses die zehn Gebote auf dem Sinaiberg, d.h. auf dem Siegener Giersberg vom neuen lieben Gott entgegennahm, den ich duzen durfte, der als Gegenleistung aber als allmächtiger Demiurg in mein Haus, mein Arbeitszimmer, mein Schlafzimmer, meine Gedanken und Träume eindrang, d.h. allgegenwärtig wurde ohne allgütig oder noch weniger allwissend zu sein –, sondern auch die Fragen, die ich gar nicht gestellt hatte und *in nuce* ein Exposé der Gesamtschulideologie waren, jener geheimen Bruderschaft, der ich beigetreten war, ohne diesen religiösen Orden zu kennen oder auch nur den Beipackzettel vor Unterschrift meines Vertrages gelesen zu haben.

Hätte ich die Risiken und Nebenwirkungen gekannt, die über Übelkeit und Magen-Darm-Entzündungen bis zu geistigen Hirnblutungen führen konnten, hätte ich die Stelle niemals angetreten und wäre lieber als Ortslehrkraft in Frankreich geblieben, dem Land der Menschenrechte. Natürlich war ich nicht unschuldig daran, mich nicht vor dem Antreten der Stelle beim Bundesverein Deutscher Apothekerverbände oder einer anderen Gewerkschaft über die vermeintlichen Inhalte des gesellschaftlichen Pharmazeutikums informiert zu haben. Vermutlich war ich als kleiner Wicht, Däumling oder Zwerg auch nur eine Testperson, ein Proband für ein neues gesellschaftliches Modell, das Objekt eines Demiurgen, der die Urknalltheorie zurückwies und als Schöpfergott und Prometheus nicht nur Feuerbringer, sondern auch neuer Lehrmeister der Menschen wurde.

„Was deine erste Frage anbelangt", so begann Richard, „ist diese einfach zu beantworten. Alle Lehrer, die durch besondere Aufgaben keine Stundenreduktion haben, etwa weil sie sich um die Chemie- oder Mediensammlung kümmern, die Küche für Hauswirtschaft aufräumen oder bestimmte pädagogische Koordinationsaufgaben übernehmen, unterrichten 24 Stunden, zusätzlich zweier Pausenaufsichten. Da du gegenüber Reinhard bereits am Telefon signalisiert hast, ebenfalls fachfremden Unterricht zu übernehmen, wozu ich dir hiermit offiziell danke, wirst du drei Stunden Sport, zwei Stunden Musik, vier Stunden Englisch, vier Stunden Französisch und den Rest der Stunden in Deutsch und auch Gesellschaftslehre beziehungsweise Geschichte, falls du nichts dagegen einzuwenden hast, unterrichten.

Wir kombinieren an unserer Schule häufig das Fach Deutsch und Geschichte, damit jeder Lehrer mit einer möglichst hohen Stundenzahl in einer Klasse als Klassenlehrer anwesend ist, was mit Französisch oder Englisch sehr viel schwieriger ist, weil diese Fächer klassenübergreifend angeboten werden. Als Klassenlehrer der 7c erhältst du darüber hinaus zwei Stunden als Schulaufgabenbetreuung in deiner Klasse, die teilweise doppelt besetzt ist.

Dein Co-Klassenlehrer heißt Horst-Günther, war ursprünglich Chemiker, dann Quereinsteiger an einem Gymnasium und unterrichtet bei uns Mathe und Chemie, aber auch die meisten anderen Fächer - außer natürlich Französisch, welches dein Privileg sein soll. In der Schulleitung haben wir zwar Elke, die früher an der Realschule Französisch bis in die zehnte Klasse gelernt hat und gerne wieder einsteigen würde, zumal sie häufiger nach Frankreich in Urlaub fährt, aber glücklicherweise bleibt ihr diese Herausforderung erspart. Unter Umständen setzen wir sie ab der 9. Klasse mit Latein ein, sofern wir keinen Lateinlehrer bekommen sollten.

Wichtig für deine private Lebensplanung ist weiterhin, dass du zweimal in der Woche nachmittags Unterricht hast, und zwar dienstags und donnerstags; am Freitagnachmittag ist üblicherweise Teamsitzung oder auch Gesamtkonferenz, die im Allgemeinen gegen 16.00 Uhr abgeschlossen sind. Es steht dir selbstverständlich frei, anschließend mit einem überzeugten Kernteam weiter zu plaudern oder auch ein Bierchen zu trinken. Manche Kollegen bleiben eigentlich immer bis mindestens 17.00 Uhr in der Schule oder sogar länger. Für sie ist die Schule bereits ein zweites zu Hause geworden. Wundere dich also nicht, dass im 6er Team des Öfteren ein Kasten Bier steht sowie ein ganzes Sortiment von Pfeifen, die dem Heiligen Matthias gehören, dem 6er-Team-Leiter, der sich gelegentlich als Messias der Gesamtschule aufführt. Vorsicht also, denn für Neulinge wie dich, die bis *dato* nicht zu unseren Jüngern gehören, könnte Matthias zeitweise politisch nicht ganz korrekt oder sektiererisch wirken. Angst haben brauchst du aber nicht, denn wir haben bisher keinen Andersdenkenden aufgehängt oder verbrannt, aber wir haben auch bis jetzt keinen gehabt. Weißt du, die meisten Lehrer lassen sich freiwillig zu uns versetzen, weil sie hier eine neue Aufgabe und Chance finden, nachdem sie über Jahre oder Jahrzehnte insbesondere an einer Hauptschule gearbeitet haben."

Vorsichtig unterbrach ich Herrn Zugar, nein Richard, der in seinem Redeschwung fortsetzte, um mich über seine Schule aufzuklären.

„Entschuldigung, wenn ich Sie“ – „nein dich“ – „unterbreche, aber wieviel Stunden Französisch werde ich insgesamt unterrichten und wieviel davon in der Oberstufe?“

Herr Zugar, nein Richard, reagierte deutlich perplex auf meine Fragestellung, zog die Augenbrauen hoch, öffnete leicht den Mund, versuchte zu lächeln und befand: „Wie bitte? Bist du nicht von Reinhard darüber informiert worden, dass wir eine Schule im Aufbau sind?“ „Eine Schule im Aufbau, was habe ich genau darunter zu verstehen?“ „Nun, zum Sommer 1990 haben wir die sechste Jahrgangsstufe abgeschlossen und beginnen jetzt mit der siebten, und deshalb brauchen wir einen Französischlehrer, und das bist du! Der Erste! Und der Einzige! Du hast daher die einmalige Chance, den Aufbau der Schule mit zu gestalten und deine Ideen mit einzubringen.“ „Und die Oberstufe?“ fragte ich zögerlich. „Das können wir an zwei Händen abzählen: nach sieben kommen acht, neun und zehn, so dass die Oberstufe, wenn wir den jetzigen Jahrgang mitzählen, genau in fünf Jahren eingeläutet wird. Ich hoffe, du bist jetzt nicht enttäuscht. Du wirst sehen, die Kleinen sind eine ganz besondere Freude, wenn sie sich auch gelegentlich wie kleine Teufel verhalten.“

Ich glaube, dass mir damals schwindelig wurde, und ich muss leichenblass geworden sein. Mein Gehirn wurde schlagartig nicht mehr mit den Lebensgeistern versorgt, mein Blutdruck stürzte jählings ab, und meine Herzpumpe jagte den Puls in die Höhe, um durch einen Adrenalinauswurf meinen Tod durch Blut- und Augenstarre zu verhindern. Ich fühlte mich wie ein Phantom, wie ein Wesen im falschen Film, aber die Wirklichkeit drängte sich mir auf wie der stechende Schmerz eines Verletzten. Die Hypotonie sollte mich mein Leben lang nicht mehr verlassen, wobei ich keine falsche Diagnose stellen möchte.

Am Ende der Klasse 6 war Schluss, Punkt, Ende, aus. Die Schüler hatten an dieser Stelle bislang ihre körperliche und geistige Entwicklung eingestellt. Und ich freute mich darauf, Literatur zu unterrichten und hatte insgeheim gehofft, vor allem in der Oberstufe eingesetzt zu werden. Mit den Kleinen hatte ich keinerlei Erfahrung und war nicht einmal auf die Idee gekommen, dass eine Schule nicht nur aus der

Oberstufe bestand, wo ich als Referendar primär eingesetzt war. Welche Sprache sprachen sie? Musste ich mit ihnen Deutsch sprechen wie in Frankreich im Fach Deutsch als Fremdsprache? Welches war ihr Wortschatz?

In einer lexikalischen Studie hatte ich vor kurzem gelesen, dass Hauptschülern im Durchschnitt ein Gebrauchswortschatz von ca. 800 Wörtern zur Verfügung stand, in Frankreich teilweise nur 500 Wörter *en troisième*, d.h. in der neunten Klasse - und zwar in der französischen Sprache. Da sich Sprache und Denken in einem korrelativen Zusammenhang entwickelten, durfte sich die geistige Entwicklung der Siebenklässler nur leicht über dem Stand anderer Säugetiere befinden. Der Wortschatz der Menschenaffen betrug 100–300 Begriffe. Der Gesamtwortschatz Goethes belief sich laut den Ergebnissen des Goethe-Wörterbuchs auf über 80.000 Wörter, während sich Shakespeare laut Harvard-Konkordanz mit rund 29.000 Wörtern begnügte.

Im Alltag kommen wir im Allgemeinen mit 2.000–4.000 aktiven Wörtern aus, während wir aber im Allgemeinen passiv auf über 10.000 Wörter zurückgreifen können. Jugendliche Sprecher rekurrieren in ihrer alltäglich verwendeten Umgangssprache untereinander häufig nur auf 400 bis 800 Wörter, in Chatrooms oder beim SMSen würden im Jahre 2015 ungefähr 100 bis 200 Begriffe benutzt werden. Gab es eine jahrgangsspezifische Vernunft ohne Worte, so fragte ich mich? Welche unterstützende Rolle spielte die Mimik und Gestik bei der Laut- und Sinnbildung der Schüler?

Tatsächlich musste der Vorsehung ein grober Fehler unterlaufen sein, eine Art irrtümliche Weichenstellung, eine falsche Programmierung, ohne die Möglichkeit der Rückkehr ins Paradies, ohne die Möglichkeit, die Resettaste zu drücken, um die Weltformel neu zu starten. Ich versuchte mich durch akrobatische Gedanken aus dieser Realität zu beamen, jedoch meine Black Box versagte, streikte, sprang nicht an. Sie hatte keine Ideen mehr, alles war gelöscht, versiegt, abgebrannt, nur noch Asche. Nein, was sollte ich in einem Kindergarten, nachdem ich bis vor einigen Wochen an einer Elitehochschule gelehrt hatte. Die Zukunft sollte es mich lehren. Aber die momentane Ungeduld und

Spannung nahm mir jede Möglichkeit, mich in die allernächste Zukunft zu projizieren, den 1. August 1990, mein zukünftiger erster Schultag an einer Gesamtschule.

„Übrigens", so fuhr Herr Zugar, nein Richard fort, ohne zu bemerken, dass ich unter Schock stand und meine Neuronenressourcen die Aufmerksamkeit meiner sinnlichen Wahrnehmung deutlich trübten, „habe ich bis jetzt vergessen, ein Highlight in deinem Stundenplan zu erwähnen, nämlich dass du am Dienstagnachmittag eine Tischtennis-AG leiten wirst. Du hast doch bestimmt schon einmal Ping-Pong gespielt, oder?" Ohne meine Antwort abzuwarten, führte Herr Zugar, nein Richard, seine Ausführungen fort, die ihre Klimax in einer Gesamtschulapotheose fanden.

„Wir gehen an unserer Schule davon aus, dass sich Lehrer und Schüler besser kennenlernen, wenn sie, wie im Spiel oder beim Sport, gleichberechtigte Partner sind. Der Lehrer ist nicht mehr Lehrmeister, sondern *Primus inter pares*, d.h. jemand, der dieselben Rechte innehat wie die Schüler, aber keinerlei Privilegien genießt. Deine Anerkennung ist bei uns nicht an einen Titel oder ein Amt gebunden, sondern ausschließlich an deine Leistung, die du den Schülern gegenüber erbringst, indem du dich als guter Lehrer erweist." Was man unter einem guten Lehrer verstand, sollte ich bis Weihnachten in einem Vier-Augen-Gespräch mit eben diesem Schulleiter lernen, der dieweil seine Belehrungen fortsetzte.

„Die Schule ist nicht nur Lern-, sondern auch ein Lebensort, gemäß dem Leitsatz Senecas *Non vitae, sed scholae discimus – Nicht für das Leben, sondern für die Schule lernen wir* –, den du sicherlich kennst." Klugscheißer, dachte ich, bei dem sich die Lateinkenntnisse wahrscheinlich auf ein paar Zitate als Reminiszenz an das Bildungsbürgertum beschränkten. „Unser pädagogisches Fundament besteht in Offenheit, Toleranz und gegenseitiger Wertschätzung mit Respekt und Anstand und ist für uns alle wie in einer Präambel festgeschrieben." Zum gegenwärtigen Zeitpunkt wusste ich nicht, dass diese ehernen Leitsätze nur gegenüber den Schülern Anwendung fanden, während manche Kollegen durch Schülererniedrigungen, Demütigungen und Schmach ihre Menschenwürde einbüßten. „Auch die Eltern haben sich auf diesen Verhaltenskodex verpflichtet", welches bedeutete, dass man diese zusätzlich gegen sich hatte, weil sie grundsätzlich ihre kleinen Verbrecher verteidigten. „In unseren Leitsätzen, lieber Paul, heben wir deutlich hervor, dass sich die Schüler mit Freude und Teamgeist zukunftsorientiert zu verantwortlichen und mündigen Persönlichkeiten entwickeln sollen."

„Gleichheit wird an unserer Schule ganz groß geschrieben." - Es fehlte nur noch Freiheit, Brüderlichkeit und die Guillotine. - „Dieses gilt sowohl für den gegenseitigen Respekt als auch in Bezug auf die Grundannahme, dass alle Menschen nicht nur vor dem Gesetz, sondern auch von Natur aus gleich sind. Wir sind alle davon überzeugt, dass die Ungleichheit der Leistungen nicht biologisch und naturgegeben begründet, sondern auf soziale Defizite unserer Gesellschaft zurückzuführen ist und damit auf das politische System des Staates, der bis heute privilegierte Positionen stützt, während der ärmere Teil der Bevölkerung teilweise ins Abseits gedrängt wird, und zwar sowohl finanziell als auch bildungspolitisch. Trotz Bafögs und anderer Subventionen bleibt der Aufstieg aus den unteren sozialen Schichten in höhere Positionen der gesellschaftlichen Verantwortung gering. Bildung genießen weiterhin insbesondere diejenigen, deren Eltern bereits Bildung genossen haben und ihre Kinder weiterhin ans Gymnasium schicken, während die angeblich weniger Begabten die Hauptschule besuchen.

Bei uns sind alle Schüler zunächst bis in Klasse 7 in den gleichen Klassen und erhalten den gleichen Unterricht und damit die gleichen Chancen. Erst danach differenzieren wir zwischen Grund- und Ergänzungskursen, und zwar in den Fächern Englisch, Mathematik und Deutsch. Die Besonderheit unseres Schulsystems besteht darin, dass die schwächeren Schüler in den Grundkursen sogenannte Liftkurse erhalten, um durch individuelle Förderung jederzeit wieder in die Ergänzungskurse aufsteigen zu können, und die vom Absturz aus den Ergänzungskursen bedrohten Schüler Stützkurse, um ein Abgleiten zu verhindern.

Die Hausaufgabenbetreuung durch zwei Klassenlehrer gewährleistet darüber hinaus, dass alle Schüler bei Fragen kompetente Ansprechpartner finden und nicht nur diejenigen, die zu Hause halbwegs gebildete Eltern haben. Darüber hinaus wird auf diese Weise garantiert, dass alle Schüler ihre Aufgaben sorgfältig erfüllen und nicht nur diejenigen, deren Mütter ihnen nachmittags über die Schultern schauen, weil sie nicht arbeiten müssen, während die sozial Schwächeren von ihrer Arbeitsstelle aus diese Betreuungsfunktion nicht übernehmen können. Die Gefahr der sozialen Verwahrlosung ist hier also viel größer, selbst wenn die Kinder grundsätzlich begabt sind.

Im Unterricht selbst fördern wir Partner- und Projektarbeit und arbeiten in der 5. und 6. Klasse darüber hinaus in Epochen, welches bedeutet, dass für den Zeitraum von zwei oder drei Wochen der Klassenunterricht aufgelöst wird, um thematisch zum Beispiel an einem Indianerprojekt zu arbeiten, und zwar aus den unterschiedlichen Perspektiven der Fächer. Während die Schüler in Kunst aus einem Baumstamm einen Totempfahl schnitzen und Trommeln herstellen, in Musik entsprechende Tänze, Gesänge und Rhythmen einüben, in Gesellschaftslehre soziale Verhaltensmuster und Riten kennenlernen, die in den einzelnen Indianerstämmen Nordamerikas praktiziert wurden, könnten Sie mit dir zum Beispiel eine Lektüre zur Thematik lesen. Die Fächer werden auf diese Weise inhaltlich vernetzt und für die Schüler sinnstiftender verbunden.

Wir schaffen Motivation durch Begeisterung für ein Projekt, das die Schüler gleichermaßen emotional berührt. Lernen ist nicht nur ein kognitiver Vorgang der Wissensanhäufung, sondern ein ganzheitlicher Prozess gemäß dem Grundsatz der Pestalozzischen Pädagogik, dass jeder Mensch mit *Kopf, Herz und Hand* lernt. Dabei soll seine Motivation möglichst intrinsisch durch die Selbsttätigkeit des Zöglings, wie es bereits Rousseau dargelegt hat – aber darüber brauche ich einen Franzosen sicherlich nicht zu belehren –, angeregt werden, der aus eigenen Überlegungen nach einer Lösung zu einer Problematik sucht. Ebenso regen die Lernmaterialien von Freinet die Schüler zur selbständigen Auseinandersetzung mit einem Thema oder Arbeitsgebiet an, und die Lehrer unterstützen sie bei ihrem Wissensaufbau als Helfer und Betreuer."

Paul wusste im Juli 1990 noch nicht, dass er 25 Jahre später ein Buch über eben diese Thematik schreiben würde, in dem die reform- und alternativpädagogischen Ideen von Pestalozzi, Steiner, Freinet oder Maria Montessori sozusagen posthum wissenschaftlich durch die Ergebnisse der Hirnforschung akkreditiert und im Rahmen einer konstruktivistischen Neurodidaktik, zu deren Verfechtern er gehören sollte, umgesetzt würden. Wenn Paul aus Bescheidenheit niemals auf sein zweihundert Seiten umfassendes Büchlein mit dem Titel *Emotionales, transnationales, hyper-, tele- und multimediales Fremdsprachenlernen* verweisen würde, welches er neben sechs anderen Monografien verfassen sollte, so halten wir diesen Verweis hingegen für wesentlich, weil er die Diskrepanz zwischen der anstehenden Gesamtschulkarriere Pauls in einer 7. Klasse und dem wissenschaftlichen Dämon, der seinen Geist antrieb, verdeutlicht. Andererseits glaubte Paul in seiner Studierstube damals noch, dass er, wie Wagner in Goethes Faust, durch das Studium von Büchern *von Buch zu Buch, von Blatt zu Blatt* (Vers 1105) Wissen erlangen könne.

Mit der Ankunft an der Gesamtschule beginnt für Paul eine innere Zerreisprobe aus verschiedenen antagonistischen Kräften, die seine starke Persönlichkeit vorübergehend noch durch einen Gordischen Knoten zusammenhält. Aber wie lange würde es fortwähren, bevor Reinhard der Große diesen Knoten mit seinem Schwert durchschlüge und das, was Pauls Welt im Innersten zusammenhält, durch die Zentrifugalkräfte eines wachsenden Schwindels aufrisse. Was sollte dann aus ihm herausbrechen? Welche Teufel würde er ausspeien? Wer würde seine Wunden verbinden und ihm helfen, seine Seele, an die er ohnehin nicht glaubte, zu heilen? - Eine Gretchenfrage. *Nun sag, wie hast du's mit der Religion? Du bist ein herzlich guter Mann, allein ich glaub, du hältst nicht viel davon. (...) Denn Du hast kein Christentum.* (Faust, Vers 3420, 3468)

Bevor wir in die Psychosomatik abgleiten oder Paul postwendend in eine Klinik einweisen, welches unter Umständen zu einem späteren

Zeitpunkt geschehen könnte, wollen wir weiterhin in der Pädagogik verweilen, in welcher sich jeder kompetent fühlt, um mitreden zu können. Falls Sie, lieber Leser, den nachfolgenden Exkurs aus Pauls Büchlein nicht reflektieren möchten, weil Sie an dieser Form des wissenschaftlichen Diskurses kein Interesse haben, steht es Ihnen selbstverständlich frei, die nachfolgenden Seiten zu überschlagen.

Einleitung: „Die abendländliche Philosophie ringt seit ihren Uranfängen mit der Frage, ob und wie wir sicheres Wissen oder sichere Erkenntnis erlangen können und wie das Wissen der Welt in unser Gehirn gelangt und dort verankert wird. Auch die genetische Epistemologie Jean Piagets, die evolutionäre Erkenntnistheorie, der postmoderne Konstruktivismus (Wendt 2002, 2000, 1996; Wolff 2002; Overmann 2002) und die Kognitionswissenschaften widmen dem seit zweieinhalb Jahrtausenden ungelösten Paradoxon des Sokrates ihre Aufmerksamkeit, dass wir wissen beziehungsweise nicht wissen, dass wir nichts wissen beziehungsweise wissen und lassen den Spielfilm *The Matrix* als Einführung in die Epistemologie erscheinen.

Aus diesen sich logisch widersprechenden Sentenzen über die Möglichkeit der Wahrheitsfindung und dem „Homo-mensura-Satz" des Protagoras ergibt sich, dass der Mensch durch die Begrenztheit der menschlichen Erfahrung und Erkenntnisfähigkeit in der anthropologischen Bedingtheit seiner Sinnes- und Denkorgane den „Trugbildern des Stammes" (idola tribus) (Bacon) erliegt, die durch die biologisch beschränkte Ausstattung des „homo sapiens" eine grundsätzlich subjektive Einbindung des Erkenntnisvermögens insbesondere in neuronaler Hinsicht bedingen und eine ontologische Erkenntnis der Wirklichkeit verhindern. (...)

Die Pluralität der Wahrheiten, die aus der „Destruktion der Ontologie" in der Postmoderne erwächst, erfährt den Grenzwert ihrer relativistischen Beliebigkeit in der Viabilität der Weltkonstruktion des perzipierenden Individuums: Ein Affe, der falsch be(greift) ist ein toter Mensch.

Da wir in der Erkenntnistheorie einen monistisch-biologistischen Standpunkt vertreten, bestreiten wir die Dichotomie von Geist und

Materie und plädieren in der Überwindung des cartesischen Dualismus (Overmann 1993) mit Roth (2003), Spinoza und Damasion (2003) sowie Singer (2004) und Spitzer (2004) für die Existenz nur einer Substanz, die sich in den divergierenden Formen ihrer Modi Geist und Gefühle als Manifestationen eines neuronal gesteuerten psycho-bio-sozialen Selbst inszeniert. Leib und Seele, Körper und Geist, Emotion und Kognition, so unsere These, bilden die unauflösbare Einheit eines biochemischen Prozesses, als dessen Produkt auch das Bewusstsein aufgefasst werden muss, welches eine Vielzahl unterschiedlicher Zustände darstellt, „die lediglich darin übereinstimmen, dass sie von einem Individuum erlebt werden." (Roth 2003: 156) (...)

Emotionen spielen bei der Aufnahme, Speicherung und Wiedergabe von Informationen eine wesentliche Rolle, weil sie Gedanken und Ideen nicht nur verbinden, sondern auch initiieren, energetisieren und bewerten. Der Prozess des Lernens und die Konstruktion des Wissens müssen mit allen Sinnen angeregt werden, um durch die divergierende psycho-emotionale Stimulierung der Gehirnaktivitäten den Aufbau und die Verankerung von Wissen in einem multimodalen neuronalen Netzwerk zu begünstigen, wo Neues mit Altem nur verschmelzen kann, wenn bekannte Wege über synaptische Weichen zur Erfindung einer viablen Welt führen.

Tradierte behavioristische Unterrichtskonzepte werden durch die Erkenntnisse der Neurobiologie, dass Lernen ein problemlösender konstruktiver Prozess ist, bei dem Wissen im Wechselspiel aus Vorwissen und neuen Welterfahrungen selbständig aufgebaut wird, obsolet. Zwischen Reiz und Reaktion, Wahrnehmung und Verhalten, schieben sich „interne Variablen" einer subjektiven Verarbeitung der pezipierten Lernumgebung, zu denen neben den kontextuellen Interpretationsmodi auch die Wirkung von Wünschen, Trieben und Gefühlen zählen, die sich als emotionale Faktoren in einer positiven sozialen Lernumgebung nachweislich als energetisierend und gedächtnisfördernd auswirken.

Die Erkenntnisse der Neurowissenschaften müssen daher in produktiver Weise für unser lehrendes und lernendes Handeln umgesetzt werden, indem biologisch fundiertes Wissen der Hirnforschung und didaktische Theoriebildung bei der Entwicklung neuer Lernstrategien verschmelzen. (...)

In diesem interdisziplinären Wirkungskreis von Medizin und Schule muss die Bereitschaft zu neurodidaktischen Kooperationen bei der Entwicklung von Lehr- und Lernkonzepten erweitert werden. Lernen ist nicht nur Gegenstand der Pädagogik, sondern auch der Gehirnforschung, die als Grundlagenwissenschaft eine wesentliche Bedeutung für das Verständnis des Lernens liefert. Je besser wir die Funktionsweise des Motors für den Aufbau von Wissen verstehen, desto leichter können wir die Optimierung seiner Leistung positiv anregen.

Ohne durch simplifizierende Reduktion annehmen zu wollen, dass zukünftige Lernrezepte aus dem Hirnlabor stammen werden, möchten wir dennoch die Überzeugung äußern, dass Lehrer, die wissen, wie die neurologischen Abläufe im Gehirn beim Lernen funktionieren, erfolgreicher lehren können und fordern daher die Integration neurobiologischer Thesen zu einem optimaleren Lernen in die Lehrerausbildung und -fortbildung. Darüber hinaus muss die empirische pädagogische Forschung die neurobiologischen Erkenntnisse der Gehirnforschung auf ihre Anwendbarkeit und Wirksamkeit hin klinisch für die Praxis des Lehrens überprüfen, weil die Theorie ihre Tauglichkeit nur im Handeln unter Beweis stellen kann, und zwar nach dem Motto wer heilt (lernt), hat Recht."

Weh! Steck' ich in dem Kerker noch?
Verfluchtes dumpfes Mauerloch,
Wo selbst das liebe Himmelslicht
Trüb durch gemalte Scheiben bricht!
Beschränkt mit diesem Bücherhauf',
Den Würme nagen, Staub bedeckt,
Den bis ans hohe Gewölb' hinauf
Ein angeraucht Papier umsteckt;
Mit Gläsern, Büchsen rings umstellt,
Mit Instrumenten voll gepfropft,

Urväter-Hausrat drein gestopft –
Dass ist deine Welt! Das heißt eine Welt!
(Faust, Erster Teil, Nacht, Vers 398–409)

Und, haben Sie alles verstanden? Haben Sie etwas gelernt? Welches Gefühl überkommt Sie? Übelkeit, Taumel, Begeisterung? Falls Sie diese Zeilen bis zum bitteren Ende gelesen und ertragen haben, rechnen Sie bitte mit keinen weiteren Erklärungen unsererseits. Paul trägt die volle Verantwortung für diese Prosa des Nicht-Verstehens. Wir hatten Sie gewarnt. Niemand hat Sie gezwungen, diesen wissenschaftlichen Text zu lesen, den man nur versteht, wenn man schon alles weiß, da Verstehen immer an unser bereits vorhandenes Wissen anknüpft oder anderenfalls wie das Wasser im Sande verläuft.

Und welches ist dann das Ergebnis? Nichts! Kein Wissenszuwachs, kein Erfahrungszuwachs - nur verlorene Zeit. Und wer trägt die Schuld? Im Zweifelsfalle der Lehrer. Seien Sie daher froh, sich einen Roman gekauft zu haben, in dem Sie mitwirken dürfen, in dem Sie die Bilder entwerfen, Emotionen empfinden, Mitgefühl oder Abneigung, ein Roman, der eine Geschichte erzählt von jemandem, den Sie gegebenenfalls kennen, und nicht wissenschaftliche Worte destilliert wie in einem Reagenzglas.

Kehren wir wieder zu Paul zurück und zu Ihrer sich entwickelnden Beziehung. Schon bald wird der ideologische Hokuspokus des Schulleiters, der die Sinne von Paul betört, zu Ende gehen. Im Übrigen möchten Sie sicherlich wissen, wie die ersten Schultage des Schulanfängers Paul verlaufen, selbst wenn wir Ihnen direkt hinter dem Buchdeckel bereits einen Vorgeschmack angeboten haben. Erinnern Sie sich noch an den Furz, den er in seiner Schultüte fand?

Richard fuhr unbeirrt in seiner schulmeisterlichen Rede fort und achtete wenig darauf, ob ihm der Zauberlehrling noch zuhörte, den er später nur allzu gerne wieder in die Besenkammer eingeschlossen hätte.

Er war in seinem Element, in seiner Welt, die er konstruierte, hier war er der Prometheus und Paul der Homunkulus, ein guter Gesamtschullehrer, der fernerhin nach seinem Bilde geschaffen werden musste, der sich noch im *status nascendi* befand und sozusagen im Gebärkanal steckengeblieben war. Zwar hatten sich seine Organe und Körpersysteme in den ersten 30 Jahren seines Lebens fertig ausgeprägt, aber als er das Licht der Gesamtschulwelt in diesem Moment erblickte, empfand er seine Behinderungen und Unfertigkeiten. Der Fötus Paul war eine Frühgeburt, unausgereift, unausgegoren, unfertig, von seinem Schöpfer nicht zu Ende gedacht. Er wurde von der Gesamtschulglocke aus der Hochschule abgesaugt, einige Tage notbeatmet und dann ohne Infusionspumpen ins Klassenzimmer gejagt, ohne dass man ihm eine Überbrückungszeit im Brutkasten gewährt hätte, damit er sich an das Klima der Umwelt hätte anpassen können.

Paul fühlte sich benommen und wie betäubt in eine Erfahrungssituation geworfen, die er sich theoretisch gar nicht vorstellen konnte: Vier Jahre Unter- beziehungsweise Mittelstufe bedeuteten für ihn vier Jahre Unterwelt, vier Jahre Verzicht auf philosophische Reflexionen und stattdessen der Umgang mit dem realen Leben, zu dem auch weniger ästhetische Züge gehörten: schmutzige, ungewaschene Kinder, die von ihren Eltern vernachlässigt worden waren, Kinder, die keine von Mami geschmierten Pausenbrote dabei hatten und vor der ersten Stunde nicht einmal gefrühstückt hatten, Kinder die bereits 90 Minuten Anfahrtsweg hinter sich hatten, bevor sie sich gähnend in die letzte Reihe hockten, Kinder die ohne Hefte in den Unterricht kamen, weil die Eltern ihnen das Geld dafür vorenthalten hatten, Kinder, die keine Kinder sein konnten, weil sie ihrer Geschwister miterziehen mussten, Kinder, die emotional verwahrlost waren, weil sie niemand mochte, weil sie vom Stiefvater geschlagen wurden, Kinder, deren Eltern unvernünftiger waren als sie selbst und die ihre Kinder vom Lernen abhielten, Kinder, die nur Gewalt kannten, Kinder, die nur Schimpfwörter gelernt hatten, Kinder die sich nicht konzentrieren konnten, weil sie nichts gegessen oder nicht geschlafen hatten, Kinder, die aber alle eines sein wollten: Kinder, denen man Aufmerksamkeit schenkte, Kinder, die lernen wollten, Kinder, die Freunde haben, Kinder die weinen dürfen, Kinder, die Fehler machen dürfen, Kinder, die verständnisvolle Eltern haben, Kinder, die Lehrer haben, die sie mögen, Kinder, die mit Menschen umgehen, die sie lieben. War es nicht an der Zeit, dass Paul es lernte, aus seinem Elfenbeinturm zurück in die Realität zu kommen?

„Haben Sie weitere Fragen, Paul?" - Stille - „Haben Sie weitere Fragen, Paul?", so wiederholte Herr Zugar, nein Richard, indem er sich dabei räusperte, während Paul gerade über den dreimalklugen Wagner sinnierte, der meinte, alles wissen zu wollen und über dessen Engstirnigkeit Faust denkt:

Wie nur dem Kopf nicht alle Hoffnung schwindet,
Der immerfort an schalem Zeuge klebt,
Mit gier'ger Hand nach Schätzen gräbt,
Und froh ist, wenn er Regenwürmer findet!
(Faust, Erster Teil, Nacht, Vers 602–605)

Erst jetzt taute Paul aus seiner Permafroststarre auf und merkte, dass Zugar, nein Richard, ihn ansprach, während Assoziationsberge von Wörtern mit Hintergrundstrahlung aus der Pädagogik auf ihn eintrafen, die er jedoch in keinen kohärenten Zusammenhang setzen konnte. „Ja, ehm, mh, öh, ehm, eine Frage hätte ich noch, ehm, eine Frage." „Nur heraus damit. Als Schulleiter bin ich an diesem Ort, ohne dir zu nahe treten zu wollen, so etwas wie dein Vater, der übrigens etwa in meinem Alter sein dürfte, so um die 59. Also keine Scheu, ich sehe deine Nöte, und du kannst mich offen alles fragen. Es geht nur uns was an und verlässt nicht mein Büro."

„Ja, also ihre - *deine* - Entschuldigung, deine Ausführungen klangen sehr überzeugend, aber für mich ein wenig zu optimistisch. Sind die Schüler wirklich in der Lage einen Verhaltenskodex umzusetzen, bei dem bereits die meisten erwachsenen Menschen scheitern würden?" „Wie meinst du das?" „Zweifelsohne sind für mich Respekt, Toleranz, Anstand, Teamfähigkeit oder gegenseitige Hilfe in gleichem

Maße oberste Erziehungsmaximen. Wie verhalte ich mich währenddessen im Alltag, d.h. in der Klasse, wenn ein Schüler mir den Respekt verweigert, indem er meinen Aufforderungen nicht nachkommt, ständig mit den Nachbarn schwätzt, seine Hausaufgaben nicht macht oder sogar den Unterricht schwänzt?" „Dann redest du ihm deutlich ins Gewissen", lachte Herr Zugar, nein Richard, aus sich heraus. „Nein, dann gibt es notwendigerweise Maßnahmen, aber so schlecht wollen wir von den Schülern erst einmal nicht denken. Und bei uns werden solche Probleme immer gemeinsam besprochen, etwa mit dem Teamklassenlehrer oder freitags bei der Jahrgangsteamsitzung. Bei uns bist du mit deinen Problemen nie allein."

„Bei näherer Überlegung würde ich gerne wissen, wie wir bei diesem differenzierten System zu den Schulabschlüssen gelangen, denn wahrscheinlich werden nicht alle Schüler das Abitur als Endziel anvisieren?" „Nun, das Abitur steht zunächst einmal allen offen. Aber so weit sind wir im Aufbau der Schule bisher nicht. Im Übrigen beginnt die externe Differenzierung erst mit der Jahrgangsstufe 7. Bis dahin folgen alle Schüler dem gleichen Unterricht. Das habe ich dir bereits alles erklärt, wenn es für einen Außenstehenden oder Neuling im System auf den ersten Blick auch nicht ganz transparent erscheinen mag.

Was die Abschlüsse anbelangt, so werden am Ende der 10. Jahrgangsstufe die Menge der Grundkurse und der Ergänzungskurse errechnet, um über das jeweilige Schulabschlusszeugnis zu entscheiden. Für einen Realschulabschluss braucht man jeweils mehr E-Kurse als für einen Hauptschulabschluss, und für die Oberstufenqualifikation müssen zudem die Noten in den E-Kursen zusätzlich besser sein. Da die G- und E-Kurse bis in die 10. Klasse gewechselt werden können, bleiben theoretisch alle Schulabschlüsse bis zum Schluss offen. Und wir wünschen uns verständlicherweise möglichst viele beste Abschlüsse, und zwar im Interesse der Schüler und deren Zukunftsperspektiven, aber auch um uns gegenüber den Gymnasien als die bessere Schule zu behaupten."

Damit war der Einführungskurs in die Gesamtschulkunde beendet, und ich wurde entlassen. Als meine Frau mich später fragte, wie das Treffen verlaufen sei, antwortete ich halbherzig „gut, aber das vollständige Abecedarium des Gesamtschulsystem habe ich bislang nicht verstanden. Es fehlen mir noch einige Buchstaben, um mir einen Reim daraus zu machen, so dass ich davon ausgehe, dass ich mich zukünftig auf die ein oder andere Überraschung gefasst machen muss."

Ungeachtet des kurzen Zeitintervalls, welches uns zur Wohnungssuche zur Verfügung stand, nämlich ganze vier Wochen, fanden wir schließlich mit meiner Frau und den zwei Kindern ein *Fertighäuschen* in einem kleinen Dörfchen. Tatsächlich hatte sich ein Verkäufer auf meine Wohnungssuchanzeige hin gemeldet, der seinerseits nach Hannover versetzt worden war, und zwar ab dem 1. August. Seine Familie bliebe zwar noch bis Weihnachten im Haus, aber die Einliegerwohnung mit zwei Zimmern, Küche und Bad konnten wir unmittelbar beziehen, während der Großteil der Möbel in der Doppelgarage zwischengelagert werden konnte.

Der Deutsche Akademische Austauschdienst organisierte und finanzierte dieses Mal den Rücktransport der Möbelstücke und Kinder, und wir erfuhren eine Woche vor Schulbeginn morgens von den Möbelpackern, die nach einer kurzen Nacht bereits einen Erkundungsspaziergang unternommen hatten, dass sich hinter unserer Holzhütte eine Trinkwassertalsperre befand. Welche Überraschung. Ein Naturparadies. Statt Kultur erwartete uns in unserem nächsten Lebensabschnitt Natur pur!

Einer der Möbelpacker hatte zwar im Verlaufe des Vormittags seine Bedenken geäußert, dass eine Talsperre eine potentielle Gefahr darstellen könne – erst später erfuhren wir, dass bei einem Dammbruch der Wasserspiegel am 15 Kilometer entfernten Bahnhof in Siegen auf zwei Meter steigen würde –, aber ich beruhigte meine beängstigte Frau mit dem Argument, dass ein aufgeschütteter Damm nicht brechen könne und dass unser Fertighaus außerdem wie eine Arche Noah auf den Flutwellen getragen würde. Auf Grund dieser Tatsache hätten wir normalerweise in unserem schwimmfähigen Kastenbau einige Tiere beherbergen müssen, um im Falle einer Sintflut auch einige Landtiere vor dem sicheren Ertrinken zu retten und damit vor dem Aussterben der Gattung.

Mein Arbeitsbeginn war zwei Tage vor Schulferienende anvisiert. Auf dem Programm stand: Umzug von der Feldstraße auf den Giersberg und erste Gesamtkonferenz am Donnerstag um 15.00 Uhr. Freitag: Teamsitzungen der einzelnen Jahrgänge von 14.00 bis 17.00 Uhr. Mein erster Arbeitstag diente offenkundig der körperlichen Ertüchtigung.

Die neuen Kollegen und Kolleginnen waren alle überaus freundlich, zuvorkommend und hilfsbereit. Außerdem schienen sie an meinem etwas außergewöhnlichen Lebenslauf Interesse zu finden, der mich von Köln über Frankreich nach Siegen geführt hatte, d.h. vom Referendariat an einem bilingualen Gymnasium über eine Elitehochschule in Frankreich zur Gesamtschule. Kein Wunder, dass ich später einen Psychologen brauchen würde, um diesen beruflichen Werdegang zu verarbeiten.

Wenn manche Kolleginnen nicht nur besonders sympathisch, sondern in der Tat sehr hübsch waren, welches ich an diesem möglichenfalls einzigen Hochsommertag durch die geringere Kleidungsmasse genauer diagnostizieren konnte, weil einige Rundungen und Formen deutlicher hervortraten und sich dem Neuling geradezu entgegenstreckten, schienen die männlichen Kollegen sowohl vestimentär als auch vom Körperbau her betrachtet eher von der Sorte Holzfäller zu sein, die bereits als Säugling von fünf Störchen getragen worden sein mussten, während sie als Jugendliche bereits eine Axt hinter sich herzuziehen pflegten.

Diese Körper konnten sich selbst beim Tragen der schwersten Kartons keinen Hexenschuss zuziehen, während manche Kollegin auf einem Hexensabbat willkommen gewesen wäre. Auf Grund meiner zwar aufrechten und aufrichtigen, aber kleinen Gestalt zog ich es vor, mich den Damen gegenüber zuvorkommend und als französischer Charmeur zu erweisen, welches mir leichter fiel als mich beim Tragen der schweren Kartons zum Gespött der männlichen Kollegen zu machen und bei den Weibchen zu blamieren. Als es schließlich anstand, die schweren Kartons auszupacken und die Gegenstände in Schränke, Regale und Klassen einzuräumen, zeigte ich einen umso größeren Eifer, als sei ich von Anfang an dabei gewesen.

Und dann wurde mit der ersten Anstellung zum Lehrer nach BAT III im Angestelltenverhältnis der Montag geboren. Um Punkt 8 Uhr begann mein Unterricht. Für alle Fälle gesichert, stand ich schon zehn Minuten vor dem spannenden Start im Ring zur ersten Stunde Französisch in der siebten Jahrgangsstufe. Während ich gemeinsam mit einem Gesamtschulideologen Klassenlehrer der Klasse 7c war, setzte sich die Französischklasse aus Schülern aller vier Parallelklassen zusammen. Nach dem Umzug in die neuen Räumlichkeiten auf dem Giersberg waren die Klassenzimmer großzügiger und lichtdurchflutet, welches sich positiv auf das Denken der Schüler auswirken konnte. Ich zählte 16 Unterrichtstische, die für 32 Schüler und Schülerinnen bestimmt waren. Ab 33 Schüler hätte die Klasse geteilt werden müssen, welches deswegen nicht vorkommen durfte und nicht vorkommen sollte. Auf meiner Liste standen allerdings nur 26 Schüler. Merkwürdig.

Fünf Minuten vor acht. Noch keine Menschenseele am Horizont. Eigenartig. Ungewöhnlich. Befremdend. Ich schaute in den Flur, wo sich einige Winzlinge mit übergroßen Tornistern, farbigen Schulranzen, Schultaschen und Rucksäcken auf mein Klassenzimmer zubewegten. Ihre Laufgeschwindigkeit war so gering, dass man nur bei äußerster Konzentration wahrnahm, dass sie nicht auf der Stelle standen, sondern sich fortbewegten, ohne sich nach Lage der Dinge schlüssig zu sein, in welche Richtung sie gehen sollten. Es hatte den Anschein, als würden sie gegen ihren eigenen Willen in eine Marschrichtung gedrängt, die sie lieber vermieden hätten und deren Zielmarke meine Klassenzimmertüre war. Alles sprach dafür, dass anscheinend niemand das Rennen gewinnen wollte, dass niemand freiwillig als Erster die Ziellinie passieren wollte.

Zu diesem Zeitpunkt wusste ich noch nicht, dass ich mich einige Wochen später selber in eben dieser Form des rückschreitenden Voranschreitens in Richtung Klasse bewegen würde, als lauere an diesem Ort ein Fährnis, eine Art lebensbedrohlicher Gefahr, die man zu meiden versuchte, der man aber nicht entkommen konnte, weil der Rückweg bei jedem Vorwärtsschritt abgeschnitten wurde. Es entstand dadurch eine gewisse Ausweglosigkeit, der sich zu widersetzen keinen Sinn ergab.

Die Winzlinge oder Zwerge, die gerade dem Säuglingsalter entwachsen waren und sich kaum auf den winzigen Beinchen halten konnten, waren das Gegenteil von meinen Franzosen, die kleiner zwar als die Germanen, jedoch bedeutend größer waren als ich – wohlgemerkt, was den Körperbau anbelangte. Die Mädchen, die man mangels noch unausgeprägter Körperformen kaum von den Jungen unterscheiden konnte, trugen keine Kleider wie es in Frankreich häufig noch zur Tradition gehörte, sondern leichte Sommerhosen; die Jungen schienen auf zu großen Füßen zu stehen, als trügen sie Clownschuhe in Übergröße. Als die ersten Gnomen aus den Bergen, Wäldern und Gewässern des Siegerlands nach ihrem Flurmarathon auf der Türschwelle zum Klassenzimmer standen, fragte einer von ihnen zögerlich und mit leiser Stimme, ob ich der Klassenlehrer der 5c sei, welches ich, deutlich verwundert, mit dem Hinweis verneinte, dass ich der Klassenlehrer der 7c sei.

„Warum steht dann auf dem Klassenschild vor der Tür 5c?" Der instantan einsetzende Adrenalinschock entwarf augenblicklich einen Lageplan mit imperativem Handlungseinsatz: Meine Klasse war ein oder zwei Stockwerke höher und ebenso voraussichtlich die Statur meiner Schüler, die unter Umständen bereits ungeduldig auf den neuen Lehrer warteten und erste Verspätungshypothesen entwarfen. Mein Kopf versetzte sich in Verlängerung der Wirbelsäule in eine leichte Oberkörpervorlage, und die Hufen spannten ihre Muskeln zu einem Sprint, der die verlorene Zeit nicht nur einholen, sondern zurückdrehen sollte. Während ich im Treppenhaus die Stufen geradezu hinaufflog, bemerkte ich, dass ich alle meine Unterlagen auf dem Pult der 5er Klasse vergessen hatte, kehrte folgendermaßen postwendend um, akzelerierte noch die Laufgeschwindigkeit, überholte zahlreiche Kollegen, die trägen Schrittes durch den Flur flanierten als seien sie beim Shopping, stürzte in die Klasse 5c, deren Türe gerade geschlossen wurde, wobei ich der Kollegin geradezu den Türgriff aus der

Hand riss, stammelte ein Pardon, Madame, griff nach meinem Aktenkoffer, in den ich in Windeseile alle Fotokopien hineinstopfte, stürzte wieder aus der Klasse heraus und einige Kollegen auf dem Flur fast um, und landete in meiner Klasse, wo 26 Schüler umhertobten, ohne Notiz von mir zu nehmen.

Mit rotem Kopf und merklich schwitzend blickte ich auf einen ungeordneten Knäuel von großen Jungen und noch größeren Mädchen, die sich sichtlich amüsiert unterhielten und vielleicht sogar in ihrer Erwartungshaltung über den neuen Klassenlehrer abenteuerliche Vermutungen anstellten. Ich wartete einen Moment ab, aber niemand schien mich zu bemerken - oder bemerken zu wollen. Schließlich räusperte ich mich, hüstelte leicht, brachte zögerlich ein *Bonjour* hervor, allein nichts geschah, keine Veränderung, keine körperliche Bewegung in Richtung Sitzplätze, kein versuchter Blickkontakt. Erst als meine kräftige Baritonstimme die Schallwellen eines zweiten Gutenmorgengrußes bis in die Rezeptoren des Innenohrs der Schüler jagte, traf der Reiz im Gehirn ein, wo er als Aufforderung interpretiert wurde, Platz zu nehmen und die Aufmerksamkeit nach vorne zu richten.

Einige Schüler schauten vor sich hin oder starrten ins Leere, andere wirkten müde, lieblos oder gelangweilt, wiederum andere setzten ein Lächeln auf, lächelten mir zu und warteten ab. Ich sagte nichts. Die Schüler auch nichts. Die Spannung stieg. Ich sagte noch immer nichts. Die Schüler schauten sich verwundert an, schauten mich an, begannen zu schmunzeln, zu grinsen, dann zu feixen, zu kichern und zu gakkern, andere verkniffen sich das Lachen, waren aber von Zweifel befallen. Unterrichten bedeutet immer auch Theater spielen, mit Mimik, Gestik, der Modulation der Stimme, dem Rhythmus der Sätze, der Melodie der Worte, es werden Rollen eingenommen, gespielt, Simulationen inszeniert, um die Illusion einer möglichst authentischen Kommunikation zu veranstalten.

Schließlich schoss es aus mir heraus: « Bonjour tout le monde. Comment allez-vous? Comment vous appelez-vous? Moi, je suis votre nouveau professeur de français. Je m'appelle Paul Krieger, je suis marié et j'ai deux enfants. Pendant les quatre dernières années j'ai travaillé en France, plus précisément à Nancy, en Lorraine, où j'ai assuré des cours d'allemand langue étrangère dans une Ecole des Mines qui est une école d'ingénieur. En même temps j'ai assuré aussi des cours à l'Université de Nancy II … » Als mir nichts Vernünftiges mehr einfiel, begann ich über meinen Umzug zu erzählen, meine Kinder und philosophierte abschließend in einem ansteigenden Crescendo über das Wetter und zählte noch die Gegenstände auf, die sich im Klassenzimmer befanden.

Geplant hatte ich ein Sprachfeuerwerk von drei bis vier Minuten, nicht nur um die Schüler zu beeindrucken, sondern insbesondere auch um ihnen die Möglichkeit zu bieten, diese wunderbare Sprache zu hören, d.h. zu empfinden wie die französischen Phoneme und Nasale von den einzelnen Instrumenten gespielt in einem gesprochenen Symphonieorchester als musikalisches Kunstwerk ertönen. Einige Laute wurden wie auf einer Gitarre gezupft, andere mit dem Bogen in Schwingungen versetzt, auf der Tastatur sanft angeschlagen oder hinausposaunt. Wie ein Barde beim Gastmahl beendete ich meinen Heldengesang mit einem Glissando, indem ich artikulatorisch über die ganze Lautenreihe meiner phonematischen Harfe glitt.

Die Wirkung verhielt sich wie geplant. Die Schüler spendeten stillen Respekt. Einige klatschten, andere lösten ihre Anspannung durch ein lautes Lachen auf. Dann folgten die ersten Bemerkungen: „Wir haben gar nichts verstanden!" „Außer ein paar Namen!" „Sie sprechen aber gut Französisch!" „Das lernen wir doch nie!" In den hinteren Reihen hörte ich: „Was soll denn dieser Blödsinn?" „Was ist denn das für ein Spinner!" „Angeber!"

Jetzt hieß es, durchhalten, und ich begann gemäß meiner Planung mit der Simulation eines Vorstellungsgesprächs, indem ich durch die Klasse schritt und einzelnen Schülern die Hand schüttelte, während ich sie mit *Bonjour* begrüßte. D folgte die Vorstellungsformel *Je m'appelle Paul, et toi?* Es wurde viel gelacht, die Schüler schienen motiviert und drängten sich vor, um gemeinsam mit mir einen Minidialog zu versprachlichen. Am Ende der Stunde kamen einige Schüler zu mir und bedrängten mich mit Fragen, während andere den Klassenraum schnell verließen. In der großen Pause berichteten mir die Kollegen und Kolleginnen, dass sie von meinen Schülern auf Französisch angesprochen worden seien und zur Freude der Schüler nicht immer hätten antworten können. Auf dem Schulhof vernahm man gleichermaßen die stolzen Stimmen der Siebenklässler, wenn sie ihren Dialog exponierten, und wahrscheinlich ging dasselbe Spiel zu Hause angekommen bei den Eltern wieder los.

Die erste Unterrichtsstunde verlief ohne Zwischenfälle, und es gefiel mir, dass die Schüler nach der Sprache lechzten wie der Säugling nach der Brust. Der Englisch Grundkurs in der zweiten Stunde zeigte nicht denselben Eifer, dieselbe Hingabe oder Passion. Nur langsam ließen sich die Schüler auf ihren Plätzen nieder, und es dauerte sehr lange, bis ich das Begrüßungsritual einleiten konnte, von dessen sicherer Insel aus ich fortschreiten wollte: „Good morning, everybody. How are you today?" Keine Reaktion. „Good morning, everybody. How are you today? I'm fine, and how are you?" Nichts. Stille. „My name is Mr. Krieger, and what is your name?" Leichte Unruhe. Verwunderung. „You can count the girls, please? And how many boys have we got?" Stärkere Unruhe. Bewegung auf den Plätzen. Leichtes Schwätzen. „Who has got a brother? A sister?"

„Wollen Sie uns verarschen? Wir sprechen doch kein Englisch!" – „Wenn Sie mit uns arbeiten wollen, müssen Sie schon Deutsch reden!" – „Sind Sie der Franzose?" – „Wie hört sich denn Französisch an?" – « Bon, si vous voulez, on peut continuer le cours en français. » „Oh ! Nein !" - „Hilfe!" – „Der weiß gar nicht, wo er ist!" – „What do you mean?" – „Nein, jetzt fängt der schon wieder an!" - „Können Sie kein Deutsch?" – „Wir sind hier nicht am Gymnasium!" – „I know, but this doesn't change anything." – Mit einer winkenden Gestik zieht ein Schüler meine Aufmerksamkeit auf sich und äußert: „Hallo, Herr Lehrer, wir sind hier an einer Art Hauptschule, und wir sprechen keine Fremdsprachen!"

Langsam befiel mich der Verdacht, dass mich in Wahrheit keine Menschenseele verstanden hatte. Oder die Schüler täuschten ihr Nicht-Verstehen schlicht und ergreifend vor, damit ich meinen Unterricht nicht auf Englisch fortsetzen würde. Noch wollte ich nicht aufgeben und versuchte den Begrüßungsdialog, den ich gerade auf Französisch eingeführt hatte, nun in der englischen Variante einzuüben. Immerhin lernten die Schüler bereits im dritten Jahr Englisch. Aber dieser letzte ultimative Versuch scheiterte in gleichem Maße, so dass ich mich erneut an die Klasse richtete, aber dieses Mal auf Deutsch: „Eventuell muss ich mich entschuldigen, aber als neuer Lehrer sei mir in relativer Unkenntnis der Situation die Frage erlaubt, in welcher Unterrichtssprache meine Kollegen vor mir den Unterricht gestaltet haben." – „In relativer Unkenntnis der Situation? Was meinen Sie denn damit? Kannst du dich im Deutschen auch nicht klar ausdrücken?" – Das *Du* verdrängte ich und wiederholte meine Frage in einer einfacheren Syntax: „Haben die Lehrer, die vor mir unterrichtet haben, den Unterricht auf Deutsch oder auf Englisch durchgeführt?" – „Beides, Herr Franzose! Der Unterricht ist auf Deutsch und die Texte lesen wir auf Englisch. Dann werden die übersetzt und wir versuchen uns etwas zu merken." – „Nur gelingt uns das nicht", fügte ein weiterer Schüler hinzu. „Warum nicht, fragte ich in aller Naivität nach?" „Weil wir dumm sind", quoll es aus mehreren Mündern hervor, während andere hervorhoben, „weil wir faul sind", „wir sind die *Looser*."

Noch war nichts verloren, denn Dummheit war nach Kant kein Mangel an Wissen, sondern an Urteilsvermögen, gab es doch viele *gelehrte Tintenfässer*, wie Herder in seiner Selbsterkenntnis auf der Fahrt nach Riga festgestellt hatte, die Berge von Wissen angehäuft und die zentralen Fächer ihrer Zeit studiert hatten – *Habe nun, ach! Philosophie,/ Juristerei und Medizin,/ Und leider auch Theologie/ Durchaus studiert, mit heißem Bemühn,* (Faust, Vers 354–357), – aber nichtdestotrotz mit der niederschmetterndem Schlussfolgerung leben mussten, dass sie den Urgrund der Dinge, d.h. das, *was die Welt im Innersten zusammenhält* (Faust, Vers. 382), nicht entschlüsseln konnten: *Da steh ich nun ich armer Tor/ Und bin so klug als wie zuvor;/ Heiße Magister, heiße Doktor gar/ (…) Und sehe, dass wir nichts wissen können!/ Das will mir schier das Herz verbrennen.* (Faust, Vers 358–364)

Ob die Schüler trotz alledem und global betrachtet überhaupt wissbegierig waren und bereit gewesen wären, sich der Magie zu verschreiben, um Englisch zu lernen und dadurch Welterkenntnis zu gewinnen, schien mir in diesem Moment äußerst zweifelhaft. Andererseits schlummerte bereits die Idee in mir, über die ich später wissenschaftlich dissertieren sollte, dass es keine faulen Schüler gab, sondern nur unmotivierte Lerner, unmotiviert, weil der dargebotene Lehrstoff für sie keinen Sinn ergab. Und für einen sinnschöpfenden Unterricht war der Lehrer verantwortlich. Ergo hatte ich es zu verantworten, wenn es mir nicht gelang, meine Schüler zum Wissensaufbau zu animieren und sie versagten. Einen ähnlichen Diskurs würde mir der Schulleiter gegenüber einige Wochen später halten, der mich, zumindest theoretisch, zu einem schlechten Lehrer degradierte.

„Dann holt bitte eure Englischlehrbücher hervor und sagt mir, an welcher Lektion ihr vor den Sommerferien gearbeitet habt." - „Das wissen wir nicht mehr." - „Lektion fünf." - „Nein, Lektion drei, über Schottland." - „Nein, davon hab' ich noch nie etwas gehört." - Wir einigten uns mehrheitlich auf Lektion vier, welches nach dem ersten Lektüreversuch zugegebenermaßen nicht sein konnte, denn mit Englisch hatten die von den Schülern produzierten Laute wenig zu tun. Ich beschloss daher, eine Wiederholung ab Lektion eins vorzunehmen, um mir einen Überblick über den Leistungsstand der Schüler zu verschaffen, welches gleichwohl an den Fakten nichts änderte. Überall *Terra incognita,* während ich über das Sprachenlernen sinnierte, welches mehr war als eine Aneinanderreihung von Wörtern. War nach Wilhelm von Humboldt nicht jede Sprache eine neue Ansicht von Welt und Ausdruck der Individualität? Bedeuteten nicht mehr Wörter auch mehr Ideen, mehr Bilder, mehr Denkleistung? Und weniger Wörter die Reduzierung des Denkens bis zum Animalischen? War die Sprache und die Ermöglichung von Kommunikation nicht menschlicher Ausdruck an sich und Quelle der Kreativität?

Als das laute Schellen das Ende der Stunde ankündigte, wollte ich noch auf Englisch glänzen und einen ritualisierten Sprechakt einleiten „It's time to tidy up. Please pick up all the scraps of paper on the floor and put your chairs on your tables", allein die Schüler hatten die

Klasse bereits sturmartig verlassen, bevor ich die Hausaufgaben oder das Aufräumen der Klasse noch hätte anordnen können.

Zu jenem Zeitpunkt wusste ich noch nicht, dass die Lesekompetenz in den Grundkursen Deutsch kaum besser war als im Englischen, und jene, die etwas fließender lasen, verstanden mehrheitlich nicht, was sie lasen. Das sinnentnehmende Lesen war noch Zukunftsmusik, wobei meine dritte Stunde, fachfremder Musikunterricht, eingeläutet wurde. Darüber zu berichten, erspare ich mir und Ihnen. Mir ist es nicht gelungen, ihnen auch nur ansatzweise die Flötentöne beizubringen.

In der vierten Stunde wanderte ich zur Turnhalle, die sich fernab des Hauptgebäudes befand und deren Wegstrecke durch einen ansteigenden Hügel insbesondere bei den adipösen Kindern bereits die ersten Schweißperlen auf die Stirn zeichnete. Meinem ersten Eindruck nach durfte der Körpermassenindex bei geschätzter Weise einem Viertel der Schüler zu hohe Fettanteile offenbaren. Wollten wir diese abtrainieren, durften die Eltern nicht immer wieder neue Energiebomben in ihre Kinder einwerfen, wenn sie zu schmelzen begannen. Anstatt in der Kantine mittags fettige Pommes Frites mit Mayonnaise und pinkrote Götterspeise in sich hineinzuschaufeln, zogen andere es vor, sich mit Teilchen, Pizza oder einer Tafel Schokolade zu begnügen, während sich die Zwischenmahlzeiten nach jeder Stunde auf ein paar Süßwarenprodukte wie Hanuta im Doppelpack von Ferrero, Nuts im Kingsizeformat oder Marsriegel mit viel Candycreme, Karamell und Milchschokolade aus dem Multipack beschränkten. Einfache Schokoplätzchen, Gummibärchen von Haribo und Unmengen von Bonbons mit den verschiedensten künstlichen Aromasubstanzen wurden zusätzlich, sozusagen zwischen dem Ein- und Ausatmen, in den Schlund eingeworfen, so dass der Überschuss an Kondensmilch, Kakaobutter oder Glukosesirup manchem Sportsfreund aus dem Maule lief.

Eine wilde Horde von Jugendlichen wartete bereits darauf, dass ich die Umkleidekabinen aufschloss, um sich anschließend explosionsartig in die Turnhalle zu ergießen. Ich hatte mir für die erste Stunde ein Zirkeltraining ausgedacht. Dazu sollten sich alle Schüler zunächst einmal in Rang und Glied aufstellen und durch jeweiliges Abzählen von eins bis sechs Gruppen bilden, welche die Geräte aufbauen würden. Dieses Stundenziel wurde nie erreicht. Ich brauchte fast die ganze Unterrichtsstunde, um die einzelnen Schüler in der riesigen Turnhalle einzufangen, wo sie in den Geräteräumen herumturnten, auf Matten alberne Purzelbäume schlugen und mit allen Gegenständen, die halbwegs rund waren, wild umherschossen, so dass man das Einschlagen von Bomben und Granaten wahrzunehmen glaubte, während ich mir mangels Trillerpfeife und natürlicher Autorität die Seele aus dem Leib schrie. Demgemäß wäre ich als Referendar durch das Zweite Staatsexamen gefallen. Glücklicherweise, oder sollte ich meinen unglücklicherweise, denn in diesem Falle wäre mir die Tragödie einer misslungenen Schulkarriere erspart geblieben, war ich kein Referendar, sondern Lehrer im Angestelltenverhältnis, auf Probe und eingesetzt im fachfremden Unterricht Sport. Dieses bedeutete im Klartext: Ich hatte, so sportlich ich im Privaten auch sein mochte, von den Unterrichtsmethoden und -strategien dieses Faches keinen blassen Schimmer, vergleichbar einem Französischlehrer, den man mit arabischen Lauten oder der ägyptischen Hieroglyphenschrift konfrontiert hätte.

In der zweiten großen Pause stand ich bereits völlig entkräftet und desillusioniert wie ein angeschlagener Boxer im Ring vor dem Knockout und lechzte nach einer Erholungspause. Da ich zur Aufsicht auf dem großen Schulhof eingeteilt war, hoffte ich sehnlichst, durch einen Sauerstoffcocktail und ein mir einverleibtes Dopingbrötchen wieder zu Kräften zu gelangen, um halbwegs regeneriert in die nächste Runde zu starten.

Kaum auf dem Pausenhof angelangt und noch halb taumelnd, drangen von allen Seiten kreischende Schreie wie von einem Schlachtfeld auf mich ein und überall, wo meine Augen hinblickten, gab es dringenden Interventionsbedarf, um Schlägereien und Verletzungen, Einschüchterungs- und Drohgebärden zu verhindern sowie gefangene Fünftklässler aus den Toiletten zu befreien, während ich mich fragte, ob die starke Rauchentwicklung von einem auflodernden Feuer oder vielmehr den Kettenrauchern aus der siebten Klasse stammte. Da ich nicht wusste, wo sich der Feuerlöscher befand, stürmte ich zurück auf den Pausenhof und beobachtete verantwortungsvoll, aber ohne zu intervenieren, das wilde Treiben, handelte es sich doch darum, dass sich der Feldherr zuvörderst einen Überblick über das Gefechtsfeld verschaffte.

Ein kleines Mädchen hatte sich eine Schürfwunde am Knie zugezogen, ein anderes sich offensichtlich den Fuß verstaucht, und beide weinten jämmerlich in mitleiderregender Weise wie Kleinkinder mit plötzlichen Verlustängsten; zwei große Burschen schlugen aufeinander ein und röhrten wie Hirsche zur Brunftzeit; ein kleiner Junge zog einen noch kleineren Strolch so stark an den Haaren, dass man befürchtete, letzterer würde seinen Skalp verlieren, während der Angreifer sich bereits mit der Trophäe zu schmücken wähnte; überall rannte jemand aus Spaß oder Ernsthaftigkeit hinter einem anderen her, weil man im Spiel rivalisierte oder auch eine Gefahr riskierte; kleine Gruppen verschwanden im Abseits, um Intrigen zu schüren oder intime Geständnisse zu offenbaren; wie auf einem Schwarzmarkt wurden zudem diverse Objekte ausgetauscht, etwa kariestreibende Bonbontüten gegen Schokoladenriegel, während das Abschreiben der Hausaufgaben auf dem Rücken eines Kameraden des Öfteren sogar gegen Bares gehandelt wurde.

Gewiss herrschte darüber hinaus in der Tat auch viel Freude, Ausgelassenheit, Übermut und Hilarität, Gelächter, Gegacker, Gekicher und Grinsen bis über beide Ohren, unbesorgtes kindliches Treiben und Toben, welches für einen Augenblick, der ewig währen sollte, die Lehranstalt vergessen ließ. Ständig wurde ich zu Hilfe gerufen, um Streitigkeiten zu schlichten oder sogar den Erste-Hilfe-Koffer zu holen, so dass ich mich, völlig überfordert und ohne das Ende der Pause abzuwarten, in das Lehrerzimmer zurückzog und die leidenden Körper sich selber überließ. „Und Paul, hast du die Pausenaufsicht überlebt, oder wolltest du gerade einen Krankenwagen rufen“, wandte sich mein Co-Klassenlehrer mit witzig-ironischer Stimmer an mich, während der Gong bereits zur nächsten Runde läutete: Klasse 7, Religionsabmelder.

Um mit dieser heterogenen Gruppe etwas Sinnvolles zu unternehmen, hatte ich beschlossen, eine Rechtschreibschulung durchzuführen, die niemandem Schaden konnte. Die Schülerzahl war mit etwa zwölf Mädchen und Jungen klein und überschaubar; die Abstellkammer, die ich aufschloss, enthielt allerdings nur neun Stühle an fünf Doppeltischen. Bevor ich etwas sagen konnte, waren längst vier Schüler verschwunden, um Stühle aus den Nachbarklassen auszuleihen. Wie aufmerksam, dachte ich, bevor ich mich nach einigen Minuten wunderte, wo die Schüler verblieben waren. Ein Blick auf den Flur zeigte eine müde Bande, die sich in Zeitlupe schleppend einen Stuhl hinter sich her ziehend auf unsere Kammer zubewegte.

„Haben Sie Spiele dabei, Herr Krieger", fragte ein forsches Mädchen mit dezidierter Stimme, als gäbe es hier kein Wenn und Aber, als seien die Spielregeln für meinen Unterricht bereits festgelegt. „Spiele?" entgegnete ich mit zögernden Worten und Zweifel in der Miene. „Ja, wir spielen regelmäßig Monopoly oder andere Brettspiele. Haben Sie die nicht in der Schülerbibliothek ausgeliehen?" „Nein", erwiderte ich *ungläubig,* wenn dieses in einem Kurs für Religionsabmelder auch als *faux pas* gedeutet werden konnte. „Nicht so schlimm, Herr Krieger, nur denken Sie nächstes Mal daran. Heute können wir auch Kartenspiele machen. Die Jungen haben immer welche dabei." Und schon wurden die Karten gezückt, gemischt und verteilt, während man mich nicht mehr berücksichtigte beziehungsweise als passiven Zuschauer behandelte.

Mit Verlaub gesagt wollte ich die Rechtmäßigkeit eines solchen Begehrens überprüfen sowie die religiöse Zugehörigkeit der Schüler in Erfahrung bringen beziehungsweise eruieren, aus welchem Grunde sie vom Religionsunterricht abgemeldet waren. Auf meine wissbegierige Frage antwortete Lisa für alle Mitschüler stellvertretend: „Herr Krieger, wir haben in dieser Gruppe alles, was Religion zu bieten hat, drei von den Jungen sind Türken und Muslime, Stella-Pia ist Serbin und christlich-orthodox, Michael ursprünglich aus der Mongolei und Buddhist, meine Eltern kommen aus dem Iran, und ich bin Schiitin, wohingegen Mohammed aus dem Irak Sunnit ist. Die anderen sind christlich getauft, evangelisch oder katholisch, wollen aber nicht am

Religionsunterricht teilnehmen. Ihnen ist so ziemlich alles egal, ob mit Gott oder ohne Gott, jedenfalls spielen sie lieber Karten als an diesem dämlichen Religionsunterricht teilzunehmen, denn jeder darf doch glauben oder nicht glauben, was er will und ist niemandem Rechenschaft darüber schuldig. Das geht doch niemanden etwas an, und erst recht nicht die Schule. Und nun lassen Sie uns bitte in Ruhe spielen."

Ein grundsätzlich gutes Resümee der Situation, die durch ihre vielfältigen Referenzen hinreichend Anlass gegeben hätte, um über die verschiedenen Religionsgemeinschaften zu sprechen. Allein war dieses nicht meine Aufgabe. Wie ich diese Gruppe beschäftigen wollte, war mir völlig freigestellt worden, sofern ich etwas Vernünftiges anstrebte und nicht über Religion spräche. Wie sollte ich dieweil die Aufmerksamkeit der Schüler gewinnen, die in ihre Kartenspiele vertieft waren und deren Motivation für meine ehernen Rechtschreibabsichten sicherlich geringer ausfiel als für das freie Spiel, welches ihnen von meinen Vorgängern aus mir unbekannten, aber sicherlich noblen Beweggründen freigebig gewährt worden war.

Da ich der einzige war, der meine Argumentation für die Durchführung von Rechtschreibübungen als sinnvoll erachtete, wurde es für mich äußerst diffizil, die Schüler dazu zu beflügeln, die Karten gegen einen Stift und ein Blatt Papier einzutauschen. Man pochte auf die alten Rechte und Befugnisse der Religionsabmelder und wollte sich über mich beim Schulleiteer beklagen. Und tatsächlich sollte mein Unterrichtsvorhaben nicht ohne Folgen bleiben.

Nach drei Wochen wurde ich ins Büro des Schulleiters gebeten, der mich darauf aufmerksam machte, dass es von Seiten der Eltern, deren Kinder am Religionsunterricht teilnahmen, Beschwerden gegeben hätte, weil die Religionsabmelder durch meinen Rechtschreibunterricht gegenüber den anderen Schülern auf elitäre Weise privilegiert würden, so dass manche sogar darüber nachdächten, ihre teilweise rechtschreibschwachen Schüler vom Religionsunterricht abzumelden, damit sie eine bessere Orthografie lernten.

„Leider", so legte der Schulleiter mir gegenüber dar, „verhält es sich so, dass die Religionsabmelder während der Betreuung durch einen Lehrer keinen Lernfortschritt erzielen dürfen. Deine Funktion ist einzig auf die Betreuung der Schüler reduziert und gezielter Unterricht nicht intendiert, so bedauerlich dieses auch scheinen mag. Für dich bedeutet das, wenn wir es einmal positiv sehen, dass du nichts vorbereiten, sondern nur verhindern musst, dass die Schüler Chaos anrichten." Auf meinen Einwand, dass ich mit den Schülern gar nicht reden dürfe, wenn ich einen Lernfortschritt verhindern wolle, antwortete Richard nur mit einem verhaltenen Lächeln. „Das wirst du bestimmt schaffen, ohne dich zu verleugnen, mit ein wenig Intelligenz." Ergo, so schlussfolgerte ich, diente meinerseits die Intelligenz der Entwicklung einer Strategie, die den Aufbau von Wissen, und sei es nur orthografisches, zu vermeiden half, ein Paradoxon, welches mich an das absurde Theater erinnerte.

Nach der fünften Stunde konnte ich montags nach Hause gehen, um meine Batterien wieder aufzuladen. Nachmittags arbeitete ich an meiner Doktorarbeit. Diese war mein Refugium, mein Rückzugsort, meine Insel der Seligen, aber ach eine Insel nur, ein Garten Eden, in dem ich mit den französischen Philosophen lustwandelte und von Zeit zu Zeit sogar mit den antiken Vorvätern ins Gespräch kam. Endlich wieder der Makrokosmos, die Ganzheit der Natur als harmonisches Universum:

Welch Schauspiel! aber ach! ein Schauspiel nur!
Wo faß' ich dich, unendliche Natur?
Euch Brüste, wo? Ihr Quellen alles Lebens,
An denen Himmel und Erde hängt,
Dahin die welke Brust sich drängt –
Ihr quellt, ihr tränkt, und schmacht' ich so vergebens?
(Goethe, Faust, Vers 454–459)

Gleichzeitig war mir bewusst, dass dieser Rettungsanker nur in Sand steckte und jeder Zeit abreißen konnte. Der Haltepunkt und das gedankliche Verweilen in dieser grandiosen Welt war nur ein inneres Schauspiel, eine Illusion der toten Materie, ein Blendwerk, welches das wilde Treiben der Wirklichkeit nur für kurze Zeit verdrängen konnte, so dass die schulischen Erfahrungen in der Unterwelt des nächsten Tages durch ihren Kontrast zum philosophischen Himmel des Olymps nur umso unzüchtiger wirkten.

Und dann kam der Dienstag. Die erste Woche. Der erste Monat. Das erste Jahr. Das erste Schaltjahr. Die erste Teamsitzung. Die erste Gesamtschulkonferenz. Der erste Elternsprechtag. Die erste Erfahrung. Die erste Reflexion der Erfahrung. Die erste Beleidigung. Die erste Auseinandersetzung. Der erste Konflikt. Die erste Demütigung. Die erste Inspektion durch den Schulleiter. Die erste Beurteilung durch den Dezernenten. Die erste Verbeamtung auf Lebenszeit, A 12. Das erste Gespräch unter vier Augen. Das erste Gespräch unter acht Augen. Das erste zweite Gespräch unter vier Augen. Die erste Vorladung ins Direktorium. Die erste zweite Vorladung ins Direktorium. Die erste Remonstration gegen die Weisung seines Vorgesetzten. Der erste Laufbahnwechsel, A13. Die erste Abordnung als Studienrat im Hochschuldienst. Die erste zweite verlängerte Abordnung als Studienrat im Hochschuldienst. Die erste Bewerbung als Fachleiter Französisch. Die erste Rückkehr an die erste Gesamtschule. Die Tragödie Erster Teil. Die Tragödie Zweiter Teil. Der erste Zusammenbruch. Die erste Krankmeldung. Der erste Nervenarzt. Der erste zweite Nervenarzt. Der erste zweite Zusammenbruch. Die erste zweite Krankmeldung. Der erste Amtsarztbesuch. Die erste Einweisung. Der erste Psychologe. Die erste Anamnese. Der erste zweite Amtsarztbesuch. Der erste dritte Amtsarztbesuch. Der erste Brief vom Regierungspräsidenten. Der erste Brief des Juristen. Der erste Brief vom Petitionsausschuss. Der zweite Brief des Juristen. Die esrste Androhung der Versetzung an eine Hauptschule. Die erste Androhung der Verrentung mit 43 Jahren. Der Wechsel an die erste zweite Gesamtschule. Die erste Kündigung der ersten Beamtenstelle auf Lebenszeit.

Es möchte kein Hund so länger leben! (Faust, Vers 376), und ich ersehnte mir den Blick in eine Glaskugel, die mir eine bessere Zukunft vorausgesagt oder zumindest die problematische Gegenwart durch einen Zeitraffer als Vergangenheit gezeigt hätte. Das Gesamtschulleben hinter mich bringen, aufwachen, um die Alben und Kobolde aus meinen schlechten Träumen zu verbannen. Solange ich jedoch nicht aufwachte, waren sie als Schreie der Seele bittere Wirklichkeit mit ihren giftigen Zähnen und spitzen Stacheln und nicht nur Ausdruck der Schatten meiner selbst.

Was nützte Paul indes ein Zeitraffer zur Lebensbeschleunigung? Wenn er ihn zwar aus der Beamtenstelle befreit hätte, in welcher er sich wie ein Gefangener empfand, die er zum gegebenen Zeitpunkt aber noch gar nicht innehatte, so führte er ihn andererseits zugleich näher an den sicheren Tod, auf den er sich wie in einem Albtraum mit Lichtgeschwindigkeit zubewegte. *Und doch ist nie der Tod ein ganz willkommner Gast.* (Faust, Vers 1572)

Der Tod versprach zwar das verlockende Ende des Leids, aber gleicherweise das weniger verlockende Ende des Lebens. Und danach? Die klare Antwort des epikureischen Atheisten: Der Tod ist für uns durch die Aufhebung jeglicher Empfindung ein Nichts, dem nichts Schreckliches anhaften kann, und solange er nur erwartet wird, d.h. während unseres Lebens, ist er nicht da und braucht uns nicht zu beunruhigen, und wenn er da ist, sind wir nicht mehr (Epikur, Brief an Menoikeus).

Nichtsdestoweniger strebte Paul nach Erfüllung in seinem Leben, in seiner Familie, mit seiner Frau und seinen Kindern, und nicht zuletzt auch in seinem wissenschaftlichen Streben und Forschen. *Ihm hat das Schicksal einen Geist gegeben,/ Der ungebändigt immer vorwärts dringt.* (Faust, Vers 1856–1857) Nur allzu gerne hätte Paul sich der Magie verschrieben und einen Pakt mit dem Teufel geschlossen, um zu erfahren, *ob mir durch Geistes Kraft und Mund/ Nicht manch Geheimniß würde kund.* (Faust, Vers 378–379) Jedoch ist er wie Wagner an das Diesseits gebunden und versucht vergebens sich durch das Aneignen von Bücherwissen Ansehen zu verschaffen, während das pulsierende Leben wie das Blut im Sande versiegt. Die Lektüre eines alten Buchs ist nur totes Wissen und verhilft weder zu göttlich-metaphysischer Erkenntnis der schillernden Natur, noch zur Befreiung aus den Fesseln der kleinen menschlichen Welt. Während Paul danach trachtete, das Himmelslicht zu greifen, merkte er nicht, dass er seine unvernünftige Nase in jedem Quark begrub.

Ich sehe nur wie sich die Menschen plagen.

Der kleine Gott der Welt bleibt stets von gleichem Schlag,
Und ist so wunderlich als wie am ersten Tag.
Ein wenig besser würd' er leben,
Hättst du ihm nicht den Schein des Himmelslichts gegeben;
Er nennts Vernunft und braucht's allein
Nur thierischer als jedes Thier zu seyn.
Er scheint mir, mit Verlaub von Ew. Gnaden,
Wie eine der langbeinigen Cicaden,
Die immer fliegt und fliegend springt
Und gleich im Gras ihr altes Liedchen singt;
Und läg' er nur noch immer in dem Grase!
In jeden Quark begräbt er seine Nase.

(Faust, Mephistopheles, Vers 280–292)

Das zwiespältige Leben, in welchem Paul sich gegenwärtig windet, richtet seinen Blick auf eine denkbar bessere Zukunft, die im Entwurf zwar ungewiss ist, aber eben aus diesem Grunde immer Hoffnung schöpfen lässt, wenn auch in banger Wahl. Und wie es auch sei das Leben, ist es nicht besser als das Nicht-Leben? Verbirgt sich hinter jedem Schatten nicht die Sonne? Und gehört die Wahrheit nicht Gott allein? Sollten wir nicht nur das zu verändern versuchen, was in unserem Ermessen steht und das Schicksal annehmen, wenn es über uns richtet? Sollten wir uns nicht an dem Ort des Lebens sinnvoll einzurichten versuchen, an dem wir uns zwangsläufig befinden? Kehren wir zurück in die Deutschstunde am Mittwoch um 10.30 Uhr und beobachten, wie klug oder unklug Paul sich verhält und ob der Erdgeist oder Mephistopheles selbst ihm zu Hilfe eilt.

Marianne weigerte sich trotz wiederholter Aufforderung, das von mir kunstvoll entworfene Tafelbild zu der Protagonistin des Jugendromans *Die Wolke* von Gudrun Pausewang abzuschreiben, welches die Handlungsabläufe des 14-jährigen Strahlenopfers Janna-Berta nach dem Reaktorunfall im Kernkraftwerk Grafenrheinfeld nachzeichnete und die Grundlage für eine Inhaltsangabe sein sollte:

„Ich schreib doch nicht den ganzen Mist ab, dafür brauch' ich doch mehr als eine Stunde! Außerdem ist so ein Unfall doch Schwachsinn. Bei uns könnte so etwas wie in Tschernobyl gar nicht passieren. Außerdem wäre ich mit einem Taxi sofort weggefahren!" Ich versuchte gelassen zu bleiben und ruhig zu wirken, obwohl ich gleichzeitig verzweifelt nach einer Handlungsalternative suchte, sollte Marianne sich meiner erneuten Anweisung definitiv wiedersetzen.

„Liebe Marianne, ich fordere dich nun zum letzten Mal höflichst und in aller Form auf, das Tafelbild unverzüglich abzuschreiben. Einige Klassenkameraden sind schon beinahe fertig damit." Mit unmanierlicher Miene und rotzfrech wie ein Rohrspatz fauchte sie zurück: „Ich lass' mir doch von dir nicht vorschreiben, was ich zu machen hab', wenn ich keinen Bock dazu hab! Und Ihre besondere Höflichkeit können Sie sich sonst wohin stecken! Du kannst mich mal!" Leicht schockiert durch diese unflätige Diktion und den merklich spöttischen Unterton, wollte ich mir dieses impertinente Verhalten einer pubertierenden Rotznase verbitten und setzte mit scharfen Worten wie mit einer Rasierklinge zur Gegenrede an: „Erstens solltest du zwischen Du und Sie unterscheiden, wenn du mit einem Lehrer sprichst; zweitens bist du als Schülerin verpflichtet, den Anweisungen der Lehrer Folge zu leisten, und drittens ist deine Formulierung – *Und Ihre Höflichkeit können Sie sich sonst wohin stecken! Du kannst mich mal!* – von so deplatzierter Vulgarität, dass du gegen jede sozialverträgliche Etikette verstößt."

Die Mitschüler hatten in der Zwischenzeit mitbekommen, dass ein spannender Disput oder ein drohendes Gemetzel bevorstand und ihre Griffel vorzeitig abgelegt, um ihre ganze Aufmerksamkeit auf die beiden Kontrahenten zu richten, die im nächsten Moment mit ihren messerscharfen Spornen wie im Hahnenkampf aufeinander losgehen würden, um sich mit ihrem jeweiligen Aggressionstrieb durchzusetzen, nachdem sich der Abstand zwischen der herausfordernden Rebellin und ihrem Konterpart, dem Lehrer Paul, durch dessen blitzartigen räumlichen Ansturm derartig verringert hatte, dass sie fast gegenseitig ihren Atem verspürten. Marianne sprang unterdessen mit rot angelaufenem Kopf wie zur Kampfansage auf und spie Paul mit solcher Wucht eine weitere Verbalinjurie an den Kopf – „Sie sind einfach nur ein Arschloch, und dein Deutsch versteht hier sowieso niemand!" –, dass dieser fünf Minuten vor Rundenende mit einer knallenden Tür den Klassenraum verließ, nachdem er vorher noch in Richtung Marianne getobt hatte „Das wird Folgen haben, ich werde jetzt sofort deine Eltern anrufen!" Dass ich mich durch die kurzschlüssige Handlung der Vernachlässigung der Aufsichtspflicht schuldig machte, war mir in diesem Schicksalsmoment nicht bewusst.

Im Lehrerzimmer angekommen, sahen mir die wenigen Kollegen, die dort eine Freistunde verbrachten, meinen Ingrimm an, der durch die beleidigende Schmähung in einen verbalen Wutanfall überzugehen drohte und sich schlussendlich in einem Zwiegespräch mit mir selbst äußerte, das sich eigentlich an kein Publikum wandte. „Muss ich mir solche Beschimpfungen und Versöhnungen gefallen lassen? Diese Furie gehört in eine Erziehungsanstalt für verhaltensauffällige Jugendliche! Was bildet die sich ein? Sie kann sprachlich und formal zwischen einem Gespräch mit ihrer Freundin und ihrem Lehrer gar nicht unterscheiden; *Du* und *Sie* sind einerlei und austauschbar, und Fäkalwörter bestimmen ihre Alltagssprache. Im Mittelalter hätte man sie einfach als Hexe denunziert und verbrannt."

Da mein Co-Klassenlehrer zufälligerweise anwesend war und meinen Verzweiflungsmonolog gehört hatte, stand er auf, um mich mit seinen erfahrenen Worten zu trösten. „Paul, du verfluchst bestimmt gerade unsere Lieblingsschülerin, Marianne, entschuldige, aber ich hätte dich vor ihr warnen sollen. Sie ist wirklich eine trotzige, aufsässige und widerspenstige Göre, die allen Lehrern viel Zeit und Nerven raubt. Du hast Recht, das kann so nicht weitergehen. Was ist denn genau vorgefallen? Wir rufen jetzt sofort ihre Mutter an. Sie lebt in geschiedenen Verhältnissen, aber das darf nicht alles entschuldigen, und die Eltern müssen bei bestimmten Entgleisungen ihrer Kinder mit in die Erziehungsarbeit eingebunden werden. Ich muss jetzt leider zur Aufsicht auf dem Hof, aber ich gebe dir vorher noch ihre Telefonnummer, und du berichtest mir dann später, einverstanden? Und beruhige dich wieder. Es lag sicherlich nicht an dir. Marianne meint immer, sie sei erhaben über alle Regeln und nimmt für sich immer ein Ausnahmerecht in Anspruch. Sie ist mit ihren 14 Jahren leider noch nicht so weit sozialisiert, dass sie ihr aufbrausendes Wesen kontrolliert und zwischen Erwachsenen und Schülern differenziert. Wahrscheinlich hat sie dich auch wieder geduzt, absichtlich oder unabsichtlich, und verweigert geglichen Gehorsam. Das ist wirklich eine Katastrophe mit diesem Mädchen, auch wenn sie nicht einmal dumm ist. Aber wegen ihrer Verhaltensauffälligkeit wird sie bei den meisten Lehrern gar nicht die Chance erhalten, sich auch einmal positiv zu zeigen. Möglicherweise gehört ihre rebellische Art auch zu ihrer Rolle in der Klasse. Damit erwirbt sie die Anerkennung der anderen Mitschüler, zumindest des dümmeren Drittels. Unter Umständen sollten wir einmal gemeinsam einen Antrag stellen, sie in die Parallelklasse zu verssetzen. Aber kein Kollege würde sie verständlicherweise freiwillig aufnehmen, obgleich der Wechsel des Umfelds in bestimmten Fällen sogar Wunder bewirken kann."

Ich ging zum Telefon und merkte gleichzeitig, dass einige Kollegen mit Spannung auf die Fortsetzung der Realityshow warteten. „Bernsteiger?" „Krieger am Apparat, Gesamtschule am Giersberg, ich bin der Klassenlehrer von Marianne und" – „Sie wollen mir bestimmt Komplimente über meine Tochter machen, oder?", so unterbrach mich Frau Bernsteiger mit leicht erkennbarer Ironie in ihrer Äußerung, die anzeigte, dass sie das Spiel bereits kannte. „Dieses Vergnügen kann ich Ihnen leider nicht machen, Frau Bernsteiger." „Was soll denn jetzt schon wieder passiert sein", artikulierte Frau Bernsteiger mit vorwurfsvoller Stimme, von der ich mich aber nicht einschüchtern lassen wollte. „Frau Bernsteiger, wenn Sie sagen, *was soll denn jetzt schon wieder passiert sein*, stellen Sie offensichtlich in Frage, dass tatsächlich etwas passiert ist. Darf ich Sie fragen, welchen Anlass ich in diesem Fall hätte, Sie anzurufen? Ihrem *schon wieder* entnehme ich allerdings, dass ich erstens nicht der erste Lehrer bin, der Sie bezüglich des Fehlverhaltens Ihrer Tochter telefonisch kontaktiert, und Sie zweitens über den kurzen Zeitabstand, der unser heutiges Telefongespräch von ihrem letzten Gespräch mit der Schule trennt, erstaunt sind."

„Oh, was sind Sie für ein Dreimalkluger. Sind Sie das, der neue Lehrer aus Frankreich? Marianne hat mir in der Zwischenzeit von Ihnen erzählt. Sie sollen eine merkwürdige Art zu sprechen haben, denn Marianne versteht Sie nicht immer. Sind Sie eigentlich Franzose?" „Nein, Frau Bernsteiger, nur im Französischunterricht, anderenfalls spreche ich Deutsch und teile diese Sprache zumindest teilweise mit Ihrer Tochter." *„Zumindest teilweise mit* meiner *Tochter.* Was wollen Sie damit sagen?" „Nun, Ihre Tochter hat heute bestimmte Ausdrücke in meinem Unterricht verwendet, die ich nicht mir ihr teilen und deren Bedeutung oder Tragweite ihr nicht bewusst zu sein scheinen." „Welche Wörter, Herr Krieger, welche Tragweite?" „Um mich klar und unmissverständlich auszudrücken, Frau Bernsteiger, Ihre Tochter hat mich heute im Deutschunterricht als ARSCHLOCH bezeichnet."

„Oh, dann müssen Sie meine Tochter aller Wahrscheinlichkeit nach stark gereizt oder beleidigt haben, denn zu Hause würde Marianne so etwas niemals sagen." „Wie bitte, Frau Bernsteiger? Wie soll ich Ihre Aussage verstehen"? „Nun, dass Sie Ihr offensichtlich einen Anlass dazu geboten haben." „Wie bitte, Sie unterstellen mir, dass ich die Ursache für die beleidigende Äußerung Ihrer Tochter sei?" „Selbstverständlich, Herr Krieger. Wenn Sie meine Tochter ohne nachvollziehbaren Grund oder ungerechtfertigterweise durch eine Handlung oder Anweisung provoziert haben, hat sie guten Grund dazu, die daraus resultierende Stresssituation durch einen Wutausbruch zu entspannen. Das ist ganz normal, insbesondere bei Kindern. Das sollten Sie als Lehrer allerdings wissen, oder hat man die Seminare für pädagogische Psychologie in der Zwischenzeit abgeschafft, welches ich als Psychologin zutiefst bedauern würde."

Daher wehte also der Wind. Bei einer so uneinsichtigen Mutter, die bereit war, jegliches deviante Verhalten ihrer Tochter auf die pädagogische Inkompetenz der Lehrer zu schieben, konnte die Tochter sich nur zur Tyrannin entwickeln. Und Marianne wusste selbstverständlich, dass ihre Mutter immer ihre schützende Hand über sie hielt. Diesen Disput, der von falschen Prämissen ausging und von völliger Realitätsferne zeugte, konnte ich nicht gewinnen. Trotzdem konnte ich die Angelegenheit nicht auf sich beruhen lassen und fragte Mariannes

Mutter als Deutschlehrer nach der Tragweite und der Rechtmäßigkeit des Begriffs *Arschloch*. „Das dürfen Sie nicht überbewerten, Herr Krieger, als *Arschloch* bezeichnen Jugendliche Personen, mit denen sie in Konflikt stehen. Nehmen Sie das nicht so persönlich. Eigentlich meinte Marianne nur *Sie Dummkopf* oder Blödmann. Außerdem dienen die vulgärsprachlichen Ausdrücke und speziell das Fluchen, wie ich bereits angedeutet habe, primär der Stressbewältigung in belastenden Situationen, welches neuere Studien eindeutig belegen. Wahrscheinlich haben Sie als neuer Lehrer noch wenig Erfahrung im Umgang mit Jugendlichen und vor allem deren Sprache. Das werden Sie aber schnell lernen und dann besser einordnen können. Und eine weitere Hypothese, die das Verhalten meiner Tochter erklären könnte, wäre, dass sie Ihnen gegenüber sogar Zuneigung empfindet, d.h. Sie eigentlich mag, dieses aber durch eine pervertierte Aggression zum Ausdruck bringt. Wenn Sie keine weiteren Verletzungen haben, bedanke ich mich für die offene Aussprache und wünsche Ihnen noch einen schönen Tag."

Leider hatte ich keine Zeit mehr zu fragen, wie ich meinen Stress abbauen sollte und ob ich zu Hause unter Umständen lieber meine Kinder oder meine Frau als meine Schüler in der Schule schlagen sollte. Falls Sie als Leser eines Tages einen psychologischen Rat brauchen sollten, weil Ihr Kind einen Lehrer oder einen Nachbarn bedroht hat oder Sie selber von einer Brücke springen möchten, kann ich Ihnen gerne die Telefonnummer von Mariannes Mutter vermitteln; anderenfalls suchen Sie einen Geistlichen auf.

Die restlichen Tage der Woche verliefen ohne tiefgreifende weitere Zwischenfälle, und in einigen Fällen konnte ich nicht ausschließen, dass die Schüler sogar ein Etwas von Nichts gelernt hatten. Der Beginn der nächsten Woche lehrte mich indes das Gegenteil. Das potentiell Gelernte war wieder vergessen, ausgelöscht oder unauffindbar. Wie von einem Schwarzen Loch absorbiert, drang aus meinem Unterricht kein Lichtsignal nach außen. Und bei genauerer Nachfrage wurden alle Inhalte als vermisst gemeldet. Was die vermeintliche Ruhe in meiner Klasse über ein paar Tage anbelangte, so war diese wahrscheinlich auf einen Trägheitsvirus zurückzuführen und erwies sich schließlich als Trugschluss. In unterirdischen Windungen sammelte sich die Lava vor einer neuen Eruption.

Am Dienstag lief ich in der sechsten Stunde mit dem Kopf gegen einen Schrank, den ich beim Öffnen der Klassentür nicht antizipiert hatte. Als Neuling wusste ich noch nicht, dass der Gang über den Flur oder den Hof für den unvorsichtigen Rekruten zum Spießrutenlauf werden konnte und der Lehrerberuf nicht nur moralische, sondern auch körperliche Risiken in sich barg. Allerdings sollte ich erst zwei Jahre später die Erfahrung machen, dass eine Schülerin in der neunten Klasse in ihrer Schultasche einen Revolver mitführte. Der Antrag auf Schulverweis wurde von der Gesamtkonferenz bei aller Liebe für die Mitschüler und die Kollegen hingegen abgelehnt, weil die Schusswaffe nicht von ihr, sondern von ihrem kriminellen Freund stammte. Außerdem war ein Revolver wesentlich ungefährlicher als eine Handgranate. War das Kugellager einmal leer geschossen, verblieb nur noch ein Spielzeug.

Wir waren auf Grund dieser Tatsache noch weit von der traumatisierenden Amoktat entfernt, die sich am 26. April 2002 in Erfurt abspielen sollte, als ein ehemaliger Schüler innerhalb weniger Stunden 15 Lehrer und Schüler als auch einen herbeigerufenen Polizisten erschoss, bevor er sich selbst tötete. Es gab tatsächlich keine Veranlassung dafür, das Waffengesetz nach dem Vorbild der USA zu ändern oder alle Lehrer im Schießverein anzumelden, um einen Jagdschein zu erwerben. Solange ein Revolver nicht geladen ist, kann von ihm keine spezifische Drohung ausgehen und demonstriert vielmehr das verantwortliche Verhalten des Schusswaffenbesitzers, der die Kugeln in der anderen Hosentasche trägt.

Die Bedrohung des Schulleiters mit einem Messer im dritten Jahr meiner Karriere durch eine Gruppe von fremden Jugendlichen, die sich an einem fünfzehnjährigen Schüler auf dem Schulhof rächen wollten, der offensichtlich einem der Bandenmitglieder die Freundin ausgespannt hatte, konnte ohne stärkere Verletzungen und Einsatz eines Sonderkommandos informell gelöst werden, so dass die Öffentlichkeit nichts davon erfuhr. Die Gesamtschule war ein Ort des Respekts und des Friedens, welches bedeutete, dass über den schulinternen Krieg nicht Bericht erstattet werden durfte, wenn sich in einigen Klassenzimmern tatsächlich auch Szenen abspielten, die mich deutlicher an einen Western als an eine Friedensbewegung erinnerten.

Das von der Schulleitung unter Verschluss gehaltene Waffenarsenal vom Taschenmesser, Klappmesser, Schlagring und diversen Ketten bis zur Schusswaffe war zu unbedeutend, um das Kollegium darüber zu informieren und unnötigerweise zu beunruhigen, zumal einige bereits einen Einführungskurs in die Prinzipien und Techniken der Selbstverteidigung besucht hatten, und die anderen hielten lieber den Mund oder schlossen die Augen, um mit den schulischen Tätern nicht in Konflikt zu geraten, gemäß dem Motto *Was ich nicht weiß, macht mich nicht heiß.*

Das Einüben spezieller realistischer Selbstverteidigungssituationen hätte in meinem Fall für einen Anfängerkurs folgende Inhalte behandeln müssen: Wie gelingt es mir, dass die Schüler mich zu Beginn des Unterrichts wahrnehmen und ruhig Platz nehmen, die Hefte herausnehmen und das Lehrbuch? Was unternehme ich gegen einen Schüler, der sich weigert, meinen Anweisungen nachzukommen? Wie reagiere ich auf Verbalinjurien und renitente Schüler? Was unternehme ich, wenn es in der Klasse immer lauter wird? Wie reagiere ich auf furzen und rülpsen, auf Flugzeuge und Papierschnipsel, die durch die Klasse fliegen? Wie handele ich, wenn Schüler ihre Hausaufgaben zum wiederholten Male nicht gemacht und auch nicht nachgereicht haben? Wie entgegne ich Schülern, die ihre Schulmaterialien nie dabei haben? Wie Schülern, die im Unterricht essen und trinken? Schülern, die ständig aufstehen und herumlaufen? – Diese einfachen Kampfübungen hatten wir im Referendariat nicht trainiert, weil die Seminarleiter von einer idealen *schönen heilen Welt* ausgegangen waren und nicht von Michel Houellebecqs *Ausweitung der Kampfzone.*

Zu Beginn der zweiten Woche lernte ich einige Nutten an unserer Schule näher kennen. Die meisten waren freigelassene Kolleginnen. Neben dem im Grundgesetz verankerten Recht auf körperliche Unversehrtheit stand in gleicher Weise die moralische Integrität in Frage, insbesondere bei meinen Kolleginnen, die trotz der Dreistigkeit der

Schüler nicht intervenierten und sich taub stellten. Tatsächlich hatte ich folgende für unter 12 Jahren freigegebene Szene beobachtet, die sich auf dem Flur der Siebenklässler abspielte.

Marianne, nicht das französische Nationalsymbol und auch nicht die aufmüpfige Schülerin aus der 7. Klasse, sondern meine emanzipierte Siegener Kollegin, schritt ohne Jakobinermütze und Gesamtschulflagge, aber mit leicht enthüllter, kurvenreicher Brust, über den Flur in Richtung Lehrerzimmer. Wenn sie auch für mich eine Augenweide in dieser wilden Landschaft war, ähnlich einer Brigitte Bardot oder Laetitia Casta, so war ich zugestandener Weise nicht wenig überrascht, als ich zwei pubertierende Siebenklässler bemerkte, die meiner Kollegin hinterherriefen „Geile Nutte in Anmarsch", um dann in Windeseile im Klassenzimmer zu verschwinden.

Zwar konnte ich mir vorstellen, dass eine Lehrerin nicht nur auf Kollegen, sondern auch auf Schüler eine aphrodisierende Wirkung ausüben konnte, jedoch sollte in einer Lehranstalt die Libido weniger als *libido sentiendi* auf das körperliche Lustempfinden oder sinnliche Verlangen als auf die *libido sciendi*, d.h. die Lust des Wissens und Lernens gerichtet sein. Da die Verbalinjurien laut und deutlich gerufen worden waren, konnte meine Kollegin sie nicht überhört haben. Sollte ich sie darauf ansprechen? Konnte ich es tolerieren, dass meine Kolleginnen auf diese niederträchtige und beschämende Art und Weise öffentlich diffamiert und verunglimpft wurden? Konnte oder durfte es sein, dass Kollegen oder Kolleginnen wie rechtlose Sträflinge öffentlich am Pranger Pein, Erniedrigung und Schmach ertrugen, weil sie sich nicht zu verteidigen wussten oder die beißende Meute in der Überzahl war?

Im Lehrerzimmer sprach ich Marianne auf den Vorfall an, ob sie denn nicht die anstößigen Bemerkungen der Schüler gehört hätte. „Natürlich", erwiderte sie, „allerdings kann ich doch nicht jedem hinterherlaufen, der mich, auf welche Art auch immer, beleidigt. Dann wäre ich nur noch auf sekundären Schauplätzen tätig und müsste sicherlich zehn Überstunden oder mehr pro Woche leisten. Ich habe keine Lust auf Sozialarbeit, die Eltern oder das Jugendamt täglich anzurufen. Anfänglich habe ich das hin und wieder unternommen, allerdings selten mit Erfolg. Also rede ich mir ein, dass diese Rüpel im Flegelalter irgendwann damit aufhören werden, wenn ich mich nicht provozieren lasse. Außerdem haben sie vielleicht Elke gemeint, die direkt vor mir ging."

Diese unerwartete Reaktion machte mich sprachlos. Weghören, wegsehen, verdrängen – das konnte nicht die Lösung sein. Natürlich hatte auch ich mich für das Lehramtsstudium entschieden und nicht für eine Tätigkeit als Sozialarbeiter. Tatsächlich konnte der Unterricht aber keine Kompetenzen ausbilden, wenn die Voraussetzungen für den Unterricht nicht gegeben waren. An manchen Tagen hatte ich den Eindruck, dass die Schüler nicht mehr gelernt hatten, als wenn ich krank gewesen wäre. Welch ein Aufwand! Und wie sollte ich Lernen benoten, welches nicht stattfand? Andererseits wurde ich besser bezahlt als ein Sozialarbeiter. Würde ich daher meine primäre Absicht aufgeben, den Schülern Wissen und Fähigkeiten vermitteln zu wollen, könnten wir möglicherweise noch Freunde werden. Unter Umständen waren meine Probleme gerade darin begründet, dass ich mich abmühte, den Lehrer zu spielen, während die Schüler nur belustigt oder beschäftigt werden wollten.

Beiläufig bemerkt sollte ich über diese Thematik zwanzig Jahre später ein wissenschaftliches Buch schreiben, welches mir leichter fallen würde als gegenwärtig an der Front zu arbeiten. Eigentlich war die Grundthese ganz einfach: Freude am Lerngegenstand und positive Gefühle bewirken ein besseres Behalten der Information. Werden Unterrichtsinhalte unter guten emotionalen Bedingungen gelernt, so können sie besser im Gedächtnis verankert und später wiedergegeben werden. Darüber hinaus schüttet der Organismus das Opiat Dopamin aus, wenn der Lernprozess von positiven Emotionen begleitet wird, während bei Angst, Furcht vor Blamage oder Prüfungen das Hormon Cortisol freigesetzt wird, welches den Hippocampus beeinträchtigt und langfristig das Hirnareal sogar schrumpfen lässt.

Positive Lernumgebungen lenken und beflügeln demzufolge die Aufmerksamkeit der Lerner und verursachen Lust auf neue Erkenntnisse. Um den Lernmotor der Schüler anzuwerfen, bedurfte es im weiteren Fortgang nur der richtigen Belustigung beziehungsweise eines professionellen Entertainments. Bei einer richtigen Antwort hätte man zum Beispiel Freilose für das Bungee Jumping im Rahmen einer Event-Pädagogik verschenken können. Und bei schlechten Schülern hätte man das Band etwas länger berechnet. Das Heli-Bodyflying, bei dem jemand in einem Spezialanzug und über einen Seilzug verbunden drei Meter unter einem Helicopter hängt, um wie Supermann durch die Lüfte zu fliegen, gab es zu meiner Zeit als Gesamtschullehrer leider noch nicht.

Nun mag der Leser nicht denken, dass alle meine Erfahrungen an der Schule negativer Natur gewesen wären, so dass die übermäßige Ausschüttung von Cortisol durch die Angst des Lehrers vor dem Unterricht, der für mich jedes Mal einer Prüfung gleichkam, mein Gehirn dauerhaft geschädigt und für die Psychiatrie präpariert hätte. Allein darüber zu berichten, wie gut ich mich mit einigen Kolleginnen verstanden habe, die weit davon entfernt waren, Nutten zu sein, und einigen Kollegen, die meinen kritischen Geist teilten, kann ich mich heute nicht entscheiden, wohingegen ich Ihnen verspreche, dass Sie mich schon in Bälde zum Psychologen begleiten dürfen, denn die Irrealität der Welt, in die ich geraten war, benebelte meine Sinne und meinen Geist wie ein schleichendes, heimtückisches Gift, welches die Persönlichkeit auf perfide Weise zersetzt. Ein seelsorgender Pfarrer zur Aufmunterung meines Gesamtschulglaubens war für mich als Atheisten keine glaubwürdige Alternative.

Nachdem ich die Feuerprobe der ersten Schulwochen überstanden hatte, sollten die ersten Klassenarbeiten geschrieben werden, wobei sich die Frage der Evaluation beziehungsweise der Notengebung stellte. Gute Noten konnten unterdessen nur gegeben werden, wenn ein entsprechender Leistungsfortschritt attestiert würde, welches kein einfaches Vorhaben war. Ein Drittel der Arbeiten wurden von mir tatsächlich häufig als mangelhaft bewertet und gute oder sogar sehr gute Noten gab es kaum. Eine Vorladung in die von Reinhard und Richard mit eiserner Hand geführte Überwachungszentrale ließ aufgrund dessen nicht auf sich warten. Die netten Kollegen hatten mich bereits vorgewarnt, nicht zu schlechte Noten zu geben, als würden diese völlig unabhängig von den Schülerleistungen verteilt.

Herr Zugar, nein Richard bat mich zu einem Gespräch. „Lieber Paul“, begann er mit einem väterlichen Lächeln, „mir ist zu Ohren gekommen, dass du in den ersten Wochen einige Nöte hattest, um dich bei uns einzufinden, was teilweise verständlich ist. Nicht akzeptieren kann ich allerdings, dass du in deinem Unterricht geäußert hättest, dass an unserer Gesamtschule eine Atmosphäre wie in einem Western herrschte, welches mir eine Mutter bestürzt mitteilte, deren Tochter, Marianne, in deiner Klasse ist. Die Schüler tragen aus deinem Unterricht ein Bild nach Hause, als ob du nur Schulhofschläger und Rabauken in deiner Klasse unterrichtetest. Offen zugestanden sind unsere Schüler nicht immer einfach, manche etwas holprig, ungezogen, patzig oder frech, und selbst die Mädchen sind seit langem keine Marienbilder mehr auf dem Hochaltar, aber *summa summarum* mag ich alle; es sind prima Jungs und Mädels.

Dir ist unter Umständen noch nicht bewusst, welches übrigens deine Noten zeigen, dass deine primäre Aufgabe an unserer Schule eine erzieherische ist.“ Meinen Einwand, dass ich nicht Erzieher oder Sozialarbeiter, sondern Lehrer geworden war, um unter anderem auch Wissen zu vermitteln, wollte Herr Zugar nicht gelten lassen. „Ein Lehrer von deinem Kaliber kann doch gar nicht vermeiden, dass die Schüler bei ihm etwas lernen. Aber diese schlechten Noten, die du verteilst, sind wirklich unakzeptabel und könnten mich dazu verleiten anzunehmen, dass du ein schlechter Lehrer bist. Es könnte aber ebenfalls sein, dass dir noch niemand die Gaußsche Normalverteilungskurve erklärt hat und du die Noten nach alter gymnasialer Vorstellung vergibst. Für uns versteht es sich aber von selbst, dass die Bezugspunkte der Leistungsmessung andere sind, weil wir die gesamte soziale Breite der Schülerschaft eines Jahrgangs unterrichten und nicht nur die guten und sozial besser gestellten Kinder. Dieses bedeutet, dass grundsätzlich die schwachen Schüler in gleichem Maße die Chance erhalten müssen, gute oder zumindest befriedigende Noten zu erzielen. Zudem musst du bedenken, dass die Hauptfächer erst ab der achten Klasse leistungsdifferenziert nach Grund- und Ergänzungskursen aufgeteilt werden. Gleichzeitig werden wir Stütz- und Liftkurse einrichten, damit die guten Schüler nicht in den Grundkurs abstürzen beziehungsweise gefördert werden, um wieder in den Ergänzungskurs aufzusteigen. Am Ende der zehnten Klasse werden die Kurse und Noten verrechnet, um das Schulabschlusszeugnis zu erstellen beziehungswiese die Oberstufenqualifikation zu erteilen. Und wir wollen selbstverständlich möglichst viele Schüler in die Oberstufe bringen. Die Gymnasialen werden dann einsehen müssen, dass wir die bessere Schulform sind. Wir geben so schnell niemanden auf."

Während Richard seine Gesamtschulliturgie in epischer Breite fortsetzte und in seiner Glaskugel über die schöne neue Welt orakelte, präzisierte sich in mir die Überzeugung, dass alle Ideologen in ihrer schönredenden Verbrämung substanzkrank waren, weil sie ihre Seifenblasen für die Realität hielten, während sie die Menschen mit leeren Versprechungen manipulierten und ihre eigene Ansicht mit der Stimme Gottes gleichsetzten, die insofern unfehlbar war. Dieses Unfehlbarkeitsdogma des 1. Vatikanischen Konzils konnte jedoch von keinem kritischen Geist, *der stets verneint*, akzeptiert werden, auch auf die Gefahr hin, als Gesamtschulkritiker mit Mephistopheles identifiziert zu werden: *So ist denn alles was ihr Sünde,/ Zerstörung, kurz das Böse nennt,/ Mein eigentliches Element.* (Faust, Vers 1342–1344) Die erste Gehirnwäsche durch den Schulleiter machte mich noch nicht dauerhaft zum Krüppel, weil es mir gelang, mich geistig wieder aufzurichten, aber die ideologische Injektion traf mich dennoch wie der giftige Biss einer Kobra oder die Keule der Germanen.

Wie sollte ich Richards Äußerungen verstehen? Er persönlich gab vor, alle Schüler zu mögen. Auch ich ging grundsätzlich gerne mit jungen Menschen um, wobei das Flegelalter sicherlich nicht zu meinen Spezialgebieten gehörte genauso wenig wie das Anschauen von Westernfilmen im Fernsehen. Jedoch durfte weder Torheit vor Strafe schützen noch Ungehorsam ohne Tadel bleiben. Ich hatte halbwegs Verständnis dafür, dass pubertierende, akneentstellte, testosteron- und östrogengetriebene Jugendliche, deren Nerven und Axone im Gehirn mangels der noch nicht abgedichteten Myelinhüllen blank lagen, zu Kurzschlüssen oder Uneinsichtigkeiten neigten mit temporärer Beratungsresistenz, jedoch musste ein solches, wenn auch physiologisch bedingtes Fehlverhalten Folgen haben, um die Sozialisierung der Spezies zu gewährleisten. Geschah dieses nicht, wurde die Mutation zum Regelfall und jeder vernunfteinfordernde Lehrer zur Ausnahme.

Die auf der Gaußschen Normalverteilung basierte Notentabelle für undifferenzierte Kurse konnte ich zugegebenermaßen nur schwerlich verstehen und auf keinen Fall akzeptieren. Sie sah vor, dass sich die Notenbemessung bei einem Mittelwert von 50 Prozent der erbrachten Leistung einer befriedigenden Note entsprach. War ich bislang immer davon ausgegangen, dass unter der 50-Prozent-Marke ein mangelhaft angesiedelt war, ergab sich nach dem neuen Verteilungsplan, dass sich zwischen 50% und 30% die Noten Drei minus bis Vier minus eingenistet hatten und die Einser und Zweier sich das Feld von 100% bis 88% und dann bis 65% teilten. Tatsächlich sollte sich dieser Notenspiegel in den folgenden Jahren immer wieder bestätigen. Wenn Schüler des Gymnasiums wegen Verhaltensauffälligkeiten oder wegen Sitzenbleibens zu uns an die bessere Schule wechselten, waren in meinen Französischkursen die mangelhaften oder sogar ungenügenden Gymnasialleistungen immer ein Garant für mindestens eine Zwei!

Einer unter meinen sehr sympathischen Kollegen, Michael, der Englisch und Mathematik unterrichtete, karikierte unser Bewertungssystem folgendermaßen: Wer relativ regelmäßig in meinen Unterricht kommt, erhält eine Vier; wer bereit ist seine Bücher und Hefte sowie sein Schreibmaterial auf den Tisch zu legen, erhält eine Drei; wer bereit ist, ein Tafelbild abzuschreiben, eine Zwei; wer das abgeschriebene Tafelbild fehlerfrei aus dem Hausaufgabenheft in das Klassenarbeitsheft abzuschreiben vermag, erhält die Bestnote. Und je mehr Bestnoten ein Lehrer produziert, desto besser ist er angesehen, weil er dafür sorgt, dass die Hauptschule aus eigenem Saft eine *gumminasiale* Oberstufe braut. Und der Leser möge mir glauben, dass mein Kollege zum Zeitpunkt dieser Aussagen nicht betrunken war und seine Erkenntnis aus einer über zwanzigjährigen empirischen Erfahrung ableitete.

Wenn wir den Widersinn eines solchen Systems an Hand eines Vokabeltests verdeutlichen wollen, den eine Kollegin jeden Montag schreiben ließ, so bedeutete dieses, dass die Schüler, die sich von zehn zu lernenden Vokabeln noch an drei wage erinnern konnten, bereits eine ausreichende Note erhielten. Für mich war es kaum vorstellbar, dass ein Schüler, selbst wenn er nur annähernd zu Spezies eines noch so archaischen *homo sapiens* gehörte, unter die Marke von 30 Prozent Gehirnvolumen sinken konnte. Jeder Affe hätte sich über ihn lustig gemacht, wobei bei uns die Affen die Lehrer waren.

Welcher Anstrengung hätte es bedurft, um eine solche Un-Leistung zu vollbringen? Regelmäßige Teilnahme am Unterricht ohne Anteilnahme (=S trategie der Teilnahmslosigkeit); sich im Unterricht nie melden (= kein bürgerliches Meldegesetz); aufmerksames Zuhören, was die Nachbarn sagen (= Strategie der guten Nachbarschaft); bewusstes Weghören, wenn der Lehrer etwas sagt, um zu vermeiden, etwas zu lernen (= Lernvermeidungsstrategie); Hausaufgaben grundsätzlich nicht zu machen (= das Recht der Aufgabe der Hausarbeit); auf keinen Fall etwas von der Tafel abzuschreiben (= das Tafelabreibegesetz); keine Bücher zu lesen (= das Recht auf Analphabetismus); dem Lehrer immer zu widersprechen, weil der Schüler alles besser weiß (= das Recht auf Besserwisserei); den Lehrer zu verhöhnen (= das Recht auf Lehrerbeschimpfung).

Eine schlechte Note zu erlangen, hätte darum ein übergroßes Maß an Systematik und Disziplin vorausgesetzt, eine Bedingung, welche selbst den begabtesten Gesamtschüler überfordert hätte. Unter diesen Aspekten betrachtet war die Produktion von guten Noten zunächst ein gesamtschulimmanentes Phänomen, welches sich jedoch, wie Immunologen in ihren Forschungswerkstätten an Hand von Experimenten mit Gesamtschulviren voraussagten, in den kommenden Jahrzenten als Pandemie auf andere lebende Schulsysteme übertragen konnte.

Tatsächlich sollte im zweiten Jahrzehnt des einundzwanzigsten Jahrtausends der Nachweis erbracht werden, dass sich der *Homo heidelbergensis* in Baden-Württemberg ebenfalls mit diesem schleimigen Virus infizierte, das zu guter Letzt, bedingt durch die grüne Politik, zum Gemeinschaftsschulvirus mutierte, gegen welches die Meinungsforscher genauso wenig ein wirksames Gegengift entwickeln konnten. Jenseits der Grenzen in Bayern überlegte man daraufhin, die unerwünschten Migranten zu kontigentieren, um die Gefahr der völkischen Inkontinenz durch Kontamination auf ein Mindestmaß zu beschränken.

Meine tiefste Persönlichkeit, meine moralische Gesinnung und mein Streben, meine ganze pulsierende *Energeia* verlangten von mir, um meine Integrität zu wahren, dem Gauß den Garaus anzukündigen. Wenn von Richard und seinen Parteigenossen *ex cathedra* die Glaubensüberzeugung zum verbindlichen und irrtumsfreien Dogma erhoben wurde, dass gute Schülernoten auf einen guten Unterricht zurückzuführen seien, der nur von einem guten Lehrer ausgebracht werden konnte, und diese Überzeugung von den meisten Gesamtschulbischöfen kritiklos geteilt wurde, so wollte ich aus dieser Kirche austreten, mich exkommunizieren lassen, nicht aber, bevor ich eine Farce inszeniert hätte, welche in diesem Fall die Masken der Zuschauer entblößen sollte. Ich wollte den Beweis erbringen, dass auch Krieger ein guter Lehrer sein konnte.

Sie werden, lieber Leser, nicht zu fragen brauchen, wie mir dieses gelang. Wie in der Planwirtschaft der ehemaligen Deutschen Demokratischen Republik realisierte ich das von mir durch die Kommandozentrale geforderte ökonomische Produkt: der gute Schüler. Meine vom Schulleiter nicht genehmigte Französischarbeit, in der fast die Hälfte der Schüler die Fatalität einer mangelhaften Note hinnehmen mussten, während es keine Eins und nur zwei Zweien gab und das Mittelmaß der Gaußschen Normalverteilung im Bereich befriedigend durch ein ausreichend ersetzt wurde, musste neu geschrieben werden. Warum musste jemand, so fragte ich mich, Französisch lernen, bei dem man sich gefreut hätte, wenn man ihn auf Deutsch verstanden hätte?

Die Arbeit wurde äußerst gewissenhaft vorbereitet, nicht von den Schülern, wie Sie fälschlicherweise annehmen könnten, sondern von mir. Über das *Theater des Absurden* hatte ich als Student mein Erstes Staatsexamen in Romanistik erworben, und es galt nun, meine

Freunde Eugène Ionesco und Samuel Beckett einzuladen, um ein neues, besonders provokatives Theaterstück zu inszenieren, wenn auch damit zu rechnen war, dass einige Gesamtschulwärter die Aufführung bereits nach der Pause verlassen würden und die Presse sich gegen mich wenden könnte.

Die schwierigste Aufgabe bestand beim Entwurf des ersten Aktes für mich darin, eine Klassenarbeit zu konzipieren, die jeder Schüler trotz absoluter Unkenntnis mit der Note sehr gut abschließen konnte. Im zweiten Akt wurde die Arbeit unter dieser schier unmöglichen Zielsetzung geschrieben. Im dritten Akt war ich genötigt, die Arbeit so minutiös und aufmerksam zu korrigieren, dass ich keine Fehler fand. Im vierten Akt war ich gehalten, trotz meiner beschränkten Mathematikkenntnisse die Punkte so auszurechnen, dass niemand ein Ergebnis unter 88 Prozent erzielte. Im fünften Akt war ich veranlasst, die bereits vor der Arbeit für jeden einzelnen Schuler festgelegten Ergebnisse bekannt zu geben, in der Hoffnung, dass alle dem gemeinsamen Erfolg zujubelten, den sie durch ihren Eifer und ihre Lernbemühungen erbracht hatten.

Es kam mir dabei zugute, dass mich einige erfahrene Kollegen in der Produktion von guten Noten, die den Anspruch und das Profil hatten, nie einen Notendurchschnitt von 2,5 zu unterschreiten, mir wertvolle Tipps anboten, etwa die einfachsten Fragen mit der höchsten Punktzahl zu versehen beziehungsweise gar keine Fragen zu stellen, sondern nur die Antworten abschreiben zu lassen, eine wirklich geniale Idee. In meinem Falle schrieb ich die Fragen und in jedem Fall ebenfalls die Antworten meiner Klassenarbeit drei Wochen vor dem ultimativen Klassenarbeitstermin an die Tafel und ließ die Schüler das Gesamtwerk abschreiben. Anschließend sammelte ich die Hefte ein und korrigierte die Fehler zu Hause. Manche Schüler mussten den Text mehrere Male abschreiben, weil sie in der Kreativität der Fehlerproduktion schon zu weit fortgeschritten waren.

Anschließend verblieben noch zwei Wochen, um den Text, der fast eine ganze Zeile umfasste, vier Sätze, über drei Wörter und mindestens zwei Silben, auswendig zu lernen. An dieser Stelle versagte allerdings mein Plan, weil der von mir geforderte Anspruch in Relation zur Basiskompetenz der Klasse viel zu hoch ausgerichtet war. Ich korrigierte diese Unachtsamkeit dadurch, dass ich den Text noch einmal um die Hälfte kürzte und am Tag der Klassenarbeit von allen Schülern aus dem Hausarbeitsheft abschreiben ließ. Wohlgemerkt hatte ich vorher 32 dicke Klassenarbeitshefte gekauft, mangels derer die Schüler die Arbeit trotz größter Motivation gar nicht hätten schreiben können. Auf jedes Klassenarbeitsheft hatte ich vorher deutlich den Namen der einzelnen Schüler geschrieben sowie bereits das Datum und die Überschrift für die erste Klassenarbeit eingetragen. Wenn jemand während der Arbeit des Abschreibens einen Fehler machte, den er nicht bemerkte, konnte er kostenlos ein noch dickeres Klassenarbeitsheft erwerben, so dass bei unsauberer Abschrift oder Unlesbarkeit, für die es selbstverständlich keine Abzüge gab, alle Seiten bis auf die letzte entfernt werden konnten. Wichtig war nur die Namensbeschriftung, das Datum und die Überschrift, die ich freizügig mehrere Male gewährte.

Am Ende der Klassenarbeit, die auf eine Doppelstunde angesetzt war, damit die Schüler genügend Zeit hatten, während ihrer schweißtreibenden physischen Tätigkeit genügend Nahrung aufzunehmen, um ihr Gehirn mit der notwendigen Energie zu versorgen, um den Griffel von links nach rechts in die richtige Richtung zu bewegen, bestand für mich die Herausforderung darin, alle Hefte blitzschnell einzusammeln, bevor jemand versehentlich die Klassenarbeit mit dem Butterbrotpapier in den Ranzen gesteckt hätte, weil er nicht bemerkt hatte, dass es sich um eine Klassenarbeit handelte.

Das Ergebnis der Arbeit war fulminant, phantastisch, atemberaubend, grandios - eine Offenbarung, ein Göttermorgen. Ich war ein guter Lehrer, ein Riese, ein Titan; ich war der neugeborene Hyperion, ein Licht- und Sonnengott aus Gaias und Uranos Geschlecht. Für diesen treuen und ergebenen Dienst am Vaterland hätte ich es verdient, das Goldene Gesamtschulverdienstkreuz von König Friedrich Wilhelm II von Preußen persönlich zu erhalten oder alternativ zumindest die Heiligsprechung durch den Gesamtschulpapst.

Wie Paul bereits am folgenden Tag nach der Rückgabe der Klassenarbeit erfahren sollte, wurde ihm diese Ehre nicht zuteil. Im Gegenteil, seine Heldentat entfachte den Zorn der Götter des Olymps am Giersberg, die sich von dem rebellischen Titanen verraten fühlten und ihn deswegen in den tiefsten Bereich der Unterwelt, den Tartaros, verbannen wollten.

Ich wurde also wieder in die Gesamtschulzentrale vorgeladen und dieses Mal deutlich gefragt, ob ich jemanden verarschen wolle. Meine Antwort war, dass ich mir mit Verlaub eine solche Unterstellung verböte und in positivem Sinne nur dem dringenden Bedürfnis nachgekommen sei, ein guter Lehrer werden zu wollen. Die Qualität und der Stand der Lernbemühungen meiner Schüler seien in Diagnose, Prognose und Anreizfunktion seit dem letzten Gespräch mit der Schulleitung *sehr gut* geworden, welches meine Klassenarbeit bestätigte.

Paul wurde im Anschluss an diese Untat des Landesverrates angeklagt und Richard I erließ die Gesamtschulacht über ihn, so dass er durch seinen Urteilungehorsam rechtslos und vogelfrei wurde. Wem würden Sie, lieber Leser, den Vogel zeigen? War Paul in seiner Provokation zu weit gegangen? Zeigte Pauls Ausschöpfung der Notenskala nicht ein größeres Differenzierungsvermögen und den objektiveren Anspruch, Note und Leistung in Relation zu setzen? Wie kritisch darf ein Lehrer sein? Wie autoritär eine Schulleitung? War Paul kein Idealist? Hatte er keine Ideale? War Schule eine Vollzugsanstalt, in welcher Lehrer die Dienstanweisungen der Schulleitungen um jeden Preis umsetzen mussten? Würden die Schüler oder die Eltern nicht merken, dass die Gesamtschule nur gute Noten verteilte, um Leistung vorzutäuschen? Waren die Gesamtschüler für ein Leben nach der Gesamtschule überhaupt vorbereitet? Für ein kapitalistisches Wirtschaftssystem, für den Raubtierkapitalismus?

Und wie sollten sich gesamtschulkritische Lehrer verhalten, wenn die Überwachungsfetischisten sich durchsetzten? Wäre nicht eine Atmosphäre des Misstrauens oder des Neides die Folge? Sollten die Schüler zu kritischen Bürgern erzogen werden, die Lehrer aber zu Opportunisten? Paul empfand die Vorladungen in die Kommandozentrale der Macht jedes Mal wie eine *peinliche Befragung* im Mittelalter.

Wenn die Schulleitung in Sichtnähe war, trauten sich mittlerweile viele Kollegen nicht mehr, mit Paul zu sprechen, weil sie sich des Verdachts der Mittäterschaft oder Konspiration in staatsfeindlicher Sache ausgesetzt hätten.

Paul war zwar ein Ritter von der traurigen Gestalt, ein Don Quixote, der in seinem heldenhaften Wahn, sich für die Gerechtigkeit einzusetzen, nicht bemerkte, dass er tatsächlich gegen Gesamtschulmühlen statt gegen Vernunftriesen kämpfte, aber nichtsdestoweniger war er von edler Gesinnung und hatte einen Traum. Sein guter Wille bestimmte seinen moralischen Imperativ und ließ ihn trotz aller Widerstände nicht an sich selbst verzweifeln. Und wenn auch sein Helm aus gymnasialer Pappe war und seine rostzerfressene Rüstung ein Geschenk seiner französischen Dulcinea, so trug ihn sein dürrer, aber vernunftbegabter Gaul Rosinante immer weiter ins Gesamtschulabenteuer.

Eine Woche nach seinem Debakel hörte man bereits Stimmen aus dem Teamlehrerzimmer der siebten Jahrgangsstufe, der ungefähr 15 Lehrer angehörten, die erstaunt, gespannt oder empört verlautbarten, dass jemand für die Teamsitzung am Freitag sehr provokative Thesen eingetragen hatte. Die Themen für die wöchentlichen Teamgespräche konnten jeweils eine Woche im Voraus auf einem zu diesem Zweck angefertigten Aushang eingetragen werden. Im ersten Teil der Teamsitzung wurden hauptsächlich administrative oder formale und von der Schulleitung als obligatorisch deklarierte Themen behandelt, während im zweiten Teil, mit offenem Ende, die Kollegen selbst die Themen bestimmen konnten, die meistens pädagogischer Natur waren.

Während einige Kollegen über meine ausgehängten Gesprächsthesen schmunzelten, andere den Kopf schüttelten oder sich empörten, wieder andere mich fragten, ob ich das Risiko eingehen wolle, dass jemand von der Schulleitung die Thesen läse und sie wirklich am Freitag Gegenstand eines gemeinsamen Gesprächs werden sollten, freuten sich wiederum andere Kollegen, aufrichtig oder hämisch auf den kalkulierbaren Eklat und das Spektakel, welches keine Langeweile versprach.

Die Thesen, über welche disputiert werden sollte, waren keine Einkaufsliste, aber mein Co-Klassenlehrer ermutigte mich in seiner fraternisierenden Solidarität und All-Liebe dazu, Widerstand zu leisten, weil die Schulleitung in diesem Fall zu weit gegangen war: eine Beschwerde an das Dezernat in Arnsberg. Und viele Kollegen aus meinem Team, d.h. zwei oder drei, hatten sich inzwischen auf meine Seite geschlagen.

Kurz vor Beginn der Teamsitzung bemerkte ich, dass irgendein schriftstellerisch begabter Kollege dem Thesenanschlag in blutrotem Schriftzug folgende Ergänzung hinzugefügt hatte: „Die 10 Thesen des Martin Luther: Aus Liebe zur Wahrheit und im Verlangen, sie zu erhellen, sollen die folgenden Thesen am Siegener-Wittenberg disputiert werden unter dem Vorsitz des ehrwürdigen Dr. Paul Krieger, Magister der Romanischen Künste und der heiligen Philosophie, dort auch ordentlicher Lehrer für Religionsabmelder. Im Namen unseres Herrn Jesus Christus. Amen."

1. Alle Schüler sind von Natur aus nicht gleich und können daher nicht die gleichen sehr guten Noten erhalten.
2. Wenn alle Noten gut sind, gibt es keine guten Schüler mehr.
3. Die Praxis der Gaußschen Normalverteilung, die bei der Note befriedigend als schlechtester Note aufhört, wird weder guten noch schlechteren Schülern gerecht.
4. Die befriedigende Referenznote darf nicht vom schlechtesten Schüler ausgehen.
5. Die Verwendung des Begriffs Leistung darf keinem Denkverbot erliegen.
6. Nicht nur die Schüler, sondern auch die Lehrer dürfen Kritik üben.
7. Nehmt die Schüler nicht als Geißel zur Erfüllung Eurer Ideologie.
8. Ablassthandelt nicht mit der Schulleitung. Gute Noten befreien Euch weder von der Buße noch von der Sünde, sie vergeben zu haben.

9. Kein kritischer Verstand darf Angst vor dem Gesamtschulfegefeuer haben, wenn er integer, authentisch und handlungsfähig bleiben will.
10. Aufklärung ist der Ausgang des Menschen aus der selbstverschuldeten Gesamtschulunmündigkeit. Gesamtschulunmündigkeit ist das Unvermögen des Lehrers sich seines Verstandes ohne Anleitung durch die Ideologieträger der Schulleitung zu bedienen. Selbstverschuldet ist diese Gesamtschulunmündigkeit, wenn die Ursache derselben nicht am Mangel des Verstandes, sondern des Mutes liegt, sich seiner in Freiheit und aller Öffentlichkeit zu bedienen und einer unbegründeten Autorität zu trotzen. *Sapere aude*! Verweilt nicht aus Bequemlichkeit und Opportunismus in der Lüge. Tretet aus dem Schatten der Abhängigkeiten heraus und begebt Euch in die Sonne, um die Ideen und nicht nur ihre Abbilder und Götzen zu schauen.

Als ich eine Woche später gemeinsam mit zwei Sympathisanten zur Schulleitung zitiert wurde, wollten sie sich nicht mehr daran erinnern, meine Forderungen wirklich geteilt zu haben. Der Rebell war entlarvt, marginalisiert und wieder allein. Ich wurde dem Gesamtschulgott geopfert, der seine Autorität wieder herstellte, und die Kollegen divinisierten Richard und Reinhard in der Folge von Alexander dem Großen, Kaiser Augustus und Gaius Iulius Caesar als Divius Richard und Divius Reinhard.

Wovor, so fragte ich mich, hatten diese scheintoten Menschen Angst, die im Gegensatz zu mir, der noch im ungesicherten Angestelltenverhältnis vegetierte, bereits seit Jahren auf Lebenszeit verbeamtet waren? Wahrscheinlich hatten sie gar keine Angst, aber ihren Geist verloren, weil sie ihre Seele verkauft hatten. Sich in ein zu gut gemachtes Beamtenbett zu legen, führte durch die Mitgift des Staatsweibes zur egoistischen Sehnsucht nach Ruhe, Ordnung und Unveränderlichkeit, die durch Beamtengehorsam garantiert wurde.

Viele Kollegen zogen es deshalb vor, sich unter die Scheinideologie eines funktionierenden Schulsystems zu stellen, welches sich dadurch legitimierte, dass es durch gute Noten suggerierte, gute Schüler zu produzieren, die sogar noch bessere Menschen waren – allerdings unmündige. Unwissenheit schützt bekanntlich jedoch, auch in einer Demokratie, nicht vor Strafe. Wenn zukünftig keine selbstkritischen Bürger mehr, sondern Schafe mit guten Noten in die Berufe oder an die Hochschulen drängten und ihr Kreuz ziellos in die Wahlurnen einwarfen, um sich anschließend darüber zu wundern, von wem sie regiert wurden, war die Demokratie ernsthaft in Gefahr, weil aufgeklärte Bürger ihre Prämisse sind. Und eine Opposition, die schreit und flucht, ohne zu argumentieren, ist keine Opposition mehr.

Mir erschien das Beamtentum als staatlich verordnetes Koma des Denkens, als Unterwerfung unter alte verkrustete, aristokratische Regeln, die nur Selbstzweck waren oder dem Erhalt der Machtstrukturen dienten. Wo verblieb dabei die Wirklichkeit? Lebten diese Genossen wie eingepackte Hühnchen vakuumverpackt unter Cellophane? Das Denken wurde niedergewalzt. Statt einer vertiefenden Wahrheitssuche musste ich es lernen, unpassende Wahrheiten zu verschweigen sowie mir das selbständige Denken abzugewöhnen. War Unmündigkeit die Voraussetzung für das Beamtentum? Die kritische Vernunft in mir ließ sich nicht wie durch einen Schalter abstellen. Sie war selbsttätig, autonom, unabhängig und weigerte sich, den Menschen in einer Ideologie einzusperren. Kein Mensch kann ein Denkverbot akzeptieren, ohne den Menschen abzuschaffen.

In der Vorweihnachtszeit des dritten Advents inszenierte die siebte Klasse noch ein Horrorszenario, zu welchem sie selber das Drehbuch geschrieben hatte: Massaker auf dem Lehrerpult. Wenngleich mein Katheder weder ein lateinischer Lehrstuhl (*cathedra*) noch ein Bischofssitz, sondern nur ein einfacher auf einem leicht erhöhten Podest stehender Tisch war, bemerkte ich bereits beim Betreten der Klasse, dass das Tischlein reich gedeckt war. Ich sah zwei flache Teller, ein Glas, Gabel und Messer, eine weiße Serviette und unsere mit Tannenzweigen geschmückte Adventskerze, die an diesem Dezembermorgen um 8.10 ein blasses Licht ausstrahlte, während die Klassenbeleuchtung ausgeschaltet war.

Im Gegensatz zu den alltäglichen Turbulenzen saßen die Schüler still an ihren Tischen als beteten sie in der Kirche nach der Beichte für ihre eingestandenen Sünden. Ungewöhnlich, eigenartig, merkwürdig. Eine obskure, nicht ganz koschere Situation, ominös und undurchsichtig. Seltsam, sonderbar. Ich ahnte nichts Gutes und verringerte meine Schrittgeschwindigkeit, ging aber weiter auf meinen Arbeitsplatz zu. Welches Menü hatte man mir zubereitet?

Gammelsteak im Spinnennetz mit Kartoffelkäfern und Wurmsalat? Und dazu die düster-schicksalsschwere Rachearie aus Mozarts Zauberflöte *Königin der Nacht* in d-Moll. Marianne aus der siebten Klasse hatte unter dem Pseudonym der Pamina von ihrer Mutter, der Psychologen-Königin, das Messer erhalten, mit welchem sie den Lehrer und Rivalen Sarastro ermorden sollte. Es offenbarte sich mir ein Morgenmahl des Grauens: In meinem Tellerchen befanden sich auf einem Salatblatt präsentierte zerschnittene Ackerschneckenstücke, die teilweise auf einem Spieß aufgesteckt waren, und in dem Weinglas kochte ein schleimiger Saft, welcher offensichtlich durch das Ausquetschen des Lebensspermas eben dieser Tiere erzeugt worden war. Während zwei überlebende Ackerschnecken versuchten, in dem hohen Glas nicht zu ertrinken, indem sie über den Rand glitten, zuckten andere Weichteile auf dem Teller wie die Glieder eines vom Rumpf getrennten Körpers.

Der Anblick der Teufelsspeise löste ein solches Ekelgefühl in mir aus, dass sich mein morgendliches Frühstück, zwei Scheiben Brot, Kirschmarmelade, Aufschnitt, ein Ei und Kaffee als psychovegetative Reaktion entgegen der natürlichen Richtung durch die Speiseröhre in den Mund in Bewegung setzte, um eine umgekehrte Entleerung von Magen- und Darminhalt zu erzwingen. Meine Gehirnneuronen überschlugen sich in dem Impuls, im hinteren Rachenbereich einen Brechreiz auszulösen, welcher mich gleichzeitig von der Horrorvision sowie dem Frühstück befreien sollte. Ich drehte mich auf der Ferse um, presste die Hand vor den Mund, während mein Magen pumpte, mein Zwerchfell sich zusammenzog und eine unangenehme Säure den Ausbruch, die Eruption, die Vomitation des halbverdauten Frühstücks einleitete. Gleichzeitig befiel mich eine allgemeine Übelkeit, die meinen Blutdruck wie einen Börsencrash in den Abgrund riss. Bleich wie Kreide rannte ich aus der Klasse, spurtete taumelnd über den Flur und ergoss den sprudelnden Inhalt meiner Eingeweide in die Toilettenschüssel.

Dieses Mal hatte ich den Schulleiter auf meiner Seite, denn er war Biologe, Garten- und Tierfreund zugleich. Er kehrte mit mir zurück an den Ort des Schreckens, brüllte die Schüler an, welche die Schuldigen denunzieren sollten, und drohte mit Konsequenzen, die mangels Klärung der Täterschaft und der Mittäter nicht folgten. Der Hausmeister wurde beauftragt, die Spuren der Tat zu entfernen und danach konnte der Unterricht fortgesetzt werden.

Anfang Januar waren Zeugniskonferenzen, auf welcher der Erfolg der Gesamtschule zelebriert werden sollte. Es handelte sich um eine Art Propagandaveranstaltung der Ideologieträger und gleichzeitig um eine Demonstration ihrer Macht. An dieser Stelle verkündeten sie ihre Vorlieben für bestimmte Artgenossen und versuchten Querulanten durch optische und akustische Drohgebärden einzuschüchtern. Reinhard zum Beispiel zog die Mundwinkel und Augenbrauen herunter, bevor er sich aufplusterte oder seine Reißzähne offenlegte. Wie Menschenaffen schlug er dabei auf naheliegende Gegenstände, begann zu fauchen und zu knurren, als ob er seinen Gegner mangels Argumenten zerfleischen wollte. – Und der Gegner war ich, auch wenn ich noch gar nichts gesagt hatte.

Die wenigen nicht koscheren Kollegen und Kolleginnen fürchteten Reinhard wie der Papst den Satan, während die Gesamtschulchristen ihn als selbsternannten Oberguru umschmeichelten und liebkosten, und zwar nicht nur mit spirituellen Worten, welches ihnen das Leben erleichterte und reichhaltige Beute in Form von Beförderungsstellen in Aussicht stellte. Anpassung und Konformismus waren gewissermaßen eine Garantie, um in der Hierarchie des Gesamtschulstaates aufzusteigen. Privilegiert waren alle Volks- und Hauptschullehrer bereits von ihrer Rasse her, während die gymnasialen Mutanten erst einige Treueprüfungen bestehen mussten. Wer würde es wagen, auf der Zeugniskonferenz schlechte Noten geben zu wollen, den allgemeinen Lerneifer zu hinterfragen, die intrinsische Motivation oder das vorbildliche Sozialverhalten?

Paul Krieger fasste seine Beobachtungen im Evaluationsverfahren folgendermaßen zusammen: Anwesenheit im Unterricht bedeutete die Note Vier. Das Mitführen von Unterrichtsmaterialien wie Hefte, Stifte oder Bücher wurde mit Drei honoriert. Schüler, die bereit waren, ein Heft aus dem Schulranzen herauszunehmen oder sogar ein Buch aufzuschlagen, erwarben durch ihren Eifer eine Zwei. Wer einen Stift in die Hand nahm und andeutete, damit schreiben zu wollen, war ein Genie!

In Kriegers Klassen gab es in den ersten beiden Jahren keine Genies und Noten, die es nicht geben durfte. Zwar vergab er kaum mehr mangelhafte Leistungen, da der Aufwand für Krieger zu groß geworden war, die von der Schulleitung ungenehmigten Arbeiten jeweils wieder neu schreiben zu lassen, aber der Durchschnitt lag trotzdem zwischen Drei und Vier. Die physische Gewalt des Philisters konnte sich jedoch nicht dauerhaft gegen Davids Wortschleuder durchsetzen. Während Karl der Große mit seinem Schwert, seinem Speer und seinem Wurfspieß antrat, verlieh Jehova Paul die Vernunft und die Kraft des Widerstandes durch seine Wortakrobatik. Immer wieder schleuderte er den Ideologieträgern Denksteine an den Kopf, welche die Kolosse zeitweilig ins Wanken brachten und sogar manche Eltern zu der Frage verleiteten, ob der Zwerg nur Gift oder auch eine vernünftige Rede spie.

Im dritten Jahr des Gesamtschulherren begann mein Ruf sich zu wandeln. Nicht, dass ich kein Verräter mehr an der großen Volksidee der Gleichschaltung gewesen wäre, aber es gab inzwischen einige Kollegen mit gymnasialem Lehramt, die man zwangsläufig und widerstrebend an den Gesamtschulen einstellen musste, weil sie nach der 10. Klasse eine Oberstufe auf ihre Fahne geschrieben hatten, die aus administrativen Gründen mit den mehrheitlichen Volks- und Hauptschullehrern nicht bestritten werden konnte. Und wenn während des Praktikums in der 9. Jahrgangsstufe zahlreiche Schüler behaupteten, später Anwälte, Ärzte und Wissenschaftler werden zu wollen, während sie kaum ihren Namen schreiben und drei und drei zusammenzählen konnten, kam der Verdacht auf, dass die Noten umgekehrt proportional zur tatsächlichen Leistung standen. Die Hypokrisie der guten Noten und die Hybris, eine Götterschule für junge Gehirnathleten im Olymp zu sein, wurde brüchig.

Im Verlaufe der Zeit merkten nicht nur die Eltern, sondern auch einige Schüler, dass sie bei Krieger etwas lernen konnten, welches nicht zuletzt bei einem Lehrerwechsel offensichtlich wurde. Eine Drei oder Vier bei Krieger entsprach einer glatten Eins bei anderen Kollegen. Aber einige Schüler wollten gar keine guten Noten mehr, sondern etwas lernen. Auch waren sie stolz auf eine befriedigende Note bei Krieger, für die sie geschuftet und geackert hatten. Die neuronalen Schweißperlen brachten eine unverhoffte Befriedigung, während die Einser und Faulenzer in der Parallelklasse belächelt wurden.

Die Zeit der Beschimpfungen durch das Publikum schien vorbei und statt der gewohnheitsmäßigen Beschwerden über Krieger drangen die ersten Lobeshymnen an die Ohren der Schulleitung. Viele Eltern äußerten den Wunsch, dass ihre Kinder den Ergänzungskurs Deutsch sowie den Französisch- und Geschichtsunterricht, selbst wenn letzterer fachfremd angeboten wurde, bei Krieger besuchten und nicht bei der Ideologiemutter Siegrid Heikel oder anderen Kaderschmieden der Gesamtschule, welche eher ein gumminasiales Abitur auf Volksschulniveau vorbereiteten. Manche Eltern meinten durch den Vergleich mit Kindern, die das Gymnasium besuchten, herausgefunden zu haben, dass teilweise zwei Jahrgänge Leistungsunterschied zwischen den beiden Schulsystemen bestünden. Einige Eltern drohten sogar, ihre Kinder wieder von der Gesamtschule abzumelden, wenn weiterhin keine Leistung eingefordert würde, da sie sich als Opfer einer falschen Propaganda fühlten.

Nach drei Jahren Gesamtschulkrieg und unsicherer Angestelltenstelle auf Probe wurde Krieger auf einer A12-Stelle als Hauptschullehrer verbeamtet. Da gerade zu diesem Zeitpunkt eine Koordinatorenstelle für Fremdsprachen ausgeschrieben wurde, bewarb sich Krieger um diese Beförderungsstelle, jedoch ohne Erfolg. Wie er erfuhr, war er noch gar kein Lehrer im gehobenen Dienst, und die Koordinatorenstelle konnte nur von jemandem besetzt werden, der bereits eine A13 Stelle innehatte. In diesem Zusammenhang erfuhr Krieger auch, dass er in der zukünftigen gymnasialen Oberstufe an der Gesamtschule gar nicht unterrichten dürfe, weil er mit seinem Sekundarstufen-I-Vertrag und seiner A12-Stelle formal gar nicht dazu berechtigt war. Er müsse zunächst eine Revision mit dem Gesamtschuldezernenten und dem Schulleiter absolvieren, um nachzuweisen, dass er noch in der Lage sei, sein ursprüngliches Zweites Staatsexamen für das gymnasiale Lehramt auszuüben. Da er über Jahre nicht am Gymnasium unterrichtet hatte, musste dieser Nachweis erneut erbracht werden.

Im vierten Jahr der Dürre führte Krieger seine Revision unter der obersten Dienstaufsicht des Gesamtschuldezernenten durch, der sich verwundert zeigte, als er bemerkte, dass Krieger kein Vollidiot war, wie in den monatelangen Beschwerden häufig bekundet worden war. Da man den Genossen Krieger für die Oberstufe brauchte, wurde er auf eine A13-Stelle befördert, welche in den 90er Jahren ohnehin die Einstiegsstelle für Gymnasiallehrer war. Krieger war einer unter den ersten Lehrern, die man als Angestellte und eine Gehaltsstufe niedriger eingestellt hatte, welches insbesondere für Schulen im Aufbau galt, weil diese noch keinen Oberstufenunterricht anboten.

Das Rad der Fortuna überzeugte Krieger nicht mehr russisches Roulette zu spielen und lenkte nach Jahren der Launenhaftigkeit die Kugel auf eine Glückszahl: Die Abteilung Romanistik an der Universität Siegen schrieb eine Stelle für einen Studienrat im Hochschuldienst aus, der als abgeordneter Lehrer für die befristete Dauer von drei Jahren die Verantwortung für die Didaktik des Französischen übernahm. Da Krieger bereits seit zwei Jahren einen Lehrauftrag Französisch im Bereich der Internationalen Projektierung durchführte, um die völlige geistige Verwahrlosung an der Gesamtschule zu kompensieren, war er bei seiner Bewerbung kein Unbekannter und erhielt prompt die Stelle. Die Zahl der Mitbewerber hielt sich allerdings in Grenzen, denn nur wenige Menschen wollten freiwillig ins Siegerland.

Drei glückliche Jahre lang konnte Krieger abermals wie zuvor an der Elitehochschule in Frankreich den Nektar der Götter trinken und Ambrosia speisen, ohne allerdings die Hochschulunsterblichkeit zu erlangen. Bei der Unterschrift seines Vertrages wusste er, dass er nach drei Erdumlaufjahren um die Sonne, nach sechsunddreißig Monaten platonischer Ideenschau, nach einhundertsechsundfünzig Wochen der stoischen Apathie, der *tranquillitas animi*, der Unerschütterlichkeit, nach eintausendfünundneunzig Tagen der epikureischen Ataraxie als Seelenruhe, Freisein von Begierden, Lüsten, Trauer und Furcht, nach achttausendsiebenhundertsechzig Stunden der gelungenen Lebensführung, der *Eudaimonie*, und nach fünfhundertfünundzwanzigtausend-sechshundert Minuten des Lebens in der besten aller möglichen Welten wieder von den Flammenflüssen Pyriphlegethon und Kokytos in die Tiefe des Hades gestürzt würde.

Der dreiköpfige Gesamtschulhöllenhund perfektionierte in der Zwischenzeit seine Bewachungsstrategien zum Haupteingang der Unterwelt, damit Krieger sie nach seiner Heimkehr niemals mehr verlassen könnte. Gleichzeitig vervollkommnete Richard die Schizophrenie des *doublethink*, des Zwie- oder Doppeldenkens, welches von den Kollegen die Akzeptanz widersprüchlicher Aussagen verlangte, so dass drei plus drei fünf ergeben konnte, sowie die Entwicklung der *newspeak* (des Neusprech), einer Art gesamtschulinterner Sprache, welche den Gebrauch des Wortschatzes unter Androhung von Dienstaufsichtsbeschwerden genau definierte. Darüber hinaus wurden bestimmte Begrifflichkeiten wie *Leistung, schlechte Noten, Kritik* oder *Autorität* aus dem Wörterbuch entfernt und in den Gehirnen der Kollegen gelöscht, so dass kein kritisches und differenziertes Denken mehr möglich war. Die neue Erfindung der Hasswoche diente der kollektiven und massenpsychologischen Verunglimpfung der Gegner der Gesamtschuloligarchen, indem zum Beispiel ein körpergroßes Bild von Krieger in einer Propagandaveranstaltung an die Wand plakatiert und als besonders schulgefährdend deklariert wurde.

Nach Kriegers elysischem Hochschulintermezzo im Olymp des Wissens hatten sich seine verkümmerten Neuronen durch den Blick ins Licht wieder vollends regeneriert und die Existenz der Gesamtschule so weit in seinem Gedächtnis verdrängt, dass sie außerhalb des Sonnensystems lag und als unbewohnt vorgestellt wurde. Umso tragischer begab es sich, als während der Sommerferien 1998 der Countdown für die Landung und Reintegration auf dem Gesamtschulplaneten startete. Zwar war die Menschenpopulation im Rahmen der Oberstufe, die in den letzten Jahren geradezu aus dem Nichts hervorgegangen war, um über einhundert Hominiden angestiegen, zu denen neben den Gorillas, Schimpansen und Orang-Utans auch einige Gesamtschulmenschen zählten, die Krone der Schöpfung, der *homo sapiens* war allerdings meistens in den Baumkronen verblieben und zeigte sich bestenfalls in den Fächern Sport und Werken, wo er den aufrechten Gang und die Benutzung von Werkzeugen lernte.

Krieger war trotz seiner starken Vorstellungskraft so viele Lichtjahre von der Gesamtschulwelt entfernt, dass er sich diese theoretisch gar nicht mehr vorstellen konnte, während er *in praxi* wusste, dass sie existierte, und zwar als existenzbedrohende Gefahr. Nach den Sommerferien, aber noch mitten während der vorlesungsfreien Zeit, sollten die kleinen alltäglichen Torturen wieder einsetzen, die Reinhard minutiös vorbereitet hatte. Angefangen mit einem an der Ganztagsschule von zahlreichen Springstunden zersetzten Stundenplan, der Krieger von morgens bis in den späten Nachmittag an fünf Tagen in der Woche an die Schule fesselte, bis zu der abstrusen Feststellung, dass er für den Philosophieunterricht gar nicht eingeteilt war, konnte Paul nur annehmen, das Reinhard sein Mobbing auf perfide Art und Weise fortsetzen würde.

Und tatsächlich begab es sich, dass Reinhard jedes Mal, wenn Krieger sich während der Mittagspause absentierte, seinen Erzfeind auf den Vertretungsplan setzte, um ihn bereits nachmittags oder am nächsten Tag darauf aufmerksam zu machen, dass er seiner Dienstpflicht nicht nachgekommen sei. Als er Krieger während einer Pausenaufsicht um 10.00 Uhr auf dem Hof nicht antraf, weil dieser wegen seines Gesamtschulvirus die Toilette aufgesucht hatte, erhielt er eine Dienstaufsichtsbeschwerde wegen Verletzung der Aufsichtspflicht. Des Weiteren begab es sich, dass Gesamtschulkollegen, die zu lange mit Krieger in der Öffentlichkeit sprachen, vorgeworfen wurde, sich von Krieger zu einem konspirativen Akt manipulieren zu lassen. Wer Kriegers Meinung öffentlich übernahm oder verteidigte, musste mit Restriktionen rechnen, so dass einige Kollegen begannen, ihn vollends zu meiden. Die guten Deutschkurse wurden wieder der Verantwortung von Frau Siegrid Heikel übertragen, während Krieger diejenigen Grundkurse erhielt, in denen man furzte und rülpste, als habe es ihnen geschmacket.

Der Leser wird sich fragen, warum Krieger keine Philosophie unterrichten durfte, gleichwohl er in Philosophie promoviert war. Die Antwort des Regierungspräsidenten Arnsberg war banal: Krieger hatte Philosophie als drittes Fach studiert und darin die *Facultas Docendi* als kleine Facultas erworben, die ihn formal zur Promotion in Philosophie berechtigte, nicht aber zum Unterrichten in der Oberstufe einer Gesamtschule. Nach weiteren zeitraubenden Erkundigungen erfuhr Paul, dass er noch einen Hauptseminarschein sowie eine weitere schriftliche Seminararbeit an der Philosophischen Fakultät in Siegen erwerben musste, um sich anschließend im Rahmen des Ersten Staatsexamens Philosophie in drei Bereichen prüfen lassen zu dürfen. Die in seiner weit über vierhundert Seiten umfassenden Dissertation erörterten Themen durften selbstverständlich nicht Gegenstand der Prüfung werden.

Als Paul zeitgleich erfuhr, dass der Schulleiter eines Gymnasiums händeringend und mit allen Mitteln für das kommende Schuljahr einen Philosophielehrer suchte, stürzte Paul sich mit größtem Engagement in das ideenreiche Abenteuer, welches ihn wieder auf die Bänke der Universität verwies – als Student. War das erneute Studium nicht im Vergleich zum trostlosen und blassen Schulalltag, der, wenn überhaupt, nur durch stupide und geistestötende Reize aufgewühlt wurde?

Und noch ein weiterer Lichtblick am Horizont: Ebenfalls zum nächsten Schuljahr wurde die Stelle eines Seminarleiters für Französisch frei. Krieger war der erste Bewerber. Die zu haltende Unterrichtsstunde sowie die Leitung eines Studienseminars mit Referendaren verliefen bravourös, ebenso das didaktische Kolloquium. Bravo! Applaus, und wie ging es weiter?

Paul bestand das Erste Staatsexamen in Philosophie mit sehr gut, allerdings hatte der gymnasiale Schulleiter bereits zum Halbjahr einen anderen Philosophielehrer angestellt, ohne Paul darüber informiert zu haben. Außerdem erfuhr Paul, dass die Bezirksregierung einen Versetzungsstopp von Gesamtschulen an Gymnasien verordnet hatte, so dass selbst ein potentieller Erfolg posthum aus administrativen Gründen gescheitert wäre. Tatsächlich wollten die Gesamtschuldezernenten durch den Versetzungsstopp eine Flüchtlingswelle wie in den späteren Jahren 2015/16 verhindern, damit das System nicht durch eine innere Hämorrhagie ausgeblutet wäre. Aus diesem Grunde wurden die Gesamtschulen als sicheres Herkunftsland eingestuft und alle Asylanträge an ein humanistisches Gymnasium abgelehnt, welches zu einem humanitären Skandal führte, weil viele Gesamtschullehrer in ihrem Land weiterhin verfolgt und gefoltert wurden. Durch diesen administrativen Feudalakt des Flüchtlingsstopps wurden zahlreiche Lehrer zu Leibeigenen des Systems desklassifiziert.

Das Studienseminar für Referendarausbildung teilte Paul mit, dass er voraussichtlich die Stelle des Seminarleiters für Französisch ab August besetzen könnte, wenn die Formalien stimmten. Aber auch in diesem Falle erlebte Paul einen doppelten Misserfolg: Erstens konnte er dienstrechtlich als Inhaber einer A13-Stelle gar nicht auf A15 befördert werden, zumal im Auswahlverfahren zwar schlechter notierte Kollegen, die aber bereits eine A14-Stelle innehatten, vorgezogen würden, und zweitens sagte die Hälfte der angemeldeten Referendare dem Studienseminar Siegen kurzfristig ab, so dass die Stelle gar nicht besetzt wurde. Krieger war wieder ein Garnichts und kroch mit eingezogenem Schwanz, schmerzerfüllt und jaulend zurück in den Gulag.

Krieger begriff seine eigene Handlungsbegrenztheit, seine Vergänglichkeit und Gebundenheit an die irdische Gesamtschulexistenz, die sein Leben weiterhin vereinnahmen sollte. In den Grundkursen waren die Klassen absolut, unbegrenzt, allmächtig. Nur sie existierten, ohne Außenwelt und ohne Innenwelt. Sie verkörperten die Forderung der Gegenwart, die Negation der Vergangenheit und der Zukunft. Die totalitäre Präsenz der reinen Fleischlichkeit entzog Krieger den Sauerstoff zum Atmen, zum Denken, zum Handeln. Er lebte isoliert wie eine Auster, eine Muschel. Jeden Morgen, wenn er die Schule betrat, wurden die Krater tiefer und die Schatten dunkler. Eines Morgens hatte er den Eindruck, dass er die Schule wie Wagner mit einem Schlafrock bekleidet betrat, mit Nachtmütze und eine Lampe in den Händen haltend, ohne aber auch nur einem wissbegierigen Schüler zu begegnen. Die Schule erschien ihm wüst und leer, als er am Ende des Flurs Reinhard begegnete.

Epilog auf die Gesamtschule

Hier saß er, Reinhard, formte Menschen nach seinem Bilde, ein Geschlecht, das ihm glich, bestimmt zu leiden und zu weinen, zu genießen und zu freuen sich und keinen anderen Gott zu achten, nur sich.

Gerne hätte Paul vor seinem geistigen Auge in seiner Bibliothek und auf seine Freunde Hölderlin und Schiller schauend in Anlehnung an Goethes Prometheus geantwortet:

Bedecke deinen Gesamtschul*himmel, Zeus,*
Mit Pfeifenrauch und *Wolkendunst!*
Und übe, zürnend Siebenklässlern und *Knaben gleich,*
Der Disteln köpft,
An Eichen dich und neuen Schulwelten wie *Bergeshöh'n!*
Mußt mir meine Erde, meine Schöpfung
Doch lassen steh'n
Und meine Hütte, mein Weib, mein Leben
Die du nicht gebaut, geschaffen
Und meinen Herd, meinen Urquell
Um dessen Glut, Energeia und Kraft
Du mich beneidest, weil es von mir.

Ich, Titan, *kenne nichts Ärmeres,*
Erbärmlicheres und Bemitleidenswerteres,
Unter der Sonn' als euch Gesamtschul-*Götter!*
Ihr nähret kümmerlich, kläglich
Vom Gesamtschulzehnt,
Von Opfersteuern der Lehrer
Und Gebetshauch armer Schüler
Eure Gesamtschul-*Majestät*
Und darbtet Not leidend, *wären*
Nicht unwissende *Kinder und* Eltern wie *Bettler*

Hoffnungsvolle Toren, arme Tröpfe,
Unmündige Personen,
die an euch glaubten,
aber nicht erhört,
sondern nur betrogen werden.

Unter größter Entrüstung und in heiligem Zorn wandte sich Paul von diesen Karikaturen des Olymp ab, die zu ehren er sich weigerte, denn sie würden seine auf sich geladenen Schmerzen nicht lindern, ihn weiter betrügen und weder vor dem Tod noch vor den geistigen Dogmen und Zwängen der Gesamtschulsklaverei retten. Paul verschloss seine Augen vor diesen Trugbildern, verstopfte seine Ohren vor ihrem Sirenengesang und vertraute allein auf sein heilig glühend Herz, das ihn mit Sturm und Drang zur Selbstvollendung trieb, die außerhalb der Machtsphäre der Scheingötter lag. Donnernd schlug er die Türe der Unterwelt zu und folgte dem Imperativ seiner inneren Stimme, die aufschrie: *Flieh! Auf! Hinaus ins weite Land*, um nicht zu enden wie Goethes Werther.

Wähntest Du etwa, Reinhard
Ich sollte das gesamte Leben hassen
In Wüsten fliehn,
In die innere Immigration,
Weil nicht alle Knabenmorgen –
Meine Wünsche an das Leben erfüllten
Blütenträume reiften,
Dornen statt sanfte Blätter sprossen?

Mit den wenigen Gedankenneuronen, die noch funktionierten, sollte Paul in seinem Todeskampf zwischen dem Freitod und dem Gulag wählen. Als er die Augen wieder aufschlug, war er beim Nervenarzt!

Wollen Sie noch weiterlesen, lieber Leser? Gehen wir Ihnen unter Umständen auf die Nerven? Wollen Sie das nächste Kapitel gegebenenfalls überspringen? Interessieren Sie sich noch für unseren Don Quichotte, unseren armen Siegerländer Lehrer? Als Leser besitzen Sie unzählige Rechte und Freiheiten, die nach unseren moralischen Vorstellungen unantastbar sind: Sie dürfen das Buch Zeile für Zeile, Absatz für Absatz und Seite für Seite in seiner linearen Abfolge von links nach rechts lesen; Sie dürfen Zeilen, Absätze, Seiten oder auch ganze Kapitel überspringen; Sie dürfen das Buch zur Hand nehmen und wieder beiseitelegen, wann Sie es wünschen; Sie dürfen mit Ihren Schreibwerkzeugen, Buntstiften oder Markierstiften unsere Haut bemalen, tätowieren und ihre Bemerkungen eingravieren; Sie dürfen einzelne Körperglieder hervorheben, unterstreichen oder unterkringeln; Sie dürfen einzelne Wörter abdecken, durchstreichen, ausradieren, löschen; Sie dürfen während der Lektüre essen und trinken und uns mit Rotwein, Säften, Marmelade oder Fettflecken beschmutzen, ohne dass wir beleidigt wären; Sie dürfen unsere schwarzen Buchstabengesellen deuten, wie Sie wollen, Vernunft oder Unvernunft hineinlegen; Sie dürfen uns über eine gewisse Zeitspanne vernachlässigen, um sich anderen Freunden zuzuwenden; Sie dürfen so lange mit uns reden, wie Sie es möchten und dann das Gespräch beenden; Sie dürfen uns Ihre Freundschaft kündigen; Sie dürfen uns lieben oder hassen, aber urteilen Sie erst nach Abschluss der Lektüre, um keine falschen oder vorschnellen Schlüsse zu ziehen, auch wenn Sie uns keine Rechenschaft schuldig sind.

Aber seien Sie sich auf jeden Fall Ihrer Verantwortung bei der Sinnkonstruktion der Lektüre bewusst, denn über Sinn und Unsinn eines Textes entscheiden Sie als Leser immer mit. Gegebenenfalls wird mancher Roman erst dadurch gut, dass Sie ihn lesen und in Ihrer Freiheit kreativ beleben. Wenn Sie uns nicht lieben oder sich von uns scheiden lassen wollen, müssen Sie dieses vor dem Sittengesetz des Lesers rechtfertigen, denn ein guter Leser ist immer auch ein guter Autor. Schreiben wir dieses Buch nicht gerade zusammen? Ist Lesen nicht immer schreibendes Denken?

Übrigens, handelt es sich Ihrer Meinung nach bei unserer Erzählung um eine wahre oder eine erfundene Geschichte, die wir Ihnen *aufbinden*? Wenn es sich bei Pauls Irrungen und Wirrungen tatsächlich um das Leben des Autors handelt, ist Paul die erzählende Figur, hinter welcher sich der Autor verbirgt, um in der Retrospektive seine eigene Lebensgeschichte zu erzählen. Gleichzeitig könnte Paul als Ich-Erzähler aber auch als Protagonist des Romans seine eigene Lebensgeschichte erzählen und wir verfielen in den Bereich der reinen Fiktion, oder?

Aber ist eine reale Autobiographie für Sie als Leser wirklicher als eine Fiktion? Ist nicht jeder Versuch einer realen Darstellung immer auch eine subjektive Konstruktion des Autors, der die Realität schreibend verändert, indem er sie neu erfindet und die Wirklichkeit ästhetisiert? Ist das mündlich geäußerte oder schriftliche Wort nach seiner phonetischen oder skripturalen Manifestation noch identisch mit dem Gedachten? Kann man tatsächlich objektiv ausdrücken, was man denkt, d.h. das subjektiv Gedachte in eine objektive Sprachform bringen?

Und wie wollen Sie als Leser wiederum diese gleiche subjektive Wirklichkeit erfahren, wo Sie doch durch die Brille Ihrer eigenen Welt lesen? Ist nicht jedes Verstehen immer auch ein Nicht-Verstehen? Und ist nicht jedes Schreiben zu guter Letzt *Autofiktion*, d.h. ein wechselseitiger und funktionaler Zusammenhang von Leben und Werk, von Autobiographie und Fiktion?

Dichtung und Wahrheit sind nach Goethe *sensu stricto* nicht zu trennen. Sobald wir unser eigenes Leben erzählen, bewirkt die Einbildungskraft in der Erinnerung als dichterisches Vermögen wie eine Drehtür eine Mischung der Gattungen und schließt einen romanesken Pakt, den wir dem Leser anbieten. Durch welche Türe Sie diese Welt beschreiten, bleibt Ihnen überlassen. Als Leser dürfen Sie wählen. Wir haben unseren Teil jedenfalls erledigt, oder?

Und welchen Weg beschreiten Sie, lieber Leser, wenn Sie Ihren Freunden und Bekannten von sich selbst erzählen, wenn Sie in den Salon Ihrer Seele eintreten oder in die Ferne Ihres Gartens schweifen? Welche Worte wählen Sie, um von sich zu erzählen? Ist die Schilderung des Lebens durch die Verwandlung in Sätze und das Abenteuer der Sprache über die bloßen Fakten hinaus nicht immer Selbstdarstellung zwar, aber im Gewand der schöpferischen Konstruktion? Wenn wir nach unserem Leben greifen, erfassen wir beiläufig, aber fortwährend immer auch Phantome, Chimären und Trugbilder, denn die permanente Bewegung der Dinge, des Lebens, der Erinnerung und ihrer Rekonstruktion lassen sich sprachlich nicht in festen Konturen einschließen. *Panta rhei,* alles fließt. Niemand von uns kann zweimal in denselben Fluss steigen, weil der Fluss sich ebenso in der Zeit verändert wie wir und jeder von uns sich immer wieder neu entwerfen und erfinden muss.

Wenn Sie Ihre eigenen Liebesbriefe oder andere schriftliche Darstellungen wieder lesen, sich an Kindheitsereignisse zu erinnern versuchen oder einen Buchinhalt wiedergeben, bedarf es dann nicht der Anstrengung der dichterischen Phantasie und der erneuten Deutung des Vergangenen? Und wenn Sie eine Geschichte erfinden, entsteht sie dann aus dem Nichts? Nein, sie ist immer ein Teil Ihrer erlebten und *erlesenen* Welt, die Sie kennen, so dass auch das fiktionale Schreiben immer autobiographische Referenzen aufweist sowie die reine Autobiographie gar nicht existieren kann und sich verflüchtigt, sobald sie erzählt wird.

Wenn Sie gegenüber Ihren Freunden von Ihren glorreichen Liebesabenteuern und erfolgreichen Arbeitstagen schwärmen, sind Sie dann wirklich authentisch oder erfinden Sie sich selbst, übertreiben, dramatisieren und mogeln unter Umständen sogar ein wenig? Je weniger wir zu sagen haben, desto mehr Wind machen wir manchmal, blähen uns künstlich auf, um uns Wichtigkeit zuzuschreiben. Wenn Sie in Ihre verschiedenen Rollen springen und verkleidet in den Alltag treten, führen Sie dann Ihr Leben oder spielen Sie Theater? Aber gehört die Komödie und das Maskenspiel deshalb weniger zu Ihrem Leben?

Und wie ehrlich und authentisch sind Sie, lieber Leser, bei der Lektüre? Lassen Sie Ihre persönlichen Gefühle mit einfließen? Beurteilen Sie, lieben Sie, hassen Sie die Protagonisten? Sprechen Sie mit jemandem über Ihre Meinung? Existieren Sie während der Lektüre weiterhin in Ihrem Sein oder in Ihrem Denken? Entscheiden Sie sich für Letzteres, existieren Sie auch durch oder sogar in unserem Roman, der durch Sie zum Sein erweckt wird. Und wir – können wir ohne Sie existieren? Ein Buch existiert nur dadurch, dass es wahrgenommen, d.h.

gelesen wird. Sein ist wahrgenommen werden, *esse est percipi*. Dieses ist das Endziel und die Bestimmung eines jeden Textes. Unser Sein ist Ihre Lektüre, und Ihre Lektüre bedeutet für Sie ein Mehr an Sein, wobei wir uns gegenseitig durchdringen. Unser Schreiben ist eine Form der Selbstwahrnehmung durch Lesen. Durch das Schreiben wird der Gedanke zum Objekt, verfügbar für ein Subjekt. Durch das Schreiben wird der Gedanke mittels Sprache zur Welt, wahrnehmbar für andere Subjekte.

Was denken Sie eigentlich über Paul? Ist er Ihnen sympathisch? Ist er zu bedauern? Übertreibt er nicht ein wenig? Was werfen Sie ihm vor? Sollten wir ihm nicht ein besseres Leben ansinnen? Was halten Sie davon, wenn wir ihn zum Schulleiter befördern? Wäre es nicht klüger, dass er sich anpasste? Möchten Sie ihn beraten, ihm Ihre Freundschaft anbieten? Wollten Sie sein Kollege oder seine Kollegin sein? Ist er nicht eine Karikatur seiner selbst? Und ist die Karikatur autobiographisch oder ästhetisch, authentisch oder verfremdet, literarisch übersteigert oder wahr? – Vielleicht kann uns ein Literaturwissenschaftler oder ein Psychologe, wenn nicht ein Philosoph aus diesem Dilemma herausführen?

Befreiung durch Krankheit: Zwei Forschungssemester bei einem Psychologen

Herr Dr. Mitz, niedergelassener Psychologe und Psychiater, hatte mir eine Sondersprechstunde gewährt, die er in besonders dringlichen Situationen bei gefährdeten Privatpatienten dreifach abrechnen konnte. Ein Suizid war für gesetzlich krankenversicherte Patienten der Allgemeinen Ortskrankenkassen daher in jeder Hinsicht die kostengünstigere Variante, um ein komplexes Problem unbürokratisch, sozialverträglich und definitiv zu lösen. Außerdem konnten sowohl der Arbeitgeber als auch der Ehepartner die Stelle gegebenenfalls wieder unmittelbar besetzen.

Als mich der Arzt mit großer Empathie bat, den unmittelbaren Grund für meinen Nervenzusammenbruch aus meiner Perspektive darzulegen, brach ein Dämon aus mir heraus, dessen Kräfte sich nach dem Öffnen seines Kerkers in wilder Eruption entfesselten, um die aporematische Situation zwischen Pest und Cholera, zwischen Szylla und Charybdis mit dramatischen Worten und unter Tränen herauszubrüllen.

Die sechsköpfige Schulleitung versuchte mich seit Jahren durch die Drohgebärden ihres mit dreifacher Zahnreihe besetzten Gesamtschulmauls einzuschüchtern, während sie gleichzeitig dreimal am Tag meine Gedanken wie Meereswasser einsog und brüllend wieder ausstieß. Mein Lebensschiff war diesen Ungeheuern mit ihren ideologisch-tentakelartigen Fangarmen derart schutzlos ausgesetzt, dass ich bereits Blut schwitzte, wenn ich nur an sie dachte.

„Herr Mitz, der Schlagaustausch an der Gesamtschule hat in der Zwischenzeit ein so dramatisches Ausmaß angenommen, dass nicht nur ich, sondern sogar mein Auto Herzrasen bekommt, wenn ich es morgens auf dem Parkplatz vor der Schule abstelle. Jeder weitere

Schritt in Richtung Eingang ist für mich wie ein Kreuzweg, der Flur ein Spießrutenlauf und das Klassenzimmer eine Folterkammer für Geist und Körper. Ich kann diese Rabauken in der Schulleitung mittlerweile nicht besser ertragen als die furzenden Schüler in meinem Unterricht!"

Nach kaum zehn Minuten hatte ich den Seelendoktor überzeugt, wobei ich vor mir selbst wahrscheinlich erschrockener war als der Arzt vor seinem Patienten. Noch nie hatte ich vor einem Fremden so schamlos geheult, geschrien und geflucht. Ich hatte den Eindruck, dass ich einen inneren Feind besiegen musste, der mir nach dem Leben trachtete, weil er Felsblöcke gegen meine Ideen und Kulturgüter schleuderte.

„Herr Krieger, meine Diagnose ist einfach: Die Gesamtschule bringt Sie um, weil deren Ideologie in diametralem Gegensatz zu Ihrer eigenen Weltanschauung steht. Sie sind in eine Arbeitswelt hineingeraten, die Sie krank macht. Ich selber bin auf psychologische Konflikte am Arbeitsplatz spezialisiert. Bei mir sind Sie daher gut aufgehoben. Sind Sie verbeamtet?" Ich bejahte diese Frage, woraufhin Herr Mitz seine Ausführungen fortsetzte: „Das ist natürlich von Vorteil. Sie werden diese Schule nicht mehr betreten. Ich schreibe Sie zunächst für sechs Wochen krank, damit Sie sich ein wenig von den letzten Schockwellen erholen können. Dann führen wir ein weiteres Gespräch, und ich schreibe Sie noch einmal für sechs Wochen krank. Danach müssen wir sehen, ob Sie eine Psychotherapie brauchen und welche Strategie wir gegenüber Ihrem Arbeitgeber anwenden. Allein die Befreiung von Ihrem Arbeitsplatz dürfte mit Sicherheit bereits Wunder bewirken und einen psychologischen Heilungsprozess einleiten. Sie scheinen mir ein interessanter und engagierter Mensch zu sein, der aber in eine krankmachende Umgebung versetzt wurde. Auf mich wirken Sie zudem nicht wie ein typischer Beamter, im Gegenteil, ich sehe Sie eigentlich eher in der freien Wirtschaft mit Ihrem unabhängigen Verstand und Ihren rhetorischen Fähigkeiten. Sie sollten mit Ihren Sprachkenntnissen in den internationalen Handel einsteigen. Aber jetzt zunächst einmal eine Auszeit, eine Pause, Ruhe, keine Gesamtschulmenschen um Sie herum. Das ist fürs Erste die beste Therapie.

Den Rest leistet die Natur selbst. Bis bald also. Und das bekommen wir schon hin!"

Damit hatte ich weiß Gott nicht gerechnet. Aber der Teufel im Bunde stand dieses Mal auf meiner Seite, und der Engel trug einen weißen Kittel: drei Monate außerhalb des Gulags, des Umerziehungslagers, und rein in das Paradies der Freiheit der Gedanken.

Ich beschloss die Zeit sinnvoll zu nutzen, indem ich mich wieder mit Hingebung der Veröffentlichung meiner *Multimedialen Fremdsprachendidaktik* zuwandte, ein Forschungsthema, an welchem ich während meiner Zeit als Studienrat im Hochschuldienst in Siegen zu arbeiten begonnen hatte. Unter Umständen konnten mir diese Recherchen zur *Theorie und Praxis einer multimedialen, prozeduralen Didaktik im Kontext eines aufgaben- und handlungsorientierten Fremdsprachunterrichts* den Weg zu einer festen Stelle an einer Hochschule bahnen, nachdem meine erste literarische Veröffentlichung aus dem Jahre 1996, *Dämonologie. Eine teuflische Geschichte des Christentums in Versen*, nur einen verhaltenen Erfolg erzielt und zu einigen öffentlichen Lesungen in Deutschland geführt hatte.

Nach dem Abschluss meiner Promotion hatte ich die wissenschaftliche Schiene gegen die kreativ-poetische eingetauscht. War es nicht sehr viel leichter, Ideen in ungebundener Rede auszudrücken als in einem wissenschaftlichen Diskurs und das Verstehen oder Nicht-Verstehen dem Leser zu überlassen? Mich hatte das Versschreiben mit Begeisterung und Euphorie erfüllt, war ich als Autor der *Schönen Künste* weder gezwungen, mich in das wissenschaftliche Korsett des rein faktisch und logisch-argumentativen Schreibens einzubinden, noch vorzugeben, das zu verstehen, was ich schrieb.

Jeden Donnerstag kaufte ich *Die Zeit* und durchforschte fieberhaft die Stellenausschreibungen: Leiter eines Akademischen Auslandsamtes, Professor für romanistische Literaturwissenschaft, Leiter eines Sprachzentrums an der Universität in Göttingen, Lektor für Deutsche Sprache und Literatur in Hong Kong... Was hatte ich zu bieten? Eine Promotion mit *summa cum laude*, vier Jahre Lektor in Frankreich, drei Jahre Studienrat im Hochschuldienst in Siegen sowie eine vierjährige gescheiterte Gesamtschulkarriere, und zwar nicht, weil ich die Schüler nicht liebte, wenn sie mir auch so manchen Albtraum am Tage bescherten, sondern weil die Ideologieträger mich nicht liebten, das denkende Sandkorn in einem blinden Getriebe. Ein guter Mensch oder Lehrer am falschen Platze bildet sich minder aus, weil seine vielfältigen positiven Kräfte wie das Blut im Sande verlaufen. Selbst gegen aufmüpfige Schüler hatte ich grundsätzlich nichts einzuwenden, denn Widerstand ist eine Form von Geist, der sich allerdings in Worten und nicht in Furzen äußern sollte.

Insgesamt keine dicke Bewerbungsmappe für einen zukünftigen Hochschullehrer, zumindest ohne eine große Portion Glück, die bislang ausgeblieben war, denn das Glück ließ sich nicht erzwingen, selbst wenn das Schmiedeeisen immer glühte. Laut Epiktets Handbüchlein der Moral sollten uns aber Dinge, die nicht in unserer Macht stehen, nicht berühren, da wir sie ihrer determinierten Natur gemäß nicht aus Freiheit beeinflussen können. Wer ein Schicksal nicht annimmt, das er nicht selber willentlich zu verantworten hat, wird kein Glück finden. Wieder Zeit zum Nachdenken zu finden, war ein vergnügliches Spiel, weil es durch die Freiheit der Kräfte die Persönlichkeit anregte, das zu sein, was sie von Natur aus war.

Nach sechs Wochen gesundender Krankheit wurde meine Schonfrist um weitere sechs Wochen verlängert. Selten war ich so produktiv wie während meiner Krankschreibung, so dass mir die Dienstunfähigkeitsbescheinigung wie eine Vitaminspritze zur Produktion von Ideen erschien und als Garant für ein ausgeglichenes Leben. Allein meine Tage waren gezählt, und der liebe Gott wusste bereits, dass es wieder ein Erdbeben geben würde, ohne dass er mich allerdings warnte, und zwar ebenso wenig wie 1755 die Bevölkerung von Lissabon, so dass die damals unvorhersehbare Eruption, verbunden mit einem Flächenbrand und einem Tsunami, zwischen 30.000 und 100.000 Todesopfer forderte.

Die Hunde der Hölle begannen wieder zu bellen. In der Bezirksregierung Arnsberg antwortete ein Jurist auf mein Schreiben, in dem ich ankündigte, dass ich für weitere sechs Wochen gesamtschuldienstunfähig sein würde. In meinem Brief hatte ich noch einmal hervorgehoben, dass meine Erkrankung ursächlich durch die Gesamtschule hervorgerufen worden wäre und die offizielle Zustimmung zu einem Versetzungsantrag an ein Gymnasium den Genesungsprozess wahrscheinlich beschleunigen könnte, wovon beide Parteien profitierten. Der Jurist, namens Kleber, machte mich in seinem Juristendeutsch darauf aufmerksam, dass er keine gesamtschulspezifische Krankschreibung akzeptieren würde und ich daher unmittelbar an meinen ursprünglichen Dienstort, die Gesamtschule am Giersberg, zurückzukehren habe. Anderenfalls würde er keinen Moment zögern, um gegen mich ein Dienstenthebungsverfahren einzuleiten. Wer nicht an einer Gesamtschule arbeiten könne, könne auch kein Gymnasium integrieren. Entweder sei man krank oder gesund. So einfach konnten nur Kinder des Geistes argumentieren, die nie an einer Universität, sondern nur an einer Gesamtschule studiert hatten. Jedoch wollte ich in diesem Fall aus politischer Korrektheit nicht weiter nachfragen. Diplomjuristen darf man nicht provozieren, denn die Paragraphen, mit denen sie zurückschlagen, sind so hart wie Granitstein.

Natürlich hatte mein Arzt nur mir gegenüber geäußert, dass ich *gesamtschulkrank* sei. Der Jurist erhielt daraufhin das Attest, das er sich wünschte, und ich eine vorläufige Generalabsolution. Frei von Sünde fühlte ich mich ermuntert und ermutigt, Herrn Kleber seinen Brief in korrigierter Form zurückzusenden. Denn wenn ich auch arbeitsunfähig war, fand ich dennoch die Kraft, die Interpunktions- und Rechtschreibfehler in dem Anschreiben des Juristen zu korrigieren, eine kleine Marotte eines Deutschlehrers, die als großer Affront gedeutet wurde. Das Antwortschreiben des Juristen ließ nicht lange auf sich warten und donnerte in meinem Briefkasten wie ein wild gewordener Poltergeist, der den Leser erwürgen wollte. Es versteht sich von selbst, dass ich diese Korrekturen nicht gegen Rechnung vorgenommen hatte, aber während meiner Erkrankung durfte ich keinerlei dienstlicher Tätigkeiten ausüben, selbst keine ehrenamtlichen.

Nach ungefähr zehn Wochen der wissenschaftlichen Freiheit erhielt ich ein erneutes Schreiben von Herrn Kleber, der mich aufforderte, mich mit dem Schulleiter in Verbindung zu setzen, um über meine fernere Verwendung als Lehrer der Gesamtschule am Giersberg zu befinden. Eine zum dritten Mal verlängerte Arbeitsunfähigkeitsbescheinigung würde mangels therapeutischer Behandlung von der Bezirksregierung nicht akzeptiert. Der klebrige Jurist, den ich mir wie Gollum im Herrn der Ringe vorstellte, menschenähnlich oder unsichtbar, konnte Saruman den Weißen, den mächtigen Gegenspieler des dunklen Herrschers Sauron aus dem Reiche Mordors nicht einschüchtern. Der auf den Eid des Hippokrates eingeschworene Druide vermochte jeden zu heilen, der nicht krank war, und war sogar bereit, sein psychisches Schutzschild gegen die Angriffe einer übermächtigen, aber unvernünftigen Staatsmacht auszufahren.

Dr. Mitz schrieb mich für weitere sechs Wochen krank, woraufhin Gollum mich über einen Amtsarzt in eine psychosomatische Klinik einliefern lassen wollte. In unserem ersten Gespräch erwies sich der Amtsarzt durchaus als freundlich und halbwegs gesund. Da er nach einer ausführlichen medizinischen Untersuchung bei mir jedoch keinerlei Muskel-, Gehirnschwund oder andere Krebsgeschwüre diagnostizieren konnte, die mein weiteres Fernbleiben von der gesamten Lehranstalt legitimiert hätten, gab es nur die Möglichkeit entweder wieder gesund an die kranke Schule zurückzukehren oder ein psychisches Leiden anzunehmen, welches nach drei Monaten Krankheit jedoch einen längeren Sanatoriumsaufenthalt erforderte, um glaubhaft zu sein.

Damit ich diese Logik nachvollziehen konnte, musste ich mein neuronales Netzwerk zunächst an die Beamtenfestplatte anschließen, um eine zusätzliche Verstehenssoftware aus dem Intranet des *doublethink* oder Doppeldenkens herunterzuladen: Ein gesunder Mensch, der nicht an einer Gesamtschule arbeiten kann, ist krank. Da diese Krankheit verständlicherweise bei einem gesunden Menschen physiologisch nicht nachweisbar ist, begibt er sich in eine anerkannte Klinik für psychisch Kranke, die ihm bestätigt, dass er krank ist, denn anderenfalls wäre er nicht in der Klinik, sondern in seiner Schulklasse. Galt ein Mensch nur so lange als gesund, wie er keinen Arzt aufsuchte?

Äußerst erregt und echauffiert über die Dummheit dieses kranken Systems fuhr ich nach Hause, um mit meiner Frau die Koffer zu pakken und mich von meinen Kindern für die Wochen des Sonderurlaubs zu verabschieden. Vor meiner Abreise wollten wir aber gemeinsam noch einige Auskünfte über den genauen Aufenthaltsort meiner Heilbehandlung einholen, und wir waren nicht wenig erstaunt, als wir folgendes Wellnessprogramm lasen: „Heilung von Alkoholismus, Hysterie und anderen obskuren Süchten wie Masturbation, Lebensmüdigkeit sowie Burnout mit emotionaler Erschöpfung und reduzierter Leistungsfähigkeit." Dieses bedeutete im Klartext: Der Patient würde von einem ärztlichen Spezialistenteam so lange sinnvoll beschäftigt und belustigt, bis die Natur ihn heilte.

Die Diagnose der Gesamtschulphobie wurde nirgendwo in dem Hochglanzprospekt erwähnt. Und da ich mich seit einigen Wochen nicht mehr auf der Gesamtschulstation aufgehalten hatte, konnte ich bei mir selbst in meiner Innenschau auch kein Burnout-Syndrom feststellen, im Gegenteil, meine Frau meinte, dass ich *Workaholic* geworden wäre, als wolle ich in kürzester Zeit zwei Bücher gleichzeitig herausgeben und nebenbei noch für den nächsten Triathlon trainieren.

Das Wellnessprogramm würde mich von der Arbeit abhalten und zudem mehr kosten als ein sechswöchiger Urlaub in einem Fünf-Sterne-Hotel auf Mallorca. Das wollte ich meinem Arbeitgeber in aller Bescheidenheit nicht zumuten, zahlte er zum jetzigen Zeitpunkt schon für meinen Nebenjob und meine sportlichen Aktivitäten. Außerdem bestand die Gefahr, dass ich mich in dieser psychiatrischen Klinik mit einem Masturbations- oder Hysterievirus infizierte und krank nach Hause zurückkehrte. Diesem Risiko konnte ich mich als verantwortlicher Ehegatte und Familienvater nicht aussetzen und beschloss daher, meinen Druiden um eine weitere Dringlichkeitssitzung zu bitten, deren Gesamtkosten niedriger wären als die An- und Abreise in die Heilsanstalt inklusive der dort verabreichten Heilkräuter.

Konfrontiert mit der alternativlos scheinenden Luxusreise in die Tropen meiner seelischen Abenteuer, bat er mich um eine zweitägige Bedenkzeit. Er kannte die Klinik nur zu gut als dass er einen gesunden

Menschen hätte dorthin schicken wollen, und er selber war krank genug, um nicht seinen gesunden Menschenverstand verloren zu haben. In der Zwischenzeit war ich so nervös und ungehalten, dass ich kaum arbeiten konnte und fast den gesamten Tag damit verbrachte, entweder Bücher zu lesen statt selber zu schreiben oder meinen Kindern bei den Hausaufgaben zu helfen. Auf diese Hilfe hätten sie gerne verzichtet, weil sie kein Interesse daran hatten, mir zu erklären, wie sie die mathematischen Operationen durchführen mussten, weil nicht das Ergebnis, sondern der Weg zählte, und ich aus meinem Labyrinth nicht herausfand.

Pünktlich achtundvierzig Stunden später: Entwarnung. Herr Dr. Mitz war es durch ein kollegiales Telefongespräch mit dem Amtsarzt gelungen, die Sprengstoffzündung der Bezirksregierung zu entschärfen. Statt sechs Wochen Mallorca buchte man für mich sechzig Stunden psychische Fitness mit einem *Personal Trainer*. Bei einem Honorar von 120 Deutscher Mark für fünfundvierzig Minuten intensivster Betreuung zweimal pro Woche ergab sich der stattliche Betrag von 7200 DM, der wiederum einem Stundenlohn von 160 DM entsprach. Die Nutzung der Couch in liegender Position, eines freien Sauerstoffvolumens nach Bedarf sowie der Notizblock und das Schreibwerkzeug des Psychologen waren in der Rechnung bereits inbegriffen, ebenso die Mehrwertsteuer und das Trinkgeld. Für Verpflegung und Getränke während der Therapie musste ich selber sorgen.

Ich durfte also auf Staatskosten erfahren, was eine klassische freudsche Psychotherapie war beziehungsweise wie mein *Personal Trainer* diese auffasste. Herr Dr. Mitz war der Meinung, dass für mich die zwei Stunden psychotherapeutischer Arbeit als Patient eine zumutbare Anstrengung im Vergleich zu meiner Lehrertätigkeit an der Gesamtschule wäre, worin ich ihm zustimmte, zumal mir die Therapie erlauben würde, mich über einige Monate auf dem Arbeitsmarkt nach einer anderen Tätigkeit umzusehen.

Haben Sie, lieber Leser, schon einmal einen Anamnesebogen ausgefüllt? Diesen Test muss der Patient bestehen, damit der Psychologe dem Kunden erlaubt, zu seinen Gunsten für eine zunächst befristete

Zeit einen Dauerauftrag mit einer festen monatlichen Summe vorzunehmen. Ist die Therapie erfolgversprechend, kann sie auf unbestimmte Dauer fortgesetzt werden, wobei sich beide Parteien jederzeit das Recht auf Kündigung vorbehalten. Der Anamnesebogen wird an die Krankenkasse versandt, welche daraufhin ihr Plazet erteilt oder verweigert. Mein Therapeut attestierte mir ein hervorragendes Ergebnis, gab mir seine Kontonummer und stellte sich auf eine lange Freundschaft ein. Bevor wir über dieses Abenteuer in Form von einigen verrückten Kapriolen und närrischen Schelmenstreichen erzählen, evaluieren Sie bitte einmal selbst, ob Sie diesen Test bestanden hätten und unter Umständen Lust auf eine Reise durch das psychedelische Traumland Ihres eigenen Unterbewusstseins bekommen haben.

Dessen ungeachtet sei vorweggenommen, dass die klassische Psychotherapie zwar viele Probleme heilte, die ich vorher nicht hatte, aber die Ursache des Malheurs nicht beheben konnte. Ein klassisches chinesisches oder sowjetisches Umerziehungslager wäre wahrscheinlich erfolgreicher gewesen, um mich in Hinblick auf die gesamtschulideologische Kulturrevolution zu indoktrinieren.

Anamnesebogen. Name: Krieger für Humanismus. *Vorname*: Paulus von Tarsus. *Adresse*: bekannt. *Alter*: jung. *Telefon*: 0231-345678. *Beruf*: Dompteur und Missionar in einem Gesamtschulzirkus. *Berufsausbildung*: Leeramt für Logostheologie und persischen Zoroastrismus. *Wer hat Sie hierher empfohlen*: Druide Dr. Mitz. *Mit welchen Personen leben Sie derzeit zusammen*? Meinen Frauen und Kindern sowie Nachbarn und Bekannten, meinen Jüngern. *Leben Sie in einer Wohnung, einem Apartment, wieviel Quadratmeter stehen Ihnen zur Verfügung*? Mein Schreibtisch, zwei Quadratmeter. *Familienstand*: dauerhaft verliebt. *Wenn verheiratet, seit wann und mit welchen Partnern*? Seit langem mit wechselnden Personen. *Religionszugehörigkeit heute – als Kind – zukünftig*: jüdischer Atheist, römisch-katholisch, Islam. *Religiöse Aktivitäten*: Über die Nicht-Existenz Gottes, das Nichts oder das Etwas nachdenken, beten und hoffen. *Beschreiben Sie, weshalb Sie eine Behandlung wünschen*: Weil ich nicht ins Sanatorium möchte, um mich dort mit einem Psycho-Virus zu infizieren. *Was möchten Sie durch die Behandlung erreichen*: Nicht in meine Gesamtschulgemeinde zurückzukehren. *Welche*

Beschwerden haben Sie: aufzustehen, zu leben, Gefühle der Irritation, Herzpalpitation, Schweißausbrüche, Selbstmordgedanken, Mordgedanken, Gefühl die Handlungskontrolle zu verlieren. *Beschreiben Sie kurz den Ursprung und die Entwicklung Ihrer Beschwerden*: Anstellung an der Gesamtschule als Naturkatastrophe, lineare Steigerung einer panischen Angst davor, dass mein Gesamtschulleben kein Traum ist. *Wie häufig und unter welchen Umständen treten die Beschwerden auf*? Permanent auf der Arbeit, aber insbesondere in Anwesenheit von Schülern oder Schulleitungsmitgliedern. *Wie erklären Sie sich das Auftreten der Beschwerden*? Die Mauer der Unvernunft ist hart und wird immer höher. *Wer möchte, abgesehen von Ihnen, dass Sie die Therapie durchführen bzw. nicht durchführen*: die Bezirksregierung. *Was müsste geschehen, damit Ihr Problem von selbst verschwindet*? Die monotheistischen Gesamtschulen werden aufgelöst oder durch eine pluralistische Vernunftreligion ersetzt. *Für wie schwerwiegend halten Sie Ihr Problem*? Existentiell -Sein oder Nichtsein. *Was haben Sie selber bislang gegen die Beschwerden unternommen*? Sport- und Wortakrobatik, Rebellion. *Könnte Ihr Problem auch einen positiven Sinn haben*? Welchen? Die Hölle kennen zu lernen, um auf die Offenbarung nach der Hölle zu hoffen. *Welche Medikamente oder Drogen nehmen Sie zurzeit*? Außerhalb der Schule nur Bücher. *Welche Aussagen zu Ihrer Kindheit treffen zu? Alpträume* – ja, *Bettnässen, Schlafwandeln, Daumenlutschen* – nein, *Nägelkauen, Stottern*, nein, *glückliche Kindheit* ja, *Unglückliche Kindheit* – nein. *Besuchten Sie einen Kindergarten*? Nein, ich wollte mich so früh noch keinem Kollektiv unterwerfen. *Welches waren als Kind Ihre Interessen*? Aus Legoatomen eine Welt bauen, Pflanzen und Tiere erkunden. *Interessen und Hobbys während der Jugendzeit*: Alkohol-, Drogen und Mädchenkonsum. *Wie ist gewöhnlich Ihre Grundstimmung momentan? Wertlos x, nutzlos x, ein Niemand x, Leben ist sinnlos x, schreckliche Gedanken x, inkompetent, feindlich, voller Hass x, ängstlich x, getrieben x, selbstunsicher x, Panikneigung x, aggressiv x, unattraktiv x, deprimiert x, einsam x, ungeliebt x, missverstanden x, hoffnungslos x, ruhelos, verwirrt ohne Zuversicht x. Dachten Sie schon einmal an Selbstmord*? Ja, häufig, aber nicht gegen mich gerichtet. *Was waren Ihre Berufsziele*? Sozialarbeiter, Lehrer, Anwalt, Missionar, Philosoph. *Welches sind Ihre heutigen Ziele*? Gymnasiallehrer nach humboldtschem Bildungsideal. *Wurden Sie sexuell aufgeklärt*? Nein. *In welcher Form*? Durch Tabuisierung. *Wann und auf welche Weise wurden Ihnen zum ersten Mal Ihre eigenen sexuellen Impulse bewusst*? Elf Jahre, Erektion, Flecken auf dem Bettlaken. *Haben Sie durch die Sexualität Schuldgefühle entwickelt*? Ja, gegenüber dem römisch-katholischen Gott, der mich als Voyeur sexuell belästigte. *Wie befriedigend ist Ihr momentanes Sexualleben*? Gar nicht befriedigend, sehr gut. *Wo liegen auf sexuellem Gebiet Ihre Hemmungen*? Ich bin hemmungslos. *Ihr Partner? Wie lange? Wie oft*? Viele Jahre, über Wochen, stündlich. *Welches ist oder war Ihr Verhältnis zu Ihrem Vater, Ihrer Mutter*? Vater Arschloch, Mutter katholisch. *Wo liegen Ihre Begabungen, Schwächen, Glanzleistungen*? Redegewandt, logisches Denken, Erkenntnis der Unvernunft der Vernunft, Misanthrop, Erkenntnisdrang, Vater zweier ausländischer Kinder. *Bitte ergänzen Sie die folgenden Sätze*: *Ich bin ein Mensch, der …* stets verneint. *Während meines ganzen Lebens …* habe ich ein neues Leben beginnen wollen. *Seit meiner Kindheit ...* wollte ich anders sein. *Was an Ihrem momentanen Verhalten würden Sie gerne ändern*? Hass in Liebe verkehren.

Mein erster Termin beim Psychologen

Da ich ein Kind war,
Nicht wußte, wo aus, wo ein,
Kehrt' ich mein verirrtes Auge
Zur Sonne, als wenn drüber wär
Ein Ohr zu hören meine Klage,
Ein Herz wie meins,
Sich des Bedrängten zu erbarmen.

Wer half mir
Wider der Titanen Übermut?
Wer rettete vom Tode mich,
Von Sklaverei?
Hast du's nicht alles selbst vollendet,
Heilig glühend Herz?
Und glühtest, jung und gut,
Betrogen, Rettungsdank
Dem Schlafenden dadroben?

Ich dich ehren? Wofür?
Hast du die Schmerzen gelindert
Je des Beladenen?
Hast du die Tränen gestillet
Je des Geängsteten?
Hat nicht mich zum Manne geschmiedet
Die allmächtige Zeit
Und das ewige Schicksal,
Meine Herren und deine?

(Goethe, Prometheus)

Meine erste Sitzung hätte ich fast vergessen. Es war an einem Montag um 11.30 Uhr. Meine Frau war mit dem Auto unterwegs, meine Kinder in der Schule, die Sonne brach sich ihre Bahn durch ein breites, ungeputztes Fenster bis auf meinen Schreibtisch, ich hatte gerade mein hundertstes Gedicht geschrieben und wollte nach dieser kreativen Übung wieder meine Studien als Privatgelehrter aufnehmen, als ich auf die Uhr schaute und mir urplötzlich bewusst wurde, dass ich zum *Psycho* musste und noch nicht angezogen war. Als von der Bezirksregierung freigestellter Zauberlehrling waren meine Aufgabenbereiche so zahlreich, dass ich schon vor dem Aufstehen nicht wusste, welche Arbeit ich als erste verschieben würde. Es blieben mir noch fünfzehn Minuten, wobei der Fahrweg für sich bereits zehn Minuten betrug. Ich sprang in meine Kleidung, machte meine Haare ein wenig nass, als hätte ich frisch geduscht und sprang mit der Zahnbürste im Mund ins Auto.

Tatsächlich war ich drei Minuten zu spät, aber zumindest war meine erste Honorarzahlung bereits vor mir eingetroffen, so dass Herr Gabler nachsichtig auf meine Verspätung reagierte. Wahrscheinlich hätte er die Therapie auch ohne mich beginnen können, welches ihm als seriösen Arzt jedoch widersprach. Außerdem war ich als Privatpatient seine Zeit wert und finanzierte seine Praxis, die karg war wie die Glatze eines Möbelpackers. Mein kranker, jedoch nicht weniger forscher Blick, nahm eine Couch wahr, einen simplen Schreibtisch, einige Ikea-Regale, Marke Billy, bei denen einige Bretter wie bei mir zu Hause falsch herum montiert waren, einen Schrank und einen Drehstuhl, der für den Spieltrieb des Psychologen unentbehrlich war. Sicherlich wollte Herr Gabler es vermeiden, seine Patienten durch eine allzu luxuriöse Ausstattung davon abzulenken, das Problem klar zu erkennen, d.h. sich selbst. Trotz unserer wochenlangen Beziehung bot er mir, unabhängig von den morgendlichen, nachmittäglichen oder abendlichen Sprechstunden, niemals eine Tasse Milchkaffee mit einem Croissant, einen Espresso oder Cappuccino an, geschweige denn einen Fünfuhrtee aus garantiert biologischem Anbau oder bei eintretender Dunkelheit einen Pastis oder Aperol zum Aperitif. Zugestanden, mit vollem Munde spricht man nicht und bei 160 DM wäre voraussichtlich ein Aufpreis vonnöten gewesen, und ich glaube nicht, dass die Bezirksregierung oder der Schulleiter selbst für dieses Upgrade aufgekommen wären.

Sollte ich mich wirklich auf die Couch legen und mich von dem Arzt abwenden, so fragte ich erst mich und dann Herrn Gabler. „Ja, es ist besser, dass Sie mich nicht direkt ansehen, dass es keinen Blickkontakt gibt, weil Sie außerhalb meines Blickfeldes liegen, damit ich Sie nicht ablenke und Sie entspannt sprechen können. Vorzugsweise vergessen Sie meine Anwesenheit." Ich legte mich also hin und wartete ab. Ich wartete noch immer ab. Nichts geschah. Wie sollte eine solche Therapie ablaufen? Ich hatte mir im Vorfeld nicht den Kopf darüber zerbrochen, weil schließlich der Therapeut und nicht ich den Verlauf bestimmten. Er würde bestimmt seine Anweisungen geben. Nichts. Ruhe. Pause. Keine Worte. Wer würde zuerst sprechen? Ich nicht. Was wollte er denn wissen? Hatte er meinen Anamnesebogen überhaupt gelesen? Würde er mich dazu befragen? Nein. Die Uhr tickte unmerklich. Er verdiente sein Geld. Ich allerdings auch. Wir waren ein gut verdienendes Team. Nach meinen morgendlichen geistigen Anstrengungen, die bereits eine hohe Kalorienzahl verbraucht hatten, überkam mich eine leichte Müdigkeit, als mich eine Stimme fragend ansprach, ob ich nichts zu erzählen habe oder nichts erzählen wolle, weil die Zeit bald abgelaufen war. Wir könnten gerne nächste Woche an dieser Stelle weiter machen, da ich ziemlich erschöpft zu sein schien. So verblieben wir: 120 DM und wieder drei Tage frei.

Mein zweiter Termin beim Psychologen

Unser zweites Treffen war zweifelsohne interessanter. Warum? Nicht etwa, weil ich schlief, sondern weil ich etwas sagte. Da sich Herr Gabler bei unserer Kennenlernen-Party offensichtlich gelangweilt hatte, bat er mich dieses Mal, etwas zu sagen. Worüber ich sprechen wollte, stellte er mir anheim und völlig frei. Die Therapie beabsichtige, dass ich in freier Assoziation über das spräche, was ich unmittelbar empfände oder dächte, so dass sich der Gordische Knoten der Seile meiner psychischen Probleme, d.h. meiner unverarbeiteten Konflikte, mittelfristig löste. Anfangen könnte ich mit den Berichten über meine unmittelbaren Nöte, die mich bedrängten, falls mir dieses Erleichterung verschaffte, wobei wir mittelfristig über meine Jugend und insbesondere Kindheit sprechen sollten, während welcher sich häufig die seelischen Viren der späteren Infektionen als Parasiten wie in einem Wirt einnisteten.

Zwar hätte der kleine Krieger lieber wie Alexander der Große den Knoten mit einem Schwert zerschlagen, um unmittelbar Persien zu erobern, wo es noch keine Gesamtschulen gab, aber sein gesunder Menschenverstand verlangte von ihm, die Therapie so lange wie möglich als nützlich erscheinen zu lassen, war sie doch zu gegebenem Zeitpunkt der einzige Garant der Freiheit. Nur der Gesamtschulnarr am Hofe profitierte von der höchsten Freiheit, der sogenannten Narrenfreiheit und damit der Möglichkeit, unter dem Mantel minderbemittelter Geistigkeit auf humorvolle Weise Kritik an den Missständen des Gesamtschulreiches zu äußern. Bei schlechter Laune des Beamtenmonarchen konnte es vereinzelt vorkommen, dass der Narr enthauptet oder auf unbestimmte Zeit in einem Sanatorium eingekerkert wurde.

Mit welcher Story sollte ich beginnen? Wie konnte ich unmittelbar die Dringlichkeit meiner Therapie anzeigen und Herrn Gabler zu den ersten Schlagzeilen in seinem Notizblock verhelfen? Sollte ich mit dem *Es* meiner unbewussten Triebe punkten, meinen Selbstmord- oder Mordabsichten, meiner kriegerischen *Libido,* die ein Gesamtschul*gemetzel* auf den Titelseiten der Tageszeitungen nach dem Vorbild des Theaterstücks von Jasmina Reza inszenieren könnte? Das gesellschaftliche *Über-Ich* des Wertekanons meines konservativen Elternhauses Stein für Stein abbauen? Oder mein verletztes, verkratztes, zerrissenes und zerschundenes *Ich* in der Gesamtschulrealität zu Worte kommen lassen?

Ich entschied mich für die letzte Variante und berichtete über meine ersten Erfahrungen auf dem Schlachtfeld der Klasse 7. In den nächsten Sitzungen wurde mir bewusst, dass Herr Gabler zwischen Realität und Fiktion nicht zu unterscheiden vermochte, welches mir eine bestimmte Macht über ihn verlieh, die Macht der Manipulation. Es gefiel mir, Realsatire und fiktionale Geschichten aus den Klassen 5 und 6, in denen ich nie unterrichtet hatte, zu kombinieren, erlebte Realität und konstruierte Wirklichkeit zu vermischen, zu erfinden, zu erleben. Er schrieb nur, machte sich Notizen, während ich mich amüsierte, ihm Geschichten zu erzählen, ihm immer etwas Neues zu präsentieren. Je besser meine Erfindungen, desto beeindruckter war er.

Die erfundene Wirklichkeit war für Herrn Gabler nicht weniger real als meine tatsächlichen Erlebnisse, und für mich? Konnte ich zwischen objektiver Realität und subjektiv erlebter Wirklichkeit unterscheiden? Zwischen den erlebten Fürzen in der Gesamtschulklasse und denen in meinen Albräumen? Hatte es je eine *Ecole des Mines* in Nancy gegeben? Wie können wir mit Sicherheit zwischen dem Alltag, Tageströumen, Lektüren, erfundenen Geschichten, Filmen, Hörsendungen, Nachrichten aus Fernsehen und Radio, Sinneswahrnehmungen oder nur Ideen unterscheiden?

Wagen Sie es nicht, sich über Herrn Gabler zu mokieren, denn es träfe Sie selbst. Befinden Sie sich nicht in der gleichen Zwickmühle? Wer garantiert Ihnen, dass ich Ihnen keinen Bären aufbinde? Dass meine Autobiographie nicht eine erfundene ist? Dass ich jemals an einer Gesamtschule unterrichtet habe? Dass ich nicht Personalchef bei Gucci in Hong Kong bin oder Rentner in einer thailändischen Seniorenresidenz mit betreutem Wohnen? Wäre das für Sie weniger real? Und wie wäre es mit der Vorstellung, dass ich unsere Geschichte im Sanatorium schreibe, solange die Bezirksregierung mir noch das Geld überweist? Dass ich unter Demenz leide und als Gesamtschuldirektor die falsche Geschichte erzähle, die ich emotional immer verdrängt habe? Möglicherweise lebe und lehre ich sogar noch in Frankreich, und diese Zeilen wurden von einem Übersetzer ins Deutsche übersetzt, während ich alles auf Französisch gedacht habe. Ist die übersetzte Welt noch die gleiche Welt?

Und wie verhält es sich mit Ihnen, lieber Leser? Spielen Sie in einem Theater? Sind Sie *cinephile* und speisen Ihre Wahrnehmung durch die Rezeption von Kinofilmen? Sind Sie zu Hause? Lesen Sie in einem Buch? Träumen Sie? Träumen Sie wach zu sein oder befinden Sie sich in einem Wachtraum? Oder werden Sie gerade wach und sind ein Frosch, der träumte ein Leser zu sein? Quak, Quak, oder sind Sie eine

Ente? Zu guter Letzt sogar eine Romangestalt? Oder ein Tier in einer Fabel, das einen Menschen repräsentiert?

Bevor wir in einen Sinnestaumel verfallen, wach werden oder einschlafen, kehren wir wieder in Ihre Realität zurück, d.h. die Wirklichkeitskonstruktion, die Sie zu verantworten haben, denn Sie würden uns doch niemals belügen, indem Sie Ihren Freunden über unser Buch erzählten, ohne es gelesen zu haben, oder? Wenn Ihnen jedoch die erfundene oder reale Fabel nicht konveniert, greifen Sie zum Griffel und erfinden Sie selbst Ihre Welt! Vielleicht kaufen *wir* später Ihr Buch? Aber schreiben Sie nicht von uns ab! Rauben Sie uns nicht unsere Ideen! Machen Sie sich nicht des Plagiats schuldig! Aber woher wollen Sie Ihre Ideen schöpfen, wenn nicht aus der Welt der Bücher?

Können Sie in jedem einzelnen Fall behaupten, dass Sie immer authentisch in Ihrem eigenen Leben unterwegs sind? Spielen Sie nie eine Rolle, weil Sie eigentlich anders sind, es aber nicht zu zeigen wagen? Verhalten Sie sich nicht häufig so, wie die anderen es von Ihnen erwarten und sind anschließend selber von sich enttäuscht? Wenn Sie Ihre Rolle gut spielen, worin unterscheidet sie sich dann von Ihrem tatsächlichen Sein? Ist das Leben nicht wie ein Roman und ein Roman wie das Leben? Beide sind teilweise immer authentisch, aber gleichzeitig auch erfunden. Wir projizieren uns durch die unendliche Potentialität des Denkens als Möglichkeit des Seins. Und wieviel Sein wird Wirklichkeit? Sind wir nicht immer gleichzeitig wir selbst und ebenso ein anderer? Übernehmen Sie nie etwas von anderen? Oder übernehmen Sie alles von anderen? Sind wir schließlich nicht alle multiple Persönlichkeiten? Intermediale Grenzgänger? Hybriden? Womöglich sind wir sogar alle nur Text? Gestalten in einem Roman?

Ob Herr Gabler mir diese Frage beantworten könnte? Leider hatte er bis zum jetzigen Zeitpunkt nahezu gar nichts gesagt und schien im Übrigen nicht die Absicht zu hegen, jemals etwas sagen zu wollen. Welch ein Job! Hätte man ihn nicht durch eine Marionette austauschen können, sofern sie guten Tag und auf Wiedersehen, bis zum nächsten Mal, sagen konnte? Wie hatte er es gelernt, den Mund zu halten? Was hatte er studiert, um diese Leistung zu erbringen? Welches Diplom besaß er?

Konnte er mich überhaupt hören? War er nicht nur stumm, sondern auch taub? Hatte ich mir nicht nur eingebildet, dass er anfänglich einmal etwas gesagt hätte? Hatte ich in Wirklichkeit gesprochen, laut gedacht, geträumt? War ich zu Hause oder auf der Couch? War ich ein Gesamtschullehrer, der träumte, in Therapie zu sein, oder ein Patient in Therapie, der träumte, Gesamtschullehrer zu sein? Oder war ich ein Leser, der laut las beziehungsweise las, was er schrieb? Oder war ich ein Blinder am Krückstock, der vor sich hinsprach? Oder sind Sie zu blind, um zu merken, dass Sie gerade gar nicht lesen, sondern auf der Couch liegen und in freier Assoziation Welten erschaffen? Haben wir Sie perturbiert? Dann gehen Sie gefälligst auf die Toilette, um zu merken, was Kriegers Realität war. Und Ihre?

Am Ende der Sitzung beschloss ich, durch die Therapie nicht meine kostbare Zeit zu verschwenden und ging dazu über, jedes Psychoreferat vor- beziehungsweise nachzubereiten, um mich zumindest in der Erzählkunst zu üben. Die Therapie wäre in diesem Falle dann eine besondere Form der Lehrerfortbildung mit dem Thema *Freies Erzählen und kreatives Schreiben*. Aufrichtig fragte ich Herrn Gabler daher als Fortbildungsleiter, ob es ihm genehm sei, dass ich ihm einmal einige Gedichte vorläse, die ich gerade verfasste und die ebenfalls meine Gedanken und Gefühle zum Ausdruck brachten.

„Selbstverständlich, Herr Krieger, Ihre Gedichte sind mit Sicherheit ein Spiegel Ihrer Seele, Ihrer Wünsche und Nöte, sozusagen ein Psychogramm Ihrer Gemütslage. Bringen Sie sie nur mit! Es wird Ihnen gut tun, sich auf diese Art und Weise mitzuteilen!" Damit wurde Herr Gabler zu meinem Lektor, ohne dafür ein zusätzliches Honorar zu verlangen. Oder führte er nebenbei noch eine Nebentätigkeit bei einem Verlag aus? Wenn er meine Gedichte notierte, mochte er sie präsumtiv unter einem Pseudonym herausgeben. Diese Paranoia wollte ich jedoch nicht weiter verfolgen. Bei allem gebührenden Respekt, ein gewisses Vertrauen sollte man zu seinem Psychotherapeuten wahren, dem man seine maroden Baustellen anvertraute, und meine Lebensautobahn war seit der Gesamtschulanstellung in einem so erbarmungswürdigen Zustand, dass sie aus tiefster Seele saniert werden musste. Herr Gabler saß bei jeder Sitzung schweigend hinter mir, um Zeuge meiner seelischen Narben zu werden. Sein Notizblock, den nie jemand zu Gesicht bekommen sollte, war das Testament meiner Seele sowie die Versicherung für meine momentane Freiheit als Vertreter der kollektiven Risikoübernahme durch die Bezirksregierung.

Und einmal ganz unter uns gesagt, ohne Gabler, ohne Notizblock und Gesamtschulspitzel: Wollte ich wirklich sterben, bevor ich gelebt hatte und das Leben nur als Inkubationszeit vor dem Tod betrachten? Sollte es kein Leben nach der Gesamtschule geben? In diesem besonderen Falle war ich kein Atheist. War Jesus nicht am Kreuz gestorben, um uns die Gesamtschulsünde zu nehmen? War er nicht von Gott dem Vater in die Welt gesandt worden, *dass er gebe sein Leben zur Erlösung für viele* (Mt. 20, 28)?

Zwar hatte ich in der Gesamtschulwelt häufig schwarzgesehen und war in die tiefste Dunkelheit eingetaucht, in welcher sogar die Engel ihre Leuchtkraft verloren, jedoch war mein Lebensdrang, bedingt durch die Schönheit des familiären Alltags mit meinem himmlischen Weib und den Götterkindern, bereits Grund genug, um Gedanken an Selbstmord als törichte Dummheit zu betrachten, die keine Probleme lösen, sondern nur beenden konnten. Zudem empfand ich es als geradezu unmoralisch, dass zahlreiche Menschen sterben mussten, ohne es zu wollen, während ich darüber nachdächte zu sterben, ohne es zu müssen. Wie schlecht oder schmerzvoll das Leben auch war, als Atheist gab es keine Alternative, denn die Illusion des himmlischen Paradieses der Christen oder der tausend frohlockenden Jungfrauen des Islam wollte ich nicht gegen eine wie auch immer geartete Wirklichkeit eintauschen, die den ehernen Gesetzen des Wandels unterlag, und Wandel bedeutete Veränderung und Veränderung Hoffnung.

Der Gesamtschulkrieg würde ein Ende finden, und ich war dabei, meine Batterien durch meinen Sonderurlaub wieder aufzuladen. Sollte ich meine Krankheit nicht als höchstes Glück wähnen? Meine Angst vor der Reise in die Vergangenheit war nicht größer als der mir noch verwehrte Blick in die Glaskugel. Gleichzeitig fragte ich mich immer wieder, ob die Realität außerhalb meines Gehirns überhaupt stattfand. Lag in der Vorstellungskraft meines Gehirns weniger Realität als in der so genannten Außenwelt? Waren die neuronalen Verbindungsmöglichkeiten des Denkens nicht ein eigenes Multiversum, welches auf die Materialität des platten Seins gerne hätte verzichten können? Muss ich wirklich vor die Türe gehen, um nass zu werden? Kann man die Tränen eines Weinenden im Regen sehen? Und die eines Träumenden? Und die eines Wachen, wenn alle anderen schlafen? Und wenn alle anderen nicht mehr wach werden, wer garantiert mir dann, dass ich lebe? Das Denken? Und wenn ich selber nur gedacht werde? Bin ich dann eine Idee? Bin ich dadurch weniger wirklich?

Diese oder ähnliche Überlegungen musste Herr Gabler in einigen Sitzungen immer wieder über sich ergehen lassen. Er durfte sich nicht dagegen wehren. Er durfte nur alles aufschreiben. Und ich durfte ihn nicht nach seiner Meinung fragen. Lieber wäre mir ein Philosoph als Therapeut gewesen, und ich hätte den Wiener nur allzu gerne in sein Haus in der Berggasse 19 zurückgeschickt, wenn sich dort nicht in der Zwischenzeit ein Museum eingerichtet hätte. Zwischenzeitlich empfand ich sogar Mitleid für diese seelenverwandte Figur der traurigen Gestalt, der mir, einem Pfarrer gleich, die Beichte abnahm.

Wie verarbeitete er die Wanderung durch die seelischen Trümmerfelder seiner Patienten? Wo lagerte er diese angehäuften Berge von verdrängten Sünden? Konnte er sie wie seine Notizblöcke recyceln? Welche Dämme baute er auf, um sich selber vor dem Jammertal der Tränen zu schützen? Welches war sein Schutzschild? Drückte er am Ende des Tages auf die Delete-Taste, um die angehörten Probleme der Patienten auf seiner Festplatte zu löschen und anschließend auf die Reset-Taste, um sein psycho-vegetatives System wieder in den Anfangsstatus der Ausgeglichenheit zu versetzen, bevor er in die Gesellschaft der so genannten Gesunden zurückkehrte? Konnte er am Abend noch Muße und Ruhe finden? Mir reichten meine eigenen Probleme, und nur ungern hätte ich mit Herrn Gabler getauscht. Gab er, wie sein Name andeutete, dem Patienten etwas, indem er ihm etwas nahm, nämlich seine Seelenqualen, von welchen so mancher Patient niedergedrückt wurde? Absorbierte er den Weltschmerz der trübsinnigen und resignierten Klienten? War er gar ein sechsflügliger Seraph, ein Engel der abrahamitischen Religionen, ein alttestamentlicher Cherub als Mischwesen aus Tierleib mit Menschengesicht, ein himmlischer Wächter oder Bote Gottes? Oder ein Spion der Bezirksregierung, ein Geheimagent, ein Spürhund der Macht?

Warum brauchen wir so viele Psychologen in unserer Gesellschaft? Weil wir keine Freunde mehr haben, die uns zuhören? Keinen Partner? Keinen Pfaffen? Keinen lieben Gott? Keinen Glauben? Wer ist bei Ihnen der Hirte Ihrer Seele? Wem vertrauen Sie sich an, wenn Sie zweifeln oder verzweifeln? Sind Sie überhaupt ehrlich gegenüber sich selbst, authentisch, integer, oder lügen Sie sich häufig etwas in die Tasche, wie der Volksmund sagt? Ist Ihre Tasche schon voll von Lügengeschichten, Unwahrheiten und Rollenspielen? Sind Sie ein guter Schauspieler? So gut, dass Sie sich selber hinter der Maske nicht erkennen? Müssen Sie immer beschäftigt sein, weil Sie Angst vor der Stille haben, Angst davor, mit Ihrem eigenen Gewissen allein zu sein? Lesen Sie deshalb so viel? Denken Sie lieber über Krieger nach als über sich selbst? Wie viele Rollen spielen Sie? Auf der Arbeit, zu Hause, in der Familie, mit Bekannten? Wer bedroht Sie? Haben Sie schon schwere Fehler begangen? Können Sie gut schlafen? Haben Sie Albträume?

Haben Sie überhaupt jemanden, dem Sie Ihre Ängste mitteilen könnten oder wollten? Warum wollen Sie nicht darüber reden? *Par exemple* mit uns, mit Krieger, mit Paul, mit mir? Es bleibt alles unter uns zwischen den Buchdeckeln. Wir posaunen nichts nach außen. Wir verraten niemanden. Wir sind keine Denunzianten. Sie können immer auf uns zählen, in ewiger Freundschaft. Mit uns sprechen, uns Ihre intimsten Wünsche und Sorgen anvertrauen. Uns um Hilfe bitten.

Wir entblößen unsere Leserfreunde nicht. Jeder Buchstabe in unserer Gemeinde ist unbestechlich, vertrauensvoll, zuverlässig. Jeder Buchstabe ist moralisch einwandfrei, nicht korrupt. Jeder Buchstabe ist der Freund des anderen. Jeder Buchstabe ist verbrüdert, verschwistert, verheiratet, verwandt mit seinem Nächsten, den er liebt wie sich selbst. Jeder Buchstabe ist ein Individuum. Er ist einmalig, unverwechselbar, nicht austauschbar. Jeder Buchstabe ist ein Beitrag zur

Menschheit. Eine Bereicherung für uns alle und die Welt. Jeder Buchstabe lebt mit seinen Nachbarn in Harmonie, in Form von Wortfamilien und Wortarten, die sich zu Satzstämmen, Satzgefügen, zu Volksstämmen, Volksarten, zu Texten, Nationen, Diskursen und Weltbürgern zusammenfügen. Und alles steht in Büchern. Lebt in Büchern. Existiert in Büchern. Die Bücher leben in Regalen, die jüngeren in Buchläden, die älteren in Archiven, in Bibliotheken erhalten sie ihre Unsterblichkeit, ihre Spiritualität, ihren Geist, ihren Logos. Sie existierten schon vor dem Beginn der Zeit, existieren seitdem in ständiger Verwandlung und Metamorphose in der Zeit und werden existieren nach dem Ende der Zeit. Sie sind die permanente Schöpfung im Akt des Werdens. Sie sind vor dem Anfang und nach dem Ende des Seins.

Und Sie, lieber Leser, sind mittendrin, in der Lektüre, im entstehenden Sein, in der pulsierenden Existenz, im pochenden Leben. Sie existieren mit uns und durch uns, aber nicht außerhalb von uns. Deshalb bleiben Sie, lesen Sie, leben Sie und lieben Sie! Die Buchstaben, die Wörter, die Texte! Verharren Sie in unserer Welt, denn außerhalb der Bücher existiert nichts! Außerhalb dieses Buches und dem Akt des Lesens existieren Sie nicht! Hören Sie nicht auf zu lesen, um nicht aufzuhören zu sein. – Und falls Sie einen Psychologen brauchen, kaufen Sie sich ein Buch, das Ihnen zuhört oder Sie berät. Eines von uns hat immer eine Lösung!

Ein weiterer Termin beim Psychologen

„Erzählen Sie ein wenig, Herr Krieger, warum haben Sie die Stelle an der Gesamtschule angenommen?"

Warum ich diese Stelle angenommen habe? Weil ich Lehrer bin, weil man mir die Stelle vorgeschlagen hat, weil eine auf vier Jahre befristete Lektorenstelle in Frankreich zu Ende ging, weil ich als verantwortungsvoller Vater meine Familie ernähren wollte, weil ich mich darauf freute, mit jungen Menschen umzugehen, ich wusste, dass die Stelle für die nächsten Jahre materielle Sicherheit bedeutete – und, weil ich in keiner Weise wusste, was mich erwartete.

Trotzdem frage ich mich vereinzelt, ob nicht ein unendlich böser Geist, ein Dämon diese Höllenpein ersonnen hat, um mich für den Abfall von Gott zu geißeln, nur weil ich meiner Mutter am 24. Dezember vor über zehn Jahren mitgeteilt habe, dass ich mich offiziell habe exkommunizieren lassen. Ich gestehe ein, dass das Datum natürlich schlecht gewählt war, aber das vergiftete Weihnachtsgeschenk wirkte umso dramatischer.

Meine Mutter entwickelte Symptome eines potentiellen Kreislaufkollapses, nämlich einen Schweißausbruch verbunden mit Blutleere im Gehirn, die wiederum Schwindel und eine nahende Ohnmacht anzeigten. Hysterie spielt bei religiösem Fanatismus bekanntlich immer eine nicht unbedeutende Rolle. Jedenfalls war meine Mutter im wahrsten Sinne des Wortes sprachlos, bis die Hypotonie sich in Hypertonie verwandelte und mit dem aufsteigenden Blut ins Gehirn wieder Worte konzipiert werden konnten – aber welche Worte.

Ich wollte provozieren. Und das war mir gelungen. Tatsächlich habe ich nach meiner erzkatholischen Erziehung, d.h. als mein Verstand im Anschluss an die Pubertät unabhängiger wurde, einen Hass nicht nur auf mein familiäres Milieu, sondern außerdem auf die Kirche entwickelt und deren Chef, der mich als pubertierender Junge in seinem Voyeurismus häufiger heimsuchte als der Teufel persönlich.

Meine Mutter hat immer Ehrlichkeit gegenüber seinem Nächsten eingefordert, welches grundsätzlich ein unumstößliches moralisches Prinzip ist, das wir nicht in Frage stellen möchten. Um dieses positive Gebot allerdings durchzusetzen, nahm sie den Allmächtigen zu Hilfe und positionierte ihn mitten in mein Gehirn. Auf diese Art konnte der liebe Gott meine Schaltzentrale bis ins Detail kontrollieren, sich jeden Gedanken, den ich fasste und jedes Bild, das ich entwarf, ansehen wie in einem Film, den er archivierte und bei Bedarf als Beweismaterial gegen mich verwenden konnte.

Während ein totalitärer irdischer Herrscher nur über ein perfides Bespitzelungssystem private Informationen über seine Untertanen gewinnen kann, ist der liebe Gott wie in Orwells Roman *1984* durch die *Thought Police, thinkpol* in der Neusprache, d.h. eine Art Denkpolizei, in der Lage bis in die Gedanken der Menschen vorzudringen. Seine nicht sichtbare Gewalt, wie wir sie aus autoritären Regimen kennen, ist daher als absolutes Kontrollorgan wesentlich effektiver.

Für mich als Kind war Gott eine allgegenwärtige Überwachungsinstanz in Form eines *Big Brother is watching you*, so dass ich nicht nur körperlich nackt und entblößt wie eine Ackerschnecke auf der Weltbühne vor ihm stand, wo mich alle anstarrten, sondern überdies meine Gedanken transparent waren, d.h. von *Ihm* gelesen werden konnten. Ich lag vor *Ihm* wie ein offenes Buch und hatte keinerlei Möglichkeit des Rückzugs, der Privatheit oder der Intimität. Und genau darin bestand der Terror. Nicht erst eine frevelhafte Handlung, sondern bereits ein falscher Gedanke konnte erkannt und unmittelbar bestraft werden.

Und fast alles, was ich als Kind tat und dachte, war Sünde und Missetat vor dem strafenden Auge Gottes, dem Wächter über den Erdenmenschen, seinen Kindern. Ich musste daher ständig damit rechnen, dass mir ein Unheil zustieß, sei es in Form einer schlechten Note in der Schule, einer Verletzung bei einer Prügelei, einer Krankheit, eines Unfalls oder einer anderen Plage, die mich täglich heimsuchen konnte.

Als mein Bruder mit kaum zwei Jahren in der Küche ausrutschte, sich das Bein brach und für sechs Wochen ins Krankenhaus eingeliefert wurde, betrachtete meine Mutter dieses Ereignis als Strafe Gottes, weil mein Bruder oder vielmehr sie bestimmte Verfehlungen zu verantworten hatte, die ihr zwar nicht bewusst, aber von Gott bemerkt und notiert worden waren. Über ihr eigenes Kind als Geißel verbüßte sie nun eine leidvolle Strafe. Wenn ich in diesem Zusammenhang als Kind zögernd äußerte, dass ich das als ungerecht empfand, weil mein Bruder als kleines Kind mit Bestimmtheit nichts Verwerfliches angestellt hatte, verwies sie auf die verworrenen, aber gerechten Wege Gottes, die für den Menschen nicht immer einsichtig seien.

Das klang nicht nur gefährlich und bedrohlich, sondern verlangte von mir die völlige Unterwerfung unter eine Kontrollinstanz, die sich meinem Verständnis entzog, weil sie im Namen eines höheren Gesetzes willkürlich oder sogar widervernünftig handeln und bestrafen durfte. Wurde ich auf diese Weise nicht als Kind dazu diszipliniert, befremdende, irrationale, paradoxe Verhaltensmuster zu internalisieren, und zwar aus dem einzigen Grund, dass sie gottgewollt waren?

Später während des Studiums begegnete mir dieselbe Fragestellung in Form des Theodizeegedankens. Wie konnte Gott in Anbetracht seiner Allmacht und Allgüte das Leid in der Welt rechtfertigen? Warum ließ er es zu, dass es dem Gerechten schlecht und dem Sünder gut ging? Dass unschuldige Kinder Opfer von Krieg und Naturkatastrophen wurden? Wenn Gott das Leid verhindern könnte, ohne es zu tun, wäre er missgünstig und nicht barmherzig; wollte er das Übel beseitigen, könnte es aber nicht, wäre er schwach. Beide Bedingungssätze widersprechen daher der Prämisse seiner Allmacht und Allgüte.

Diese Ungerechtigkeit und Widersprüchlichkeit führte nicht nur bei bestimmten antiken Philosophen, sondern auch bei Hiob im Alten Testament zu Zweifel, Agnostizismus oder Atheismus und hat auch mein Denken bis auf den heutigen Tag stark beeinflusst und zum Unglauben getrieben. Die Frage nach dem Leid ist für mich wie bei Georg Büchner der *Fels des Atheismus*. Nichtsdestoweniger zweifeln Atheisten im gleichen Maße wie Gläubige, weshalb ich mich frage, ob es unter Umständen nur die Eitelkeit des Menschen oder seine geistige Beschränktheit ist, die es ihm nicht erlaubt, den Sinn des Weltenlaufes zu verstehen und ihn aus diesem Grunde an der Gerechtigkeit Gottes zweifeln lässt.

Unterdessen ist gleichfalls nicht auszuschließen, dass das Böse möglicherweise als Notwendiges auf dem Wege zum Guten liegt und wie der Krieg den Frieden ein Besseres impliziert. Oder das Böse ist nur ein Mangel an Gutem in der besten aller möglichen Welten. Starb Jesus nicht unschuldig am Kreuz und verlor Hiob nicht alles, was ihm wichtig war, ohne jedoch an Gott zu zweifeln? Brauchte Gott Vater das blutige Sühnopfer seines Sohnes, um Gnade ausüben zu können? Kann man an einen liebenden Gott glauben, der seinen eigenen Sohn qualvoll hinrichten lässt? Die Religion war für mich immer eine Marter im Kopf, ein Pfahl im Fleisch: der Versuch des Denkens, das Undenkbare zu denken, das Unsichtbare zu schauen, das Unbegreifliche zu verstehen, das Unerklärbare zu erklären.

Ich erinnere mich noch genau an das Zitat Lessings aus seiner Duplik im Jahre 1778, das ich während des Studiums aus Begeisterung auswendig gelernt habe und mich desgleichen als Atheist in tiefe Meditation verfallen lässt: „Nicht die Wahrheit, in deren Besitz irgendein Mensch ist oder zu sein vermeinet, sondern die aufrichtige Mühe, die er angewandt hat, hinter die Wahrheit zu kommen, macht den Wert des Menschen. Denn nicht durch den Besitz, sondern durch die Nachforschung der Wahrheit erweitern sich seine Kräfte, worin allein seine immer wachsende Vollkommenheit bestehet. Der Besitz macht ruhig, träge, stolz. - Wenn Gott in seiner Rechten alle Wahrheit und in seiner Linken den einzigen immer regen Trieb nach Wahrheit, obschon mit dem Zusatze, mich immer und ewig zu irren, verschlossen hielte und spräche zu mir: „Wähle!" - ich fiele ihm mit Demut in seine Linke und sagte: „Vater, gib! Die reine Wahrheit ist ja doch nur für dich allein!"
"

„Herr Krieger, ich muss Sie an dieser Stelle unterbrechen, aber die heutige Sitzung ist leider vorbei. Wir sind bereits drei Minuten über der Zeit, und der nächste Patient wartet unter Umständen bereits. Es war sehr interessant, aufschlussreich. Und vergessen Sie nächstes Mal nicht, eines oder zwei Ihrer Gedichte vorzulesen, die Sie offensichtlich heute schon mitgebracht haben. Die Kirche und der liebe Gott scheinen Sie sehr zu beschäftigen. Auf Wiedersehen und bis zum nächsten Mal."

Herr Gabler hatte sich bedankt wie ein Student nach einer Vorlesung. Hätte er mich nicht für diese Fortbildung bezahlen oder mir zumindest einen Rabatt gewähren müssen? Nach zwei Jahren Therapie hätte er wahrscheinlich das Staatsexamen in Philosophie oder Theologie absolvieren können. So betrachtet war er zu beneiden, konnte er sich doch in der Enzyklopädie seiner Patientendateien immerwährend fortbilden. Wie gerne hätte ich mich einmal mit ihm unterhalten. Er musste nach über zwanzig Jahren Erfahrung als Therapeut ein Universalgelehrter sein. Aber äußerstenfalls gab es tatsächlich noch schlimmere Fälle als mich, wirklich Gesunde, die den kranken Menschenverstand völlig verloren hatten.

Ich nahm mir vor, Herrn Gabler in einer der nächsten Sitzungen nach seiner Meinung zu fragen und außerdem danach, wie er meine Äußerungen psychologisch deutete. Für 120 DM konnte ich mehr Weisheit verlangen als einen weißen Block, den ich beschrieb. Wie bereitete er die Sitzungen vor? Bereitete er sie nach? Würde es ein Gutachten geben? Wer läse es? Gottes Wege waren tatsächlich verworren, und nicht nur an der Gesamtschule. Mir wäre es wahrscheinlich bedeutend schwerer gefallen, über Herrn Gabler ein Gutachten zu schreiben oder eine Diagnose abzugeben, da er, vielleicht bedingt durch seinen Beruf, im Begriff war, das Sprechen zu verlernen, wenn man nach Watzlawick auch nicht nicht kommunizieren konnte.

Eventualiter konnte ich es noch vor dem Jüngsten Gericht lernen, bestimmte Dinge zu akzeptieren, obwohl ich sie nicht verstand, so etwa den altgesamtschulischen Zorn Gottes. Aber vorerst wollte ich Herrn Gabler nicht bedrängen, war doch er der Arzt und ich der leidende Patient, der geduldige Hiob, den der Gesamtschulsatan auf die Probe stellte, um zu prüfen, ob ich auch im Unglück nicht das Vertrauen auf das Beamtentum und die Bezirksregierung verlor. Hatte ich vorher an diesen Gott nur geglaubt, weil er mir Sicherheit und Lebensglück versprach?

Ein weiterer Termin beim Psychologen

„Nehmen Sie Platz Herr Krieger beziehungsweise machen Sie es sich bequem, legen sich hin und fahren vielleicht dort fort, wo wir letzte Woche unterbrochen worden sind. Sie scheinen mit dem *lieben Gott* noch mehr als ein Hühnchen zu rupfen zu haben, und heute wollen wir im Übrigen Ihre Gedichte nicht vergessen. Waren Sie wieder fleißig?"

Mit Gott ein Hühnchen zu rupfen, war nicht sehr poetisch gesprochen, musste er zunächst doch existieren und das Hühnchen auch. „Wenn Sie mir erlauben, so würde ich kurz Stellung beziehen zu Ihrer Äußerung *der liebe Gott*, zumal wir in der letzten Sitzung von der Problematik gesprochen haben" – mit dem *wir* übertrieb ich ein wenig, denn Herr Gabler hatte schließlich mit keinem Wort zu der Problemstellung beigetragen –, „wie die Vorstellung eines allmächtigen Gottes angesichts des Leids in der Welt zu rechtfertigen sei."

„Nur zu, Herr Krieger, aber ich möchte Sie durch meine wenigen Worte in keiner Weise beeinflussen. Fühlen Sie sich also völlig frei, Ihren Faden wieder aufzunehmen oder auch einen neuen zu ergreifen. In Ihrem wahrscheinlich von Ihrer Frau gestrickten Pullover sind die Enden der Wollknäuel ohnehin miteinander verbunden."

„Ich frage mich, wie Wolfgang Borchert in seinem Stück Draußen vor der Tür. Ein Stück, das kein Theater spielen und kein Publikum sehen will, wann warst du lieb, lieber Gott? Warst du lieb lieber Gott, als ich in Stalingrad war? Warst du lieb, als die Kanonen brüllten? Nach den Erfahrungen des Zweiten Weltkriegs ist der liebe Gott ein alter Mann, an den niemand mehr glaubt, ein zorniger, weinerlicher alter Mann. Und in Georg Trakls Gedicht Grodek, das die Erfahrungen des Autors im Ersten Weltkrieg wiederspiegelt, bevor der Autor sich das Leben nimmt, wohnt ein zürnender Gott im roten Gewölk, der die Verwundungen, den Schmerz, den Tod und die Vernichtung nicht zu verhindern weiß, denn alle Straßen münden in schwarze Verwesung, während die Angst das Licht des Lebens schluckt. Hörten die expressionistischen Dichter schon die Posaunen der Apokalypse? Sahen sie das Letzte Gericht, das Ende der Welt herannahen?

Ist es nicht barbarisch, wie Theodor W. Adorno meinte, nach Auschwitz noch ein Gedicht zu schreiben? Ist jegliche ästhetische Stilisierung eine Minderung des Grauens, durch welche den Opfern Unrecht widerfährt? Bin auch ich ein Opfer? Sind wir alle Opfer? Auf wessen Gnade warte ich? Die der Bezirksregierung? Wie lieb war der liebe Gott als er die Gesamtschule erfand? Wie lieb, als er mich an diese Front schickte? Erlebe ich meinen persönlichen Krieg? Tritt dieser von außen an mich heran oder liegt er in mir begründet. Was meinen Sie dazu, Herr Gabler?"

„Ich meine, dass wir das herausfinden werden, wenn Sie sich weiter öffnen. Der Knoten wird sich von alleine lösen. Allerdings kann ich nicht vorhersagen, wie lange das dauern wird. Einige Wochen, Monate, ein Jahr oder zwei. Erzählen Sie weiter, denn in Ihnen liegen anscheinend viele Probleme, die miteinander verbunden sein mögen, ohne dass wir zum jetzigen Zeitpunkt den Schlüssel zur Lösung bereits gefunden hätten. Die Psyche ist ein komplexes Labyrinth, dessen Wege sich nicht unmittelbar offenbaren. Wir brauchen Zeit. Wir haben Zeit.

Ab und an denke ich, dass Sie sich unabhängig von der Gesamtschule auch eine Menge Probleme angelesen haben. Das macht Sie interessant, aber unter Umständen gleichermaßen schwierig, für die anderen und für sich selbst. Gleichzeitig sind Sie nicht für alle Probleme verantwortlich und müssen außerdem nicht alle Lebensfragen lösen. Das Leben ist ein Rätsel, bleibt ein Rätsel. Allein wollen Sie diese Tatsache in Ihrem faustischen Drang nicht akzeptieren. Als Folge dessen werden Sie zu einem Getriebenen, der sich von den anderen bedroht und gleichzeitig durch die Zeit gehetzt fühlt, die ihnen immer fehlt.

Schauen Sie mal: Momentan brauchen Sie nicht zu arbeiten und sollten sich erholen. Sie arbeiten aber offensichtlich von morgens bis abends an wissenschaftlichen Projekten sowie der Herausgabe von Gedichten, zerbrechen sich den Kopf über dieses und jenes und entfernen sich immer weiter vom alltäglichen Leben. Darüber hinaus wollen Sie unablässig Dinge ändern, die man nicht ändern kann oder verstehen, die man nicht verstehen kann. Auf Grund dessen holen Sie sich unentwegt eine blutige Nase, rennen mit dem Kopf gegen die Wand und beschuldigen überdies die anderen, Ursache für ihre Probleme zu sein.

Entschuldigen Sie, wenn ich mich zu diesen Kommentaren habe hinreißen lassen, denn wir machen weder eine Verhaltenstherapie, noch eine Gesprächspsychotherapie oder systemische Psychotherapie, sondern eine klassische analytische Psychotherapie, in der wir unter anderem Ihre Vergangenheit aufarbeiten, um Ihre Probleme im Hier und Jetzt zu lösen. Dabei geht es weniger darum, wie in der tiefenpsychologisch fundierten Psychotherapie, ein konkretes Problem zu lösen, als eine ganzheitliche Wahrnehmungsveränderung herbeizuführen. Glauben Sie deshalb nicht, dass ich Sie von Ihrer Gesamtschulneurose heilen kann. Diese ist nur ein Symptom für weitere verborgene Baustellen Ihrer Seele.

Deswegen bemühe ich mich in meiner ganzheitlichen Methode, Ihre assoziativen Gedanken nicht zu unterbrechen, zu kommentieren oder zu bewerten. Sie müssen aktiv bleiben, während ich eine neutrale Rolle annehme, weil ich kein heilendes Medikament habe, das ich Ihnen verabreichen könnte. Jedenfalls werde ich Sie dazu animieren, weiter in Ihre Vergangenheit einzutauchen, damit Sie sich selber verdrängter Entwicklungsschritte oder sogar traumatisierender Ereignisse bewusst werden, die gar nicht in einem direkten Zusammenhang mit Ihren heutigen Problemen stehen müssen, diese aber indirekt beeinflussen oder verursachen können.

Eines ist jedenfalls bereits deutlich hervorgetreten, und zwar, dass Sie ein Problem im Umgang mit administrativen Denkmustern haben und insbesondere mit starren und rigiden Regeln. Blinde Autoritäten lehnen Sie ab, werden sich aber in Zukunft unter Umständen an die eine oder andere gewöhnen müssen. Das Leben ist weder immer logisch noch vernünftig. Des Weiteren liegen Sie im Zwist mit dem lieben Gott und Ihrer lieben erzkatholischen Mutter. Gerne möchte ich, dass Sie mir in einer der nächsten Sitzungen, wenn Sie wollen, auch einmal von Ihrem Vater erzählen.

In diesem Sinne wollen wir fortfahren. Allerdings wollten Sie mir heute noch eines oder zwei Ihrer Gedichte vorlesen, an denen Sie gerade arbeiten und die vermutlich etwas mit Religion zu tun haben, oder täusche ich mich in diesem Fall?“

Der Redeschwall des Psychologen hatte mich nicht wenig überrascht. In allen Ehren, er war nicht nur der deutschen Sprache mächtig, die er offensichtlich verstand, sondern konnte zu meiner allgemeinen Überraschung sogar aktiv sprechen und etwas Vernünftiges sagen. Ich hatte ihn vermutlich zu vorschnell als stummen Fisch und als keinen großen Denker eingestuft.

„Nein, Sie haben beileibe ins Schwarze getroffen. Die Gedichte, die ich in den letzten Wochen geschrieben habe, thematisieren *de facto* den lieben Gott, die Sünde, den Tod sowie die Kirche in ihrer falschen Devotion und Heuchelei. Dergestalt habe ich die Religion nämlich in meiner Kindheit erlebt. Während die Idee eines abschließenden Letzten Gottesgerichts die endzeitlichen Vorstellungen von der Einkehr in den Himmel oder der ewigen Verdammnis suggeriert, von Erlösung oder Vernichtung, übt Gott über den Menschen physische und psychische Gewalt aus, indem er vernichtet, schlachtet, tötet, zerstört, auslöscht, zerschlägt, zerstampft sowie demütigt, entblößt, erschreckt, verachtet, verflucht, verwünscht. Wie soll der ewige Sünder Gnade erlangen?

Als Kind ging ich zur Beichte, um die Last meiner kleinen Verbrechen zu löschen. Jedoch empfand ich die Beichte als einen Akt der Demütigung und des psychischen Zwangs, einem Fremden gegenüber intimste Handlungen und Vorstellungen offen zu legen sowie die kleinen Lügen und Verfehlungen des Alltags einzugestehen. Um nichts zu vergessen und auf keinen Fall einen schwarzen Fleck auf meiner Seele zu belassen, schrieb ich meine Sünden vor der Beichte immer auf einen Zettel, so wie meine Mutter es für die Einkaufsliste praktizierte. Anschließend lernte ich die auf dem Zettel mit Sorgfalt notierten Sünden auswendig, da ich sie in dem unwirtlichen und dunklen Beichtstuhl nicht ablesen konnte. Es war wie bei einem Vokabeltest, bei dem man keine Vokabel vergessen durfte, denn anderenfalls war das Ergebnis niederschmetternd, das Böse wirkte weiter in meiner Seele. Nichtsdestotrotz stellte selbst die Eins im Beichttest keine länger andauernde Erleichterung in Aussicht, weil die soeben weiß gewaschene Seele durch irgendwelche Gedanken, die ich nicht meiden konnte, schon wieder befleckt wurde. Aus der Nummer des Schuldigen kam ich infolgedessen als Kind nicht heraus.

Auf Grund dieser Tatsache schien es folgerichtig, dass man sonntags die Messe besuchte, um abseits seiner Freveltaten Buße zu zeigen und den lieben Gott um Vergebung zu bitten, damit er Milde walten ließe. Während die erwachsenen Gottesdienstbesucher, die in ihrer pompösen Sonntagskleidung, Anzug oder Kleid, auf den Bänken im Mittelschiff Platz nahmen, meistens schliefen, meditierten oder über diverse Geschäfte beziehungsweise die Nachbarschaft nachdachten, saßen die Jugendlichen im nördlichen und südlichen Querarm des Querhauses sträng nach weiblichem und männlichem Geschlecht getrennt.

Allerdings hatten wir, außer während der Kommunion, einen freien Blick über die Vierung auf die Mädchen, die wir mit Argusaugen bis ins kleinste Detail beobachteten. Gerne hätten wir uns, insbesondere im Sommer als die Röcke kürzer und die Blusen enger wurden, ein Fernglas gewünscht oder die hundert Augen des Riesen Argos, während wir wie Zeus darüber nachdachten, wie wir mit unserer geliebten Io ein Schäferstündchen organisieren könnten, ohne dass der Riese uns an die Göttin Hera verriet, welche ihn zur Überwachung ihres Göttergatten eingestellt hatte.

Das Hochamt dauerte an einigen Sonntagen bis zu 60 Minuten, aber in unseren erotischen Phantasiereisen verging die Zeit immer zu schnell: ein streichelnder Blick die Beine entlang bis zum Oberschenkel, danach imaginäre Szenerien, ein vibrierender Blick auf den sprießenden oder bereits üppig ausgeprägten Busen, verbunden mit der Vorstellung, Knöpfe der Bluse öffnen, T-Shirt hochziehen, ausziehen, anfassen, und wieder rege Phantasie, dann folgten weitere imaginäre Übungen, wollten die Mädchen unterschiedlichen Alters zwischen 12 und 17 Jahren doch verglichen, ausprobiert und in eine Favoritenliste eingetragen werden. Die Begriffe geil, heiß, scharf, aufreizend, rattig, fickerig wurden von der Jury als Wohltat für die 100 Argusaugen mit mehr Punkten bewertet als die weniger erregenden hübsch, nett, schlank oder ansehnlich. Zarte, hagere Mädchen mit zierlichem Körperbau, aber ohne bereits ausgeprägten Vorbau, wenn auch viele mit ihren durch Watte aufgefüllten BHs mogelten, um mehr Weiblichkeit zu simulieren, waren für einen Pubertierenden wenig attraktiv, dessen Vorstellungskraft nach hervorstechenden weiblichen Merkmalen lechzte. Leider benahmen sich die Mädels nach der Messe meistens prüder als wir sie in unserer lustvollen Vorstellung entworfen hatten. Die Realität war nicht so leicht zu manipulieren wie der Gedanke."

„Lieber Herr Krieger, ich unterbreche sie nur ungern in Ihrem Gedankenrausch, aber es verbleiben nur noch 15 Minuten, und ich wollte Sie daran erinnern, dass Sie noch Ihre Gedichte vorlesen wollten, damit Sie diese nicht zum wiederholten Male vergeblich mitgebracht haben."

„Selbstverständlich, gerne, Herr Gabler. Ich habe Ihnen zwei amüsante Gedichte zum Thema „Kinderbeichte“ und „Der falsche Devot“ mitgebracht sowie zwei tiefsinnigere mit dem Thema „Der Tod Gottes“ und „Höllenerotik“. Für die letzten beiden Gedichte brauche ich, ehrlich gesagt, etwas Mut, um Sie Ihnen anzuvertrauen.“ „Herr Krieger“, antwortete Gabler mit leichtem Schmunzeln, „wenn Sie in mich als Arzt und Therapeut kein Vertrauen setzen, der schweigt wie ein Grab, in wen dann? Ich garantiere Ihnen, dass Sie noch weit entfernt sind von all den vermeintlichen Peinlichkeiten, welche meine Ohren schon zu Gehör bekommen haben. Und selbst als Therapeut wünschte ich mir manches Mal nichts sehnlicher als von Taubheit befallen zu sein, wohingegen es mir bislang ein Vergnügen ist, Ihnen zuzuhören. Und jetzt legen Sie los!

Kinderbeichte

Lieber Priester Schuldbekenntnis
Hören Sie mal mein Geständnis

Habe siebenmal gelogen
War auch manchmal ungezogen

Schamlos habe mich benommen
Unkeusch war ich, unbesonnen

Meine Schwester hab' geschlagen
Ohne jedes Unbehagen

Naschen wollte ich sehr gierig
Die Verstecke manchmal schwierig

Schlechte Wörter, die sehr schmutzig
Machten Opa häufig stutzig

Mit der Oma war ich frech
Doch sie griff mich, welch ein Pech

Vater habe ich bestohlen
Ohne dass er's hat befohlen

Tiere habe ich erwählt
Sie zu Tode dann gequält

Meine Mutter hab' verachtet
Wenn sie war vom Freund erwartet

Mit den Freunden hab' gestritten
Augen, Ohren, Lippen litten

Papa hat 'ne Frau geküsst
Ach, wenn das die Mutti wüsst

Abends manchmal ich belauschte
Was im Elternzimmer rauschte

Habe viel geseh'n, gehört
Öfters war ich sehr empört

Meistens war ich aber lieb
Selten nur ein kleiner Dieb

Meine Sünden mir vergebe
Dass ich ruhig weiterlebe

Werde es nie wieder tun
Gott sei Ehre, Gott sei Ruhm

Kaum ist es noch freigesprochen
Hat es wieder was verbrochen

Weiße Seele wird befleckt
Denn das Böse lockt und neckt

Doch die Sünde ist nicht schlimm
Geh'n zur Beichte wieder hin

Alles wird uns hier vergeben
Einfach ist das Christenleben

Der falsche Devot

Kurz vor zehn die Glocken tönen,
rufen auf, uns zu versöhnen,
in der Messe uns zu freuen
und die Sünden zu bereuen.

Eilig man sich vorbereitet,
doch wenn man zur Messe schreitet,
geht man langsam, und die Frau
trägt die Pelze stolz zur Schau.

Denn bei dieser Promenade
auf dem Weg zur Gottesgnade
stellt man auch die Garderobe
prunkvoll dar zum Gotteslobe.

Auch der Streit, der jeden Morgen
zeigt die familiären Sorgen,
wandelt sich in Sympathie,
Harmonie herrscht wie noch nie.

Draußen vor dem Kirchentor
hört man schon den Kinderchor
freudig singen, jubilieren,
für den Herrgott musizieren.

Der Gesang stimmt zwar nicht froh,
doch ersetzt das Radio,
und die dumpfe Langeweile
schwindet nun in großer Eile.

Manche schlafen, schnarchen, träumen,
denn sie wollen nicht versäumen,

eine Stunde auszuruhen,
wie sie's sonntags immer tun.

Oder man benutzt die Stunde,
um zu schau'n in stiller Runde,
wie die Nachbarn sind gekleidet,
oft man leider sie beneidet.

Auch kann man hier überlegen,
während man erhält den Segen,
welche Arbeit zu verrichten
noch verbleibt und and're Pflichten.

Bei der Predigt von der Schlange
wird den Kindern manchmal bange,
denn die Welt ist voll von Bösem,
doch der Herr wird sie erlösen.

Fühlt ein jeder Gottessohn,
dass der Herrgott auf dem Thron
uns vom Übel stets befreit,
herrlich diese Sicherheit.

Denn die Kirche stellt zur Wahl,
dieses Erdenreich der Qual
zu vertauschen mit dem Leben
in dem heil'gen Garten Eden.

Und die Kosten, die zu tragen,
sind gering, man kann es wagen,
diesen Bund mal zu versuchen,
eine Karte hier zu buchen.

Geht am Sonntag in die Messe,
ist getauft mit Salz und Nässe,
für die Sünden sorgt die Beichte,
wollen meinen, dass das reichte.

Wandeln selbst zur Kommunion,
noch ein Stückchen Brot als Lohn
ohne Marmelade zwar,
doch hier zahlt man nicht in bar.

Nun ist man für sieben Tage
schon befreit von dieser Plage,
und man fühlt sich rein, befreit,
Christen sind gebenedeit.

Der Tod Gottes

Begraben im unendlichen Meer des Nichts,
besiegt durch den Logos des Nicht-Seins,
liegt der Dreieinige Allmächtige - tot.

Erkrankt an der Sünde seiner Existenz,
erblindet an der Finsternis seines Lichts,
ergriffen durch die Priester seiner Heiligkeit,
erstickt am Elend seiner Kreation.

Durch die Apokalypse der schwarzen Soutane
entnabelt sich die geknechtete Welt
von dem Inferno seiner Finsternis
und ejakuliert durch das Autodafé des Bösen
die Apotheose der harmonischen Energie
und die Renaissance des Guten.

Entfesselt von den Banden des Tyrannen,
befreit von der Phobie des Jenseits
und den Exzessen seiner Macht,
genießen wir die Sicherheit unserer Endlichkeit
und gestalten unser Leben in ausgeglichener Lust.

Höllenerotik

Die Schuld für Verderbtheit der Sittenmoral
Vereinigt die Sünder in höllischem Tal
Gepeinigter Körper und leidender Wesen,
Die niemals genesen, doch auch nicht verwesen.

Homos, Perverse, unkeusche Frauen,
Blutjunge Hexen mit kratzenden Klauen,
Die gegen Staat und Theologie,
Werden verbannt und geschändet wie nie.

Im Heiligen Reich der Schattengestalten
Lässt man die Inzucht mit Freude noch walten,
Nur statt der Lust ist die Pein der Effekt,
So dass am Ende die Wonne defekt.

Hurende Menschen in gierigem Feuer
Tanzen verzweifelt, ekstatische Qual,
Stöhnen vor Wollust, bezahlen es teuer,
Dass sie auf Erden verstießen das Mahl.

Jammernde Leiber füllen Gemächer,
Wo schneidende Ruten der knechtenden Rächer
Das reuige Röcheln mit reißenden Hieben
Freudig verhöhnen, wie sie es lieben.

Zornige Sklaven in schändlicher Wut
Misshandeln die Frauen mit tierischer Glut,
Entehren verlorene Scham an dem Pfahl
Der unkeuschen Jungfern und scheren sie kahl.

Glühende Glieder – Ejakulation
Zerspringen vor Schmerzen, satanischer Hohn
Und geiles Gelächter aussetz'ger Fratzen
Betatschen Geschlechter mit krallenden Tatzen.

Beißende Flammen, sie lecken am Busen
Der schmelzenden Frauen, die als Medusen
Getrieben von schäumenden Wellen der Lust
erleiden die Brandung mit blutender Brust.

Gekochte Gedärme in siedendem Schweiß
Und flüssiger Kot als stinkender Saft
Dienen als Nahrung während der Haft
Und werden serviert zu niedrigem Preis.

Mit Samenschleim laben die Hunde der Hölle
Durstige Weiber und blutende Felle
Verendender Tiere dienen als Lager
Der Lust dieser teuflischen Nager.

Ein weiterer Termin beim Psychologen

„Nachdem ich letzte Woche in den Genuss Ihrer Gedichte gekommen bin, wirklich gut übrigens, mögen Sie mir heute gegebenenfalls etwas über Ihre Kindheit erzählen und insbesondere über Ihr Verhältnis zu Ihrem Vater, den Sie in vergangenen Sitzungen bereits als *Arschloch* erwähnt haben, ohne dieses Urteil jedoch zu erläutern."

Bei der erneuten Reise in die Vergangenheit wusste ich im ersten Moment nicht, welche Filmspule ich einsetzen sollte, um die Spirale des Denkens wieder in Gang zu setzen und verblieb einen Moment in Schweigen, zumal die ersten Jahre meiner Kindheit keine größeren Traumata aufzuweisen hatten, über welche zu berichten mir hätte Erleichterung verschaffen können.

„Bis in mein vierzehntes Lebensjahr fand ich meine Eltern eigentlich ganz nett, bekam ich im Sommer doch meine zwei Bällchen Eis, und im Winter gingen wir sogar an einigen besonders kalten Tagen gelegentlich im Restaurant essen. Ich durfte mir eine Bockwurst mit Kartoffelsalat und später ein paniertes Schnitzel mit Pommes Frites aussuchen. Der Großvater mütterlicherseits, der bei uns wohnte, bezahlte in der Regel die Zeche.

In der Grundschule und bis zur Klasse 9 war ich, im Gegensatz zu meinem drei Jahre älteren Bruder, nicht nur ein lieber Junge, sondern auch ein guter Schüler. Die Verhaltensauffälligkeit meines Bruders wurde unterdessen auf klassisch-bourgeoise Weise gelöst. Da unser Onkel, der neben uns in einem Doppelbungalow wohnte, Leiter einer Volksschule war, besaß er nicht nur pädagogische Autorität, sondern *inter alia* das absolute Vertrauen meiner Eltern. Seine Meinung in Erziehungsfragen, obwohl er selber nie Kinder hatte, galt als unfehlbar und wie in Stein gemeißelt.

Da mein Bruder durch sein widerspenstiges und aufsässiges Verhalten immer wieder für Zwistigkeit und Streit auch unter meinen Eltern bezüglich der zu treffenden Erziehungsmaßnahmen sorgte, schlug der Volkstribun, der im *cursus honorum* den höchsten Rang genoss, vor, meinen Bruder in ein katholisches Internat zu stecken, das *Collegium Augustinianum* Gaesdonck bei Goch am Niederrhein. In dieser Lehranstalt sollte man aus dem schwer erziehbaren Rotzbengel einen ordentlichen Staatsbürger machen: christlich, gebildet, gehorsam und untertänig. Über die entsprechenden Methoden, Lehrer und Erzieher sowie die Erfahrung der Kirche im Umgang mit renitenten Sündern verfügte die Anstalt. Das Problemkind wurde für die Dauer von neun Jahren weggesperrt, eingeschlossen, umerzogen und zu einem gestörten Menschen geformt, an dem Sie, Herr Gabler, sicherlich Ihre Freude hätten.

Seine Intelligenz hat ihm hingegen bis zum heutigen Tag den Psychologen erspart, weniger allerdings seinen Partnerinnen und Ehefrauen. Außerdem ist er Sänger geworden, so dass diese auch körperliche Betätigung neben seinem sozialen Erfolg zu einem gewissen seelischen Ausgleich geführt hat, zumal er vom aufwendigen ritterlichen Minnesang und der zumeist unerfüllten Liebe unmittelbar zur modernen Liebeslyrik und direkten Liebhaberei aufgestiegen ist. Dass dabei einige Kinder entstanden sind, liegt in der Natur der Dinge. Wir erinnern in diesem Zusammenhang an Walther von der Vögelweide.

Im Gegensatz zu meinem Bruder war ich *der liebe Paul* und durfte zu Hause bleiben, welches allerdings zu einem Albtraum führen sollte, den selbst ein bischöfliches Gymnasium durch sein Arsenal an psychischem und sozialen Terror kaum übertreffen konnte. Bei uns war der Bischof mein Vater. Nicht, dass er besonders religiös gewesen wäre, denn das verbot ihm seine Intelligenz, aber er war unfehlbar wie der Papst und Verwalter des kanonischen Rechts, welches für unser Zuhause den Wert und den Unwert von gesellschaftlichen Handlungen bestimmte. Meine Mutter war hingegen stärker für die moralisch-sittlichen Vorstellungen verantwortlich und könnte durch die Aussage Gretchens charakterisiert werden „Und meine Mutter ist in allen Stücken so akkurat" (Faust, Vers 3113–3114). Im Gegensatz zu Gretchens Mutter hatte sie allerdings eine Magd als Putzkraft.

Sie war gewissenhaft, sorgfältig, ordnungsliebend und davon überzeugt, die richtige Meinung zu vertreten, sofern sie in Abwesenheit meines Vaters einmal eine eigene Meinung äußerte. Dieses war dann die allgemeine Meinung des bürgerlich-konservativ-katholischen Geistes, der bemüht war, eben seine Ordnungsprinzipien aufrecht zu erhalten. Sie war traditionell, konventionell, naiv, gottgläubig, äußerlich fromm, rechts, reaktionär, nicht liberal, unfrei und vor allem spießerhaft, kleinkariert wie Biedermann und die Moralapostel, einfältig in ihrer weltfremden Geradlinigkeit.

Sie widmete sich den bürgerlichen Haushaltsarbeiten ihrer *kleinen Wirtschaft*, beklagte sich selten und gestaltete den immer wieder gleichen Tagesablauf. Darüber hinaus war sie ihrem Manne untertan und hatte sich in ihr unterwürfiges Dasein eingefügt, um einen tatsächlichen oder imaginären Zustand der Zufriedenheit zu erlangen. Behandelt wurde sie meines Erachtens häufig wie ein Hund, dem man befahl und nicht um seine Meinung bat. Genauso wollte mein Vater auch mit mir verfahren, wobei er zwar auf Widerstand stieß, ich jedoch in dem ungleichen Duell intellektuell und physisch meistens der Unterlegene blieb.

Von der Ausbildung her hatte mein Vater vor dem Krieg eine technische Lehre begonnen, die er nach dem Krieg angeblich an einer Fachhochschule mit dem Ingenieurdiplom abschloss. Da er kein Abitur besaß, hatten wir Kinder im Studium unsere Zweifel, ob sein Erfolgsweg in dieser Weise tatsächlich beschritten worden war, zumal er sich ab einem gewissen Zeitpunkt noch den Titel des Diplomingenieurs zulegte. Aber ein leistungsorientierter Vater konnte im Studium seinen Kindern nicht nachstehen und auf unser später kritisches Nachfragen äußerte er immer, dass seine damals besuchte Schule heutzutage einer Hochschule entspräche. Gleichzeitig entwickelte er eine Abneigung gegen ein bestimmtes Bildungsbürgertum, war sein Erfolg doch ausschließlich auf die Anhäufung von Kapital gebaut.

An oberster Stelle seines Wertekanons standen daher Leistung, Strebsamkeit und der erzielte Erfolg, der sich über ein gefülltes Bankkonto ausweisen ließ. *Jeder ist seines eigenen Glückes Schmied;* dieses war das liberal scheinende bürgerliche Credo meines Vaters, welches bei uns Kindern allerdings einen perfiden negativen Rückbezug hatte. Der nicht Erfolgreiche, d.h. derjenige, dessen Tätigkeit sich nicht in klingende Münze umsetzte, war selber schuld an seinem Misserfolg und daher ein Versager. War es nicht geradezu völlig unmoralisch anzunehmen, dass ein Rollstuhlfahrer, der beim Gleitschirmfliegen abgestürzt war, besser einen risikofreieren Sport hätte ausüben sollen oder ein Sozialhilfeempfänger nur hätte fleißiger sein müssen, um ebenfalls erfolgreich zu werden? Musik zu studieren und Sänger werden zu wollen, wie mein Bruder, oder Sozialarbeiter an einer Gesamtschule, entsprachen nicht den anzustrebenden besitzbürgerlichen Zielen meines Vaters. Aber so weit sind wir noch nicht, ich bin gerade erst vierzehn oder fünfzehn Jahre alt.

Deshalb begann ich auch erst nach meinem Bruder als zweiter Sohn eigenständig zu denken, während mein Bruder bereits wegen seines allzu selbständigen Willens in den Internatskerker der Verbannung abgeschoben worden war und meine sieben Jahre jüngere Schwester noch den Unschuldsstatus eines Kindes genoss. Solange ein Kind gehorchte, in der Schule funktionierte und seiner Umwelt gegenüber freundlich reagierte, waren die Eltern nett zu ihm. Leider wurden meine Noten jedoch schlechter, weil ich in meiner Entwicklung andere Schwerpunkte setzte, etwa den Kirchenmädchen nachzustellen, um die Theorie in der Praxis auszuprobieren.

Das gab Ärger. Nicht mit den Mädchen, die ebenfalls experimentieren wollten, sondern zu Hause, weil ich unpünktlich wurde, unzuverlässig und in manchen Aussagen unglaubwürdig, denn im Lügen war ich noch sehr unerfahren, welches ich aber perfektionieren würde. Mit der Wahrheit, so meine Erfahrung, kam man nicht weit, denn sie rief nur Empörung, Verärgerung und Gereiztheit hervor.

Mein Vater wirkte nach außen hin weitgehend als aufgeklärter Mensch und forderte von uns Kindern gleichermaßen, den Mut aufzubringen, unsere Interessen in der Öffentlichkeit zu verteidigen. Er war bei weitem kein Opportunist, sondern eher ein Querdenker, der mit dem Ist-Zustand nie zufrieden war und der wegen seiner innovativen Ideen auf der Arbeit geschätzt, jedoch gleichzeitig ebenso gehasst wurde, wenn er sich stur und unnachgiebig zeigte und mit dem Kopf durch die Wand wollte. Das hat ihm mit 50 Jahren den Job gekostet, woraufhin er sich als beratender Ingenieur selbständig machte und ab *dato* viel Geld verdiente. Wie? Indem er sich bei Aufträgen zur Herstellung von Ersatzteilen für die Zeche, welche über meinen Vater an kleinere Firmen zu günstigeren Preisen vergeben wurden, seinen eigenen Mehrwert in zweiprozentigen Margen ausbezahlen ließ. Jeder profitierte davon, vor allem jedoch der Berater und Vermittler.

Dass ich begann, meinen Verstand zu gebrauchen, war demzufolge an sich eine positive Entwicklung, weshalb ich für eine kluge Idee oder Argumentation in seltenen Fällen sogar ein Lob erntete. Dieses war allerdings die Ausnahme, denn mein Vater machte sehr schnell die Erfahrung, wie jeder aufgeklärte Herrscher, dass sich ein freier Gedanke ebenso gegen ihn selbst richten konnte. Genau in diesem Fall wurde der aufgeklärte Denker zum Despoten und brach in Wut und Zorn über mich her oder, noch schlimmer, beschimpfte mich mit bitteren Sarkasmen, die mich so stark verletzten, dass sie in meinem Gedächtnis nicht mehr gelöscht werden könnten.

„Du bist gehirnverbrannt"! „Du bist abnormal!" Dieses waren die heftigsten Demütigungen, die sich in meiner Psyche einbrannten. Ich war nicht nur anders als die anderen, welches noch als positiver Individualismus missverstanden werden konnte, sondern ich war krank in meinem Denken, d.h. nicht gesund und daher von minderem Wert.

Und wie Sie sehen, hat mein Vater Recht behalten. Heute sitze ich bei Ihnen und bin wertlos geworden."

„Reden Sie ruhig weiter, Herr Krieger, ich höre Ihnen aufmerksam zu und möchte Sie nicht unterbrechen." „Tatsächlich denke ich des Öfteren, dass ich froh bin krank zu sein, denn die Gesunden ticken meiner Meinung nach oftmals nicht richtig beziehungsweise existieren gar nicht als selbständig denkende Wesen. Denn was kann es Schlimmeres geben als sich als Wassertropfen im Meer aufzulösen und dabei seine Identität zu verlieren. Lieber liege ich noch als Wassertropfen allein in der Wüste, bevor ich von der Sonne absorbiert werde; lieber schwimme ich noch gegen den Strom, um die Quelle zu entdecken, als mit allen anderen durch ein Abwasserrohr ins Meer geleitet zu werden. Wenn alle anderen vorgeben, gesund zu sein, ist der Kranke der Außenseiter, aber er ist schöpferisch, kreativ, authentisch. Er erkennt sich selbst in seiner Andersartigkeit, die Individualität generiert, und spinnt, der Spinne gleich, den seidenen Faden des Lebens aus sich selbst."

Der kleine Paul spann häufig im positiven Sinne des Wortes, im Speziellen wenn er die kapitalistische Goldader seines Vaters in Frage stellte und humanitäre Visionen verteidigte, wie es der aufblühende Verstand eines heranwachsenden Menschen vor seiner Korruption durch die Gesellschaft aus seinem inneren Drang heraus verlangte. Allein wenn jeder seines eigenen Glückes Schmied war, warum sollte sich dann jemand um die sozial Schwachen kümmern oder das Elend in der Welt? Um all die Versager? Die Faulen und die Nichtskönner? Hatten sie etwas anderes verdient als soziales Elend? Waren sie in der Schule fleißig gewesen? Respektvoll gegenüber dem Meister in der Lehre? Warum hatten sie nicht vorgesorgt wie die fleißige Ameise im Gegensatz zu der pflichtvergessenen Grille in La Fontaines Fabel? Warum jemandem Hilfe anbieten, der selber Ursache für seine Not war?

Wir haben uns lange nicht mehr in Pauls Leben eingemischt und schlichtweg nur zugehört wie Herr Gabler wöchentlich Pauls Beichte abnimmt, ohne zu wissen, was er tatsächlich über Paul denkt. Allerdings können wir nicht akzeptieren, dass Paul es unterschlägt, Ihnen und Herrn Gabler von seinem Drogenkonsum zu berichten, es sei denn, dass er dieses für eine zukünftige Sitzung geplant hat oder spontan angehen wird, welches natürlich niemand von uns dreien weiß beziehungsweise von uns vieren, wenn wir Paul mitzählen, der selber noch nicht weiß, was sein Unterbewusstsein sich möglicherweise vorgenommen hat.

Auf diese unsichere Schiene wollen wir uns indessen nicht begeben, denn in diesem Falle wäre unsere Lebensgeschichte nicht planbar und unser Handeln nicht bewusst erklärbar. Leben wir nur in freien Assoziationen oder als kausale Wirkungen von abstrakten, unbewussten psychischen Selbstzuständen, die unsere reale Welt steuerten, während wir uns frei wähnten zu entscheiden, was wir tun und lassen möchten? Wäre unser Wollen wie durch ein unbekanntes Universum dissoziierter und nicht verbaler Orte determiniert, während wir meinten, unsere Handlungsabsichten frei und linear zu wählen?

Wissen wir über das reale psychische Unbewusste genauso wenig wie über die reale Außenwelt, über welche uns die Sinnesorgane angeblich informieren, aber ohne die Garantie nicht von ihnen getäuscht zu werden? Gelangt die Außenwelt als Abbild in unseren Verstand oder vermitteln die Sinne durch physikalische Reize nur die Voraussetzung für ein neuronales Spiel des Gehirns, welches äußere Reize und interne Gedächtniswelten verrechnet? Wieviel Realität können wir erkennen oder erleben?

Und wenn es gar keine Realität außerhalb des Gehirns gäbe? Sind Sie als Leser dann das Produkt unseres Gehirns oder Paul, Herr Gabler und wir anderen einzig und allein die Wirklichkeitskonstruktion Ihrer Vorstellungskraft? Hoffentlich haben Sie vor der Einnahme der Lektüre des Buches den Beipackzettel gelesen, welcher Sie auf die Risiken und Nebenwirkungen hinweist. Länger als eine Woche dürfen Sie nicht lesen, ohne vorher Ihren Arzt oder Psychologen zu konsultieren. Au, das tut weh, hat uns doch jemand den Buchdeckel um die Ohren geschlagen, so dass einige Buchstaben verrutscht sind, die wir wieder gerade rücken müssen.

Bevor Paul also fortfährt, Ihnen und Herrn Gabler über seine psychotherapeutischen Sitzungen zu erzählen, informieren wir Sie pflichtbewusst als verantwortungsvollen Leser über einige tragische Begebenheiten im Leben von Paul. Sie als sein treuer Gefährte haben geradezu einen Anspruch darauf, alles über ihn zu erfahren, um sich selber ein Bild von ihm zu machen. Anschließend können Sie argumentieren, urteilen, Paul Ihre Hilfe anbieten, ihn verschenken, oder sich von ihm abwenden, ihn ins Regal stellen, um eine bessere Geschichte zu (er)finden.

Nein, stopp, Unterbrechung, Szenenwechsel, Filmriss, das lasse ich nicht zu! Ich melde mich wieder zurück. Hier lieg' ich, Paul, und forme mein eigenes Bild des Unbewussten! Ich lasse es nicht zu, dass andere sich ansinnen, mich zu gestalten, ein Geschlecht zu entwerfen, das mir nicht gleicht. Ich habe gelitten, ich habe geweint, und ich erzähle um zu werden, der ich bin, um zu genießen und zu freuen mich, und um keinen anderen Erzähler zu achten.

Ein weiterer Termin beim Psychologen

Gehirnverbrannt war ich also und abnormal. Nicht schlecht als Zeugnis, ausgestellt durch seinen eigenen Vater. Sie verstehen jetzt sicherlich, Herr Gabler und lieber Leser, der an meiner Psychotherapie als treuer Freund teilhat, was ich in den Konflikten mit meinem Vater empfand. Abnormal bedeutet abartig. Ich war aus der Art geschlagen, d.h. eine Mutation, die von Mutter Natur in dieser Form nicht vorgesehen war. Da ich mich gegenüber meinen Artgenossen als körperlich gleich betrachtete, musste die Anomalität psychischen oder geistigen Ursprungs sein, eine Schlussfolgerung, die bei einem verbrannten Gehirn nahe lag. Es konnte nicht mehr gemäß seinem ursprünglichen Programm funktionieren. Und dieses Programm war, abgesehen von der angeborenen Hardware, von meinen Eltern im Erziehungsprozess nach und nach installiert worden. Plötzlich, d.h. mit aufkeimender Pubertät, machte sich der Computer allerdings selbständig und begann, seine eigenen Programme zu schreiben, welche mit den ursprünglich durch die Erziehung intendierten nicht übereinstimmten und zu Störungen in der Funktionsweise führten.

An den wenigen Tagen, an denen ich mich kampfstark fühlte, weil meine Argumentationsturbinen meinem Vater heiße Luft ins Gesicht bliesen und seine Worte auf der Zunge austrockneten, griff er zu radikalen Lösungen, indem er einfach den Stecker herauszog und mich an einem Neustart hinderte, indem ich das Haus für einen begrenzten Zeitraum nicht mehr verlassen durfte, bis ich wieder zu dem käme, was er Vernunft nannte.

Abartig und gehirnverbrannt. Ich war ein geistiger Krüppel des Denkens, dessen neuronale Bahnen unkontrolliert Achterbahn fuhren. Vermutlich wurde ich dadurch sogar zur Gefahr für die anderen. Tatsächlich wünschte man sich nicht, dass ich an Gesprächen teilnahm, die meine Eltern mit ihren wenigen Freunden führten. Sicherlich wollte man dadurch vermeiden, dass meine Behinderung sichtbar wurde. Wenn Bekannte bei uns zu Besuch waren und die Frage stellten, wo ich denn sei, antwortete man entweder, dass ich für die Schule arbeitete oder Musik im Partyraum hörte.

Gehirnverbrannt und abnormal. Ich war krank. Während das Fehlen eines Gehirns auf eine pathologische Dysfunktion meines Organismus hindeutete, war das Abnormale vielmehr ein psychopathologisches Phänomen, welches einer genaueren psychologischen oder psychiatrischen Diagnostik bedurft hätte. Meine Eltern lösten ihre Probleme aber durch Abwarten, Verdrängen oder die Verneinung von offensichtlichen Tatsachen.

Gehirnverbrannt und abnormal. Dass mein Verhalten teilweise von der allgemeinen Norm abwich, weil ich bestimmte Prinzipien ablehnte oder mich regelwidrig verhielt, konnte ich noch nachvollziehen, wobei eben diese Regelwidrigkeit die Pubertät geradezu definiert. Ich trug schulterlange Haare und hatte daher einen kurzen Verstand. Ich trug als zukünftiger Kriegsdienstverweigerer einen gebrauchten Parka der US-Army. Ich trampte, obwohl ich eine Monatskarte für den Bus besaß. Ich hatte nur wenige Freunde, mit denen ich mich regelmäßig in der Teestube des Museums traf anstatt mit vielen in die Kneipe zu gehen. Ging ich einmal in die Kneipe, war ich ein Asozialer.

Mit dreizehn hatte ich meine erste Freundin, mit der ich im Keller verschwand beziehungsweise in dem dortigen Partyraum. Nachmittags trieb ich mich ebenfalls lieber mit Mädchen herum, als am Schreibtisch für die Schule zu lernen. Ich rauchte schon mit vierzehn, aber noch keine Drogen. Ich reiste per Anhalter durch England und Schottland, während meine Eltern in dem Glauben waren, ich sei mit meinem Freund bei dessen Tante. Mit sechzehn fuhr ich per Anhalter nach Paris, um eine putzige Französin zu besuchen, die ich vorher während einer Städtepartnerschaft kennengerlernt hatte. Ihr Vater war Bulldozer-Fahrer auf dem Bau, ihre Mutter Putzfrau.

Ebenfalls mit sechzehn wollte ich die Schule verlassen, um Konditor zu werden, anstatt das Abitur und ein akademisches Studium anzustreben. Sonntags legte ich durch das Verzehren von drei Stücken Kuchen diese in mir angelegte Begabung offen zu Tage, die mein Vater regelmäßig mit dem Spruch kommentierte: „Immer rein in den hohlen Kopf. Nicht jeder kann ihn zum Denken benutzen." Aber, so meinte er, auch der Beruf des Konditors sei eine ehrenhafte Tätigkeit, erlaubte sie doch den faulen oder weniger Begabten als meiner fleißigen Mutter, sich Gebäck zu beschaffen, das man selber nicht in der Lage oder bereit war zu backen.

Allerdings müsste ich bei dieser Berufswahl mein Leben lang früh aufstehen, welches momentan nicht meine Stärke war. Und ob jemand zum Konditor prädestiniert war, weil er gerne Kuchen aß, aber im Alltag nichts *gebacken bekam*, war eine noch unbewiesene Hypothese, auf die man keine Zukunft bauen konnte. Damit war meine Karriere als Chef Patissier kompromittiert.

Eine andere Alternative, so meinte mein Vater, wäre der Blaumann, der als Einteiler die Arbeitskleidung des einfachen Arbeiters symbolisierte. „Wer nicht denken kann, macht sich eben die Finger schmutzig, während der Erfolgreiche die niederen Arbeiten von anderen ausführen lässt. Aber diese Menschen brauchen wir bekanntlich natürlich ebenso. Deine Mutter zum Beispiel hat eine Putzhilfe."

Welches genau die Funktion dieser häuslichen Angestellten war, konnte ich als Kind nicht erkennen. Da meine Mutter nicht arbeitete und sich zu Hause langweilte, half sie der Putzfrau gerne beim Fensterputzen oder bei anderen Arbeiten oder stand zumindest neben ihr, um sie durch ihr Geschwätz von der Arbeit abzuhalten. Wurde sie nicht fertig, konnte sie gerne Überstunden machen. Ich hatte den Eindruck, dass Frau Krajewski eine Art bezahlte Freundin meiner Mutter war, damit diese sich in unserem Bungalow auf dem Lande in einem kleinen Kaff nicht allzu sehr langweilte, während mein Vater wegen seines beruflichen Erfolges als Ingenieur abends erst spät nach Hause kam. Erst sehr viel später dachte ich darüber nach, dass er eventuell auch eine Mätresse gehabt haben mochte und dass das äußerst hübsche Putzfräulein letztlich nicht nur für den Hausputz bezahlt wurde.

Auf meine Frage, warum meine Mutter eine Putzfrau bräuchte, erwiderte mir mein Vater, dass dieses einem gewissen Gesellschaftsstand entspräche. Meine Mutter hätte es nicht nötig, selber zu putzen, welches der Nachbarschaft und der Außenwelt anzeigte, wie erfolgreich mein Vater im Beruf war. Man konnte es sich leisten, sich jemand anderen zu leisten, der gegen Geld etwas leistete, was man selber nicht leisten wollte, weil es in der Gesellschaftsordnung als minderwertigere Leistung angesehen war. Dadurch wertete man sich selber auf.

Meine Mutter hatte zwar nur einen Volksschulabschluss, dieser lag damals allerdings weit über dem heutigen Niveau eines Gesamtschulabiturs. Sie konnte nämlich tatsächlich lesen, schreiben und rechnen. Durch ihre Rolle als Arbeitgeberin erlangte sie jedoch eine Macht, die sie in der gesellschaftlichen Hierarchie einige Stufen hinaufkatapultierte, so dass sie schließlich sogar halluzinierte, eine gebildete Dame zu sein, indem sie die Putzfrau in ihrer derberen Sprache oder auf Grund von einigen Verhaltensdeviationen als unzivilisiert herabwürdigte. Die Etikette des Hofes stellte die Bourgeoise dar, die im Schatten ihres Mannes und ohne viel Verstand ihre Eigenliebe zelebrierte und im sonntäglichen Hochamt ihre Pelzmäntel und Brillanten zur Schau trug: eine erfolgreiche Familie.

Während mein Bruder am Konservatorium in Duisburg bereits Gesangsunterricht erhielt und als zukünftiger Opernstar gehandelt wurde, erhielt ich im Halbjahreszeugnis drei blaue Briefe, eine Tatsache die intern gemaßregelt wurde, aber auf keinen Fall nach außen dringen durfte. Die Etikette verlangte Familienharmonie und eine exzellente Ausbildung, zur Not auch durch die Kasernierung in einem Eliteinternat. Meine langen Haare und meine Armeekleidung waren offenkundig bereits skandalös genug und nicht zu verbergen. Dass ich darüber hinaus noch so dumm war, dass ich sitzenbleiben könnte, war bei diesen tollen Eltern nicht einmal als Hypothese denkbar. Wollte ich meine Eltern auf diese äußerste Weise in der Öffentlichkeit bloßstellen? Ein Krieger, der sitzenbleibt? Nein, ein Krieger musste immer aufstehen und in den ersten Reihen marschieren.

Bei aller Abartigkeit der Sinne verteidigte ich darüber hinaus noch die Interessen der Arbeiterschaft sowie der sozial schwachen und bildungsfernen Schichten. Geld und gesellschaftlicher Erfolg interessierten mich wenig. Ich liebäugelte mit den kommunistischen Ideen Mao Zedongs und einer klassenlosen Gesellschaft - ohne Gesamtschulklassen. Ich pfiff auf materielle Güter und bourgeoisen Wohlstand. Ich war bereit die von mir gestohlenen Güter mit anderen zu teilen.

Für die wenigen Wochen, während derer ich am Unterricht teilgenommen hatte, fand ich mein Zeugnis noch recht gut. Tatsächlich hatte ich im ersten Halbjahr der elften Klasse an 41 Tagen die Schule geschwänzt und erklärte meinen Eltern, dass der vierwöchige Austausch mit der Richfield High School in den USA aus schulinternen Gründen offiziell als Fehlzeit ausgegeben werden musste. Ich klaute in der Stadt weit über 100 Bücher, bis mein Freund erwischt wurde. Ich las die Bücher, während er sie gegen Geld verkaufte. Wir feierten an einem Schulvormittag meinen Geburtstag zu acht in einer Kneipe und tranken acht Bier und acht Schnaps. Anschließend wurden wir während des Biologieunterrichts verhaltensauffällig, weil wir beim Mikroskopieren merkwürdige Tiere entdeckten.

Mit anderen Worten: Ich war ein ganz normaler Junge, oder? Und ein bisschen krank im Kopf, rebellisch und andersdenkend kann doch unter Umständen auch eine Qualität verkörpern. Natürlich hatte ich den besseren Schülern gegenüber Minderwertigkeitskomplexe, und körperlich groß und stark war ich ebenfalls nicht gerade. Nach Meinung meiner Eltern konnte nicht jeder so intelligent sein wie mein Bruder, der das Abitur notenmäßig gut und abgesehen von seinen im Internat entwickelten Neurosen problemlos bestand. Die Gesellschaft brauchte auch Menschen im blauen Kittel, für welche die anderen dachten und denen man sagte, was sie zu machen hätten. Für eine Arbeit am Fließband brauchte man kein Abitur. Und ob ich jemals die Intelligenz eines Konditors entwickeln könnte, war für meine Eltern ebenfalls höchst fragwürdig, denn dieser musste beim Abwiegen der Zutaten schließlich mit Zahlen umgehen können und die höhere Mathematik bis zum Dreisatz verstanden haben. – Ein menschenverachtender und menschenunwürdiger Diskurs.

Ein weiterer Termin beim Psychologen

Zwei von meinen besten Freunden, Michael und Reiner, die beide weniger die Schule als die offene Krefelder Drogenszene besuchten, hatten, wie Eltern so sagen, einen schlechten Einfluss auf mich. Michael konsumierte regelmäßig Shit. Wissen Sie was das ist? Gras? Nur dürfen Sie dieses nicht mit Rasenmähen oder dem Picknick im Freien assoziieren, sondern mit Haschisch, dem aus den Blütentrauben insbesondere der weiblichen, weil mehr Harzdrüsen enthaltenen Hanfpflanze gewonnenen Harz. Sie können auch Cannabis sagen, wenn Sie es als gebildeter Leser vorziehen, den lateinischen Begriff für Hanf zu verwenden oder Marihuana für das mexikanische Spanisch. Sollten Sie selber Konsument sein, werden Sie unter Umständen sogar lieber von einer entspannenden Arznei als von einem Rauschmittel sprechen. Sozusagen Yoga aus der Pfeife oder als Joint.

Michael, der in der Szene als Spezialist für die Qualitätsprüfung galt, achtete immer darauf, dass kein *Joint Venture* mit Partnern geschlossen wurde, welche Gummi, Wachs oder Sand als Streckmittel benutzten. Die Qualitätssicherung blieb eine heikle Angelegenheit und verlieh Michael als Zwischenhändler Verantwortung und Autorität. So konnte weder die Konsistenz noch die Farbe des Produkts zwingend auf die Herkunft hinweisen, wenn Streckmittel verwendet wurden, so dass der *Schwarze Afghane* oder der *Rote Libanese* trotz seines höheren Marktwertes nicht immer zuverlässiger wirkte als das hell- bis dunkelbraun-grünliche Haschisch marokkanischer Herkunft.

Übrigens, lieber Leser, wenn ich auch gerade beim Psychologen bin, bleiben wir im Gespräch. Ich denke immer an Sie, selbst wenn Sie mich bedeutend besser kennen als ich Sie. Gesetzt den Fall, dass Sie gerade ein Pfeifchen rauchen oder eine andere alkoholische Droge zu sich nehmen, übernehmen wir keine Verantwortung mehr für die Deutung der folgenden Zeilen und Abschnitte. Sollten Sie sich im Gegenteil an der Lektüre berauschen, könnte diese für Sie teurer werden, und zwar genau dann, wenn sie von der Polizei konfisziert würde.

Als aufgeklärter Bürger und kritischer Leser wissen Sie, dass nicht nur der Konsum gefährlicher Drogen sanktioniert und strafrechtlich verfolgt werden kann, sondern in manchen Ländern der Welt gleicherweise der Besitz oder der Konsum von Büchern, insbesondere wenn diese eine staatsgefährdende Ideologie verbreiten, etwa dass Gesamtschulen zur Nivellierung des Bildungsniveaus eines Landes führen könnten. Behalten Sie daher lieber Ihren klaren Verstand, damit Sie Rede und Antwort stehen können, falls jemand bei Ihnen schellte. Oder hat bereits jemand geklopft? Vielleicht ein Nachbar? Zögern Sie noch, an die Türe zu gehen? Haben Sie Ihre Fenster geschlossen oder geöffnet? Hätte jemand im Vorbeigehen gerochen, was Sie gerade lesen, oder gesehen, welche Buchstabenfarben Sie gerade mischen? Seien Sie auf der Hut! Lesen ist gefährlich und kann den gesunden Menschenverstand verderben. In welchem Land rauchen Sie gerade die Lektüre?

Auf Michael war immer Verlass. Nicht nur, dass er als einer der Ersten beim Kauf der Hanfplatten in den Genuss von Sonderangeboten gelangte, sondern auch weil die Qualität in den meisten Fällen stimmte. Anfänglich rauchte ich nur geringe Mengen, die mit Tabak gemischt in selbst gedrehten Zigaretten verarbeitet wurden. Diese konnten anschließend in aller Öffentlichkeit genossen werden, denn der Geruch war meistens undefinierbar, wenn die Kenner auch behaupteten, von ihm angezogen zu werden wie die Insekten vom Licht.

Die sich beim Rauchen von Haschisch verdampfenden Wirkstoffe rochen meist süßlich, manchmal würzig oder wie verbranntes Gras.

Meine Mutter, die sich damit abgefunden hatte, dass ihr Sohn rauchte, ohne zu wissen, was er rauchte, verfluchte den stinkenden Zigarettengeruch, dem sie den kirchlichen Weihrauch vorzog. Aus diesem Grunde durfte ich nicht auf meinem Zimmer kiffen, sondern nur in dem zu eben diesem Zwecke im Keller eingerichteten Partyraum. An diesem stillen Ort, wo es leider keine Toilette gab, weshalb ich und meine Freund ab und zu durch die elterliche Diele das WC aufsuchen mussten und jedes Mal befürchteten, in unserer Geistesabwesenheit, Albernheit oder Ausgelassenheit meinem Vater oder meiner Mutter zu begegnen, konnte ich mich entspannen, mich zudröhnen, smoken, kiffen und laute Musik hören bis zum Umfallen. An diesem stillen Ort existierte kein autoritärer Vater, keine Schule, keine Kirche, keine Strafe, keine Demütigung, keine Zeit. Es herrschte der Frieden einer schönen, heilen, aber simulierten Welt.

Ich war mittlerweile in die Oberstufe des Gymnasiums aufgestiegen, und mein regelmäßiger Kontakt zu meinem besten Freund, Michael und dem *Schwarzen Afghanen*, schien mich klüger gemacht zu haben. War ich am Ende der 10. Klasse fast sitzengeblieben wegen einer Fünf in Latein und einer Fast-Fünf in Physik, erhielt ich plötzlich und wie aus dem Nichts in den Leistungskursen Deutsch und Englisch sowie in Philosophie und Musik nur Zweier und einige Male sogar Einser. Ein rundumerneuertes Notenprofil, welches meine Eltern sich nicht erklären konnten, war ich doch nicht fleißiger geworden.

Wahrscheinlich lag es lediglich an einer Prise mehr an Intelligenz, die sich in Entwicklungsschüben und fernab von der Schule und jeglicher Erziehung bisweilen wie ein Wunder manifestiert, auch wenn man die Entwicklungspsychologie Piagets nicht persönlich kennt. Während in der Mittelstufe Fleiß zu guten Noten führte, wurde in der Oberstufe selbständiges und analytisches Denken verlangt. Deswegen war es nicht wenig verwunderlich, dass einige Streber trotz ihres enormen Arbeitsaufwandes plötzlich notenmäßig abrutschten. Eine Gedichtinterpretation oder eine Textanalyse konnte nicht im Voraus auswendig gelernt werden. Man brauchte diesbezwecks nur die

Gnade eines gesunden Menschenverstandes, gepaart mit ein wenig Originalität und Kreativität, selbst wenn diese manches Mal aus der Pfeife stammte.

Die beste Form der Vorbereitung einer Deutschklausur bestand für mich darin, nicht stupide Versatzstücke aus dem Unterricht auswendig zu lernen, in der Hoffnung, dass man sie am nächsten Tag in irgendeiner Textpassage unterbringen könnte, sondern am Vorabend zur meditativen Entspannung ein Pfeifchen zu rauchen, so dass ich mich ausgeruht und voller Freude ins Abenteuer der Literaturreise begeben konnte. Ich freute mich geradezu auf die Klausuren, zumal sie auf sechs Zeitstunden angesetzt waren und ich nach der vierten Stunde im Allgemeinen bereits fertig war. Bei Ideenmangel bestand alternativ sogar die Möglichkeit, für zehn Minuten auf dem Schulhof einen Inspirationsjoint zu rauchen.

Einer von meinen Lieblingsautoren war Frank Kafka. An dem Tag, als das Klausurthema der Analyse von Kafkas Kurzgeschichte *Der Nachbar* galt, schrieb ich sechs Stunden lang ohne Unterlass wie ein Besessener. Ich hatte tausende Ideen, um die bis ins Groteske gesteigerte Angst des vom Verfolgungswahn befallenen Ich-Erzählers zu erläutern, der sich von seinem neuen Nachbarn, Harras, ebenfalls Geschäftsmann, durch die hellhörige Wand belauscht fühlt und sich in die Vorstellung hineinsteigert, dass dieser ihm seine Kunden abwerben will, wofür es jedoch keinerlei Beweis gibt.

Allein die Überschrift der Kurzgeschichte inspirierte mich bereits zu einer mehrseitigen Reflexion über den Nachbarn als Anderen in Relation zum eigenen Ich. Darüber hinaus tauchte ich in die surrealistische Züge aufzeigende Welt Kafkas ein wie in eine Landschaft, die zunächst vertraut und normal erscheint, sich dann jedoch wie nach dem Konsum von Drogen in eine psychedelische Welt mit fremdartigen Zügen verwandelt. Der Deutschlehrer, der gleichzeitig mein Philosophielehrer war, kommentierte bei der Rückgabe der Klausur meine Arbeit folgendermaßen:

„Wir haben eine Arbeit dabei, die ich sogar zweimal gelesen habe, und dieses nicht, weil ich sie so schlecht fand, im Gegenteil. Krieger hat eine brillante Interpretation verfasst, die zwar teilweise das Thema verfehlt haben könnte, weil er sich zu weit über das Thema hinaus wagt und dabei philosophische Höhenflüge veranstaltet, aber eine in sich geschlossene intelligente Erklärung für das Absurde, das typisch Kafkaeske enthält. Man könnte annehmen, dass er sich gemeinsam mit Kafka auf eine inspirierende Reise begeben hätte. Bravo, Herr Krieger, Eins. Übrigens dachte ich ursprünglich, dass Sie sitzengeblieben wären, weil Sie erst eine Woche vor der Klausur wieder in meinem Unterricht aufgetaucht sind. Machen Sie weiter so, Krieger, aber schauen Sie häufiger einmal im Unterricht vorbei."

Mein Deutsch- und Philosophielehrer war ein besonderer Mensch: Erstens war er scharfsinnig und schlau, zweitens in hohem Maße gebildet, welches sich darin zeigte, dass er nicht nur einige literarische Werke, wie etwa Goethes Faust, auswendig rezitieren konnte wie andere ein kurzes Gedicht, sondern auch alle Textstellen der großen Philosophen, die er im Unterricht besprach. Als einmal ein kleiner, aber niveauvoller Referendar ihm sein Buch ausleihen wollte, weil Herr Graf, so hieß dieser noble und aristokratische Denker, der direkt aus dem Zeitalter der Aufklärung zu stammen schien, seine Lektüre vergessen hatte, entgegnete er, dass er die drei zu besprechenden Absätze wörtlich im Kopfe nachlesen könne.

Dieses Genie von Lehrer, so stellte sich zu guter Letzt heraus, war Alkoholiker und scherte sich einen feuchten Kehricht um die kleinen Dinge dieser Welt, etwa um das Führen eines Klassenbuchs, in dem die Anwesenheit beziehungsweise die Abwesenheit der fehlenden Schüler attestiert wurde. Das einzige, was er nicht ausstehen konnte, waren Opportunisten und Jasager sowie Konformisten und Mitläufer. Eine weitere Abneigung hatte er gegen dumme Streber, die meinten durch Fleiß intelligenter werden zu können. Ein Streber war ich Gott sei Dank nie, zumindest nicht in schulischen Dingen. Ich vertrat vehement meine Meinung, argumentierte, philosophierte, spann ein wenig und las unentwegt alles, was mir in die Hände geriet beziehungsweise was diese ergriffen.

Warum war Herr Graf Alkoholiker geworden? Man munkelte, dass er auf dem Wege gewesen sei, einen Lehrstuhl für Philosophie zu erhalten. Promoviert war er selbstverständlich, wollte aber von niemandem mit diesem törichten Titel angesprochen werden. Zum bitteren Ende an einer Schule zu landen, wo er hauptsächlich Kinder und Idioten zu unterrichten hatte, wie er meinte, war die falsche Laufbahn für ihn gewesen. Ähnlich verhielt es sich mit meinem Englischlehrer, ein ebenfalls hoch gebildeter Mensch, der sich seinen schottischen Whisky kistenweise direkt in die Schule liefern ließ. Ein kräftiger Schüler konnte die Kartons dann gegen zwei Schachteln Zigaretten auf den Dachboden hochtragen, denn physisch stark war der kleine Mann nicht. Dass beide Lehrer unterdessen eng befreundet waren, versteht sich von selbst. Dass sie bei dem Schulleiter unbeliebt waren, versteht sich ebenfalls von selbst. Nur wer wollte sich mit diesen Titanen des Geistes anlegen? Allein ein administrativer oder formaler Fehler konnte sie zu Fall bringen.

Des Öfteren kam Herr Graf zehn oder fünfzehn Minuten zu spät in den Unterricht. Die Klasse verhielt sich aber vorbildlich hinter geschlossener Türe und hoffte, dass der Lehrer den Unterricht wieder mal vergessen hatte. Kam er dann doch, fragte er uns, bei welchem Thema wir in der letzten Stunde stehen geblieben waren und begann dann mit sprühendem Geist, Mimik und Gestik wie die drei von Raphael auf dem Fresko *Die Schule von Athen* im Vatikan abgebildeten Rhetoriker Sokrates, Plato und Aristoteles eine Rede zu halten, die alle Schüler wie durch einen Zaubertrunk berauschte. Besonders interessant wurde es, wenn Herr Graf vom eigentlichen Thema abschweifte und über Welten erzählte, von deren geschichtlicher, literarischer oder philosophischer Existenz wir Schüler noch nie etwas gehört hatten. Es war daher weder Zufall noch verwunderlich, dass die ganze Drogenbande der Klasse diesen weisen und unkonventionellen Mann besonders schätzte.

Selbst als ich einmal drei Wochen am Stück fehlte, weil wir vormittags zu zweit nach Venlo trampten, um dort Haschisch zu besorgen, bemühte ich mich immer, seinem Unterricht nach Möglichkeit nicht fern zu bleiben. Viele der Bücher, die er erwähnte oder aus denen er zitierte, habe ich im Anschluss an den Unterricht geklaut, denn das Taschengeld brauchte ich für den *Schwarzen Afghanen*.

Ein weiterer Termin beim Psychologen

„Herr Krieger, möchten Sie mir heute möglicherweise darüber berichten, ob Sie bei dem Konsum von Haschisch geblieben sind oder ob der *Schwarze Afghane*, von dem Sie zu schwärmen scheinen, nur eine Einstiegsdroge war, die Sie später zur Einnahme anderer bewusstseinserweiternder Produkte oder Stimulanzien angeregt hat? Und wie lange haben Sie diese Drogen genommen?"

„Nun, ich habe, so glaube ich mit fünfzehn meine ersten Erfahrungen mit Haschisch gemacht. Was mir daran gefiel, war die Tatsache, dass mein Bewusstsein unter Umständen nicht erweitert wurde, ich aber Dinge und Probleme aus einem anderen Blickwinkel betrachten konnte und vor allem das Leben im *hic et nunc*, d.h. im hier und jetzt in besonderer Intensivität genießen konnte. Das Betrachten einer Fliege, eines Vogels, eines fahrenden Autos, aber auch einer Briefmarke, ganz zu schweigen von komplexeren Bildern, Fotos oder Kunstgemälden, bewirkte immer eine leidenschaftliche Wahrnehmung als würde man die Dinge zum ersten Mal erleben, zum ersten Mal die Augen öffnen, um zu sehen, die Ohren spitzen, um Musik zu hören, die Nasenflügel öffnen, um ein olfaktorisches Universum zu entdecken, den Mund, um die Moleküle zu schmecken und mit der Haut die Sensibilität der Welt zu ertasten. Selbst das Trinken eines einfachen Glases Wasser oder das alltägliche Zähneputzen kamen mir vor wie völlig neue Erfahrungen. Die Vergangenheit war ausgeschaltet, die Zukunft ebenfalls. Es existierte nur noch mein Kurzzeitgedächtnis, das sich bei längeren Sätzen häufig nicht mehr an das ursprüngliche Subjekt erinnern konnte. Die Sprache wurde bedeutungsvoller, aber assoziativer, der soziale Kontakt verworrener, aber intensiver, die Umwelt entspannter, die Schule weniger bedrohlich, das Leben einfacher und harmonischer.

Wenn wir mit meinen Freunden im Alltag besonders übernächtigt waren, weil wir den ganzen Tag und/oder die ganze Nacht durchgekifft hatten oder ein besonderes Ereignis anstand, etwa dass man in die Schule ging, weil eine Klausur geschrieben wurde oder eine mündliche Prüfung angekündigt war, kam irgendwann *Speed* ins

Spiel, diese synthetische psychoaktive Droge Amphetamin, die wir als weißes oder gelbliches Pulver in der Regel durch die Nase einzogen – und schon war man wieder fit wie Speedy Gonzales, die schnellste Maus aus Mexiko. Kokain habe ich allerdings nie genommen.

Mit sechzehn oder siebzehn traten dann die ersten Erfahrungen mit Halluzinogenen, unter anderem mit LSD an mich heran. Wenn Mephistopheles im Faust geäußert hat *Blut ist ein ganz besondrer Saft* (Faust, Vers 1740), so propagierte der amerikanische Psychologe, Autor und Guru, Timothy Leary, den Sie als Therapeut sicherlich gut kennen, den Konsum von LSD als bewusstseinserweiternder Droge. Er wurde damit nicht nur zum LSD-Promoter, welcher die Hippie-Bewegung der 60er Jahre beflügelte, sondern auch zum Missionar der psychedelischen Religion für uns Schüler zwei Jahre vor dem Abitur. Wir lasen alles, was mit psychedelischer Kunst, Religion oder Literatur zu tun haben konnte, ebenso Abhandlungen über fernöstliche Religionen oder auch die Werke Freuds. Das Ich drang nach bewusstseinserweiternden Erkenntnissen, die in keiner Lehranstalt vermittelt wurden.

Selbstverständlich wollte ich mir unbedingt die 1968 von Timothy Leary veröffentlichte Drogen-Gebrauchsanleitung *The Politics of Ecstasy* (Die Politik der Ekstase) kaufen und lesen, aber das Buch war in deutscher Übersetzung in keinem Buchladen aufzutreiben und wurde später sogar indiziert, d.h. auf den *Index Librorum Prohibitorum*, das Verzeichnis der verbotenen Bücher gesetzt. Wenn der *Index Romanus* ursprünglich diejenigen Werke umfasste, welche die Römische Inquisition den Katholiken zur Zeit Martin Luthers unter Androhung der Exkommunikation zu lesen untersagte, darunter die Schriften des Reformators Luthers selbst, richtete das Verbot gegen Timothy Leary sich gegen den Reformgeist der psychedelischen Revolution, über die wir mehr erfahren wollten. Dadurch wurden wir zu den protestantischen Ketzern und Rebellen, die gegen den kapitalistischen Ablasshandel einer verkrusteten Gesellschaft ankämpften.

Wir schrieben den Wahlspruch Timothy Learys auf unsere Fahnen *turn on, tune in, drop out*, welches schwierig zu übersetzen ist und einer Erklärung bedarf. *Zieh dir was rein*, um eine Verbindung mit den alten

Energien herzustellen, die dich verwandeln und zu Gott führen, *bring dich drauf,* um die erfahrbaren Weisheiten in Form einer Wiedergeburt zu nutzen, und *steig aus*, indem du dich von dem äußeren Drama der Welt befreist, die ausgehöhlt und leer ist wie eine TV-Show. Erkenne, dass die amerikanische Gesellschaft zu einem Ameisenhaufen mit Klimaanlage geworden ist. Wir psychedelisch aufgeklärten Schüler wollten nicht im Gleichschritt der kapitalistischen Gesellschaft marschieren, unser Leben in Büros und auf Weltmärkten verbringen, Ratensparverträge unterzeichnen, um schließlich in der Tretmühle des Alltags unsere schöpferische Kraft zu verlieren. Wir wollten wissen, was die Welt im Innersten zusammenhält; wir wollten den Kosmos der Spiritualität neu entdecken

Da ich in der Zwischenzeit eine Freundin in Paris hatte, lag es nahe, dass ich von meinen Drogen-Freunden damit beauftragt wurde, in diesem freieren Lande der Französischen Revolution während meines nächsten Tramper-Urlaubs so viele Exemplare des Katechismus der psychedelischen Revolution aufzutreiben wie möglich beziehungsweise so viele wie ich in meinem Rucksack tragen konnte. In den Herbstferien war es dann so weit. Zwar war mein Tramper-Abenteuer anfänglich vom Pech verfolgt, weil ich von Krefeld nach Paris über 24 Stunden brauchte, woran die Mädels Schuld waren, die man an den Autobahnauffahrten in den Reihen der Tramper vor den Jungen herauspickte wie Rosen aus einem Weißbrot. Meine Reise war jedoch von doppeltem Erfolg gekrönt. Nicht nur, dass ich meine heiß begehrte Französin wiederfand, sondern darüber hinaus konnte ich 15 Siegestrophäen mit nach Hause bringen und wurde dafür auf dem Schwarzmarkt gefeiert wie der König unter den *Schwarzen Afghanen.*

Bei meiner Rückfahrt in das konservativere Deutschland las ich Leary in der Metro, während der Wartezeit auf der Autobahn, in der Nacht in einem Graben, bis es wieder Tag wurde, im LKW auf dem Beifahrersitz oder auf dem Rücksitz eines Familienautos, welches Vater, Mutter und Kind am Ende der Schulferien wieder Richtung Heimat brachte. Fragte man mich nach dem Inhalt der so spannend scheinenden Lektüre, antwortete ich, dass ich einen Roman für den sechsstündigen Leistungskurs Englisch lesen musste. Nicht gelogen war, dass ich Leary im amerikanischen Original und nicht in der französischen Übersetzung las, weil ich Französisch gerade wegen angeblich mangelnder Begabung mit einer Vier minus abgewählt hatte.

LSD war für Timothy Leary nicht nur ein Allheilmittel, sondern erlaubte dem Konsumenten die Verwirklichung eines alten Menschheitstraums: zurückzukehren über die phylogenetische Leiter bis zum Ursprung der göttlichen Ursuppe, in welcher Subjekt und Objekt noch nicht getrennt sind und der Verstand uns noch nicht vom göttlichen Urzustand entfernt hat. Wir alle sind über unseren DNS-Code genetisch über die ewige Vorzeit und die unbegrenzte Zukunft verbunden. Unser Körper trägt die Protein-Berichte unserer Entstehung aus einem einzelligen Organismus in uns und verbindet uns durch die Energie-Umwandlungen mit dem präkambrischen Schlamm, der vor über zwei Billionen Jahren den Lebensprozess initiiert hat.

Während einer LSD-Erfahrung können diese in den Zellen gespeicherten Informationen wie in einem überwältigenden transzendentalen Erlebnis reaktiviert und durchlebt werden, und der Konsument wird sich der ephemeren Zwänge, Prinzipien und Repressionen unserer Gesellschaft bewusst, von denen er sich bewusstseinserweiternd befreit."

„Herr Krieger, die Zeit Ihrer Reise ist für heute leider um. Womöglich können Sie aber in der nächsten Sitzung darüber berichten, ob Sie selber auch praktische Erfahrungen mit LSD gesammelt haben. Ich wünsche Ihnen noch eine kreative Woche – und arbeiten Sie nicht so viel!

Ein weiterer Termin beim Psychologen

Bevor ich heute mit dem Bericht über meine Selbsterfahrung mit LSD beginne, darf ich Ihnen, Herr Gabler, wenn Sie erlauben, vielleicht drei kurze Gedichte von mir vorlesen, die ich vor kurzem geschrieben habe. Natürlich habe ich im Rahmen unserer Therapie noch einmal intensiv über meinen Drogenkonsum nachgedacht.

„Selbstverständlich, Herr Krieger. Gedichte sind als freie Assoziationen bestimmt ein guter Zugang zu seinem eigenen Ich, und das kreative Schreiben halte ich sogar für einen therapeutischen Ansatz. Also legen Sie los. Ich bin gespannt, was Sie aus sich herausgedichtet haben!“

Feuersbrünste

Gierig stürzen sie sich auf alles,
was in ihre tentakelarmigen Fänge gerät,
zur Steigerung ihrer eigenen Wollust
und zur Ausweitung ihrer Macht.

Inbrünstig verschlingen sie die Wälder,
überspringen Flüsse und Bäche,
vewandeln die Seen in dampfende Kessel
und laben sich am Karpfenfleisch.

Donnernd preschen sie voran
Und erreichen die Menschstädte,
deren Bauwerke in Fülle
ausgiebige Nahrungsquellen bieten.

Die um Erbarmung flehenden
Mütter mit ihren Kindern,
Neugeborene und Greise,
Gutes und Böses –
Alles Labsal der wilden Furien,
die durch das Land reiten.

Endlich ein Hindernis
- Sand

Diese gottverdammte Öde,
vertrockneter Wüstenstreifen
würgt die Furien am Halse,
zwingt sie in die Knie.

Diese, nach Luft schnappend,
atmen aus, expirieren,
verbrennen im Sande
und verzehren sich selbst.

Furien

Fegefeuer löschende Wüstensand
Erstickung lebender Seelen Tod
Peitschende Furie wilde Hand
Verfolgungsschatten geifende Not

Blutegel im schlagenden Busen
Gedärme tierischer Höllentod
Lärm, Getöse, ertrinkende Musen
Speise, Trank erbrechen Kot
Satanisch göttliche Monsterweiber
Inbrunst gieriger Sehnsuchtsleiber
Brennend feurige Eingeweide
Leber, Niere, Milz erleide

Fäulnis, Hoffnungsangst Genesung
Körper wiederfährt Verwesung
Schmuck-Schatz-Taler müssen weichen
Auferstehung Lepraleichen
Mutter Jungfrau am Altar
Rachegöttinnen sie gebar

Rot erleuchtet

Der rote, flüssige Lebenssaft
Jagt durch die Bahnen,
die letzten Fasern des Gewebes
mit Leben zu erfüllen.

Die Pumpe pumpt unermüdlich,

der Druck lässt nach.
Die pulsierende Aorta,
gefangen in ihrem zyklischen Lauf,
sucht vergebens einen Ausweg.

Keine Ruhe in diesem unermüdlichen Rennen,
der Motor vibriert in vollem Leben;
die elastischen Leitungen schwellen an,
ihre Formen treten sichtbar hervor.

Endlich ein Ausweg:
Der Saft sprudelt hervor,
rote Farben spritzen aus den Bahnen
und ergießen sich in Strömen
- ins Freie.

Jubelnd nimmt er seinen eigenen Lauf,
euphorisch sprüht es hervor,
auf der abenteuerlichen Reise
sich selbst Bahn brechend.

Der rote Saft versickert;
Das Leben atmet auf.

Da ich von einigen Freunden vor der ersten Einnahme von LSD davor gewarnt worden war, dass je nach Mischung und Intensität der Substanzen neben der positiven Selbsterfahrung auch böse Überraschungen oder im schlimmsten Fall Horrortrips ausgelöst werden könnten, verfuhr ich anfangs sehr vorsichtig. Zuvörderst nahm ich nur eine Viertel Pille, die mehr oder weniger wirkte, dann eine halbe, die ich als angenehm empfand, aber ohne visuelle oder akustische Halluzinationen zu erleben, von denen meine Freunde berichtet hatten und welche ich deshalb herbeisehnte, um in traumähnliche Welten vorzustoßen. Ich stellte mir vor, dass der Einwurf einer LSD Pille die Sinnesempfindungen wie in Condillacs menschlicher Statue langsam und schrittweise öffnen würde, so dass mein Bewusstsein ausschließlich durch die Sinne bestimmt würde, welche die Welt erschlossen. Ich wollte auf den Spuren eines Neugeborenen wandeln, der gerade zum Leben erwacht und das Sehen, Hören, Schmecken, Riechen und Tasten zum ersten Mal erfährt. Wie würde ich diese Welt wahrnehmen? Meine Sinne waren bislang nur auf rudimentäre Weise gereizt worden. Gab es hinter meiner Welt noch eine andere, eine schönere?

Auf einer Silvesterfeier bei mir zu Hause kam es dann zum absoluten Showdown, zum dramatischen Höhepunkt. Eigentlich wollten wir uns mit meinen Freunden und Freundinnen wie Faust in Auerbachs Keller amüsieren. *Ich muss dich nun vor allen Dingen/ In lustige Gesellschaft bringen,/ Damit du siehst, wie leicht sich's leben läßt/ Dem Volke hier wird jeder Tag ein Fest.* (Faust, Vers 2158–2161). Alkohol war in reichlichen Mengen vorhanden und auch Hochprozentiges in einfache Sprudelflaschen eingefüllt worden, um vor den Eltern keinen Verdacht aufkommen zu lassen. Sollte keiner meiner Freunde trinken, lachen wollen und trübe Gesichter schneiden, sich verhalten wie nasses Stroh, während sie sonst lichterloh brannten. Sollte nichts herbeigebracht werden, keine Dummheit, keine Sauerei, würden wir ihnen den Wein über dem Kopf ausgießen; deshalb singt, sauft und schreit mit offener Brust bis es heißt *Weh mir, ich bin verloren! Baumwolle her! der Kerl sprengt mir die Ohren.* (Faust, Vers 2073–2084) *So lang' der Wirth nur weiter borgt,/ Sind sie vergnügt und unbesorgt.* (Faust, Vers 2166–2167)

Jedoch tauchte überraschenderweise mein Freund Michael bereits um 16.00 Uhr bei mir auf und hatte für beide von uns einen angeblich tollen Trip dabei, und dieser sollte dieses Mal ganz und nicht halb oder geviertelt eingeworfen werden. Im Grunde wollte ich an diesem Abend nur einige Pfeifchen rauchen und mich mit meiner Freundin amüsieren, aber das Angebot war verlockend, mich auf eine Reise in die Tiefen der Sinnlichkeit zu begeben, um glühende Leidenschaften zu stillen, Zauberhüllen zu durchdringen und mich in Wunderwelten zu begeben, wenn *des Denkens Faden zerrissen war.* (Faust, Vers 1748–1754) Ungeachtet aller Risiken und Gefahren sprach ich daher zu Mephistopheles: *Allein ich will!* (Faust, Vers 1785)

Es war gegen 16.00 Uhr. In meinem Partyraum war die ehemals weiße Raufasertapete von mir mit frei verschmelzenden Formen und kräftigen Farbkontrasten bemalt worden, mit Blasen, Wellen und amöbenförmigen Gebilden, welche die Wahrnehmung beim Kiffen stimulieren sollten. Kaum hatte ich die Pille geschluckt, begannen sich die Farben zu intensivieren. Mit einer so schnellen und heftigen Reaktion hatte ich keineswegs gerechnet, und mein Herzrhythmus begann sich zu beschleunigen. „Keep cool", meinte mein Freund Michael, bei dem noch keine Wirkung eingesetzt hatte. „Genieße das Eintauchen in die Farben! Erfreue dich an dieser bunteren Welt!"

Im Weiteren bemühte ich mich, die beginnende Wahrnehmungsveränderung positiv zu deuten. Die Farben leuchteten auf wie von Scheinwerfern projiziert. Wunderbar! Sie verschoben sich. Fantastisch! Begannen zu fließen. Herrlich! Vereinigten sich zu Bächen und liefen ins Zimmer. Merkwürdig. Die Wände begannen sich zu dehnen, die Winkel sich zu verändern. Ich beobachtete das beginnende Spektakel wie ein Zuschauer, der genießen wollte, nachdem er seine Eintrittskarte bezahlt hatte. Der Raum wurde schließlich enger, die Farben aggressiver. Sie begannen zu blitzen, zu leuchten, unruhig zu flattern.

Ich schaute zu meinem Freund Michael herüber. Seine Gesichtsform hatte sich verändert. Sein Kopf war größer geworden. Seine Augen lagen tief in die Höhlen gedrückt, seine Augäpfel quollen hervor. Seine Nase war verformt, seine Hände und Beine leicht verkrüppelt. Als ich ihn darauf ansprach, meinte er nur „Keep cool, Alter! Genieße jede Veränderung, es geht jetzt los, die Segel sind gesetzt, wir nehmen Fahrt auf."

Ich bat ihn, die Musik etwas leiser zu stellen, da die verschiedenen Töne der Instrumente mich körperlich zu berühren schienen. Ich empfand sie auf meiner Haut, wobei ein anfängliches rhythmisches Streicheln immer stärker wurde und mir die Töne schließlich wie Geschosse um die Ohren flogen, während die Wände immer wieder davonflogen, um mich im Nachhinein wie Walzen zu zerdrücken. Ich hatte das Gefühl, dass die Farben direkt in meinen Sehnerv eindrangen, um mein Inneres zu verfärben. Die hämmernden Töne verschluckte ich mit den Ohren, und das Konzert verlagerte sich von meinem Kopf in die Organe, den Magen, den Darm, um durch andere Öffnungen wieder auszutreten und mit den Farben zu verschmelzen.

Keep cool, sagte ich mir. Genieße. Das war gar nicht so einfach, denn die Wahrnehmung wurde immer intensiver, stärker, bedrohlicher und skurriler. Mein Herz pochte wie eine wilde Trommel. Die Atmung verlief immer schneller und wurde beklemmend. Ich saß wie die Maus im Kellerloch in der Falle und musste heraus, mich befreien aus diesem Verschluss, diesem Käfig, dem Claustrum, das mich erdrückte und durch den Boten Phobos, dem Sohn des griechischen Kriegsgottes Ares, in Angst und Schrecken versetzte. Ich bekam Angstzustände und geriet in Panik.

„Mach keinen Scheiß, Paul!", meinte Michael. „Hoffentlich bekommst du keinen Horrortrip! Bei mir ist alles im grünen Bereich, d.h. ich empfinde die Farben gleichfalls als intensiver und die Musik dringt ganzheitlich in mich ein. Aber das ist doch toll. Ich fühle mich so wohl, so anders. Ich bin ein anderer Mensch, ich bin nur noch Wahrnehmung. Ich bin Gedanke und Bild. Wo bin ich? Sind wir beide noch hier?"

Bei mir ging gar nichts mehr. Die Hölle begann zu explodieren. Ich schloss die Augen und hielt mir die Ohren zu, aber dieses änderte gar nichts an meiner Wahrnehmung, deren Stärke ich nicht mindern konnte. Sie war in mir. Sie sah in mir. Sie tönte in mir. Sie pulsierte in mir. Sie brach aus mir heraus. Mein Herz raste, klopfte und produzierte einen hämmernden Rhythmus. Die Musik wurde in mir gespielt, verlor aber ihre Harmonien. Einmal tobte das Schlagzeug wie eine Abrissglocke, welche die Wände des Partyraums zerschlug, so dass ich durch die Waschküche bis in die Garage schauen konnte. Mein Puls stieg auf 200 und schlug mich mit Pauken und Trompeten aus der Bahn. Ich existierte als reine Wahrnehmung, als rasende und funkende Geschwindigkeit und verschmolz mit dem Farbenrausch und den immer schriller werdenden Tönen, die durch meine Nerven und Adern rannen, während der akustische Nachhall mich folterte wie ein donnernder Tinnitus

Und fragst du noch, warum dein Herz/ Sich bang' in deinem Busen klemmt?/ Warum ein unerklärter Schmerz/ Dir alle Lebensregung hemmt?/ Statt der lebendigen Natur,/ Da Gott die Menschen schuf hinein,/ Umgiebt in Rauch und Moder nur/ Dich Thiergeripp' und Todtenbein./ Flieh! auf! hinaus ins weite Land! (Faust, Vers 410–418) *Weh! steck' ich in dem Kerker noch?/Verfluchtes, dumpfes Mauerloch!* (Faust, Vers 398–399)

Ich musste raus aus diesem engen Raum, diesem geschlossenen Käfig, dessen Schnüre mich zuzogen wie einen Sack. Ich bekam erneut Panikattacken wie ein Klaustrophobiker, der in seiner Urzelle eingeschlossen war und sich nicht befreien konnte. Vibrieren, Zittern, Schweißausbrüche, ich begann zu dampfen, das Wasser lief in bunten Strömen aus allen Poren. Ich raffte mich auf und flehte Michael an, der sich in seinem eigenen Film zu amüsieren schien, mit mir einen Spaziergang zu unternehmen. Es war erst gegen 17.00 Uhr. Die Party hatte noch gar nicht begonnen, aber der Dämon tobte bereits in mir. „Wenn es denn sein muss", meinte Michael mit seinen großen Glubschaugen. „Wollen mal sehen, was draußen so los ist. Vielleicht läuft dort noch ein besserer Film. Gute Idee, Alter."

Um den Sprung ins Freie zu realisieren, mussten wir vorher noch die Kellertreppe hinauf und durch die Küche und Diele zur Eingangstüre. Die Vorstellung in meinem jetzigen Zustand meiner Mutter zu begegnen war ein Albtraum für mich. Aber Zeit zum Nachdenken hatte ich keine mehr. Das Zentrum des Bebens saß mitten in meinem Gehirn. Um nicht zu implodieren und mich von den zuckenden Stromstößen zu befreien, musste ich so schnell wie möglich aus diesem Loch heraus.

Doch wie sollte ich die Kellertreppe hinaufkommen? Das Geländer war verformt, krumm und schief verbogen. Die Stufen waren unregelmäßig und viel zu hoch, als dass man sie erklimmen konnte. „Halte dich an mir fest, meinte Michael, und beachte die Stufen gar nicht. Deine Füße gehen durch sie hindurch. Ich finde die Stufen total lustig. Keep cool, Alter!"

In der Küche war niemand, außer den Schränken, die schief an den Wänden hingen und jeden Moment herunterzufallen drohten. Durch die Küchenfenster drangen dunkle Strahlen wie dicke Eisenrohre, die mir den Weg verstellten. „Geh einfach hindurch, Alter. Das sind Lichtstrahlen. Die behindern dich nicht!“ In der Diele angekommen, riss ich die Türe auf und sprang nach draußen, stolperte die Eingangstreppe hinunter und flog geradezu auf die Straße, die nach wenigen Metern in unserer ländlichen Umgebung durch Felder und Wiesen führte.

Befreiung von der Enge, der Bedrängnis, meiner Not, meinem Leid, meinem Schmerz, meinen Ängsten? Im Gegenteil! Hatte sich das Kellerloch des Partyraums in ein flimmerndes Farben- und Tonmonster verwandelt mit fließenden räumlichen Konturen, erschloss der Blick in den Makrokosmos den nahenden Weltuntergang wie auf Dürers Holzschnitt „Die apokalyptischen Reiter“ nach dem 6. Kapitel der Offenbarung des Johannes. Allerdings waren es nicht nur vier Reiter, die Gewalt, Krieg, Hunger und Tod brachten, sondern ein ganzes Heer, weil die zahlreichen Wolken am Himmel wie satanische Drachen Feuer und Geröll auf die Erde spien und eine Trümmerkatastrophe unvorstellbaren Ausmaßes auslösten.

Das Buch mit sieben Siegeln, welches nur von einem Lamm geöffnet werden konnte, rief mir zu „Komm!“, und ich erblickte einen feuerroten Drachen, auf dem ein riesenhafter Reiter ein brennendes Schwert schwang, mit dem er das Feuer des Krieges anfachte. Die Wolken verliefen zu skurrilen Fratzen und meterhohen Wellen, die Bäche von Blut zur Erde ergossen, während schwarze Titanen Felsen auf die Felder warfen, welche tiefe Krater schlugen. Die emotionale akustische und visuelle Reizüberflutung einer multiplen Wahrnehmung löste in mir epileptische Kontraktionen von Bilderstürmen aus, die mich an die äußersten Grenzen des *malums* als todbringendem Unheil katapultierten: den Anblick des Satans aus den Augen des Todes. Der Zorn Gottes, die *ira dei,* breitete seine unheilvollen Flügel über mich aus und verdammte meinen atheistischen Geist zur Qual der Wahrnehmung eines höllischen Infernos.

Der Spaziergang wurde zum Überlebenskampf auf einem Kriegsschauplatz, der sein Opfer einforderte: mich, Paul Krieger. Ich wandelte wie ein Farbbetrunkener durch eine Kraterlandschaft, während neben mir Granaten zerplatzten und Laserfeile durch die Lüfte schossen. Hinter den Hügeln leuchteten eruptive Vulkane, die schwarze Lavabrocken ausspien, die in der Luft explodierten. Die Wolken verformten sich abermals zu Bomben, die auf die Erde niederschossen und die Felder wie die schwarze Pest verwüsteten.

Ich hatte nicht bemerkt, dass es zu regnen begonnen hatte, doch plötzlich empfand ich eine brennende, klebrige Masse, die an meinem verstellten Körper hinunterlief und derer ich mich nicht erwehren konnte. *Flieh! auf! hinaus ins weite Land!* Nein, die Weite, die Ferne, das Immense, das Unbegrenzte waren weit schlimmere Boten eines aberwitzigen Schreckens als mein Kellerloch. Ich musste zurück nach Hause, obwohl wir nur wenige Minuten gelaufen waren.

Michael war glücklich und schwärmte von den harmonischen Farbgebilden, die sich am Himmel zu einem anschaulichen Spektakel vereinten. Die Wolken hingen friedlich am Himmelsgewölbe und amüsierten ihn durch ihre ständige Metamorphose. Die Regentropfen empfand er als weiche Perlen, die seinen Körper massierten. Einige kitzelten ihn bei ihrem Kontakt auf seiner Haut. Die Felder lagen farbprächtig in der Landschaft und wurden von schmalen Feldwegen durchkreuzt, die wie bunte Pinselstriche den Blick in die Ferne eingrenzten. Die Vögel schienen untereinander zu kommunizieren, und einige luden Michael ein, sich mit ihnen zu unterhalten, einer freundlichen Aufforderung, die er gerne annahm.

Während er mit Begeisterung bei dem milden Wetter an dem Grasen der Kühe auf den Weiden Anteil nahm und die Pferde zu einem Rennen aufforderte, indem er seinen Lauf beschleunigte, waren für mich die Tiere nur Schrecken erregende, absonderliche und beängstigende Wesen, deren Vorstoß die dürftige Umzäunung bei einem Angriff nicht lange standhalten würde. Wir gingen aus diesem Grunde wieder schnellen Schrittes zurück, wobei Michael immer wieder Luftsprünge veranstaltete, stolpernd über den Weg kasperte und lautstark lachte, als würde ein possenreißender Schalk ihn köstlich amüsieren.

An der Haustüre angekommen, die verzerrt in ihrem Rahmen stand und nach dem Eintrittsschlüssel verlangte, wurde mir bewusst, dass ich den Eingangsschlüssel vergessen hatte. Schlimmer konnte es gar nicht kommen. Wir mussten schellen, und ich wollte mir gar nicht vorstellen, mit welcher Fratze meine Mutter uns empfangen würde. Schon öffnete sich der Sesam, ohne dass wir die Zauberformel ausgesprochen hatten, und eine kleine Frau stand vor uns, die mir wie eine Missgestalt erschien, aber offensichtlich meine Mutter sein musste.

„Ich habe euch aus dem Schlafzimmerfenster beobachtet", begrüßte sie uns. „Ihr scheint tatsächlich sehr viel Spaß zu haben, insbesondere Michael, der durch seine Luftsprünge seine Aufmerksamkeit auf mich gezogen hat. Oder habt ihr etwa Alkohol getrunken?" „Nein, Frau Krieger", entgegnete Michael schlagfertig, „wir haben nicht einmal geraucht" und hauchte meine Mutter an, die uns zufrieden, deutlich erleichtert und freundlich bat einzutreten und wieder den Partyraum aufzusuchen. „Als ich euch durch Zufall am Fenster erblickte, hatte ich schon Schlimmstes befürchtet, weil mir eure Gebärden merkwürdig vorkamen. Aber amüsieren dürft ihr und sollt ihr euch natürlich. Noch viel Spaß. Übrigens wäre es vielleicht einfacher, wenn ihr die Garage offen lasst, damit eure Freunde nicht immer schellen und durch die Diele und die Küche in den Keller hinuntergehen müssen. Uschi und Petra sind übrigens bereits eingetroffen und warten auf euch, und da erscheint gerade Andreas mit seiner Freundin Claudia. Geht ruhig schon runter. Ich lasse sie dann herein." „Eine gute Idee, Mama", zwang ich mich zu artikulieren und verschwand daraufhin so schnell wie möglich wieder in meinem Mauerloch, der Unterwelt, dem Partyraum im Keller.

Uschi und Petra erwarteten uns zwar mit gespannter Miene und einem breiten Lächeln, welches mir allerdings wie ein höhnisches Grinsen erschien, umarmten uns, während sie mich erdrückten, und wollten gleich mit einem gemischten Martini anstoßen, als Michael ihnen erklärte, dass wir beide auf einem LSD-Trip waren und ich allem Anschein nach auf einem üblen Horror-Trip. Alle Signale sprachen dafür. Man müsste hoffen, dass ich bald wieder runter käme, denn ich befände mich momentan in einem akut psychotischen Zustand, verbunden mit extremen Halluzinationen, die es mir nicht gelänge, positiv zu deuten.

Ich hörte nur „so ein Mist, schade, ihr Idioten, musste das denn sein, reicht euch das Pfeifchen nicht mehr aus" und stürzte dann wie durch einen Trichter in zehn kreisenden Bewegungen ab bis in Dantes Inferno, die Hölle. Während Pockenzwerge auf schmalen Brücken riesige Felsbrocken vor sich hinschoben und in jedem Moment in den lavasprudelnden Abgrund gerissen werden konnten, wurden andere Übeltäter, die durch kochende Gedärme wateten, von Zentauren mit Feuerpfeilen durchschossen und wiederum andere, die ihr Gesicht auf dem Rücken trugen, von Kinderteufeln zerhackt als Futter für den dreiköpfigen Keberos, den Höllenhund und Wächter über die Unterwelt.

Ich weiß nicht genau, wie lange ich in der Hölle war, aber die marternden Sinneseindrücke, die ich mit offenen oder geschlossenen Augen ertragen musste, wünsche ich meinem schlimmsten Feinde nicht. Ich existierte nicht mehr in der realen Welt, sondern war hinabgestiegen ins Zentrum des Schreckens, in eine grauenhafte Wahrnehmungstrance, der ich nicht entrinnen konnte, so lange die LSD-Wirkstoffe sich im Gehirn nicht auflösten, um wieder eine halbwegs normale Funktion zuzulassen.

In der Zwischenzeit durchlebte ich aber ein Martyrium, im Vergleich dessen das Martyrium des Johannes, der in einem Kessel sitzend mit siedendem Öl übergossen wird, nur eine harmlose Strafe darstellte. Unter welchem Drogeneinfluss hatten Dürer in seinem Zyklus *Die Apokalypse* und Hans Fries auf seinem Bild vom *Hl. Johannes im Ölkessel* gestanden? Wie gelangten Künstler zu solch eigenwilligen, verschrobenen Vorstellungen? Reichte ihnen die Lektüre der Bibel als bewusstseinserweiternde Injektion aus?

Ich war weder wie Johannes, der Lieblingsjünger Jesus', noch einer der drei Säulen der Jerusalemer Gemeinde. Ich war verurteilt und verdammt, die 14 Stationen meines Kreuzgangs alleine zu gehen, ohne dass mir auf der *Via Dolorosa*, der Schmerzensstraße, jemand geholfen hätte, die Last des LSD-Kreuzes zu tragen. Ich begegnete zwar auch meiner Mutter auf der vierten Station, aber es gab keinen Simon von Cyrene, der mich entlastet hätte, und weder Ursula noch Petra reichten mir ein Schweißtuch. Wie angenagelt saß ich da und erlitt Qualen wie Tantalos im 11. Gesang der Odyssee, der im Teiche sitzend, das Kinn von der Welle bespület, vor Durst lechzte, ohne zum Trinken zu kommen, sich zu fruchtbaren Bäumen neigte, voll balsamischer Birnen, Granaten, grüner Oliven und süßer Feigen, die aber von einem Sturm hinweggewirbelt wurden, sobald er sich danach reckte. *Eli, Eli, lama asabtani* – „Mein Gott, mein Gott, warum hast du mich verlassen?"

Natürlich rief ich nicht nach dem lieben Gott, an den niemand mehr glaubt, aber meine Wahrnehmungsstörungen hielten bis in den frühen Morgen an. Und wenn ab Mitternacht zum Neuen Jahr zwar die Sonne aufging, weil der Albtraum seine grotesken Schatten von mir abzog, um Töne und Farben in einem lieblichen Schimmer erscheinen zu lassen, so dauerte mein Erregungszustand und meine räumliche Desorientierung noch über 24 Stunden an. Als ich am nächsten Tag gegen Mittag aufstand, litt ich unter einer partiellen Amnesie, zumindest was die hiesige Welt anbelangte. Ich hatte keinerlei Erinnerung daran, wer auf der Party gewesen und wie sie verlaufen war, ob meine Freunde sich amüsiert hatten, was wir gegessen und getrunken hatten, wer mit wem getanzt oder geknutscht hatte. Allein Michael, der Clown, der mich immer *mein Alter* nannte, war mir noch präsent sowie der Flashback der Eintrittskarte ins Grauen. Es blitzte noch immer leicht in meinem Gehirn, die Konturen meines Zimmers blieben leicht unklar und als ich nach dem Türgriff zur Toilette fasste, war dieser noch leicht verbogen und die Toilettenschüssel deutlich tiefer als gewöhnlich. Meine Eltern waren höchstwahrscheinlich auf einem Spaziergang, Gott, den es nicht gab, sei Dank.

„Herr Krieger, ich hätte Sie auf Ihrer furchtbaren Reise nur allzu gerne unterbrochen, weil ich den Eindruck hatte, dass Sie wieder durch die Hölle gegangen sind. Ich musste die ganze Zeit an Sandro Botticellis Darstellung *Mappa dell'Inferno* denken, die Sie mit Sicherheit kennen. Der Schweiß lief Ihnen aus allen Poren, und Sie waren geistesversunken wie in einer Trance. Wahrscheinlich ist es aber gut, dass Sie die Bilder ohne Unterbrechung noch einmal durchlaufen haben, damit Ihnen bewusst wird, was damals geschehen ist. Das sind natürlich tief angelegte Traumata, die aufgearbeitet werden sollten. Es ist schwierig zu sagen, wie und wo diese Horrorszenarien sich in Ihrem Bewusstsein abgelegt und was sie in der Folge bewirkt haben. Wir sind nun 15 Minuten über der Zeit. Das ist nicht schlimm, weil der nächste Patient erst um 11.15 Uhr kommt. Wir machen dann nächstes Mal 15 Minuten weniger. Auf Wiedersehen, Herr Krieger, ich wünsche Ihnen noch einen angenehmen Tag."

Ein weiterer Termin beim Psychologen

„Wie lange haben Sie Drogen genommen, Herr Krieger? Und wann beziehungsweise wie sind Sie davon abgekommen? Oder nehmen Sie auch heute noch Drogen?"

Meine einzigen Drogen, die ich heute noch konsumiere, sind Bücher. Ich lese gerne. Ich lese viel. Ich bin eine Leseratte, ein Vielleser, vielleicht sogar ein Bücherfresser, der an bestimmten Tagen den Eindruck hat, auf andere Nahrungsmittel verzichten zu können. Das Lesen ist für mich eine Sucht, eine Abhängigkeit, die mich Zeit und Raum vergessen lässt. Diese Obsession, jeden Tag mindestens einige Stunden lesen zu müssen, ist unter Umständen in irgendeiner Weise vergleichbar mit dem Substanzverlangen eines Alkoholsüchtigen. Solange ich meine Dosis nicht absorbiert habe, wächst das Verlangen, und die Befriedigung hat die Wirkung eines Elixiers; es ist wie ein Zaubertrank, der den Durst der Obsession stillt und gleichzeitig wieder die Ausgeglichenheit der Körpersäfte herstellt. Wenn ich keine neuen Bücher mehr als Lesereserve zu Hause habe, werde ich unruhig wie ein Heroinsüchtiger in Ermangelung einer Spritze.

Aber in einer Familie ist diese Obsession nicht allzu gefährlich, da mich immer irgendjemand durch eine Aufforderung oder einen Ruf wieder in die Realität zurückholt. Meine Frau liest ebenfalls viel und hat Verständnis für diese Manie, zumindest meistens. Natürlich führen diese Absenzen ebenso zu Konflikten, weil die geistige Abwesenheit oder Umnachtung des Vaters in der Familie keine große Hilfe für den Partner darstellt. Wer immer in Gedanken versunken ist, zeigt weniger Aufmerksamkeit für seine Umwelt. Außerdem führen diese

Tagträume dazu, dass man bestimmte Dinge im Alltag nicht wahrnimmt, so dass der Partner annehmen muss, dass man nicht den gleichen Film sieht. Das ist sicherlich nervend, weil es eine wiederholte Rücksprache erfordert, um Einigung zu erzielen. Ich darf an dieser Stelle in aller Deutlichkeit eingestehen, dass ich nicht unbedingt mit mir selber hätte leben wollen. Im Gegensatz zu meiner Frau ließ sich dieser Sachverhalt jedoch nicht vermeiden.

Was Ihre erste Frage anbelangt, so habe ich als Fünfzehnjähriger in Klasse 9 oder 10 damit angefangen und nach dem Abitur damit aufgehört. Der *Schwarze Afghane* und das LSD wurde durch meine Französin abgelöst, die mich zwar auch in eine andere Welt entführte, aber in eine positive und reale Welt. Sie war zwar auch ein wenig verrückt, zumindest nach mir, aber hatte beide Beine auf dem Boden. Anstatt Ihnen aber eine Liebesromanze aufzutischen, möchte ich Ihnen vielmehr erzählen, unter welchen Umständen ich mein so gehasstes Elternhaus verließ.

Am liebsten wäre ich schon in der 6. oder 7. Klasse wie mein Bruder ins Internat gegangen. Zwar nicht um mir die internatsüblichen Psychosen junger Heranwachsender wie die meines Bruders anzueignen, von denen wir damals nichts ahnten, sondern weil ich das Internat mit Freiheit beziehungsweise mit der Befreiung aus dem Elternhaus gleichsetzte. Über die Erziehungs- und Beziehungsprobleme sowie die psychischen Belastungen, welche die Jungen dort zu ertragen hatten, erfuhr ich erst später, so dass ich heute kaum in der Lage wäre abzuwägen, welches Schicksal tragischer gewesen wäre. Zwar überlegte ich immer wieder, wie ich das Elternhaus hätte früher verlassen können, aber durch die materielle Abhängigkeit und die Tatsache, noch keinen Schulabschluss zu haben, gebunden, verharrte ich in meinem *Mauerloch* bis zum Tage des mündlichen Abiturs und kompensierte meine *Abnormalität* und *Gehirnverbranntheit* durch Lesen, Drogen, Freundinnen und als Hammond-Orgel Spieler in einer katholischen Jazzband. Letzteres hätten Sie sicherlich nicht von mir erwartet, oder?

Morgens um 10.00 Uhr hatte ich Mündliche Abiturprüfung in Deutsch. Das Thema war Faust. Wunderbar. Allerdings hatte ich nur den Ersten Teil gelesen und Prüfungsgegenstand war der Zweite Teil. Irgendwie hatte ich im Vorfeld die Themenstellung wahrscheinlich nicht mitgekommen oder war zu bekifft. Nun gut, kein Problem. Die Prüfung war in fünf Minuten vorbei. Mangelhaft. Fertig. Gesamtnote Drei statt Eins. Nicht schlimm. Kein Problem. Um 16.00 Uhr stand ich als Tramper mit Abitur an der Autobahn, nachdem ich vorher noch mein Sparkassenkonto geräumt und mich von meiner Mutter förmlich verabschiedet hatte.

Sie gab zwar vor, nicht zu wissen, was geschehe. Aber das lag daran, dass man mir über Monate und Jahre nie zugehört hatte. Für mich war bereits seit langem eines ganz klar: Am Tag des Abis bin ich weg. Mach ich einen Abflug. Der Rucksack war mit dem Nötigsten gefüllt. Und ab ging die Post nach Frankreich. Natürlich haute ich mir wieder die ganze Nacht auf der Autobahn um die Ohren, aber das holde Nest der Französin zog mich an wie die Insekten das Licht.

Dass ich von einer reiferen, weil eineinhalb Jahre älteren Frau verführt wurde, die kleine Jungen stahl, und in einer Arbeiterfamilie landete, musste ich mir die nächsten Jahrzehnte immer wieder anhören, und meine Mutter hat mir diesen Verrat nie verziehen und der Französin, die ihr den Sohn raubte, erst recht nicht. Jedes Detail dieses noch anstehenden Konfliktes, jede Verletzung ihrer bürgerlichen Natur wurde meiner Frau erbarmungslos immer wieder vor Augen geführt. Sie hatte in meiner Familie keine Chance. Sie war und blieb die Außenseiterin, die Unbeliebte, die nicht gerne Gesehene, die einen Schatten über mich und meine Familie geworfen hatte.

Der Vorteil war, dass ich selber nie für bestehende Probleme in meiner Familie zur Rechenschaft gezogen wurde, da das Grundübel oder sozusagen die Ursünde bei der Frau lag. Sie hatte Adam verführt, in den Apfel der Erkenntnis zu beißen und durch die Sünde für die Freiheit gegen Gott aufzubegehren. Immer wenn ich in Zukunft meinen Eltern widersprach, eine andere Meinung oder Protest äußerte, war die Schlange Ursache dieser Disharmonie, denn der eigenhändig gekreuzigte Sohn durfte keine Schuld auf sich nehmen. Die Schuldige aus der Urzelle war und blieb Sophie. Unser ganzes Leben kämpften wir für die Freiheit, die uns lieber war als das scheinheilige

Paradies der erfüllten Wünsche und Harmonie der bürgerlichen Moral. Dass das Streben nach Wissen und Erkenntnis sowie nach Transparenz und Authentizität im Leben auch zum Fluch degenerieren kann, wird jeder bestätigen können, der die Lüge als soziale Voraussetzung für das menschliche Zusammenleben kategorisch ablehnt.

Als ich in Paris völlig übernächtig eintraf, war das lang ersehnte Wiedersehen mit Eva, nein, entschuldigen Sie den Versprecher, mit Sophie, ein Feuerwerk angesammelter und verströmender Sinnlichkeit. Die gegenseitige Sehnsucht hatte unser Verlangen so stark angeheizt, dass wir über Monate hätten von Brot und Liebe leben können, nur hatten wir noch kein gemeinsames Liebesnest, und das Paradies wollte uns nicht mehr aufnehmen. Es war besetzt, hatte keine Betten mehr frei, war ausgebucht.

Die ersten vierzehn Tage hausten wir in wilder, ungezähmter Sinnlichkeit in Sophies Zimmer, die schon mit 18 Abitur gemacht hatte und vor ihrem Studium als Erzieherin ein Jahr lang in einem Krankenhaus gearbeitet hatte, so dass wir beide für den Start ein wenig Geld hatten, welches sich aber sehr schnell verflüchtigen würde. In Paris mieteten wir im Monat August ein kleines Zimmer ohne Heizung, ohne Toilette und ohne warmes Wasser. Dieses Zimmer, von denen fünf nebeneinander angeordnet waren, schien ein ehemaliges Atelier gewesen zu sein, welches die finanzkluge Eigentümerin durch das Einfügen von Zwischenwänden und den Einsatz von fünf Türen mit einem kleinen Fenster nach außen in fünf Studios von 8-10 Quadratmetern verwandelt hatte, die jeweils an ein oder zwei Personen vermietet wurden.

Unser Bett stellte eine ein Meter breite gebrauchte Militärmatratze, die wir auf dem *Marché aux puces de Saint-Quen – Porte de Clignancourt,* auf dem Flohmarkt im Norden von Paris preisgünstig erworben hatten. Als Tisch diente uns ein Karton, auf den wir ein Holzbrett legten, als Schrank zwei senkrechte und vier horizontale Bretter, die wir mit viel Mühe verschraubten. Ein Vorhang verbarg den Trödel dahinter. Sechs Meter Bücherregale hingen in bedrohlichem Abstand und schlecht befestigt über unserem Liebesnest. Zwei elektrische Herdplatten, zwei Töpfe, eine Pfanne, zwei Gabeln, zwei Messer und noch einige Kleinigkeiten waren unser ganzes Hab und Gut. Paris halt. *L'amour. La Bohème.* Wenn wir nachts einmal auf Toilette mussten, führte draußen über den Hof ein langer Weg zu der einzigen Toilette, die wir uns mit sieben Nachbarn teilen mussten. Die Wände waren so hellhörig, dass wir wie in einer offenen Kommune lebten. Jeder teilte seine Musik, seine Konflikte, seine Intimität mit den anderen.

Zu Beginn des Winters mussten wir uns einen Elektroheizkörper kaufen, um nicht zu erfrieren, denn die Liebe hält einen selbst in Paris nicht dauerhaft warm. In der Zwischenzeit hatte ich mein Studium an der Sorbonne aufgenommen, fiel aber durch alle Klausuren, da ich vergessen hatte vorher Französisch zu lernen. Nach zwei Jahren Französisch in der 9. und 10. Klasse hatte mich mein Französischlehrer mit einer Vier minus verabschiedet. Ich besäße keine Begabung und sei faul, eine schlechte Kombination. Eigentlich wollte ich nach dem Abitur eher Englischlehrer werden. Allein hätte ich dann besser eine Angloamerikanerin oder gleich eine Engländerin anbaggern sollen. Aber selbst der größte Idiot lernt außerhalb der Schule jede Sprache, zumal wenn er sich im Bett einer Muttersprachlerin wiederfindet. Und selbst wenn an diesem Ort erfahrungsgemäß nicht viel geredet wird, gibt es meistens die philosophische Zigarette danach.

Kein weiterer Termin beim Psychologen

Als ich von meinem Psychofreund nach Hause kam, erwartete mich ein Brief von der Bezirksregierung Arnsberg direkt auf meinem Schreibtisch. Wahrscheinlich hatte ihn meine Frau dort abgelegt. Welches sollte sein Inhalt sein? Wer schrieb? Der Juristenzombie, dessen Juradiplom wahrscheinlich wie das Abitur an einer Gesamtschule das Papier nicht wert war, aber wegen seines übersteigerten Selbstwertgefühls glaubte, zu den klugen Köpfen zu gehören? Nach einer Feuerpause schoss das Regime also wieder von der Arnsberger Startrampe eine Salve von Kurzstreckenraketen auf mich ab, die mein Patriot-Radar-Schild im oberen Hippocampus nicht abfangen konnte, so dass die Briefgeschosse direkt in meinem Arbeitszimmer landeten und detonierten, wobei kleine Splitterprojektile sogar in meine Bücher eindrangen. Die Materie wurde getroffen, der Geist jedoch nicht.

Begann Keberos wieder zu bellen? Trat er aus seinem Schattendasein wieder hervor? Verlangte er neue Opfer oder sollte ihm nur geopfert werden, damit er seine Existenz und Macht fühlte? Sollte ich den Umschlag unbeachtet des möglichen Inhalts in den Papiermüll werfen? Nein, dort könnte er recycelt werden und als metamorphosiertes Papier unter Umständen einen anderen Schaden anrichten. Es handelte sich nicht um ein Einschreiben, welches aber voraussichtlich kurze Zeit später folgen würde. Bis zu diesem Zeitpunkt könnte ich den Inhalt noch verdrängen und mein normales *Arbeitsleben* fortsetzen, die Krankheit des gesunden Menschenverstandes genießen. Ich zögerte. Die inhaltlichen Fakten konnten zwar verschoben, aber nicht ausgelöscht, vernichtet, inexistent gemacht werden. Und selbst dann existierte ich noch in der Idee des Hundes.

In den Papiermüll werfen, das ging nicht, denn der war für die Nachrichten aus Arnsberg zu sauber. In den Restmüll? Der war in dieser Woche nicht schmutzig genug. In den Biomüll? In diesen warfen wir entgegen der vom Europäischen Parlament erlassenen Verordnung über die Verwertung von Bioabfällen auch die Karkasse von Hähnchen mit noch reichlich anhaftenden Fleisch- und Hautresten, Schweinefleischknochen, Gräten, Fischköpfe oder gekochte Speisereste, so dass nachts wahrscheinlich Mäuse und Ratten zum Tanz um die Tonne antraten, in der Hoffnung, dass ihnen irgendein Gott den Deckel zur Speisekammer öffnen würde. Ein gedanklicher Blick in die übelriechende Mischung aus Gartenabfällen und Küchenresten, in der Salmonellen neben anderen Bakterien wahrscheinlich ihr ungestörtes Dasein fristeten, offenbarte mir eine Kolonie von ekelerregenden, kleinen weißen Maden, die sozusagen aus dem Nichts, in einem widerlichen Schöpfungsakt *ex nihilo* entstanden waren. Hier wäre der Herr Jurist wahrscheinlich gut aufgehoben gewesen, weil unter seinesgleichen, aber die totale Zerstörung verlangte überdies den Tod aller Mikroorganismen, von denen ich keinen exhumieren wollte.

Ich verwarf diese Idee und entließ die wirbellosen Wesen wieder in ihr nahrungsreiches Grab, um den Umschlag zu öffnen. Noch war er makellos, jungfräulich, unberührt. Noch war seine Empfängnis unbefleckt. Statt meiner Verurteilung zu einer lebenslangen Haftstrafe an der Gesamtschule oder einer befreienden öffentlichen Hinrichtungsinformation auf dem Scheiterhaufen des *Campo de Fiori* in Arnsberg, konnte die Nachricht ebenfalls eine Freilassung aus dem Gulag enthalten und eine Versetzung ans Gymnasium. Nach fast einem Jahr Therapie, welche dem Juristen sicherlich besser zugutegekommen wäre, konnte nicht ausgeschlossen werden, dass ein Aktenkrämer, Federfuchser und Paragraphenreiter zumindest einen kleinen Funken pragmatischen Verstandes entwickelt hätte.

Mit leicht zitternden Fingern zerriss ich vorsichtig die sich an der Längsseite des Umschlags verklebte Öffnung, um das Sendschreiben zu entnehmen, welches einer Epistel gleich an den Apostel Paulus Krieger zur Lesung auf der Kanzel seines Gewissens erschien. Die Nachricht war kurz und knapp, aber konzis, klar und unmissverständlich. Wie von einer Tarantel gestochen verspürte ich einen tiefen Schwindel und befand mich einem Base-Jumper gleich, der von einem 350 Meter hohen Felsvorsprung in die Tiefe springt und hofft, in einem kühlen Wasser und nicht auf dem Erdboden zu landen. Jedoch gab es kein Wasser, keinen Tümpel, nicht einmal eine Pfütze in der Nähe, die meinen Aufprall hätte mindern können.

„Sehr geehrter Herr Krieger, Sie werden gebeten, sich am 14 Juni 2000 bei der Bezirksregierung in Arnsberg, Laurentiusstr. 1, 59821 Arnsberg, um 11 Uhr, Gebäude 3, Dezernat 442, Zweite Etage, zu einem Gespräch bezüglich Ihrer weiteren Verwendung als Studienrat im Regierungskreis Arnsberg einzufinden. Mit freundlichen Grüßen, Gerhardt Reiner.

Vorbei, Ende, aus! Die Mutterschutzfrist war abgelaufen. Der kranke Embryo musste ausgetragen werden, erneut für sein Überleben kämpfen oder verrecken. Der Termin war in fünf Tagen. Sofort vereinbarte ich einen Krisentermin mit Herrn Dr. Mitz, der in einer psychologischen Ausnahmesituation versuchte, mich über den Inhalt des Schreibens aufzuklären.

„Herr Krieger, der Brief von der Bezirksregierung in Arnsberg musste eines Tages kommen. Das war mir bewusst und Ihnen wahrscheinlich irgendwie auch. Sie befinden sich weiterhin in einer paradoxen Situation, aus der Sie sich durch Ihr eigenes Bemühen befreien müssen. Sie sind einerseits Beamter auf Lebenszeit, welches Ihnen mit der Unterstützung der Psychotherapie fast ein Jahr lang ermöglicht hat sich unter Bezug des vollen Gehalts um eine andere Arbeitsstelle zu bemühen, wenn dieses Bestreben bislang bedauerlicherweise auch noch nicht von Erfolg gekrönt war.

Andererseits sind Sie von Ihrer freien Denkungsart kein Geist, den man in eine Flasche oder ein bürokratisch stupides System einschließen kann. Mit Ihrer Persönlichkeit und Ihren Fähigkeiten wären Sie in der Wirtschaft als kreativer Denker mit Sicherheit erfolgreicher gewesen, oder man hätte Sie achtkantig rausgeworfen. Beides wäre für Sie der bessere Weg gewesen, denn im zweiten Fall hätten Sie die Möglichkeit gehabt, sich in vielen Bereichen wieder neu bewerben zu können, wohingegen Sie sich als Lehrer geradezu in einer Einbahnstraße befinden, in welcher Sie weder wenden noch jemals auf einer großen Kreuzung unterschiedliche Lebensbahnen wählen können. Und darüber hinaus müssen Sie noch langsam fahren, obwohl Sie mindestens 200 PS unter der Haube haben. Sie leben ständig in einer Zone 30. Als Beamter sind Sie wie ein Tier in einem Käfig, das täglich auf sein Futter wartet, wohingegen Sie jagen möchten, selber entscheiden, handeln, entwerfen, kreieren.

Als Lehrer haben Sie leider kaum andere Alternativen und sitzen zudem noch im falschen Käfig. Damit möchte ich ausdrücken, dass ich glaube, dass Sie unter Umständen sogar am Gymnasium ähnliche Probleme bekommen hätten oder mittelfristig bekommen würden. Sie sind systemresistent, d.h. niemand, der sich von einem anderen feste Prinzipien, Leitsätze und Zielvorgaben aufzwingen lassen möchte, und schon gar nicht, wenn diese unvernünftig erscheinen. Die Schüler mögen in dieser höheren Lehranstalt zwar etwas aufgeweckter sein, aber ob dieses ebenfalls für die Schulleitung vorausgesagt werden kann, bleibt zweifelhaft. Natürlich haben Sie es momentan mit der schlimmsten Sorte zu tun, nämlich mit Ideologen, und Ideologie ist eine Weltanschauung, die keine andere Denkungsart, keinen anderen Geist zulässt.

In der Zwischenzeit haben Sie in den letzten Monaten aber Ihre Karenzzeit sinnvoll genutzt. Sie haben Ihr wissenschaftliches Buch zur *Multimedialen Fremdsprachendidaktik* beendet und damit beste Voraussetzungen für eine universitäre Karriere geschaffen, und einen Gedichtband verfasst, für den Sie noch einen Verlag suchen, so dass Sie möglicherweise einmal als armer Poet leben könnten. Ich bin aber felsenfest davon überzeugt, dass eine Ihrer Bewerbungen erfolgreich sein wird, bei Ihrer Qualifizierung.

Die Bezirksregierung wird Ihnen meiner Erfahrung nach aller Wahrscheinlichkeit nach vorschlagen, entweder wieder Ihre Lehrertätigkeit aufzunehmen oder Sie anderenfalls in Rente schicken. Hoffen Sie in diesen Kreisen nicht mit einer aufkeimenden Vernunft. Sie werden verwaltet. Sie sind ein Objekt, das man auf eine Umlaufbahn geschickt hat, die Gesamtschule, die Sie wegen der Arnsberger Schwerkraft nicht aus eigener Stärke verlassen können. Das administrative Gravitationsfeld hält Sie immer in dieser Schulform gefangen. Abweichungen von der Laufbahn sind im System nicht vorgesehen und Systemfehler werden integriert oder eliminiert.

Ich schlage Ihnen daher vor, die Therapie bei Herrn Gabler, die Ihnen nicht schadet und womöglich sogar hilft, fortzusetzen. Nächste Woche fahren Sie dann nach Arnsberg und hören sich möglichst geduldig und ruhig an, welche Vorschläge man Ihnen unterbreitet, und dann werden wir noch einmal gemeinsam beraten, wie es weitergehen soll. Sie haben einen starken Charakter. Sie haben Mut. Sie haben die Unterstützung Ihrer Frau, Ihrer Freunde und Ihrer Familie. Sie sind ein wirklicher Kämpfer, ein Krieger halt. Eine weitere Krankmeldung wird man in der Höhle des Löwen nicht akzeptieren. Ich kenne den Laden. Sie sind nicht der einzige verbeamtete Lehrer, den ich betreue oder betreut habe. Aber ich versichere Ihnen, es gibt immer eine Lösung. Auch der Unglaube kann Berge versetzen."

Wieviel lieber hätte ich eine Verhaltens- oder Gesprächstherapie mit Herrn Dr. Mitz absolviert als mir bei Herrn Gabler wöchentlich auf dem im Übrigen unbequemen Sofa neue Geschichten einfallen lassen zu müssen, die er nahezu nie kommentierte. Herr Gabler war für mich nur ein Alibi gegenüber der Bezirksregierung. Aus diesem Blickwinkel betrachtet ergab sich allerdings ein monatlich großzügiges Gehalt, wenn man eine Wochenarbeitszeit von zwei Stunden ansetzte. Nie wieder würde ich so gut verdienen.

Die Vorstellung jedoch, dass die Bezirksregierung mich mit 43 Jahren in Rente schicken könnte, überschritt das gesunde Maß aller Absurditäten und bestätigte meine stille Überzeugung, dass der Mensch schlechthin oder zumindest der Gesamtschulmensch weniger ein Vernunft- als ein Unvernunftwesen war.

War der Mensch im Vergleich zum Tier nicht ein instinktives Mängelwesen, eine Mutation, die in der Natur normalerweise nicht hätte überleben können, sofern wir nicht das ausgebildet hätten, was wir Vernunft nennen? Tatsächlich sind wir aber Minderbemittelte, Krüppel, Behinderte, die auf keinem Gebiet mit den Tieren konkurrieren können. Für eine Tierolympiade könnte sich niemand von uns qualifizieren.

Haben Sie schon einmal gegen einen Bären geboxt oder sind im Sprint gegen einen Leoparden angetreten? Noch erfolgloser sind wir beim Schwimmen, und zwar unabhängig davon, ob Sie Brust, Schmetterling oder Kraul wählen, wenn wir bedenken, dass ein Fächerfisch, aber auch ein Marlin oder Schwertfisch seine Körpermasse bis auf 100 oder sogar 110 Stundenkilometer beschleunigen kann. Zu lange haben wir in der Vergangenheit bereits das Wasser verlassen.

Und könnten Sie wie ein Turmfalke, hätte er das Lesen gelernt, das Buch, das Sie gerade mit Brille oder Kontaktlinsen lesen, noch aus 30 Metern Entfernung vorlesen oder aus zwei Kilometern Entfernung von einer Maus unterscheiden? Aus dieser Entfernung hätten Sie wahrscheinlich nicht einmal das Bücherregal erkannt.

Wenn Sie einen guten Riecher haben, wissen Sie bestimmt, wer unter den Tieren den besten Geruchssinn ausgeprägt hat. Oder sind Sie bereits auf den Hund gekommen? Ihr bester Freund besitzt im Gegensatz zu Ihnen 200 Millionen Riechzellen statt nur 5–10 Millionen. Falls Sie einen Hund haben, waschen Sie sich morgens ordentlich, damit er

Ihren Gestank nicht den ganzen Tag über ertragen muss oder er möglicherweise eine Anzeige wegen Tierquälerei in Erwägung zieht. Hätten Sie jedoch einen Aal zum Freund, könnte dieser Sie, sollten Sie sich beim Schwimmen im Bodensee eines Tages verletzten und einen Tropfen Blut verlieren, unmittelbar durch sein Riechorgan orten. Wenn Sie die Lösung nicht gefunden haben, haben Sie keine feine Nase gehabt, aber der Aal riecht auch mit dem *Jakobsonschen Organ*, welches sich im Mund befindet. Früher, bevor Sie begannen sich mit Ihrer Nase in alles einzumischen, was Sie nichts angeht, etwa Bücher fremder Menschen zu lesen, hatten Sie auch keine Nase. Nur wollten Sie so nicht herumlaufen und brauchten sie zudem, um Ihre Brille darauf abzusetzen.

Und nun seien Sie einmal ganz ruhig und horchen in die Stille. Ganz ruhig, hatte ich gesagt! Können Sie nicht einmal den Mund halten und auf Ihren Lehrer hören? Ein wenig Anstand und Vertrauen bitte! Bestimmte Prinzipien müssen Sie selbst als Leser einhalten, oder ich schicke Sie an die Gesamtschule, damit Sie das Lesen wieder verlernen. Hören Sie nun endlich, dass ich Sie, wenn auch aus einiger Entfernung, gerade anspreche? Sie hören nichts? Gar nichts? Strengen Sie sich an. Fahren Sie Ihre Lauscher maximal aus! Sie hören mich immer noch nicht? Nicht den geringsten Ton? Möglicherweise ein merkwürdiges Geräusch? Erschrecken Sie nicht. Ihre relative Taubheit ist normal und nimmt im Alter noch zu, oder sind Sie bereits taub und lesen lieber?

Ich kann Sie beruhigen. Im Vergleich zu den meisten Tieren sind Sie nur normal schwerhörig. Im Alter werden Ihre Lauscher zwar größer, aber das Hören dadurch nicht besser. Alle Töne, die über 12 oder 15 Kilohertz liegen, nehmen Sie nicht mehr war. Diese Welt bleibt Ihnen dann verschlossen, und Sie werden einsam wie eine Auster in ihrer Muschel. Delphine haben einen Ultraschall-Hörbereich bis zu 160 Kilohertz, Fledermäuse Hörfrequenzen von bis zu 212 Kilohertz. Mit diesen Hörakrobaten können Sie trotz Hörgerät nicht konkurrieren. Haben Sie Ihres schon lauter gestellt? Die Große Wachsmotte aber, dieser kleine, graue Schmetterling mit einer Flügelspannweite von drei bis vier Zentimetern, mit dessen Hilfe der amerikanische Geheimdienst seine Lauschangriffe durchführt, hat eine Frequenzempfindlichkeit von über 300 Kilohertz.

Das sollten Sie sich einmal zu Herzen nehmen. Sie brauchen jedoch nicht in Angst und Schrecken auszubrechen, weil Sie glauben, dass die Große Wachsmotte womöglich in Ihrem Schlafzimmerschrank lebt und alle Gespräche und Geräusche in Ihrem Bett belauscht oder an die Amerikaner weiterleitet, denn sie ist keine Kleidermotte und besiedelt mit ihrer Eiablage hauptsächlich Bienenstöcke, so dass Sie, sofern Sie keine dufte Biene sind, nichts zu befürchten haben.

Wäre ich mit diesen Sinnesorganen ausgestattet, könnte ich wahrscheinlich aus 100 Kilometern Entfernung hören, was im Dezernat in Arnsberg über mich geredet oder entschieden wird oder den Juristen von meinem Schreibtisch aus riechen. Jedoch konnte und wollte ich ihn nicht riechen.

Was haben Sie gegen diese Athleten der Sinne, der Wahrnehmung, der Kraft oder der Leichtigkeit, gegen diese Akrobaten der Lüfte oder Motorboote der Meere an Fähigkeiten aufzuweisen? Ein wenig Verstand? Tatsächlich scheint dieser umgekehrt proportional zu unserem Wirkungskreis. Da wir in keinem Bereich der Sinne Olympiasieger werden können, aber immerhin an allen Wettbewerben teilnehmen können, haben wir uns auf den Verstand fokussiert, der für uns in der Evolution im Streit der Kräfte die einzige Überlebensmöglichkeit war. Nur ob wir davon einen vernünftigen Gebrauch machen, ziehe ich immer mehr in Zweifel.

In über 20 Ländern der Welt werden Kriege geführt oder leben die Menschen in Gewalt und bewaffneten Konflikten, während die angeblich friedlichen Nationen auf ihre Weise dazu beitragen, die Umwelt zwecks Profitmaximierung zu zerstören, um ihren Nachkommen einen unbewohnbaren Planeten zu hinterlassen. Nein, so unvernünftig wäre kein Tier, welches, geführt von der Mutter Natur, instinktiv das tut, was die Natur im Innersten zusammenhält. Nur der Mensch tötet sinnlos, zerstört, ist tierischer als jedes Tier. Gäbe es ihn nicht, würde unser Ökosystem nicht kollabieren und Sie bräuchten mein Buch nicht zu lesen, sondern kletterten den Baum hinauf, der wegen des benötigten Papierbedarfs für eben dieses Buch gefällt wurde. Daher haben Sie sich aufgerichtet und laufen durch die Steppen der Megapolen, ohne wirklich Umschau halten zu können. Sie sind orientierungslos geworden! Sie wissen nicht mehr, was Sie tun sollen! Was richtig und was falsch ist. Sie haben den gesunden Tierverstand verloren, und was übrig bleibt ist die Unvernunft der Vernunft.

Auch wären Sie mit einem nicht zur Unvernunft pervertierten Tierinstinkt nicht so dumm anzunehmen, dass frische Brötchen gut riechen oder Mohnblumen rot sind. Wenn Sie das meinen, erhalten Sie von uns die Rote Clownsnase, denn jede Biene weiß, dass eine rote Blüte schwarz ist und erst durch die Reflexion des UV-Lichts als helle und leuchtende Farbe erscheint.

Die Welt ist nicht so, wie Sie sie wahrnehmen. Das weiß doch jedes Tier. Wenn bei Ihnen absolute Stille herrscht, nehmen aufmerksamere Tiere in der Luft an einem Symphoniekonzert der Geräusche als Echo des Schalls von winzigen Bewegungen teil. Andere wiederum erleben Farben, von deren Schönheit wir nicht einmal zu träumen in der Lage sind. Während uns ein exotischer Blumenmarkt in Hong Kong mit seinen roten, gelben oder pinkfarbenen Orchideen und Lotusblüten in seinem Blütenmeer als besonders bunt und farbenträchtig erscheint, würde ein Krebs, der zehnmal mehr sieht als wir, diese Schönheiten in seiner Welt als grau und eintönig auffassen. Jenseits von Lila hört bei uns die Wahrnehmung der Regenbogenfarben auf, während die für Ihr Auge unsichtbare ultraviolette Strahlung erst jenseits von Lila beginnt und für den Krebs ein schillerndes Farbenmeer eröffnet, an dem er sich weidet, bis Sie ihn verspeisen. Aber auch diese Form der Einverleibung garantiert Ihnen keine bessere Sicht auf die Dinge. Mit unserer im Verhältnis zur Tierwelt sehr eingeschränkten Wahrnehmungsfähigkeit krebsen wir mit unseren fast blinden Augen, beinahe tauben Ohren und unserer stumpfen Nase wie eine einzellige Amöbe durch die Welt und wollen sie beherrschen.

Selbst Gott haben wir als Konkurrenz und Besserwisser ausgeschaltet, abgeschafft, weil wir unsere eigene Mittelmäßigkeit und Unvollkommenheit nicht ertragen. Im Gegensatz dazu haben wir die Hybris entwickelt, uns selber diese Attribute der Allmacht, der Allwissenheit und Allgegenwart anzusinnen, während wir aber, ohne es zu merken, in unserer kleinen Welt leben wie eine Zecke, die nur warm und kalt fühlt und Milchsäure riecht und sonst nichts sieht und hört.

Wir wollen Ihr Weltbild natürlich nicht erschüttern und Ihnen Schweißperlen auf die Stirn zaubern, zumal diese Milchsäure freisetzen und Sie noch beim Lesen auf der Wiese als sicheres Opfer markieren: *Beute im Anmarsch*! Und schon dockt die Zecke bei der tollen Biene, der Zicke oder bei Ihnen an und saugt Ihnen das Blut aus den Adern, während Sie noch in Ruhe die Buchstaben zur Lektüre kontemplieren.

Abgesang eines Lehrers

Fünf Tage später begab ich mich also auf den Weg zu den Tauben, die mein Anliegen nicht hören, zu den Blinden, die mich gar nicht sehen, und zu den Stummen, die mit mir nicht sprechen wollten. Welcher neue Albtraum würde mich erwarten? Welcher neue LSD-Horror-Trip? Möchten Sie, lieber Leser, mein bester Freund, mich in diesen unsteten Zeiten auf diesem letzten Bittgang nach Canossa begleiten?

Der Unterschied zu König Heinrich IV. im Jahre 1077 bestand natürlich in der Tatsache, dass dieser vom Papst die Rücknahme des Banns und der Exkommunikation verlangte, wohingegen ich vielmehr aus der Ideologie der Gesamtschulkirche entlassen werde wollte. Der Anlass für meinen Bittgang war daher das genaue Gegenteil. Ich wollte aus dieser Gemeinde verbannt werden. Ich wollte exkommuniziert werden. Und ich wollte keine Wiedergutmachung. Ich wollte Befreiung, Loslösung, Auflösung eines niemals geäußerten Glaubensbekenntnisses. Und wenn es sein musste sogar die Entlassung aus dem Beamtendienst, um mich als Lehrer in Anstellung wieder neu bewerben zu können.

Als Erniedrigter und Gedemütigter wollte ich dieses *Rendez-vous* nicht antreten. Zwar war es ein Schlag ins Gesicht, aber kränken konnte man den Kranken nicht mehr, denn Krankheit macht stark. Ich hatte zahlreiche Antikörper gegen die Geisteserreger entwickelt und fühlte mich geradezu euphorisch und multiresistent gegen jegliche Form von Gesamtschulkeimen. In extremen Krisensituationen oder angesichts des Todes entwickelt der eigene Körper bekanntlich durch das Ausschütten großer Mengen von Adrenalin Energiereserven als Vorbereitung auf die Flucht oder einen Kampf. Wer dem Löwen jedoch bewusst entgegengeht, denkt nicht an Flucht. Ich entschied deshalb im Gegensatz zu Heinrich IV. die königlichen Gewänder des Verstandes als Abzeichen der menschlichen Würde nicht abzulegen, ebenso wenig meine Schuhe auszuziehen, um barfuß und nüchtern vor der Kurie zu erscheinen.

Mit pünktlich fünf Minuten Verspätung, weil ich mich auf den Gängen des kafkaesken Gebäudes verirrt hatte, klopfte ich an die offen stehende Tür des Dezernats 442, durch welche ich den Gesamtschuldezernenten erkannte, dem ich bereits auf einem anderen Schlachtfeld entgegengetreten war, sowie einen hageren Jüngling mit leichtem Lippenbart, welcher seiner Physionomie nach, steif wie ein Stockfisch, nur der Jurist sein konnte, und zwei weitere ältere graue Herren, von denen einer einen dunklen Anzug trug. Es stellte sich unmittelbar heraus, dass der Jurist tatsächlich der Jurist war. Vor ihm lagen zwei umfangreiche Aktenordner, wahrscheinlich mit unserer Korrespondenz oder den von ihm durchgeführten Rechtschreibprogramm, welches ich durch die Korrekturen seiner Briefe initiiert haben konnte. Die anderen beiden Schattengestalten mit düsteren Mienen wurden mir als der Gymnasialdezernent und ein Hauptschulleiter vorgestellt.

Welch eine Trauergesellschaft, dachte ich. Wer wird denn an diesem Orte zu Grabe getragen? Das Büro roch geradezu nach dem Tod der Bürokraten, die als eifrige Opportunisten über ihre Ordner gebeugt nach einem Buchstaben suchten, der nicht ins System gehörte. Dabei hatten sie Ort und Zeit vergessen und gar nicht bemerkt, dass sie zu verwesen begannen.

Der Gesamtschuldezernent begrüßte mich förmlich, bat mich Platz zu nehmen und fragte höflich, wie es mir gehe. Entgegen seiner Annahme, dass ich diese rhetorische Frage kurz positiv beantwortet hätte, begann ich in aller Offenheit eine Berichterstattung über meine Therapie, dass ich mit Herrn Gabler versuchte, meine Kindheitstraumata aufzuarbeiten sowie meinen Drogenkonsum, dass ich viel über die Gesamtschule nachgedacht hätte und vieles andere mehr.

Die Gemeinde war verwundert, und ein Herr Lichter, der sich im weiteren Gespräch als der Hauptschulleiter herausstellte, unterbrach mich schließlich beschämt, indem er bemerkte, dass ich mich nicht zur Therapie zu äußern habe. Ihm, beziehungsweise ihm und seinen Kollegen sei daran gelegen zu erfahren, ob ich unter Umständen bald wieder gesund werden würde und sie mit meinem Einsatz an einer Schule rechnen könnten.

Entgegen ihrem Erwarten entgegnete ich, dass es mir momentan sehr gut ginge und ich ein friedliches und arbeitsames Leben führe. Über meine Gesundung oder meine weitere Verwendung als Lehrer machte ich zunächst keinerlei Aussagen. Ich nahm mir vor, so wenig wie möglich von mir zu geben, um keine falschen Aussagen oder vorschnelle Zugeständnisse beziehungsweise um mich möglichst wenig angreifbar zu machen.

Ein *arbeitsames* Leben war auf dem Hintergrund meiner Arbeitsunfähigkeit natürlich schon ein Wort zu viel. Ebenso die Aussage, dass es mir *sehr gut ginge*, war ich doch krankgeschrieben und in Behandlung. Wahrscheinlich hatten sie mit einem abgemagerten, verzweifelten Leptosomen gerechnet, erblickten aber in ihrem Gegenüber einen sportlichen, dynamischen und braungebrannten Lehrer, der offensichtlich eher von der Urlaubsinsel Mallorca als aus einer Therapie zu ihnen gefunden hatte. Meine Gesprächsgegner hingegen erschienen mir trüb, müde, ausgelaucht oder gleichgültig. Schlappschwänze, die einen Job ausübten oder ein Urteil verkündeten, welches bereits gefällt war.

Es folgte dennoch die Rückfrage, wie ich ein arbeitsames Leben führen könne, wo ich doch nicht arbeitete, und wie es mir gut gehen könne, da ich doch krank sei. Was sollte ich darauf antworten, ohne provozierend zu wirken? „Nun", entgegnete ich, „verstehen Sie mich nicht falsch, aber mit Arbeiten meine ich, dass ich mich sinnvoll beschäftige, um in meinem verordneten Müßiggang nicht depressiv zu werden, und gut ginge es mir nur den Umständen gemäß durch die Therapie.

„Meinen Sie, Herr Krieger", schaltete sich das Milchgesicht mit seiner hohen Tenorstimme ein, „dass Sie nach den Sommerferien wieder als Lehrer werden arbeiten können?" „Davon gehe ich fest aus", erwiderte ich, „sofern Sie mich an ein Gymnasium versetzen". Damit war die Katze aus dem Sack, der Streitgegenstand klar benannt und verlangte nach einer Lösung, nach einem Ergebnis.

Der Rechtsgelehrte holte tief Luft, als stände er vor einem langen Apnoetauchen, und eröffnete folgende Rede, bei welcher ich seine Interpunktion nicht kontrollieren konnte. Dennoch errötete er leicht, weil ich ihm in peinlicher Indiskretion direkt in die Augen schaute und ihm signalisierte, dass ich seine Unsicherheit wahrnahm. Seine Stimme war nicht fest, standhaft oder überzeugend, sondern erkennbar zögerlich, als habe er Angst vor seiner eigenen Courage beziehungsweise vor dem Inhalt dessen, das er zu verkünden sich anstellte.

„Herr Krieger, Sie sind nun seit fast einem Jahr arbeitsunfähig und in Therapie. Des Weiteren beharren Sie darauf festzustellen, dass Sie an einem Gymnasium arbeiten könnten, wohingegen Sie bei einem Einsatz an einer Gesamtschule krank seien. Dieses Paradoxon ist juristisch nicht fassbar. Entweder Sie sind gesund, oder Sie sind krank. Eine schulformspezifische Erkrankung gibt es nicht. Dieses habe ich Ihnen viele Male in amtlicher Form schriftlich mitgeteilt. Meine Frage lautet daher deutlich „Glauben Sie nach den Sommerferien wieder gesundheitlich in der Lage zu sein an einer Gesamtschule zu arbeiten?""

Ohne zu zögern antwortete ich mit einem klaren *Nein*, woraufhin der Volljurist fortfuhr „dann werden wir Sie in Rente schicken und Ihre Akte schließen." Nun musste ich natürlich Stellung beziehen und meinen Mund wieder aufmachen. Ich hatte in diesem Moment nichts mehr zu verlieren und hob dreist oder tollkühn an: „Dazu sind Sie sicherlich berechtigt, aber als Staatsdiener und Beamter sollten Sie doch an die Solidargemeinschaft denken und die unnötigen Kosten, die eine unnötige Verrentung mit 43 Jahren verursachte, ganz zu schweigen von der Verschwendung meiner Arbeitskraft"… „die Sie nicht haben, weil Sie krank sind", fiel mir der Sesselfurzer mit etwas erhobener Stimme ins Wort.

Am liebsten hätte ich diesen kognitiv beeinträchtigten Korinthenkacker auf der Stelle mit meinen eigenen Händen erwürgt, um ihm zu beweisen wie schwach und krank ich war, aber es gelang mir, nicht ohne eine gewisse Anstrengung, meine körperliche Aggression wieder zu kanalisieren und in Worte zu fassen. „Wer von uns beiden kranker ist, weiß ich sehr genau. Es ist das System, das Sie vertreten, das krank ist, das krank macht, und lieber gehe ich noch in der Psychiatrie mit vernünftigen Menschen um, als in eine Gesamtschule zurückzukehren, um meinen gesunden Menschenverstand zu verlieren."

Leider gelang es mir nicht mehr, meine kognitiven Denkprozesse emotionsneutral zu steuern, und ich lief dadurch Gefahr, unter Zeugen Äußerungen zu formulieren, die gegen mich verwendet werden könnten. Aber dieser Widersinn musste ein Ende haben. So oder so! Jetzt mischte sich der Gesamtschuldezernent in den Schlagabtausch ein und fragte mich: „Herr Krieger, sind Sie motorisiert?" Ich roch Lunte und wusste sofort, dass man mich in die Karpaten oder in das Wilde Kurdistan versetzen wollte, worauf ich mich nicht einließe und entgegnete etwas surrealistisch: „Ich bin gut zu Fuß und habe zudem ein Fahrrad."

„Wir hatten nämlich gedacht, dass wir Sie nach Kierspe an eine andere Gesamtschule versetzen könnten, die zu den ersten Gesamtschulen in Nordrhein-Westfalen gehört. Sie wurde schon 1969 gegründet und verfügt über besonders viel Erfahrung. Gegebenenfalls können Sie sich dort besser integrieren. Es wäre ein neues Umfeld für Sie, ein neues Kollegium und insbesondere auch eine neue Schulleitung."

Dezidiert und mit klarer Stimme lehnte ich dieses Angebot unmissverständlich ab, indem ich einzelne Worte und Satzteile, vielleicht mit leichter Ironie, ich weiß es nicht mehr so genau, weil mein Gehirn mittlerweile den Schleier des Vergessens über diese Episode meines Lebens geworfen hat, hervorhob: „Ich sehne mich weder nach einem neuen Kollegium noch nach einer neuen Schulleitung, sondern nach einer anderen Schulform. Wie Sie natürlich wissen, gibt es einige Gymnasien im Siegener Raum, die sich über einen Lehrer mit den drei Fächern Deutsch, Französisch und Philosophie freuen würden. Warum ziehen Sie es vor, mich lieber leichten Mutes in Rente zu schicken, als dieser Tatsache Rechnung zu tragen?"

Jetzt kam der Auftritt des Gymnasialdezernenten, den ich eigentlich auf meiner Seite wähnte. „Herr Krieger, mir liegen Ihre zahlreichen Versetzungsanträge ans Gymnasium vor, und wir brauchen dringend Ihre Fächerkombination. Aber die Gesamtschule braucht Sie in gleicher Weise, und es gibt seit zwei Jahren einen offiziellen Versetzungsstopp, der es uns administrativ nicht mehr erlaubt, Kollegen von Gesamtschulen an Gymnasien zu versetzen." „Dann möchte ich Sie fragen, wer von beiden Lagern denn von meiner Frühpensionierung mit 43 Jahren profitierte? Können Sie mir diese Aporie erklären?"

Stille. Sendepause. Lautlosigkeit. Keine Antwort. Sollte ich diesen hochdotierten Personen auf ihren A15 und A16-Stellen, die zwischen Abwarten und Handeln zögerten, in ihrer Verlegenheit als einfacher Studienrat erklären müssen, was eine Aporie war, nämlich ein unauflöslicher Widerspruch, in den sie sich begeben hatten?

„Diese Frage können Sie sich nur selber beantworten", fiel der Kleingeist ins Gespräch ein, ohne dass man ihn dazu aufgefordert hatte. „Was die Schulform anbelangt, so können wir Ihnen noch mit einem allerletzten Angebot entgegenkommen, wenn Sie nicht jeden Tag bis Kierspe fahren oder wandern wollen. Letzteres wäre bei einer Entfernung von fast 75 Kilometern auch einem gesunden und überzeugten Gesamtschullehrer gegenüber unfair." Dieser Sarkasmus machte mir den Fliegenbeinzähler fast sympathisch, aber ich hätte ihn für sein freches Dazwischenreden gleichwohl lieber wie ein Hühnchen gerupft.

Jetzt kam der Auftritt des Hauptschulleiters, und Sie können sich fast denken, lieber Leser, was er mir vorschlug, aber möglicherweise nicht vorstellen, wie er argumentierte. „Ganz in der Nähe Ihres Wohnortes befindet sich sogar eine Hauptschule. Wie wäre es, wenn wir Sie an diese andere Schulform versetzten, da Sie auf keinen Fall an eine Gesamtschule zurückkehren wollen und Versetzungen ans Gymnasium *de jure*, d.h. von Rechts wegen, wie wir eben gehört haben, ausgeschlossen sind. Die Hauptschule wäre für Sie eine neue Schulform und sicherlich eine Herausforderung, oder?"

Mir verschlug es den Atem und ich verfiel in eine schockähnliche Starre. Diese mörderische Dreistigkeit und Unverschämtheit hätte ich selbst diesen Teufeln nicht zugetraut. Man wollte mich fertig machen. Man wollte mich zu Grabe tragen. Man hatte einen gemeinsamen

Komplott gegen mich geschmiedet und alle vertretenen Schulformen waren sich einig: Krieger musste von der Schaubühne aller Lehranstalten verschwinden. Dafür war man bereit, jedes finanzielle Opfer zu tragen.

Zu meiner Verteidigung wand ich ein wenig lächelnd, aber mit Unverständnis ein, dass meine beiden Fächer Französisch und Philosophie an der Hauptschule gar nicht unterrichtet würden, woraufhin man mir entgegnete, dass ich ebenso 28 Stunden Deutsch unterrichten könne, und wenn mir dieses nicht gefiele, unter Umständen fachfremder Unterricht eingeplant werden könnte. Man käme mir gerne entgegen mit Sport, Gemeinschaftskunde, Musik oder Englisch. Man wisse, dass ich in diesem Bereich in der Zwischenzeit einschlägige Erfahrung gesammelt hätte.

Ich riss meine letzten noch halbwegs funktionierenden Neuronen, die vor einer Ohnmacht oder einem Generalkollaps standen, zusammen und spie der Anwesenden Inquisitionsjury ohne mit der Wimper zu zucken und allen geradewegs in die Augen schauend, laut, aber nicht aggressiv, deutlich und von meiner Aussage überzeugt ins Gesicht: „Ihre Vorschläge, meine Herren, sind allesamt ohne Sinn und Verstand, grotesk und aberwitzig. Sie sollten sich als Leiter eines absurden Theaters bewerben. Aber da spielen Sie ja schon. Sie spielen Ihre Rollen übrigens gut. Man merkt, dass Sie sich damit identifizieren. Und jetzt werden Sie mir als Marionetten dieser Behörde gestatten, dass ich mich aus diesem Kindergarten, diesem Kasperletheater, aus dieser *Commedia dell'arte*, obwohl Sie keine Masken tragen, weil Sie selber zu Masken erstarrt sind, verabschiede. Und vergessen Sie bitte nicht, mir meine Rente ab dem 1. September zu überweisen."

Eine Woche nach diesem Gespräch erhielt ich einen weiteren Brief, den ich ohne zu zögern öffnete und in dem mir der Vollidiot, entschuldigen Sie den Versprecher, der volljährige Jurist ankündigte, dass man meine Pensionierung einleiten würde, sofern ich nach den Sommerferien nicht an der Hauptschule in Netphen-Deutz meine neue Stelle anträte. Der Schulleiter werde mich eine Woche vor Schulbeginn zu einem persönlichen Gespräch einladen und mit mir über meinen geplanten Einsatz und meinen Stundenplan sprechen.

Ende Juni wurde ich nach Ludwigsburg an die Pädagogische Hochschule zu einem Vorstellungsgespräch in der Abteilung Französisch eingeladen, die einen Studienrat im Hochschuldienst einzustellen beabsichtigte, der nach Möglichkeit mit den *Neuen Medien* vertraut sein sollte. Zum ersten September beantragte ich meine Versetzung von Nordrhein-Westfalen nach Baden-Württemberg, welches der amtliche Jurist in Arnsberg ablehnte, weil niemand vom Schulministerium ans Wissenschaftsministerium versetzt werden und niemand in Nordrhein-Westfalen aus einem Beamtenverhältnis auf Lebenszeit entlassen werden könnte. Daraufhin beantragte ich unter Androhung eines Anwalts die fristlose Entlassung aus dem Schuldienst des Landes Nordrhein-Westfalen, nicht aber, ohne vorher meinen neuen Beamtenvertrag in Baden-Württemberg unterschrieben zu haben.

Sollte die Pädagogische Hochschule mir den Pilgerweg ins Goldene Zeitalter anzeigen und das Rad der Fortuna mich durch die *Porta sancta* in die beste aller möglichen Welten lenken, gemäß den symbolischen Worten Jesu Christi: „Ich bin die Tür; wer durch mich hineingeht, wird gerettet werden; er wird ein- und ausgehen und Weide finden." (Johannes 10,9) Öffnete mir der *Rector magnificus* persönlich den Eintritt in die Jubeljahre unter Nachlass meiner Schuld und Sündenstrafen? Und sollte er nach König Richard Zugar mein neuer *Spiritus rector* werden?

Oder war das Leben die ständige Wiederkehr des ewig gleichen, nur auf einer anderen Stufe? Vielleicht gab es gar kein Leben nach der Gesamtschule? War der gesamte Staat eine Gesamtschule? Der gesamte Planet? Das gesamte Universum? War Gott der Urheber oder Uhrmacher der Gesamtschule? Oder war die Natur als lebender Organismus eine Gesamtschule? Und war Gott identisch mit dieser Natur: *Deus sive natura*!?

Wir verabschieden uns von Ihnen, lieber Leser, und schreiben Sie Ihre aufrichtige Kritik auf die nachfolgenden leeren Seiten dieses Buches, denn, wie wir bereits an anderer Stelle bemerkt haben, wir sind gemeinsam die Autoren dieser Geschichte. Trotzdem dürfen Sie selbstkritisch sein! Oder haben Sie in der Zwischenzeit die Lust verspürt, den zweiten Teil von Pauls Eulenspiegeleien zu erleben? In diesem Falle sollten Sie als aufgeklärter Leser unter Umständen die Gelegenheit und den Griffel ergreifen, um die Geschichte selber fortzusetzen. Dieses wäre sicherer und preisgünstiger als auf eine weitere Einladung von Paul zum Aperitif zu warten, geschweige denn zu einem 5-Gänge-Menü.

Oder ziehen Sie unsere Autobiographie, unsere Autofiktion beziehungsweise Pauls Lebensgeschichte Ihrer eigenen Fiktion vor, unsere Realität Ihrer Wirklichkeit? Zögern Sie noch, oder möchten Sie nicht, dass wir Sie lesen? Haben Sie Angst davor, dass wir Sie kennen oder erkennen könnten? Nehmen Sie die Zauberflöte und das magische Glockenspiel und erfinden Sie Ihre Welt, um zu ersinnen, was sie im Innersten zusammenhält.

Mittlerweile haben wir bereits so viele gemeinsame Stunden verbracht, dass Sie einige vertrauensvolle Gedanken zu Papier bringen könnten, oder? Sind wir nicht, Autor, Erzähler und Leser, eine gemeinsame Lebens-, Erfahrungs- und Ideengemeinschaft, in der es keine Tabus geben sollte? Oder wollen Sie sich scheiden lassen, sich trennen, wieder alleine leben? Dann klappen Sie den Deckel zu und legen den Griffel aus der Hand.

Jedoch denken Sie darüber nach, dass Paul nur ein Embryo ist, welcher Ihrer Geburtshilfe als Leser bedarf, um von der vermeintlichen fiktionalen Wirklichkeit in die tatsächliche materielle Welt zu gelangen. Paul gehört noch zu den ungeborenen Buchstabengestalten, die in der Ursuppe eines Tintenfasses auf die Feder der realen Geburt wartet, nach der Sie greifen können, weil Sie als Leser derselben Buchstabendynastie entstammen. Wer wird darüber entscheiden, ob Paul in seinen älteren Tagen noch Professor werden wird? Wer wird seine Bücher schreiben? Sich um weitere Stellen bewerben? Sich ihm entgegenstellen? Wird Mephistopheles Paul einen neuen Pakt anbieten? Diesen mit Blut unterzeichnen? Wollen Sie ihn, lieber Leser, mit auf Reisen nehmen in die kleine wie in die große Welt?

Oder sollen wir gemeinsam im Kellergewölbe des Apollon-Tempels in Delphi das Orakel zu Rate ziehen, indem wir die Priesterin Pythia befragen, um zu erfahren, welche Weissagungen für Paul vorausgeschaut werden können, welches weitere Schicksal ihn erwarten wird? Wenn wir zwei Adler von je einem Ende der westlichen und östlichen Welt fliegen ließen, würden sie sich dann an der Gesamtschule als Mittelpunkt der Erde treffen oder an der Pädagogischen Hochschule? Könnte Paul seinen eigenen Mittelpunkt wiederfinden, den Stein *Omphalos* im Tempel des Apollon, nachdem er aus der Bahn geworfen wurde? Oder hören wir schon die Kassandrarufe?

Hier sitzen Sie, lieber Leser, formen Menschen nach Ihrem Bilde, ein Geschlecht, das Ihnen gleich sei … Worauf warten Sie noch? Haben Sie etwa Angst vor den Buchstaben?

Zueignung (Goethe, Faust, Vers 1–32)

Ihr naht euch wieder, schwankende Gestalten!
Die früh sich einst dem trüben Blick gezeigt.
Versuch' ich wohl euch diesmal fest zu halten?
Fühl' ich mein Herz noch jenem Wahn geneigt?
Ihr drängt euch zu! nun gut, so mögt ihr walten,
Wie ihr aus Dunst und Nebel um mich steigt;
Mein Busen fühlt sich jugendlich erschüttert
Vom Zauberhauch der euren Zug umwittert.
(...)

Und mich ergreift ein längst entwöhntes Sehnen
Nach jenem stillen, ernsten Geisterreich,
Es schwebet nun, in unbestimmten Tönen,
Mein lispelnd Lied, der Äolsharfe gleich,
Ein Schauer faßt mich, Träne folgt den Tränen,
Das strenge Herz es fühlt sich mild und weich;
Was ich besitze seh' ich wie im Weiten,
Und was verschwand wird mir zu Wirklichkeiten.

Über den Autor:

Manfred Overmann, Studienrat an der Pädagogischen Hochschule in Ludwigsburg für Didaktik, Literatur und Landeskundewissenschaften Französisch, war vier Jahre Lektor für Deutsche Sprache und Literatur an einer Hochschule in Frankreich, vier Jahre abgeordneter Studienrat an der Universität Siegen, jeweils ein Jahr Vertretungsprofessor an den Universitäten Bremen und Göttingen sowie Lehrer an einem bilingualen Gymnasium und einer Gesamtschule.

Zu seinen literarischen Veröffentlichungen gehören der Gedichtband *Dämonologie: eine teuflische Geschichte des Christentums in Versen. Der Mensch im Uhrwerk der Zeit – Kritik und Bekenntnis.* Höpner und Göttert. Siegen 1996 sowie Aphorismen, Kurzprosa und ein absurdes Theaterstück als Online-Veröffentlichungen. Wissenschaftlich veröffentlichte Manfred Overmann zahlreiche Aufsätze und sechs Monographien: *Der Ursprung des französischen Materialismus. Die Kontinuität materialistischen Denkens von der Antike bis zur Aufklärung* (1993) ; *Multimediale Fremdsprachendidaktik.* Theorie und Praxis einer multimedialen, prozeduralen Didaktik im Kontext eines aufgaben- und handlungsorientierten Fremdsprachenunterrichts (2002); *Emotionales, transnationales, hyper-, tele- und multimediales Fremdsprachenlernen* (2005); *Histoire et abécédaire pédagogique du Québec* (2009); *Afrique subsaharienne* (2012) sowie *Le Maghreb* (2014).

Seine Vorträge und Teilnahme an internationalen Kongressen führten ihn in zahlreiche Länder: Frankreich, Österreich, Luxembourg, Niederlande, Belgien, Tschechien, USA (Philadelphia, San Francisco), Kanada (Québec, Montreal), Russland (Moskau), Afrika (Durham), Indien (Chennai), Mauritius und Costa Rica. Seit 2011 ist er *Honorary Member of The American Association of Teachers of French* und betreibt seit über 20 Jahren ein frankophones Internetportal, das weltweit genutzt wird.

Der passionierte Romanist widmet sich in seiner Freizeit gerne dem literarischen Schreiben und *kultiviert seinen Garten.*

Edition Noëma
Melchiorstr. 15
D-70439 Stuttgart

info@edition-noema.de

www.edition-noema.de
www.autorenbetreuung.de

www.ingramcontent.com/pod-product-compliance
Ingram Content Group UK Ltd.
Pitfield, Milton Keynes, MK11 3LW, UK
UKHW040023200726
13854UKWH00001B/322

9 783838 210766